Schuld und andere Sünden

www.danielkrumm.ch

Schuld und andere Sünden

Ein Roman

von

Daniel Krumm

Impressum

Bibliografische Informationen der Deutschen Nationalbibliothek:
Die Deutsche Nationalbibliothek verzeichnet diese Publikation in
der Deutschen Nationalbibliografie. Detaillierte bibliografische
Daten sind im Internet über dnb.dnb.de abrufbar.

1. Auflage, Mai 2021

TWENTYSIX
Eine Marke der Books on Demand GmbH
Herstellung und Verlag:
BoD – Books on Demand, Norderstedt
ISBN 978-3-7407-8721-9

© 2022 Krumm, Daniel
Covergestaltung: Daniel Krumm

Kapitel 1

Vor fünfzehn Jahren stieg ich hier aus dem Bus, jetzt bin ich zurück, um wieder einzusteigen.

Es ist ein glutheißer und trockener Sommer, trotz den frühen Morgenstunden stockt die Luft im Tal, sie flirrt über dem rissigen Asphalt der Straße, nur die Zikaden sind zu hören. Ich hätte bis zum Herbst warten sollen, eine angenehmere Zeit zum Reisen, aber es drängte mich, hier wegzukommen. Plötzlich war der Zeitpunkt reif, länger wollte ich die Abreise nicht mehr hinausschieben, fünfzehn Jahre sind genug. Es gibt Momente, die nicht aufgeschoben werden können. Wenn sie da sind, sind sie da. Keinen Tag länger will ich an diesem Ort bleiben, nur fort von hier, obwohl der Weg vom ersten Gedanken bis hin zur Entscheidung Monate, wenn nicht Jahre gedauert hat. Aber jetzt ist es soweit.

So sitze ich hier auf dieser verwitterten Bank, starre ein Loch in die Straße und warte auf den Bus, der gemäß Fahrplan in etwa einer halben Stunde kommen sollte. Weit und breit kein Mensch zu sehen, was in diesem Tal nicht überrascht. In der Gegend gibt es sie, die Einsamkeit, nur Schafe, Ziegen und Kühe leben hier in Herden und pflegen eine der wenigen hier ansässigen Formen von Gesellschaft. Die Region ist dünn besiedelt, nur eine Handvoll Bauern, Schäfer und seltsame Einsiedler verlieren sich in den wilden Landschaften der Cevennen. Keine richtigen Ortschaften und wenn, dann sind es Weiler oder kleine Dörfer ohne Restaurants, ohne Bars, ohne eine vernünftige Stätte der Geselligkeit. Aber es war seit jeher so. Zu garstig und bergig ist die Region, um für eine Besiedlung verlockend zu sein. Nur wer hier geboren wurde, schafft es, sich in diesen Bergen zurechtzufinden. Keine fruchtbaren Ebenen, keine gewinnbringenden Rohstoffe, keine touristischen Ziele, nur schmale und mit Serpentinen durchsetzte

Straßen, nichts, was dem Wohlstand ein Fundament zu bieten hat.

In den fünfzehn Jahren hat sich nicht das Geringste verändert. Egal, worum es sich handelt, vielleicht wurde es repariert, aber sicher nicht erneuert. Niemand muss sich hier vor einem zügellosen Fortschritt fürchten, alle, denen Veränderungen suspekt sind, fühlen sich hier zu Hause. Eine vergessene Welt, was genau ihren Reiz ausmacht und der Grund ist, wieso ich hierher kam. Aber jetzt ist genug. Ich habe keine Lust mehr auf Abgeschiedenheit, Selbstgespräche und Verzicht. Hier ist das Leben eine permanente Meditation, und die Einheimischen reden nur leise miteinander, um niemanden beim Denken zu stören.

Auch jetzt ist das Tal still. Kein Motorenlärm, kein Geschrei, keine Musik, kein Geschwätz, nur ein sanftes Rauschen in den Blättern, die dauerpräsenten Zikaden und ein Vogel. Das Tal verabschiedet sich, wie es mich damals begrüßt hat. Lieblich, malerisch und verschlossen. Aber nach so langer Zeit ist man imprägniert, alte Sehnsüchte perlen ab, neue Begehren keimen auf. Ich bin hier nicht geboren, darum halte ich die Stille nicht mehr aus. Nur weg aus dieser bezaubernden Gegend.

Da rinnt doch wahrhaftig eine Träne über meine Wange. Verfluchtes Weichei! Wieso wirst du jetzt sentimental? Wie sieht das aus, wenn ich mit verheulten Augen in den Bus steige und den Fahrschein löse? Ach, leck mich, sollen sie doch denken, was sie wollen. Eine Pollenallergie löst Ähnliches aus. Ein kurzer Blick auf meine alte Taschenuhr sagt mir, dass in etwa zehn Minuten der Bus kommen wird, genug Zeit, um sich auszuweinen. Aber ich reibe die Augen trocken, schnäuze ins Taschentuch.

Ich hasse Abschiede, vor allem, wenn sie sich hinziehen wie jetzt. Wer einer der beiden einzigen Autobusse am Tag erwischen will, hat rechtzeitig an der Haltestelle zu sein, Pünktlichkeit ist hier Zufall. Zudem richte ich meine Uhr nach dem Läuten der Kirchenglocke, deren Genauigkeit einer göttlichen Fügung gleichkäme. Hier erscheint die Zeit relativ und ohne große Bedeutung. Mit diesem Zeitvakuum haben speziell jene, die durch eine leistungsorientierte Gesellschaft geprägt wurden, ihre liebe Mühe. Woran orientiert man sich, wenn es keine Minuten und kaum Stunden gibt? An ungefähren Angaben.

»Nach dem Melken komme ich vorbei.«

»Wir sehen uns am Sonntag zum Mittagessen.«

»Vor dem Gottesdienst treffen wir uns bei Georges auf ein Glas.«

Zeiteinheiten fehlen, man richtet sich nach den wenigen festverankerten Ereignissen, die den Tagen Struktur verleihen. Ein faszinierender Umstand, sofern man fähig ist, nach diesem Prinzip zu leben. Für mich war es einer der Gründe, hierherzukommen. Die Irrelevanz der Zeit, der Gegenentwurf zur durchgetakteten Effizienz einer hochprofitablen Wirtschaft.

Na ja, sag ich mir, lächle weise und erinnere mich an die Schattenseiten der zeitlichen Unschärfe. Ich möchte gar nicht wissen, wie viele Stunden ich mit Warten zugebracht habe. Wobei das im Grunde genommen keine Rolle spielt, Zeit hat man ja hier zur Genüge.

Der Bus ist zu hören, bevor ich ihn sehe. Es ist ein altes Vehikel, das sich mühselig durch die engen Kurven kämpft und eine schwarze Dieselwolke nach sich zieht. Er hält vor mir, mit einem lauten Zischen wird die Bremse arretiert, die vordere Türe öffnet sich. Mit dem Einsteigen lasse ich fünfzehn Jahre hinter mir. Dann bezahle ich beim Fahrer und setze mich in die hinterste Reihe, wo ich alleine bin. Die Tasche hat auf dem benachbarten Sitz Platz, ich reise mit leichtem Gepäck. Derselbe Seesack, der mich hierhin begleitet hat. Mehr nicht.

Der Bus fährt los, was die Frage aufwirft, ob meine Entscheidung die richtige war. Will ich allen Ernstes zurück in das alte Leben? Was erwartet mich dort? Fragen, die ich mir hundert Mal gestellt habe, die sich nur beantworten lassen, wenn man es tut. Der Blick schweift nach draußen, um die letzten Eindrücke aufzusaugen, dann entschwinden mit jeder Kurve das Tal und die Berge immer mehr aus meinem Sichtfeld. Scheiße!

Wir erreichen das erste größere Dorf, wo der wöchentliche Markt ein farbenfrohes und lebendiges Treiben veranstaltet. Viele steigen aus, wenige ein. Weiter folgt der Bus der schmalen Straße Richtung Le Vigan durch enge Täler, karge Höhen, zwängt sich durch unzählige Spitzkehren und an entgegenkommenden Autos vorbei. Eine Reise in Zeitlupe, während der man öfter zweifelt, jemals in der Zivilisation anzukommen. Endlich in Le Vigan, einem verschlafenen Kleinstädtchen, das auf mich bereits wie eine Großstadt wirkt. Lächerlich! Klar, mir ist durchaus bewusst, wie dieses Städtchen einzuordnen ist, kenne ich doch Paris, London, New York und Hongkong. Aber nach meinem langjährigen Rückzug in die Abgeschiedenheit der Cevennen wirkt der Kontakt mit einer größeren Ortschaft wie der erste Schluck Schnaps für einen trockenen Alkoholiker.

Bistros, Läden, Verkehr, Menschen, Lärm, Gerüche wirken direkt auf die Nervenenden. Es ist weniger Euphorie, mehr ein Genuss. Das hat mir gefehlt, nicht immer, aber in letzter Zeit immer öfter. Ich habe eine Dreiviertelstunde Zeit, bis der Bus nach Nîmes losfährt, also flaniere ich durch die Gassen und trinke in einem Straßencafé ein Glas Rosé. Dazusitzen und das Leben zu betrachten, ist wie Kino.

Beinahe komme ich zu spät zur Abfahrt. Im letzten Moment steige ich ein, dann geht es weiter. Schluss mit den engen Straßen, ab jetzt führt ein breites Asphaltband durch das mit sanften Hügeln durchzogene Languedoc hinunter zum Meer. Immer dichter wird die Zivilisation und der Wald weicht den kultivierten Flächen. Reben, Olivenbäume, Fruchtplantagen und Weiden bestimmen den Charakter der Landschaft. Nach zwei Stunden verdichtet sich die Besiedlung, Nîmes ist erreicht. Der Verkehr brummt wie ein Bienenstock, erstmals Lichtsignale, eine Ambulanz mit Blaulicht und Sirene, Menschen, Touristen, wohin man schaut. Nervöses Gewusel, obwohl ich mir bewusst bin, dass dies nur ein Vorgeschmack ist.

Am Bahnhof werde ich vom Bus ausgespuckt, wo ich mich zuerst über eine Verbindung mit Ziel Basel schlaumache. Ich habe kein Glück, erst morgen nach neun fährt ein TGV via Lyon in die Schweiz. Ich setze mich in die Bahnhofshalle und beobachte das Treiben, ich habe ja Zeit. Nach fünfzehn Jahren Eremitendasein ist das hier ein Ameisenhaufen in Aufruhr. Als säße ich mitten im Film, verfolge ich voller Faszination die Menschen und versuche ihre Geschichten zu erraten. Dabei meine ich, mich manchmal selbst zu erkennen, wie ich damals mit demselben hektischen Gang und diesem verbissenen Gesichtsausdruck versuchte, die Welt zu erobern. Ich lächle milde, fühle ich mich doch mittlerweile geläutert und bin der Überzeugung, während dieser Zeit in der Einöde neu geeicht worden zu sein. Hektik und Getriebensein existieren nicht mehr in meinem Wortschatz und Wesen. Ich habe bei mir die Reset-Taste gedrückt.

Vom Anblick der vielen Pendler schwindlig geworden, schlendere ich auf der Suche nach einem Hotel durch die Stadt. Urlaubsstimmung herrscht. Die Straßencafés sind voll mit bleichbeinigen Männern in kurzen Cargo-Hosen und Frauen mit sonnenbrandgeröteten Schultern und Dekolletés, die Touristen-Menüs mampfen und Bier in sich hineinschütten. Ich mag diese Horden nicht besonders, zumindest nicht, wenn sie überhandnehmen. Früher war ich ein Teil davon.

Kapitel 2

Kaum spürbar setzt sich der TGV in Fahrt, gleitet sanft aus dem Bahnhof. Weichen lassen den Zug leicht erschüttern, dann beschleunigt er. Häuser, Straßen, Industrie, danach lichtet sich Nîmes und verliert sich in grünen Flächen. Nur noch wenige Ortschaften, nachher verschärft der Zug das Tempo. Wie in einer gläsernen Röhre rasen wir durch die Landschaft, losgelöst von alten Vorstellungen einer Bahnfahrt. Die Geschwindigkeit ist lediglich ein sonores Vibrieren und eine verwischte Wahrnehmung der näheren Umgebung, ansonsten herrscht im Wagen eine entspannte Stimmung.

Gegenüber sitzt eine Frau, die versunken in ihren Laptop nichts um sich wahrzunehmen scheint. Es passt mir durchaus, keine Konversation machen zu müssen, ich lasse mich lieber von der vorbeifliegenden Welt hypnotisieren und einschläfern, denn die vergangene Nacht war kurz. Zu viel Wein und kein freies Hotelzimmer, also blieb mir nichts anderes übrig, als auf einer Parkbank zu schlafen. Ich bin ja einiges gewohnt, aber die Bretter waren hart und eine Nachtruhe wollte nie recht aufkommen. Selbst das beschauliche Nîmes schläft nie.

Nur möchte ich hier im Zug gar nicht einschlafen, zu reizvoll ist die Heimreise. Nach fünfzehn Jahren Schritttempo erscheint eine Reisegeschwindigkeit von 300 Stundenkilometern wie ein Flug zum Mond. Der Blick in die Landschaft ist wie ein flimmernder Fernseher, nur abwechslungsreicher. Wie die Landstriche, so saust die Zeit vorbei, eine Stunde und achtzehn Minuten später fahren wir in Lyon ein. Eine Großstadt, nicht zu vergleichen mit Paris, trotzdem fährt man kilometerweit durch Agglomerationen und Vororte, bis der Zug an einem der vielen Gleise hält. Ich steige aus und werde sogleich von den Massen absorbiert.

In der Bahnhofshalle erliege ich beinahe der Versuchung, die Stadt zu erkunden und hier einige Tage zu verbringen. Lyon, die Hauptstadt des Genießens, wäre doch ein angemessener Ort für den Wiedereintritt in die Gesellschaft. Ein wenig Urlaub, bevor mich mein altes Leben in Beschlag nehmen wird. Aber ich bevorzuge den Heimweg, was bedeutet, dass in zwanzig Minuten der Anschlusszug abfahren wird. Ich wühle mich durch ein Dickicht aus Reisenden, Pendlern und Pennern zum Zug, der soeben einfährt. Großes Gedränge, nachdem die Türen sich geöffnet haben. Alle wollen alles gleichzeitig. Ich stelle mich neben einen Getränkeautomaten und warte, bis ich in Ruhe einsteigen und meinen Platz suchen kann.

Der Zufall hat es eingefädelt, ich sitze wieder gegenüber derselben Frau wie im Zug von Nîmes nach Lyon. Diesmal gönnt sie mir ein blasses Lächeln, dann verschanzt sie sich wieder hinter ihrem Laptop. Soll mir recht sein, ich habe gelernt zu schweigen. Der TGV ruckelt aus dem Bahnhof, durchquert gemächlich die Vororte und steigert bald das Tempo bis zum Exzess. Ich fliege der Heimat entgegen.

Beim Bordservice bestelle ich ein Clubsandwich und eine kleine Flasche Rotwein, genieße alles, während ich die Gegend betrachte und die Gedanken schweifen lasse. Langsam übermannt mich die Müdigkeit, ich schließe die Augen und döse ein. Als ich sie nach einer Weile öffne, ruht der Blick der Frau auf mir. Wir beide lächeln verlegen.

»Fahren Sie nach Hause?«, fragt sie.

»Ja«, antworte ich. »Mal schauen, ob die Welt noch so ist, wie ich sie verlassen habe.«

»Waren Sie lange weg?«

»Fünfzehn Jahre.«

Ihr Blick zeigt Erstaunen.

»Oh, eine sehr lange Zeit.«

»Das wird sich zeigen. Und Sie? Auf Geschäftsreise?«

Sie zögert einen Moment.

»Nein, das sieht nur so aus. Ich reise wie Sie nach Hause und schreibe dabei an einem Manuskript für ein Buch.

Wenn man von der Muse geküsst wird, dann gilt es, die Gelegenheit zu nutzen.«

»Darf ich fragen, was Sie schreiben?«

»Ach, nichts Besonderes. Ein Roman. Die Geschichte eines gescheiterten Helden.«

»Oh, ein spannender Gegensatz.«

»Ja, das denke ich auch. Unsere Welt bietet genügend Möglichkeiten, zu brillieren und gleichzeitig zu versagen.«

Ich schmunzle und nicke anerkennend.

»Wem sagen Sie das. Ihnen gegenüber sitzt der perfekte Beweis Ihrer These.«

»Jetzt wecken Sie aber meine Neugierde. Sie, ein Held?«

»Sie vergessen das Scheitern. Die Niederlage überwiegt das Heldentum und bleibt gnadenlos im Gedächtnis haften. Niemand spricht mehr vom Erfolg, wenn das Versagen folgt.«

Beschämt blickt sie zu Boden und zupft abwesend an ihrem Rock.

»Sollte ich in einer Wunde gestochert haben, dann bitte ich um Verzeihung.«

»Nein, das geht in Ordnung. Die Vergangenheit hat sich erledigt und ist nur mehr ein Teil meiner Erfahrungen.«

Nun schaut sie mich interessiert an, aber getraut sich nicht zu fragen, was wohl in meinem Leben alles schiefgelaufen ist.

Ich überlasse sie ihrer unbefriedigten Neugier und erkundige mich: »Was ist das Ziel Ihrer Reise?«

»Basel, da bleibe ich einige Tage, danach fahre ich weiter nach Frankfurt, wo ich lebe.«

»Sie sprechen ein schönes Französisch, kaum zu glauben, dass Sie aus Deutschland kommen. Wir könnten uns ja auf Deutsch unterhalten«, bemerke ich, während ich die Sprache wechsle.

Sie zeigt ein erfrischendes Lächeln und feine Fältchen bilden sich um die Augen.

»Sie stammen aus der deutschsprachigen Schweiz, nicht wahr?«

»Ja, mein Ziel ist auch Basel, die Stadt, die ich vor fünfzehn Jahren verließ.«

Sie legt den Kopf leicht schief und betrachtet mich noch eindringlicher. Es ist mir unangenehm, obwohl sie eine reizvolle Frau ist und die entgegengebrachte Gunst mir schmeicheln sollte. Aber genau dieser verführerischen Weiblichkeit gilt es, mit großer Vorsicht zu begegnen, möchte ich nicht schnell in gefährliche und lähmende Abhängigkeiten geraten und die Ziele aus den Augen verlieren. Unverbindlichkeit ist das Credo.

»Sie machen mich sehr neugierig«, sagt sie dann. »Ich sammle außergewöhnliche Geschichten, weshalb ich mir die Frage stelle, was sich ereignet hat, dass Sie eine derart lange Zeit von zu Hause weg waren. Flüchten nicht Verbrecher in die Fremdenlegion, bis Gras über ihre Sünden gewachsen ist?«

Ich lache laut auf, erfreut ob ihrer Fantasie, und sie grinst schelmisch.

»Knapp daneben. Aber etwas Wahres hat Ihr Verdacht. Es war Flucht und Busse zugleich, jedoch ohne ein Verbrechen begangen zu haben.«

»Sie reden geschickt um den heißen Brei herum. Ich kenne Sie leider nicht gut genug, um unverblümt nach Ihrer Geschichte fragen zu können. Aber vielleicht haben Sie Verständnis für mein professionelles Interesse. Schenken Sie mir doch ein Interview.«

»Sie überraschen mich. Ich kann mir nur schwer vorstellen, Ihrer Neugier gerecht zu werden. So unterhaltsam ist meine Geschichte auch nicht. Diese Jahre fern von der Heimat waren geprägt von Arbeit, Abgeschiedenheit und Stille. Ich wüsste nicht, was daran so aufregend sein soll.«

»Ich denke, das können Sie selbst nicht beurteilen. Sie sind voreingenommen. Ich behaupte, über die nötige Intuition zu verfügen.«

»Möglich. Trotzdem tue ich mich schwer, die Vergangenheit auszugraben, wo sie endlich begraben ist. Zudem kenne ich Sie gar nicht.«

Sie schaut zum Fenster hinaus, überlegt, schweigt. Habe ich etwas Falsches gesagt? Kaum wieder in der Gesellschaft und schon offenbart sich das Dilemma des korrekten Verhaltens. Wie simpel waren da die Erwartungen in dieser Hinsicht in der Abgeschiedenheit der Cevennen. Ich fühle mich leicht überfordert.

»Wieso sollten wir uns nicht besser kennenlernen?«, fragt sie und schwenkt ihren Blick zu mir.

»Eine rhetorische Frage.«

»Richtig. Also lade ich Sie zum Nachtessen ein, damit wir uns näherkommen und Sie Ihre Bedenken verlieren.«

»Sind Sie immer so forsch?«

»Überhaupt nicht. Nur scheint es mir in Ihrem Fall ein angemessenes Mittel zu sein.«

Kapitel 3

Der Zug schleicht von Frankreich her durch die Stadt zum Bahnhof, als benutze er verschämt den Hintereingang. Mit Herzklopfen stiere ich nach draußen, um zu ergründen, wie sich meine Heimatstadt verändert hat. Auf den ersten Blick scheint alles beim Alten, auf den zweiten fällt auf, dass die Silhouette mit Hochhäusern ergänzt wurde. Wie Kerzen auf einer Geburtstagstorte stehen da einzelne Monolithen herum. Eine Stadt versucht, den Anschluss an die Moderne nicht zu verpassen, vielleicht braucht man nur dringend Platz für zu viele Menschen. Kurze Eindrücke, dann fahren wir in den Bahnhof ein.

Ich warte, bis ich der Letzte bin, packe meinen Seesack und trete hinaus auf den Bahnsteig. Da steht sie mit zwei Koffern. Ab Dijon waren unsere reservierten Plätze in verschiedenen Waggons, sodass wir uns bei Ankunft auf dem Perron verabredeten. Mit gemischten Gefühlen habe ich ihrem Vorschlag zugestimmt. Aber es erwartet mich ja niemand, Zeit spielt also keine Rolle. Trotzdem hätte ich eine besinnliche und intime Rückkehr in die Heimat bevorzugt. Ich habe mir vorgenommen, langsam, Schritt für Schritt wieder in meine alte Welt einzutauchen. Und wenn davon nichts mehr vorhanden ist, dann ist es halt so. Niemand weiß, dass ich zurückkomme.

»Ein Kaffee, wie abgemacht?«

Ich nicke und bemerke: »Da gab es ein Café gleich über die Straße. Mal schauen, ob es noch existiert.«

Nein, diese Konditorei gibt es nicht mehr, eine Hamburgerbraterei hat dieses Lokal übernommen. Etwas ratlos stehen wir herum, entscheiden uns dann für den Weg Richtung Innenstadt, wo sich mit größerer Wahrscheinlichkeit ein ruhiges Café finden lässt. Im Park jenseits des Bahnhofplatzes werden wir fündig. Unter einem Sonnenschirm stehen zwei bequeme Stühle, in die wir uns setzen und Kaffee bestellen. Wir lassen unserer neugierigen Blicke schweifen.

»Und, wie ist Ihr erster Eindruck?«

Durch das Blattwerk der Bäume ist ein Hochhaus im Bau zu erkennen. Da stand doch mal ein hässlicher Klotz von einem Hotel.

»Nicht alles neu, aber vieles anders, dabei bin ich nur einige hundert Meter gelaufen.«

Sie betrachtet mich konzentriert, um in meinem Gesicht ja keine Regung zu verpassen. Für sie bin ich offensichtlich ein aufschlussreiches Studienobjekt. Das irritiert.

»Wenn ich Sie vorhin im Zug richtig verstanden habe, dann waren die letzten fünfzehn Jahre geprägt von Stagnation. Nichts veränderte sich, alles hatte eine konstante Verlässlichkeit.«

»Nein, nicht unbedingt. Jeder Tag brachte neue Herausforderungen, Genüsse und Erlebnisse. Aber mir ist klar, was Sie meinen. Das Leben da in den Bergen hat keine dynamische Entwicklung. Es ist einfach nur Leben.«

»Ein Dasein ohne Stress?«

»Ich bitte Sie, nehmen Sie diesen Begriff nicht in den Mund, auf jeden Fall nicht in meiner Anwesenheit.«

»Entschuldigen Sie, das war keine Absicht.«

Ich lächle sie bedauernd an.

»Bitte, entschuldigen Sie sich nicht. Wie sollten Sie wissen, dass ich auf gewisse Ausdrücke allergisch reagiere. Eine Marotte von mir, bestimmte negativ befrachtete Begriffe aus meinem Wortschatz zu tilgen.«

Jetzt lächelt sie und schmeichelt: »Sie sind ein Mensch mit erstaunlichen Facetten und voller Geheimnisse.«

»Das trügt.«

Der Kaffee wird serviert, weshalb eine Pause entsteht, die mir gelegen kommt. Ich frage mich, wieso ich diesem Geplauder zugestimmt habe. Weil ich nicht Nein sagen kann? Weil sie hübsch ist? Keine Ahnung. Irgendwie passt sie nicht in das Bild meiner Rückkehr. Vielleicht in zwei oder drei Tagen wäre ich bereit für eine Unterhaltung mit ihr. Jetzt wünsche ich mir nur ein beschauliches Wahrnehmen aller Eindrücke.

»Erwartet Sie jemand?«, fragt sie.

Diese Frage habe ich befürchtet.

»Nein.«

Sie scheint überrascht zu sein.

»Und wissen Sie was?«, fahre ich fort. »Das ist gut so.«

Da sehe ich, wie es bei ihr dämmert. Sie kaschiert ihre Enttäuschung mit einem verständnisvollen Blick und einem blassen Lächeln.

»Ich verstehe, Sie wünschen keine Gesellschaft, Sie wollen sich ganz behutsam wieder in ihr altes Leben hineintasten. Dazu brauchen Sie keine wissbegierige Begleiterin.«

Vorsicht, denke ich, jetzt ja keine Fehler machen und tunlichst galant bleiben.

»Ich hatte eine sehr lange Zeit kaum Gesellschaft, weshalb ich mich auf Menschen freue. Das ist einer der Gründe meiner Rückkehr. Und Sie sind der erste Höhepunkt auf dem Weg zurück. Aber ich benötige zwei Tage ganz alleine für mich, um anzukommen und den Anker zu werfen. Mehr nicht.«

Sie starrt mich an, nickt sachte und sagt: »Das verstehe ich.«

Sie rührt Zucker in ihren Kaffee, ähnlich den Gedanken, die wild durch ihren Kopf wirbeln, dann nimmt sie einen Schluck.

»Einen Vorschlag! Ich gebe Ihnen meine Visitenkarte und Sie rufen an, wenn Sie der Überzeugung sind, dass Sie mich sehen und mit mir reden möchten. Ich bleibe fünf Tage in der Stadt und es würde mich außerordentlich freuen, einige gemeinsame Stunden mit Ihnen verbringen zu dürfen.«

»Ganz meinerseits.«

Sie kramt eine Karte aus ihrer Tasche, legt sie auf den Tisch und schiebt sie mit dem Zeigefinger in meine Richtung. Ich kratze sie von der Tischplatte und lese den Aufdruck auf der Vorderseite.

Lucie Wagner
Autorin & Ghostwriting

Auf der Rückseite sind die Kontaktdaten aufgelistet. Alles Weiß auf Schwarz, ohne Firlefanz.

»Ich habe weder eine Visitenkarte noch ein Telefon. Trotzdem werde ich anrufen, vertrauen Sie mir.«

»Das würde mich freuen.«

Diese Förmlichkeit mag ich nicht.

»Darf ich dir das Du anbieten und dich Lucie nennen? Mein Name ist Vincent Roth.«

Ihr Gesicht, grüblerisch mit einer leichten Ernsthaftigkeit, hellt sich auf.

»Oh, noch so gerne. Lass uns darauf anstoßen, wenn wir uns treffen werden. Ich rechne fest mit dir.«

Ich betrachte Lucie, wie sie ihren Kaffee hinunterstürzt, dann sage ich: »Zähle auf mich. Und vielen Dank, ich weiß das zu schätzen.«

Sie ergreift ihr Gepäck und schaut zu mir.

»Bis bald Vincent. Ich wünsche dir unterdessen eine glückliche Heimkehr. Salut.«

Ich meine, aus ihren Worten einen skeptischen Unterton herauszuhören, als befürchte sie, mich zum letzten Mal gesehen zu haben.

»Merci Lucie. Ich freue mich auf unser Wiedersehen. Salut.«

Da geht sie hin und schaut nicht mehr zurück, während mein Blick ihr folgt, wie sie mit zügigen Schritten Richtung Innenstadt läuft, bis sie vom Pulk der Passanten verschluckt wird. Mein Gewissen fühlt sich nicht besonders gut, ich befürchte, sie brüskiert zu haben. Aber ich nehme mir vor, sie nicht zu enttäuschen.

Genüsslich schlürfe ich den Kaffee, bestelle später ein Glas Wein und lasse eine Stunde lang das Treiben auf mich wirken. Unweigerlich vergleiche ich das hiesige Leben mit der Einsamkeit der Cevennen, was unsinnig ist. Zwei Welten, die unterschiedlicher nicht sein könnten. Und ich frage mich, was sich in all den Jahren verändert hat. Ich verdränge die Frage und nachdem ich bezahlt habe, mache ich mich auf, ein Hotel zu suchen.

Ich habe keine Ahnung, wohin ich mich wenden soll, schließlich übernachtete ich noch nie in einem Hotel der eigenen Stadt. So schlendere ich durch die Innenstadt und staune über die vielen neuen Geschäfte, die sich niedergelassen haben. Kaum mehr ein Laden, den ich kenne. Es ist augenfällig, wie die Internationalität die Lokalität abgelöst hat. Der Schreibwarenladen ist weg, das Haushaltswarengeschäft fehlt, die Hauptpost ist nur noch eine Filiale, Spielwaren gibt es keine mehr, der Buchladen ist nur mehr ein Schatten seiner selbst. Na ja, war absehbar. Als ich das Weite suchte, war die Globalisierung auf dem Weg, zur Hochform aufzulaufen.

Bei der Mittleren Brücke erreiche ich den Rhein. Er ist der Alte geblieben. Weiterhin schiebt er sich mit seiner trägen Urgewalt durch die Stadt und orientiert sich in einem langgezogenen Bogen nach Norden. Auf der Brücke stelle ich meinen Seesack auf den Boden und lehne mich an die steinerne Balustrade. Ein voll beladenes Tankschiff kämpft gegen die Strömung und zwängt sich unter dem engen Bogen der mittelalterlichen Brücke durch. Ein beruhigender Anblick, der genauso in der Erinnerung gespeichert ist. Soweit meine Erinnerung reicht, bewundere ich das Können dieser Kapitäne und Lotsen beim Passieren dieses Nadelöhrs.

Mein Blick wird von einem weißen Wolkenkratzer angezogen. Ein Pharmakonzern wächst in den Himmel. Eine Veränderung, die ins Auge fällt, und an die man sich gewöhnen muss. Ansonsten bietet mir das Rheinufer der Altstadt den Anblick, den ich seit meiner Kindheit kenne. Man hat Sorge getragen zur Vergangenheit der Stadt, was mich mit einer großen Zufriedenheit erfüllt. Da sticht mir auf Kleinbaslerseite das Hotel Krafft ins Auge, auch dies ein Relikt aus alten Zeiten. Ich entscheide mich, dort nachzufragen, ob es ein freies Zimmer hat.

Mit wohltuender Liebenswürdigkeit heißt man mich willkommen und gibt mir ein Zimmer mit Aussicht auf den Rhein, dies sogar zu einem vergünstigten Preis, da ich gleich für zwei Wochen buche. Das Zimmer ist luxuriös, zumindest für den Maßstab der letzten fünfzehn Jahre. Ein unfairer Vergleich. Meine Behausung hatte auch keine Luxusansprüche zu erfüllen. Ich betrachte mich im großen Spiegel der Garderobe und wundere mich, dass man an der Rezeption so freundlich zu mir war. Ich gleiche mehr einem Schäfer aus den Cevennen als einem gängigen Gast in diesem Haus. Nein, ich stinke nicht, trage keine schmutzigen Kleider, mein Haar ist lang, aber gepflegt, und trotzdem verströme ich die Aura eines Hinterwäldlers. Erst jetzt, im Zusammenhang mit diesem vornehmen Umfeld, realisiere ich, wie rustikal meine Erscheinung wirkt. Verwaschene Jeans, T-Shirt, feste Schuhe und ein ramponierter Seesack. Alles, was ich dabeihabe. Leichtes Gepäck.

Schnell sind meine Sachen in den Kasten geräumt, die einzig wertvolle Habe schließe ich in den Tresor. Gutes, solides Bargeld, keine Kreditkarten. Ich war fernab sämtlicher Banken gezwungen, einen Teil des Vermögens unter einer Bodendiele zu horten. Ich sah darin kein Sicherheitsrisiko, vermutete kaum jemand Geld in dieser bescheidenen Hütte. Einen kleinen Bund Scheine stecke ich in die Hosentasche, den werde ich später in Schweizer Franken wechseln.

Ich trete hinaus auf den Balkon, betrachte das Panorama aus einem neuen Blickwinkel, erfreue mich daran und fühle mich wie ein Tourist in der eigenen Stadt. Unten brummt das Leben auf der Promenade, wie Ameisen tummeln sich die Menschen am Rheinufer. Ich bekomme Lust, im Strassenbistro einen Aperitif zu trinken, um mich dem Treiben hinzugeben. Wie ein trockener Schwamm werde ich die Bilder aufsaugen.

Unten nehme ich Platz an einem kleinen Tisch und bestelle ein Glas Pinot gris aus dem Elsass. Dann stecke ich mir die erste Zigarette seit meiner Abreise an. Ein

Ritual für besondere Momente, positive wie negative. Wie dieser einzuordnen ist, wird sich bald einmal zeigen. In seine Heimat zurückzukehren, fühlt sich gut an, wieder die Stätte seines Scheiterns zu betreten, hat jedoch einen schalen Nachgeschmack. Ein zarter Schatten liegt weiterhin über den Erinnerungen. Tief ziehe ich den Rauch in die Lunge und staune über meine sentimentale Anwandlung, wo ich doch überzeugt war, nach so langer Zeit den nötigen Abstand gewonnen zu haben. Ich kämpfe sogar gegen einen Kloß im Hals und versuche, eine Träne zum Versiegen zu bringen. Scheiße, was soll das? Hoffentlich bemerkt niemand mein Dilemma, es wäre mir peinlich. Gierig ziehe ich an der Zigarette, sodass sie nach wenigen Zügen weggeraucht ist.

Ich bin überwältigt. Was sonst? Unendlich viele Male habe ich mir vorgestellt, wie es sich anfühlen wird, in die Heimat zurückzukehren. Da war die große Sehnsucht, die alles überstrahlte, in deren Schatten es einige Zweifel gab, die es aber nie schafften, zu überwiegen. Jetzt bin ich hier und es übersteigt meine kühnsten Erwartungen. Zumindest im Moment, denn ich bin ja nicht so naiv, der Überzeugung zu sein, dass jetzt die Welt perfekt ist.

Ich bestelle ein weiteres Glas Wein und stecke mir die nächste Zigarette an. Irgendwie ist heute alles egal. Ausnahmezustand, keine Lust auf Selbstdisziplin. Durchaus möglich, dass ich mir heute Abend die Kante gebe. Die Vernunft kann noch ein paar Tage warten, letztlich handelt es sich hier um eine Wiedersehensfeier mit der Heimatstadt und nicht um eine weitere Entgleisung eines Hedonisten und Quartalsäufers. Fünfzehn Jahre Zurückhaltung in vielen Belangen schreien nach Kompensation, wobei es eine irrsinnige Herausforderung wäre, dem gerecht zu werden. Ja, zugegeben, während der letzten zwei Jahre hatte ich öfters ins Glas geschaut als die vorhergehende Zeit. Die Unzufriedenheit nagte schwer, immer mehr drängte es mich weg, zurück in meine Heimat. Da kam es schon mal vor, dass ich berauscht ins Bett ging und am

Morgen danach verschlief und Erinnerungslücken aufzuweisen hatte. Meine Schafe und Ziegen hatten dafür wenig Verständnis. Diese Viecher standen vor der Hütte und blökten wie blöd, bis ich mich endlich blicken ließ und jene melkte, die volle Euter hatten.

Was für ein erlösendes Gefühl, hier am Rhein zu sitzen, zu trinken, zu rauchen und sich zu nichts verpflichtet zu fühlen. Ich lasse den Blick schweifen, nehme gierig alle Eindrücke auf, die immer intensiver werden, je mehr Leute an meinem Tisch vorbeiflanieren. Ich vermute, es ist Feierabendzeit. Zeit für einen Aperitif, also bestelle ich nochmals ein Glas. Der Wein schmeckt mir. Ich trinke und rauche, bis irgendwann einmal der Hunger sich meldet. Möglicherweise ist es auch die Vernunft, die meint, Junge, iss was, sonst bist du bald voll. Ich ordere den Kalbsrücken mit Pasta, dazu einen Rotwein aus dem Languedoc, alles zu einem horrenden Preis. Dafür hätte ich ein ganzes Schaf kaufen können. Scheißegal! Heute ist ein Feiertag.

Kapitel 4

Oh, wieso habe ich nur vergessen, die Gardinen zu schließen? Gleißende Sonnenstrahlen blenden mich trotz geschlossenen Augen, zudem habe ich einen schmerzenden Inhalt im Schädel und einen seltsamen Belag auf der Zunge. Wenigstens blöken keine Viecher vor der Tür. Stöhnend wälze ich mich im Bett in eine Position, bei der mich die Sonne nicht mehr belästigt. Aber an Schlaf ist nicht zu denken. So döse ich noch etwas und quäle mich dann aus den Laken, um mir mit einer kalten Dusche neues Leben einzuhauchen. Mit Erfolg. Vermutlich half die jahrelange Askese dabei.

Trotz flauem Magen treibt es mich an das Frühstücksbuffet. Eine Frage der Gewohnheit, der ich wenig entgegenzusetzen habe. Ich bin offenbar der erste Gast, unberührt liegen die Delikatessen zum Genuss bereit, die Bedienung lächelt müde. Ich hau rein, als hätte ich tagelang nichts gegessen. Man serviert mir sogar warme Speisen und Kaffee ohne Ende. Ein Schlaraffenland.

Mit frischer Energie ausgestattet, danke ich dem Personal und stelle mich draußen an das Rheinufer, um eine Zigarette zu rauchen. Ein erhabener Anblick, wie der Tag in Schwung kommt. Ein gewöhnlicher Wochentag erwacht, wirft die Maschinen an und ich schaue dabei zu. Ich kann mich nicht erinnern, dies je einmal getan zu haben. Ich war damals ein Teil dieser Maschinerie. Zu beschäftigt für die Muße. Leider war ich ein fehlerhaftes Verschleißteil im Räderwerk, welches irgendwann mal ausgebaut wurde, weil man meine Zuverlässigkeit infrage stellte. Nur kurz flackert ein alter Schmerz auf, dann überwiegt wieder die Schönheit des Morgens am Rhein.

Nach einer Weile breche ich auf. Es drängt mich, durch die Straßen und Gassen zu streunen, um Neues zu entdecken und Altes zu begrüßen. Ich bin neugierig auf den Wandel. Droben in den Bergen hat sich im Gegensatz zur Stadt nahezu nichts verändert, auch in fünfzehn Jahren nicht. Verständlich. Was keinen wirtschaftlichen Interessen dient, erfährt kaum eine Entwicklung. Diese Hochhäuser würden nicht gebaut, gäbe es nicht einen Bedarf, den es zu decken gilt, der wiederum auf eine florierende Wirtschaft zurückzuführen ist. Was prosperiert schon auf den Höhen eines verwilderten Massivs? Außer Fauna und Flora kämpft nur eine bescheidene Bergwirtschaft mit ihren urigen Produkten ums Überleben. Von Wachstum kann da keine Rede sein, im Gegenteil, die Gegenden entvölkern sich.

Diese Gedanken verblassen schnell angesichts meiner Heimatstadt. Wie in einem Traum wandle ich durch die Vergangenheit. Erstaunlich, was alles noch so ist, wie ich es verlassen habe. Die Altstadt mit ihrer verschachtelten Kleinräumigkeit ist mir so vertraut wie damals, nur nehme ich sie jetzt viel intensiver wahr. Meine Stadtwanderung führt mich von innen nach außen und je mehr ich den Kern verlasse, desto offensichtlicher zeigt sich die Modernisierung. Wie eine Schlange häutet sich hier die Stadt. Kubische Klötze mit gläsernen Hüllen nehmen überhand, verdrängen Bauten, die mir nicht fehlen werden, da sie meist hässlich und vrbraucht in Erinnerung sind.

Bis in den späten Nachmittag hinein schreite ich durch Straßen und Gassen, überquere Plätze, besuche Parke, bestaune Hochhäuser und die neuen Tramzüge, staune über die unendlich vielen Baustellen. Erschöpft erreiche ich das Hotel, wo ich mir zuerst ein Bier genehmige. Die Eindrücke wirbeln durch meinen Kopf, unsortiert und ungefiltert, stark und überwältigend. Eine akute Überreizung entzündeter Synapsen. Ich sitze draußen im Straßenbistro, habe kein Bedürfnis mehr, alles zu sehen und aufzunehmen, denn ich bin randvoll mit Bildern. Ich starre vor mich hin, entrückt und mit der Frage beschäftigt, ob meine Erwartungen erfüllt wurden. Ja und nein. Mit Entwicklung und Fortschritt war zu rechnen, aber irgendwie hat sich das Lebensgefühl verändert. Schwer zu beschreiben, was nicht mehr so ist, wie es war, zudem bin ich mir nicht sicher, wie weit sich in den Jahren der persönliche Maßstab gewandelt hat. Möglicherweise wurde mein Blick durch das jahrelange Leben in der Abgeschiedenheit getrübt.

Die Lebensart hier wirkt nicht mehr vertraut. Der Rhythmus scheint intensiver, hektischer, und die Menschenmassen wie auch der Verkehr haben sich verdichtet. Von Beschaulichkeit keine Spur, die Gesellschaft wirkt komprimiert und läuft hochtourig wie ein Rennmotor, dem das Letzte an Leistung herausgekitzelt wurde.

Ich seufze und stufe meine Überlegungen als fragwürdig und voreilig ein. Einen Tag in der Stadt und ich meine zu spüren, wie sie sich entwickelt hat. Ich fühle kurz am Puls und sofort weiß ich, wie es um das Lebensgefühl in den Straßen steht. Was hatte ich mir erhofft? Dass man tanzt, singt und sich öffentlich liebt?

Verdammt, die Existenz ist kaum einfacher geworden, war es schon nicht, als ich mich aus dem Staub machte. Für diese Einsicht gönne ich mir ein zweites Bier und eine weitere Zigarette. Aber ich nehme mir sogar vor, nicht wieder zu übertreiben wie gestern Abend.

So ziehe ich bald los, überquere den Rhein mit einem Außenquartier zum Ziel. Ich laufe eine Dreiviertelstunde, dann erreiche ich das Bruderholz, auf einer Anhöhe mit prächtiger Aussicht auf die dicht besiedelte Rheinebene gelegen. Ein exklusiver Stadtteil mit noblen Villen, aber auch mit biederen Einfamilienhäusern. Friedlich und grün, das Brummen der Stadt ist kaum wahrzunehmen. Je näher ich komme, desto langsamer werden meine Schritte, vor der Mauerecke bleibe ich stehen und schiele darum herum. Das Haus steht da, wie ich es verlassen habe. Wie geleckt und perfekt unterhalten. Der Garten gepflegt, die Hecke akkurat gestutzt, die Fensterläden frisch gestrichen, der Vorplatz ohne Unkraut und sauber gekehrt, zwei neue Mercedes vor der Doppelgarage. Aus dem Garten ist lautes

Gelächter und Planschen zu vernehmen. Hoppla, ein Swimmingpool, der ist neu. Eine Party? Frauengekreische, Männergegröle, beste Stimmung. Ein eifersüchtiges Ziehen macht sich in der Herzgegend bemerkbar.

Was habe ich denn erwartet? Dass seit meiner Abreise Trauer herrscht? Die kommen bestens ohne mich zurecht, wenn nicht sogar besser. Zum Schluss war ich ja nur noch ein Arschloch.

Ich will mich bereits abwenden und zurück in die Stadt laufen, da öffnet sich die Haustür und heraus tritt sie mit einem jüngeren Mann, den ich nicht kenne. Sie lachen und turteln wie Jungverliebte, er tätschelt sogar ihren Hintern, dann küssen sie sich innig zum Abschied. Er steigt in einen der Mercedes und sie winkt ihm zu, während er davonfährt. Sie schaut ihm nach, was mir die Zeit schenkt, sie eingehend zu betrachten. Sie hat sich kaum verändert. Sie ist immer noch schön, hat immer noch dieselbe schlanke Figur mit ihrem grazilen Gang, das lange, wallende Haar und ihre stets aufreizende Art sich zu kleiden. Wie tief sich die Jahre in ihr Gesicht gegraben haben, ist aus der Entfernung nicht einzuschätzen, aber sie schafft es zumindest, sich einen jüngeren Freund oder Lover zu halten.

Dann kehrt sie zurück ins Haus, schaut sich dabei kurz um und entdeckt mich. Mein Rückzug kommt eine halbe Sekunde zu spät, ich hoffe aber, nicht erkannt worden zu sein. Das Herz schlägt mir bis zum Hals. Nach kurzem Zögern mache ich mich auf und davon. Eiligen Schrittes hetze ich die Straße entlang, um möglichst schnell aus der Gegend zu verschwinden. Für ein Wiedersehen ist es zu früh, zudem entspricht diese Weise der Annäherung nicht meiner Vorstellung.

Für den Rückweg nehme ich die Straßenbahn, denn sie steht da an der Haltestelle rum und ich fühle mich plötzlich müde. Die ganze Fahrt über geht mir Alice nicht aus dem Kopf. Eigentlich wollte ich nur schauen, ob sie immer noch in unserem Haus wohnt und wie es jetzt da oben aussieht. Quasi rumschnüffeln und die Fährte aufnehmen.

Dass ich sie so schnell zu Gesicht bekomme, damit hatte ich nicht gerechnet und es hat mich, ehrlich gesagt, etwas aus dem Lot gebracht.

Seit mindestens vierzehn Jahren haben wir voneinander nichts mehr gehört oder gelesen. Zu Beginn gab es manchmal Briefe, ganz selten Telefonanrufe, nach einer Weile begann dann die Funkstille. Wir waren uns beide bewusst, wie hoffnungslos unsere Beziehung war, darum ließen wir los.

Aber jetzt bin ich wieder zurück. Ohne Anspruch, dafür mit einem sentimentalen Bedürfnis. Sie wird mich nur kurz einmal sehen, wir werden einige Sätze austauschen, danach lasse ich sie in Frieden. Mehr nicht. Es gibt keine Verpflichtungen, keine Kinder, keine Gemeinsamkeiten, wenige bemerkenswerte Erinnerungen, und wenn, dann überwiegen jene an ein hartes Ende, die die schönen verdrängen.

Beinahe vergesse ich auszusteigen. Im letzten Moment springe ich an der Heuwaage aus dem Tram. Einen exquisiten Italiener gibt es da, aber ich stelle fest, dass das Restaurant nicht mehr existiert. Also schlendere ich spontan durch die Steinenvorstadt bis zum Pub. Die Vergangenheit wird wach. Was haben wir hier drin gebechert und Fußball geschaut. Ich schmunzle. Aber ich bin hungrig und anständig essen kann man hier nicht, darum bummle ich weiter. Je länger ich laufe, desto mehr fällt mir auf, wie die Gastronomie sich verändert hat. Nur wenige Restaurants und Bars sind noch dieselben, die sie mal waren. Selbst die altehrwürdige *Hasenburg* wurde aufgehübscht und vermag der Vergangenheit kaum gerecht zu werden, als sich an den rohen Holztischen sämtliche Gesellschaftsschichten und Gesinnungen trafen. Jetzt ist die Stimmung etwa so steif wie die weißen Tischtücher.

Egal, ich setze mich draußen an einen Tisch und bestelle mir eine Rösti mit Rindsleber und ein Glas Riesling dazu. In dieser Gasse pulsiert das Leben längst nicht so wie drüben am Rheinbord vor dem Hotel. Passt besser zu meiner rührseligen Stimmung. Nahm ich mir doch vor, ja keine alten Gefühle hochkommen zu lassen, und nun das. Ich ärgere mich, der Ungeduld und dem inneren Verlangen nachgegeben zu haben. Wie oft stellte ich mir vor, wie es sich anfühle, zurückzukehren, ganz behutsam in das neue Leben einzutauchen, um das alte vergessen zu machen.

Gras ist über mein Scheitern gewachsen, mein Name löst keine Reaktionen mehr aus, mein Gesicht wird nicht mehr erkannt. Nur Einzelne werden bei meinem Anblick einen roten Kopf bekommen und möglicherweise sind für jene, die mir nahestanden, fünfzehn Jahre zu wenig. Das Trümmerfeld, das ich hinterließ, war nicht so einfach aufzuräumen.

Ich seufze, wische die dämpfenden Erinnerungen zur Seite und ergebe mich dem Genuss des Essens und Trinkens. Es schmeckt vorzüglich und mein innerer Frieden kehrt wieder ein.

Kapitel 5

Es war eine erholsame Nacht mit gezogenen Gardinen und ohne schmerzhaftes Erwachen am Morgen. Ich fühle mich erholt, nicht nur körperlich, auch die schwermütigen Gedanken von gestern haben an Gewicht verloren und lasten nicht mehr auf meiner Stimmung. Ich federe aus dem Bett.

Nach dem Frühstück breche ich auf mit dem Ziel, der Vergangenheit eine Zukunft zu geben. Der Weg führt mich dem Rhein entlang bis in die Nähe des Hafens, wo sich in einem alten Gewerbegebäude Marcs Büro befindet. Hier hat sich auf den ersten Blick nichts verändert, bei genauem Hinsehen stellt man jedoch fest, dass alteingesessene Firmen von neuen abgelöst wurden. Die Gentrifizierung hat auch vor diesem schäbigen Teil der Stadt nicht Halt gemacht. Auf der Tafel am Eingang sind Architekturbüros, Programmentwickler und Grafiker aufgelistet, glücklicherweise existiert Marc mit seinem Treuhandbüro noch. Ich steige die Treppe hoch in das zweite Stockwerk, wo hinter der milchigen Glastür mit der Firmenaufschrift eine schemenhafte Person zu gestikulieren scheint. Missgelaunte Töne sind zu vernehmen und ich meine, Marcs Stimme zu erkennen. Ungeeigneter Augenblick für ein Wiedersehen. Ich zögere, bleibe stehen, versuche, Worte zu verstehen, nicht um zu lauschen, nur um abzuschätzen, wie ungünstig mein Besuch sein könnte. Ich höre etwas von »verdammte Scheiße« und »leck mich am Arsch!«, es herrscht definitiv keine gute Laune. Ich wanke mit meiner Entscheidung, letztlich überwiegt der Wunsch nach einem freudigen Wiedersehen, also wende ich mich ab, um den Rückweg anzutreten. In diesem Moment wird die Tür aufgerissen, ich erschrecke, fahre herum und wir starren uns an. Beide sind wir überrascht, er von meiner Anwesenheit, ich über sein Aussehen.

Er ist alt geworden. Sein Gesicht ist aschgrau wie sein schütteres Haar, Falten runzeln seine Haut, die Tränensäcke hängen tief, er sieht hundsmiserabel aus. Seinen Augen, die mich entgeistert anstieren, fehlt jeglicher Glanz, sein Mund verzieht sich zögerlich zu einem schmalen Lächeln.

»Ach, Vincent!«, entfährt es ihm. »Das darf doch nicht wahr sein. Was machst denn du hier?«

»Ich bin wieder zurück.«

Er ist sprachlos und mir fehlen die passenden Worte. Alle Erklärungen, die ich mir zurechtgelegt habe, sind aus meinem Gedächtnis verschwunden. Einfach weg. Eine Pause entsteht, während der wir uns mustern.

»Verdammt, mit dir habe ich zuletzt gerechnet«, meint er dann. »Du warst wie vom Erdboden verschluckt, selbst Alice hatte nur eine vage Ahnung, wo du dich aufhältst und was du tust.«

»Das war der Sinn der Sache. Nach all dem Mist, den ich veranstaltet habe, brauchte es einen Neuanfang, einen Reset.«

Er nickt nur leicht, als wolle er sich meinen Worten anschließen.

»Dann hast du Pläne?«

»Zu behaupten, klare Pläne zu haben, wäre vermessen. Mich treiben mehr Ideen, Bedürfnisse und Wünsche. Dich wieder einmal zu sehen, war ein großes Bedürfnis.«

»Oh, welche Ehre, dass du nach so vielen Jahren noch an mich denkst und mich zu sehen wünschst.«

Es klingt leicht zynisch.

»Alte Zeiten, die man nicht vergessen kann.«

»Sentimentales Arschloch. Haut einfach ab und kommt zurück, als wäre nichts gewesen.«

Ich grinse. Wie habe ich doch seine ungeschminkte Ausdrucksweise vermisst. Mit Marc saß ich während der gesamten Grundschule in der letzten Reihe des Klassenzimmers am gleichen Pult und mit ihm verbrachte ich die meiste Zeit meiner Jugend. Selbst Mädchen schafften es nicht, unsere Bande zu sprengen. Später trennten sich unsere Wege, trotzdem bildeten wir mit zwei anderen Jungs, Leo und Franco, eine verschworene Gemeinschaft.

»Einverstanden, das war nicht die feine Art, aber aus meiner Sicht der einzige Weg, wieder Fuß zu fassen.«

»Und? Hast du es geschafft?«

»Ich denke schon. Die Frage ist nur, wie dies von meiner Vergangenheit aufgefasst wird.«

»Zuerst gilt es diese Überraschung zu verarbeiten.«

»Ich möchte dich zu einem Nachtessen einladen, damit wir uns in Ruhe austauschen können.«

Er verzieht sein Gesicht zu einer missmutigen Fratze.

»Das ist im Moment ungünstig. Ich habe gehörig Ärger am Hals, geschäftlich wie auch privat, und werde während der kommenden Tage davon absorbiert sein. Vielleicht nächste Woche.«

Verlegen schaut er auf seine Schuhspitzen.

»Das tut mir leid. Selbstverständlich hat das Vorrang. So schnell gehe ich nicht weg.«

»Wie bist du zu erreichen?«

»Ich habe kein Handy. Aber ich wohne im Hotel Krafft, da kannst du an der Rezeption eine Nachricht hinterlassen und ich melde mich umgehend bei dir.«

Er nickt. Sein Antlitz hat einen harten Ausdruck erhalten. Offenbar verbirgt sich hinter dem Ärger weit mehr als nur eine Banalität. Aber ich frage nicht nach den Gründen, der Augenblick lässt es nicht zu.

Wir umarmen und verabschieden uns wortlos, dann mache ich mich davon. Draußen halte ich inne, leicht ratlos, was ich mit dem angebrochenen Tag unternehmen soll. Insgeheim habe ich mir vorgestellt, wie wir unser Wiedersehen feiern. Ungelegen zu sein, entspricht nicht dem Plan. Ich ärgere mich über falsche Erwartungen und der Meinung, dass man bei meiner Ankunft alles fallen lässt und mich mit offenen Armen empfängt. Marcs Probleme wiegen schwerer als mein unvermitteltes Auftauchen aus dem Nichts. Überraschungen im falschen Moment sind nervend, das weiß sogar ich.

Ich schlendere grübelnd dem Rhein entlang zurück Richtung Innenstadt. Mein Weg führt mich nicht ganz zufällig an dem Schulhaus vorbei, wo Leo unterrichtete, als ich von der Bildfläche verschwand. Nach einem kurzen Zögern trete ich ein. Das altehrwürdige Gebäude strahlt Ruhe aus. Die Türen zu den Unterrichtsräumen sind geschlossen, man spürt förmlich das Lernen dahinter, nur ab und zu sind leise Stimmen zu vernehmen. Das Sekretariat befindet sich am Ende des Korridors, ich klopfe an und gehe hinein, so, wie von früher gewohnt, wenn ich Leo besuchte und nicht wusste, wo er zu finden war.

Ich bin freudig überrascht, sitzt doch immer noch dieselbe Sekretärin hinter der Theke wie damals. Die Jahre sind beinahe spurlos an ihr vorbeigegangen, einzig ein paar Fältchen um die Augen können das Altern nicht ganz verbergen. Es dauert einen Moment, bis sie mich erkennt, dann lächelt sie matt, steht auf und tritt mir entgegen.

»Guten Tag Frau Klein. Schon lange nicht mehr gesehen.«

»Herr Roth, dass ich Sie jemals wieder zu Gesicht bekomme, hätte ich mir nie träumen lassen.«

Sie hatte einen Narren an mir gefressen. Wenn ich vorbeikam, plauderten wir meist bei einer Tasse Kaffee, bis Leo endlich Zeit für mich hatte. Es kam nicht oft vor, aber bei den wenigen Gelegenheiten fanden wir Gefallen aneinander. Deshalb irritiert mich ihre unverhohlene Zurückhaltung. Keine überschäumende Begrüßungsfreude wie früher, nur ein verhaltenes Lächeln, welches ihre Augen nicht erreicht.

»Ja, ich habe mich eine Zeit lang rar gemacht. Aber es trieb mich zurück und nun suche ich den Anschluss an die Vergangenheit. Wie geht es Ihnen?«

»Wieder besser.«

Keine Antwort, die man hören will, zudem eine, die nach Mitgefühl schreit.

»Das tut mir leid. Ich hoffe, es kommt alles wieder in Ordnung.«

Sie versteift sich, ein glasiger Schimmer überzieht ihre Augen, mit einem Mal scheint sie gegen Tränen kämpfen zu müssen.

Sie krallt sich an die Theke wie eine Betrunkene und sagt mit heiser Stimme: »Sie sollten es am besten wissen, dass es nie mehr so kommt, wie es einmal war.«

Ich bin verwirrt, kann ihrer Bemerkung keinen Sinn abgewinnen, aber begreife schnell, dass sich etwas ereignet haben muss, was auch mich betrifft.

»Entschuldigen Sie meine Irritation, leider habe ich keine Ahnung, was ich wissen sollte.«

Jetzt beginnen ihre Tränen zu fließen, was mich bestürzt und panisch überlegen lässt. Ich kenne sie zu wenig, um einschätzen zu können, was es braucht, um sie derart aus der Fassung zu bekommen. Ich spüre aber auch, wie sie von meiner Ratlosigkeit irritiert wird. Wir stehen uns gegenüber und verstehen uns nicht, wir reden aneinander vorbei. Dafür verfangen sich unsere Blicke, jeder hofft, in den Augen des anderen einen Hinweis oder eine Antwort zu finden.

»Was ist geschehen?«, frage ich.

»Leo!«, wispert sie. Mehr nicht.

»Was ist mit Leo?«, hake ich in einem resoluten Ton nach.

»Ich dachte, Sie wissen, dass er tot ist.«

»Tot?«

Ihre Stimme versagt, also nickt sie heftig, während es mir übel wird. Ich setze mich auf den Besucherstuhl und verliere die Kontrolle über meine Gedanken. Wie die Stahlkugeln im Flipperkasten schießen sie hin und her, ohne ein brauchbares Resultat. Was für eine Tragödie, Leo ist tot. Ich fühle mich mit einem Mal unsagbar leer, als hätte man den Stöpsel gezogen und alles ist aus mir ausgelaufen. Was bleibt, ist Zweifel und Verweigerung. Ich kann und will es nicht glauben. Er war zu jung und zu lebensfroh, um zu sterben. Wenn einer von uns die Freude am Leben verkörperte und mit beschwingter Leichtigkeit sein

Dasein zelebrierte, dann war es Leo. Er war es, der uns in all den gemeinsamen Zeiten eine Stütze war, mit dem wir uns besaufen konnten und der uns zum Schluss nach Hause brachte. Er war es, der für alles Verständnis hatte, wenn es sich noch so falsch anfühlte. Er war es, der niemals Vorwürfe machte und uns nie belehrte, wäre es noch so nötig gewesen. Ich beneidete manchmal sogar die Kinder, die bei ihm zur Schule gingen. Er war so etwas wie ein Heiliger. Verdammt, ich rede bereits in der Vergangenheitsform über ihn. Das darf nicht sein.

»Wie und wann ist es geschehen?«

Sie setzt sich auf den Stuhl neben mir.

»Vor drei Monaten hat er sich das Leben genommen.«

Oh Gott, das auch noch. Was für ein Albtraum. Nicht in meinen kühnsten Fantasien hätte ich mir vorstellen können, dass er fähig wäre, sich selbst das Leben zu nehmen.

»Aber warum?«

Sie zögert zuerst und sagt dann: »Man warf ihm vor, einen Jungen sexuell belästigt zu haben. Eine schmutzige Geschichte, die aus dem Ruder lief. Er dementierte vehement, nur nütze es nichts, denn die Sache wurde in die Presse getragen.«

»Oh nein«, stöhne ich, »das darf doch nicht wahr sein.«

In meinen Kopf herrscht ein Vakuum, mir fehlen die Worte. Was sagt man schon zu solch einer beschissenen Geschichte. Das Einzige, was mir dazu einfällt, ist die Überzeugung, dass diese Anschuldigung gegen Leo eine Farce ist. Er, ein pädophiler Perverser, der auf Jungen steht. Unmöglich. Ich kenne ihn so gut wie kaum jemanden sonst. Selbst seine sexuelle Ausrichtung ist mir bekannt, dazu passt diese Unterstellung wie der Pfarrer ins Puff. Er war ein Vorzeigehetero, er verehrte die Frauen, er war damals mit Sarah zusammen, ließ aber trotzdem wenige Gelegenheiten aus, die sich ihm boten. Wie oft musste ich für ein falsches Alibi einstehen? Kann man sich derart in einem Menschen täuschen? Unvorstellbar, auch mit bestem Willen nicht. Zudem ein Kind, ein Schutzbefohlener, ein Schüler. Er, der Lehrer aus Passion war und sich für seine Kleinen, wie er sie immer nannte, grenzenlos engagierte.

Ich bin fassungslos und fühle mich um eine große Wiedersehensfreude betrogen. Wäre ich doch drei Monate früher gekommen, vielleicht hätte ich dieses Drama verhindern können. Wieso haben sich die anderen nicht eingemischt? Marc hat kein Wort verloren, was mir jetzt auffällt und Befremden auslöst. Er hat Probleme angesprochen, aber an seiner Stelle wäre der Tod von Leo das Wichtigste gewesen, was uns verbindet. Ein mieses Gefühl wühlt sich in mir hoch.

Ich schaue Frau Klein in die Augen, wo Schmerz, aber auch eine neugierige Erwartung zu lesen ist.

»Es tut mir unendlich leid«, bricht sie das drückende Schweigen. »Mir ist bewusst, dass Sie mit Leo eine enge Freundschaft verband, und ich fürchtete mich genau vor diesem Augenblick. Er erzählte oft von Ihnen und gab zu verstehen, wie sehr er Sie vermisste.«

»Was für ein Desaster«, murmle ich und spüre, wie die Tränen kommen.

Sie rückt näher, wir umarmen uns, was bei mir die Dämme brechen lässt. Ich kenne mich selbst nicht, wie ich mich an sie klammere und wir gemeinsam weinen. Wann habe ich das letzte Mal Tränen vergossen? Nicht einmal vor fünfzehn Jahren, als ich mich heimlich, still und leise davonstahl. Weder Trennungsschmerz noch Scheitern, weder Scham noch Demütigung waren Gründe für ein Weinen. Nur ein echter Verlust scheint wahre Regungen auszulösen.

Plötzlich werden wir uns der intimen Nähe bewusst und lösen uns vorsichtig aus der Umklammerung.

»Entschuldigen Sie. Es kam über mich.«

»Das sollte Ihnen nicht peinlich sein«, meint sie und schnieft.

»Ist es mir nicht. Darf ich dich Betty nennen?«

»Aber mit Freude, Vincent.«

»Ich denke, das war ein wenig zu viel für den Moment. Später würde ich gerne über das Geschehene mit dir reden. Können wir uns wiedersehen? Ich lade dich zu einem Nachtessen ein.«

»Wann?«

»Ich bin völlig ungebunden, sag mir, zu welchem Zeitpunkt es dir passt.«

»Heute Abend?«

»Okay. Ich wohne im Hotel Krafft, wo es ein feines Restaurant hat. Um zwanzig Uhr draußen auf der Seite zum Rhein.«

»Fein, ich freue mich, auch wenn es unter anderen Umständen weit erfreulicher gewesen wäre.«

Wir verabschieden uns, dann schlendere ich gedankenversunken Richtung Hotel. Von der sommerlichen Leichtigkeit der Promenade mit ihren Buvetten, den Eisverkäufern, den Flanierenden, den Sonnenden und Badenden nehme ich keine Notiz. In meinem Kopf herrscht düstere Konfusion, als hätte man sämtliche negativen Gedanken in einen Betonmischer geworfen. Außer einer traurigen Verwirrung kommt nichts heraus. Es gibt zu viele offene Fragen, ohne deren Antworten keine vernünftige Meinung möglich ist, zudem zermürbt mich die Trauer. Endlich erreiche ich das Hotel, gehe hoch in mein Zimmer, wo ich mich aufs Bett lege und an die Decke starre.

Kapitel 6

Um ein Haar hätte ich verschlafen. Irgendwann und entgegen meinem aufgewühlten Inneren hatte mich der Schlaf übermannt. So hetze ich nach einer Rasur und einer kurzen Dusche hinunter. Betty sitzt bereits vor einem Glas Weißwein und lächelt mir entgegen.

»Es ist nicht meine Art, eine Frau warten zu lassen. Entschuldige. Ich legte mich hin und war eingenickt.«

»Diese zehn Minuten werden nachgeholt. Aber wie wir wissen, gibt es Wichtigeres als ein wenig Zeit.«

»Wie wahr.«

Ich bestelle auch ein Glas Weißwein, dann entsteht eine Pause, da wir uns gegenseitig mustern. Sie ist etwa Mitte vierzig, schlank, beinahe etwas schmächtig und zerbrechlich, trägt ihre braunen Haare mit einem kurzen Pony, ihre Augen sind hellgrau und eingerahmt mit langen Wimpern, ihr Mund ist sinnlich geschwungen. Erstmals sehe ich sie in einem luftigen Sommerkleid, was auffällt, da ich sie als graue Büromaus, mit nüchterner Bluse und unmodischen, schlecht sitzenden Jeans in Erinnerung hatte. Heute überrascht mich ihre Attraktivität, die ich damals übersehen haben muss oder erst während meiner Abwesenheit herangereift war. Was denkt sie über mich? Ihr prüfender Blick ist mir leicht peinlich.

»Fünfzehn Jahre ist eine lange Zeit«, sagt sie unversehens. »Leo hat mir erzählt, du hättest dich irgendwo nach Frankreich in die Einsamkeit zurückgezogen, nachdem dein Leben hier aus den Fugen geraten sei.«

»So kann man es grob umschreiben. Ich lebte in den Cevennen, einem gebirgigen Gebiet im Süden Frankreichs.«

»Und was macht man da während fünfzehn Jahren?«

»Schafe und Ziegen hüten, Käse und Würste produzieren, Pilze suchen und vieles mehr.«

»Machst du Witze?«

»Nein. Absolut nicht.«

Mein Glas Wein wird serviert, also stoßen wir zuerst an und nehmen einen Schluck. Ihre Irritation will aber nicht weichen.

»Ich war der Meinung, du wärst eine große Nummer bei einer Bank gewesen? Wie passt denn da das Leben eines Schäfers dazu?«

»Genau deshalb habe ich es gewählt. Will man die Vergangenheit loswerden, dann braucht es einen Neuanfang, sonst wärmt man das Geschehene nur auf.«

Sie lässt meine Worte Revue passieren, was mir die Gelegenheit gibt, das Thema zu wechseln.

»Kannst du mir etwas über Leo erzählen? Am besten die Wahrheit hinter der Geschichte.«

»Die Wahrheit? Wer kennt schon die wahren Gründe? Vermutlich waren es zu viele Ursachen, die sich zum falschen Zeitpunkt kumuliert hatten. Manchmal fühlte ich mich wie eine Vertraute, zuweilen war er mir fremd. Aber diese Anschuldigung war der Tropfen, der das Fass zum Überlaufen brachte. Seine Frau und seine Freunde ließen ihn im Stich, allerdings gab es bereits vorher Spannungen.«

»Wie ist das zu verstehen?«

»Er hatte was mit der Frau eines Freundes.«

Ihre Antwort zerstört endgültig die Hoffnung auf eine unbeschwerte Rückkehr in meine Vergangenheit. Offenbar fiel ein Kartenhaus in sich zusammen. Ich dachte immer, ich sei das Arschloch unseres Freundeskreises gewesen, wie es aussieht, hatten alle ihre Leichen im Keller. Aber ausgerechnet Leo. Verdammt nochmal, was für einen Haufen Scheiße!

»Dieser Irrsinn haut mich um. Es fällt mir schwer, das alles zu glauben. Zuerst dieser vernichtende Vorwurf der Pädophilie, dann der Missbrauch einer ewigen Freundschaft. Es hört sich an, als wäre er nicht mehr sich selbst gewesen.«

»Du kanntest ihn ziemlich gut.«

»Ja, seit der Schule. Vier Freunde fürs Leben. Es gab nichts, was wir nicht voneinander wussten. Nun fühlt es sich an wie eine billige Illusion.«

»Und die anderen zwei Freunde? Hast du sie schon zu Gesicht bekommen?«

»Nur Marc. Er hatte kurz Zeit für mich. Wie ich verstanden habe, plagen ihn private und geschäftliche Probleme. Er wird sich bei mir melden, wenn er zur Ruhe gekommen sein wird. Franco, den Letzten im Bund, werde ich morgen aufsuchen.«

Betty schaut mich voller Bedauern an, zumindest gibt mir ihre Miene dies zu verstehen. Möglicherweise hat sie weitere schlechte Neuigkeiten auf Lager, auf die ich allerdings keine Lust habe.

So frage ich: »Wollen wir uns etwas zu essen bestellen?«

»Wenn dir der Appetit nicht vergangen ist.«

»Der lässt sich nicht so schnell aus der Bahn werfen.«

Wir studieren kurz die Karte und wählen dann beide den Seeteufel.

»Erzähl mir doch bitte von dir. Ich habe im Moment genug von meinem eigenen Umfeld«, fordere ich sie mit einem subtilen Lächeln auf.

»Da gibt es nicht viel zu erzählen. Ich bin die graue Maus der Schule, lebe alleine und liebe Frauen.«

Ich schmunzle und entgegne: »Das sagst du, als wolltest du mir zu verstehen geben, dass ich die Finger von dir lassen soll.«

»Kam das so rüber?«

»Nein, nicht zwingend, aber du lässt wenig Interpretationsspielraum zu. Für mich bist du trotzdem eine faszinierende Person. Und das mit der grauen Maus hast du heute eindrucksvoll widerlegt.«

»Ach ja?«

»Für einen Mann wärst du jedenfalls ein äußerst attraktives Ziel. Vertrau mir, ich kann das durchaus beurteilen.«

»Weil du nach fünfzehn Jahren in der Einsamkeit mit wenig zufrieden bist?«

Begeistert von ihrer Schlagfertigkeit lache ich laut auf. Sie zeigt nur ein schelmisches Grinsen.

»Was sind deine Pläne?«, fragt sie.

»Ich suche den Weg zurück in die Gesellschaft und in meine Heimat. Mehr nicht. Ich habe einige Ideen, ob sie realistisch sind, wird sich herausstellen.«

»Das war nur eine halbe Antwort.«

»Du machst es mir nicht leicht, meine Pläne für mich zu behalten. Ich bin überzeugt, dass all diese exzellenten Produkte aus den Cevennen hier ihre Liebhaber finden werden.«

»Würste und Käse?«

»Nicht nur, da gibt es noch einiges mehr. Honig, Kastanienprodukte, Olivenöl, Wein, Kräuter und – nicht zu vergessen – schwarzer Trüffel.«

»Du eröffnest ein Delikatessengeschäft?«

»Vielleicht. Durchaus möglich, dass ich nur den Import organisiere. Während der nächsten Wochen werde ich meine Fühler ausstrecken und eine Entscheidung treffen. Ich bin offen für alles.«

Sie nickt anerkennend, dabei ist ihr anzusehen, wie sie die neuen Informationen zu verarbeiten versucht und weitere Fragen entstehen.

»Verrückt! Du gehst Schafe hüten am Arsch der Welt und kommst als erfolgreicher Geschäftsmann zurück. Ein modernes Märchen. Ich vermute, Geld spielte nie eine Rolle.«

Das Essen wird serviert, was mich aufschnaufen lässt, denn ihre Fragerei bringt mich ins Schwitzen. Hatte ich mir doch vorgenommen, meine Pläne vorerst unter dem Deckel zu behalten. Wir bestellen noch zwei Gläser Rotwein und eine Flasche Mineralwasser, dann widmen wir uns dem vorzüglichen Fisch.

»Um auf deine Bemerkung mit dem Geld zurückzukommen: Es reichte für die Gründung der Existenz. Ich kaufte mir einen verlassenen Hof, die Tiere und alles, was man dazu benötigt. Dann war ich pleite.«

»Du willst mir aber nicht weismachen, dass du auf diese Weise so viel Geld erwirtschaftet hast.«

»Nein, dazu brauchte ich Louis, meinen Hirtenhund. Er erschnüffelte mir einen bescheidenen Reichtum, er war der beste Trüffelhund.«

»Ist er tot?«

»Ja, leider.«

Ein unangenehmes Thema für mich. Und ich kann nicht sagen, was mich tiefer getroffen hat, der Tod von Louis oder jener von Leo. Ich hätte mir nie träumen lassen, dass ich jemals eine so innige Beziehung zu einem Hund haben könnte.

»Früher betrachtete ich Hunde als modisches Zubehör, aber in den Cevennen erkannte ich deren Notwendigkeit. Keine Herde ohne Hirtenhund, denn der Wolf wurde wieder heimisch. Louis war ein Geschenk Gottes. Eines Tages, ich war mit den Instandsetzungsarbeiten am Hof zum Ende gekommen, stand dieser Welpen plötzlich vor der Tür. Ich versuchte, seine Herkunft herauszufinden, aber niemand wusste, woher er kam und welcher Rasse er angehörte. Er kam und blieb sein Leben lang bei mir.«

Betty starrt mich an und kaut immer langsamer, dann schluckt sie hart.

»Eine faszinierende Geschichte«, meint sie. »Aber du hattest doch keine Ahnung von Schafen und der Produktion von Käse und Würsten.«

»Ja, ich war gezwungen, mir alles anzueignen. Ein alter Schäfer begleitete mich das erste Jahr, den Rest brachte ich mir selbst bei.«

Sie scheint beeindruckt, auf jeden Fall grübelt sie über meine Worte.

»Faszinierend. Du könntest vermutlich stundenlang erzählen und mir würde es keine Sekunde langweilig. Aber eine Frage beschäftigt mich. Du warst, nachdem der alte Schäfer nicht mehr bei dir war, völlig alleine?«

»Nur ich und Louis. Einmal in der Woche ging ich ins Dorf, um Käse und Würste zu liefern und um Lebensmittel einzukaufen. Da traf ich Leute und aß mit ihnen im Bistro. Du wirst es mir nicht glauben, aber ich genoss die Abgeschiedenheit.«

»Und da gab es keine Frau, die dich ab und zu liebevoll verwöhnte?«

»Du wirst zweifeln, aber da gab es kein weibliches Wesen in meinem Haus und mit den Schafen trieb ich es nicht. Nur im Fall deine Fantasie ausufern sollte.«

Das war mit Sicherheit zu viel für ihre Vorstellungsgabe. Wiederum kaut sie langsam und mustert mich misstrauisch, ob da nicht ein Anzeichen einer kleinen Lüge zu entdecken wäre. Endlich kann ich mich wieder in Ruhe dem Essen widmen. Während der letzten fünfzehn Jahre wurde mein Essen nie kalt.

»Das ist nicht nachvollziehbar«, murmelt sie leise mit skeptischem Blick.

Ich lasse ihren Einwand im Raum stehen, zuerst genieße ich das Essen zu Ende. Zufrieden wische ich den Mund ab und lehne mich zurück.

»Absolut verständlich, dass du Skepsis an der Einsiedelei hegst. Zu Beginn war es nicht mein Ziel, mich so konsequent zurückzuziehen. Aber eines Tages stellte ich fest, dass es da oben einfach keine Frauen gab, die mir gefielen. So gewöhnte ich mich an diesen Umstand.«

»Das Leben eines Mönchs. Du hättest doch den Radius deiner Ausflüge erweitern können. Zum Beispiel in eine Stadt.«

»Ach, weißt du, irgendwann erkannte ich meine Eignung zum Einsiedler. Allein zu sein, war keine Bürde, im Gegenteil, es kam meinem Überdruss entgegen. Du lebst ja auch allein.«

»Ja, nur in einer Stadt mit all den Möglichkeiten, jemanden kennenzulernen, scheint es mir nicht so aussichtslos wie in der Abgeschiedenheit der Wildnis. Ich brauche die Gesellschaft.«

»Aber die Anwesenheit vieler Menschen ist keine Gewähr für ein gesundes Sozialleben. Zwischen Alleinsein und Einsamsein gibt es einen markanten Unterschied. Ich fühlte mich in meiner Einöde nie einsam. Aber ich gebe zu, man hat gewisse Voraussetzungen zu erfüllen, damit dieses Experiment nicht scheitert.«

»Deine Argumente bestechen. Manchmal wünschte ich mir auch, allein zu sein, dafür reichen allerdings zwei Wochen völlig aus. Warst du denn kein urbaner Mensch, der die Stadt brauchte?«

»Ich bin hier aufgewachsen und habe bis zu meiner Abreise immer hier gelebt. Man kann mich durchaus als Stadtmenschen bezeichnen. Nur gab es eine schwerwiegende Krise in meinem Leben, die mir den Weg in die Abgeschiedenheit bahnte.«

Ihr mitleidiger Blick streift mich. Vielleicht hat Leo alles über die Gründe meines Verschwindens erzählt und sie markiert nun die einfühlsame Zuhörerin, oder sie hat tatsächlich keine Ahnung. Ich bereue meinen letzten Satz, also schweige ich.

Sie kann das Schweigen nicht im Raum stehen lassen: »Wirst du mir davon erzählen?«

»Ja, aber nicht heute Abend. Dafür ist mir unser Rendezvous zu schade.«

Kapitel 7

Die Klinik ist kaum wiederzuerkennen. Man ist dabei, sie zu sanieren und zu erweitern, sodass ich mich zuerst orientieren muss, bevor ich den Zugang zur Onkologie finde. Im Hotel hat die zuvorkommende Dame an der Rezeption kurz recherchiert und bestätigt, dass Franco immer noch dort arbeitet, wo ich mich von ihm verabschiedet habe. Was die Arbeitsorte meiner Freunde anbelangt, hat sich wenig verändert, da bewiesen sie eine erstaunliche Konstanz. Sollte Francos Privatleben mittlerweile ähnliche Verwerfungen aufweisen wie bei uns anderen, dann kann bereits von Solidarität gesprochen werden. Ein zynischer Gedankengang in Anbetracht Leos Tod.

Franco war stets der Stille mit einem ausgeprägten Hang zum Familienleben. Wir waren uns nie sicher, ob es der Einfluss von Lara, seiner früh geehelichten Sandkastenliebe, war, dass er vor seinem Studienabschluss schon Vater wurde. Deren Eltern sorgten für eine unbeschwerte Zeit, weshalb sie früh zu einem Reiheneinfamilienhaus kamen und wir Franco meist mit viel Aufwand aus seinem weichgepolsterten Nest locken mussten, ansonsten er das Haus nur für die Arbeit verlassen hätte. Er schätzte es trotzdem immer wieder, mit uns durch die Kneipen zu streunen und hie und da mit einem anständigen Suff das brave Familienleben aufzumischen.

An der Empfangstheke gibt es keine wie Betty, die ich kenne oder die mir zumindest bekannt vorkommt. Also muss ich mich wohl erklären.

»Guten Tag. Mein Name ist Vincent Roth und ich bin ein Freund von Franco Verobaldi. Ist er im Haus und hat er kurz Zeit für mich?«

»Guten Tag Herr Roth. Ich frag mal nach. Einen Moment bitte«, antwortet die dralle Blondine mit den grünen Augen.

Es scheint gar nicht so einfach zu sein, Francos Verfügbarkeit abzuklären, denn es braucht drei Anrufe.

»Wenn Sie sich eine halbe Stunde gedulden, dann wird er für Sie da sein. Er hat einen Notfall abzuschließen, danach gönnt er sich eine Pause.

»Herzlichen Dank, ich nehme unterdessen hier Platz.«

Sie lächelt mich süß an und wünscht mir überschwänglich einen angenehmen Tag, schließlich sollte man gegenüber einem Freund des Chefarztes nett sein, man kann ja nie wissen. Ich setze mich in den Wartebereich und nehme erstmals seit meiner Rückkehr eine Zeitung zur Hand. Seltsam, über Geschehnisse zu lesen, von deren Existenz ich keine Ahnung habe. Die Welt der Cevennen war überschaubar, trotzdem gab es überaus genug Probleme, Herausforderungen und Ereignisse, die die Menschen beschäftigten, da gab es wenig Bedarf nach Neuigkeiten aus aller Welt. Man hatte da die Haltung: Wenn ihr euch nicht für uns interessiert, dann interessieren wir uns auch nicht für euch. Mir imponierte dieser renitente Wesenszug der Bergbauern, aber auch ihr stoisches Desinteresse an allen weltbewegenden Dingen. So schweift mein Blick neugierig über die Seiten, ohne einen Bezug zu meinen Interessen zu finden, und in der Stadtpolitik kommen Themen zum Tragen, die ich nicht nachvollziehen kann.

»Na, mein Freund, wieder einmal im Land?«

Ich schaue auf und erblicke einen alten Mann. Ich erhebe mich, dann umarmen wir uns innig. Ein gutes Gefühl, auch wenn es mir etwas fremd geworden ist, jemanden zu drücken. Wie wir voneinander lassen, hat er feuchte Augen. Schweigend mustern wir uns.

»Wie es aussieht, wurden wir nicht jünger«, entfährt es mir. »Trotzdem ist es eine überwältigende Freude, dich wiederzusehen.«

»Hei Vincent, du sprichst mir aus dem Herzen. Allerdings konnte ich mich auf dich vorbereiten, Marc rief gestern ganz aufgeregt an. Schön, schaust du vorbei. Was machst du in der Stadt?«

»Mal schauen, vielleicht bleibe ich. Mich beschäftigt eine Idee, zudem wollte ich mal nachsehen, ob die alte Welt noch existiert.«

»Komm, lass uns einen Kaffee trinken und erzähl mir von den vergangenen Jahren und deinen Plänen.«

Er führt mich in die Cafeteria, entschuldigt sich auf dem verschlungenen Weg dahin für die rustikale Baustellenromantik und holt an der Theke zwei Espressos und zwei Glas Wasser. Wir setzen uns an die Fensterfront, welche den Blick hinaus auf den parkähnlichen Garten der Klinik freigibt.

»Mensch, dass ich dich je wieder einmal zu Gesicht bekomme, hatte ich mir längst aus dem Kopf geschlagen«, meint er mit einem bitteren Lächeln, während er mich mustert. »Siehst aber verdammt gut aus. So verwittert und ledern wie ein Indianer, vor Gesundheit strotzend, kräftig und sehnig wie ein Zehnkämpfer. Da könnte man neidisch werden. Erzähl, was treibt dich in die Stadt?«

»Fünfzehn Jahre waren genug. Hätte ich diese Gelegenheit nicht beim Schopf ergriffen, wer weiß, vermutlich wäre ich nie mehr zurückgekommen. Es ist eine kleine Idee, die mich aus den Bergen lockt. Mal schauen, ob sich damit Geld verdienen lässt. Das werde ich in den kommenden Wochen abklären, danach sehe ich weiter. Wenn ich etwas gelernt habe, dann Gelassenheit und die Reduktion meiner Ansprüche auf das Mindeste.«

Die Neugier steht in sein Gesicht geschrieben.

»Von welcher geheimnisvollen Geschäftsidee sprichst du da eigentlich?«

»Schwarzer Trüffel und all die wunderbaren Köstlichkeiten aus den Cevennen. Hochwertige Naturprodukte für Menschen, die das zu schätzen wissen. Aber abgesehen davon sehnte ich mich nach meiner Heimatstadt und meiner alten Welt. Erzähl von dir. Wie läuft es in deinem Leben?«

»Na ja, ich befürchte, du hast den falschen Augenblick für die Rückkehr in deine Vergangenheit gewählt. Hier zerfällt zurzeit alles in seine Moleküle. Womöglich hast du schon einige Neuigkeiten erfahren.«

»Leo ist tot und Marc geht es privat und geschäftlich schlecht. Mehr weiß ich nicht. Allerdings reicht vollauf fürs Erste.«

»Okay, dann kann ich dir auch noch den Rest erzählen«, murmelt er und kratzt sich am Hinterkopf. »Angefangen hat alles mit Marcs geschäftlichen Problemen, dann kam Leos Lebenskrise. Beide manövrierten sich in eine ausweglose Situation, allerdings in völlig verschiedenen Welten. Bei Leo war es das Liebesleben, bei Marc die Aussicht auf Insolvenz. Unsere Freundschaft wurde hart auf die Probe gestellt, da wir uns gegenseitig kaum helfen konnten, und nachdem Leo mit Tina im Bett gelandet war, blieben von unserer Seilschaft nur einige sporadische Kontakte zwischen Marc und mir übrig. Dann gab es da noch diese schrecklichen Anschuldigungen gegen Leo, die ihn in den Tod trieben. Kennst du diese Geschichte?«

»Ja. Betty Klein, die Sekretärin der Schule, hat mich informiert«, antworte ich, im Geiste seinen Worten nachhängend.

Die Tatsache, dass Francos Frau sich mit Leo eingelassen hat, irritiert mich völlig. In meiner Erinnerung existiert ein zutiefst konservatives Bild von Tina. Eine Mutter von drei Kindern, mit attraktivem Äußeren, die aber immer ernst, häuslich und prüde rüberkam. Was hat sich Leo nur dabei gedacht?

»So ein Idiot!«, entfährt es mir dann. »Warum nur? Er hätte doch wissen müssen, dass er damit alles zerstört. Habt ihr euch getrennt?«

Franco stiert in den Garten, seine Augen schwimmen in Tränen.

»Wie soll ich das erklären? Sie ist da und doch nicht. Einzig der jüngste Sohn, der an der Hochschule studiert, hält sie noch im Haus. Unsere Beziehung scheint zerbrochen. Obwohl ich ihr verziehen habe, sieht sie keine Zukunft mit mir.«

»Das tut mir sehr leid«, sage ich und bereue sogleich, solch eine flache Mitleidsbezeugung ausgesprochen zu haben.

»Das muss dir nicht leidtun, unsere Ehe war seit Längerem schon im Eimer, es war nur eine Frage der Zeit, bis es so oder so gekracht hätte.«

»Scheiße, Glück hat ein Verfallsdatum. Was ist nur aus uns geworden? Lebenshungrige, neugierige und energiegeladene Kerle, die nach der Schule die Welt erobern wollten und nun vor einem Scherbenhaufen stehen. Kaum ist der Zenit überschritten, frisst uns unser erfolgreiches Lebensmodell auf.«

»Du hast gut reden. Ich habe das Gefühl, du hast das hinter dir, was uns noch bevorsteht.«

Möglicherweise hat er recht. Da glaubte ich, auf der Sonnenseite des Lebens zu stehen und war der Überzeugung, jenen anzugehören, welche die Regeln festlegen. Was blieb davon übrig? Allerdings macht Erfolg selbstgefällig und leichtsinnig, dabei braucht es nur einen einzigen Fehler, um sehr schnell wieder bedeutungslos zu werden. Die Folgen sind verheerend. Mir hat es als Erstem den Boden unter den Füssen weggezogen oder bildlich ausgedrückt, ich fiel vom hohen Ross. Aber ich habe meine Konsequenzen gezogen, nur nicht so drastisch wie Leo.

»Denkbar, dass sich viele Probleme auch anders regeln lassen. Man muss nicht zwingend fünfzehn Jahre in die Abgeschiedenheit.«

»Ich kann dir nicht widersprechen«, meint er und schüttelt den Kopf. »Aber verdammt nochmal, jetzt sehen wir uns nach so langer Zeit wieder und haben uns kaum etwas Erfreuliches zu erzählen. Deine Pläne sind das Beste, was ich bis jetzt gehört habe.«

»Es riecht übel nach Misere und Tragik. Lass dir von einem Fachmann für Katastrophen gesagt sein, dass das Durchschreiten eines Tiefpunkts einer Katharsis gleichkommt. Dies ist eine platte Binsenweisheit, aber sie stimmt. Und eines erachte ich auch als wichtig: kein Flickwerk, besser ist ein Neuanfang. Die wäre so ungefähr die Essenz meiner Erfahrungen. Aber vergiss es gleich wieder, ich möchte nicht als Klugscheißer erscheinen.«

Jetzt nickt er nachdenklich, besinnt sich plötzlich, schaut auf die Uhr und bemerkt: »Mist, ich habe den nächsten Patienten. Diese arme Sau ist ganz unten angekommen und es geht nicht mehr nach oben. Hast du mal Zeit für ein Abendessen, übernächste Woche oder so?«

»Ja gerne. Ich wohne im Hotel Krafft. Dort erreichst du mich. Ich besitze im Fall kein Handy.«

Wir umarmen uns, dann verschwinde ich möglichst schnell. Draußen atme ich zuerst tief durch und setze mich auf eine Mauer. Ich hasse Spitäler, mögen sie noch so lebenswichtig sein. Trotz meiner Krisen und Bruchlandungen schaffte ich es nie, in eine Klinik eingeliefert zu werden. Noch nie lag ich in einem Spitalbett. Umso mehr kam ich zur Auffassung, dass eine Einlieferung unweigerlich mein Ende zu bedeuten hat. Darum rieche ich beim Betreten einer Klinik immer den Tod.

Gut möglich, dass mir langsam diese negativen, ja dramatischen Neuigkeiten aus meinem Umfeld zu schaffen machen. Wo ich hinsehe ein Trümmerfeld. Weltfremd bin ich ja nicht geworden, habe ich doch durchaus einige Veränderungen erwartet, aber nun überrascht mich dieses breit angelegte Desaster. Meine naive Illusion einer freudigen Wiedervereinigung hat sich wohl in Luft aufgelöst, vielleicht gut so, denn es gäbe genügend Gründe, auf meine Freunde sauer zu sein. Sie schauten damals weg und ließen mich ohne Wehklagen ziehen, weshalb ich erkennen musste, dass mein Verschwinden die einzig brauchbare Lösung für alle sei. Aber ich habe keine anderen Freunde.

Ich seufze, stelle mich auf die Beine und schlendere Richtung Innenstadt. Unterwegs gönne ich mir in einem Straßenbistro ein Bier, starre Löcher in die umliegenden Fassaden und verfange mich dabei in düsteren Gedanken. Als würde Treibstoff aus mir entweichen, fühle ich, wie die Energie und Dynamik aus meinem Körper strömt und unter dem Stuhl versickert. Ich ärgere mich über dieses mutlose Kapitulieren vor den Problemen anderer. Habe ich mir nicht beigebracht, durchzuhalten und nicht so schnell aufzugeben? Meine Existenz in den Cevennen wäre bereits im ersten Winter gescheitert, hätte ich nicht gegen die Widrigkeiten und mich selbst gekämpft.

Leise fluche ich auf Französisch vor mich hin. Eine Angewohnheit wie das Selbstgespräch in dieser Sprache, welches ich mir in der Abgeschiedenheit zugelegt habe. Ich denke auch meist auf Französisch, was sich vermutlich wieder ändern wird. Ich bestelle nochmals ein Bier, obwohl ich den Alkohol bereits leicht spüre. Egal, ich bin in Trinkerlaune. Auch so eine Angewohnheit.

Ich frage die Bedienung nach der Uhrzeit. Vierzehn Uhr. Plötzlich macht sich eine Lücke auf. Was mache ich mit dem angebrochenen Tag? Hier sitzen bleiben und saufen? Nicht sehr originell, zudem fürchte ich die unangenehmen Folgen. Da kommt mir Lucie in den Sinn. Ich habe ihr versprochen, mich zu melden, wenn ich angekommen bin. So weit bin ich längst nicht, zu viel fühlt sich noch fremd an, aber ich hätte Zeit und Lust auf Gesellschaft.

Ich frage die Bedienung nach einem Münztelefon. Sie schaut mich verdutzt an, lächelt milde und meint, dass so etwas schon nicht mehr gibt. Also bleibt nur das Telefon in meinem Hotelzimmer.

Ich bezahle, trinke aus und laufe mit schnellen Schritten zum Hotel. Ich tippe ihre Nummer in die Tasten, dann ertönt das Freizeichen. Beim dritten Rufton nimmt sie ab.

»Hallo, hier spricht Lucie Wagner.«

Sie spricht nicht, sie haucht diese Worte.

»Und hier spricht Vincent, dein Reisegefährte.«

»Oh, welche Freude. Irgendwie hatte ich meine Zweifel, jemals wieder etwas von dir zu hören. So ist es jetzt doppelt so schön. Hat dich deine alte Welt zurück? Wie war das Wiedersehen nach so langer Zeit?«

»Auf jeden Fall nicht so, wie ich es mir vorgestellt hatte.«

»Das hört sich nicht euphorisch an.«
»Das hast du richtig erkannt. Wollen wir uns treffen? Steht unser Abendessen noch oder bist du bereits in Frankfurt?«
»Logisch, bin ich noch in Basel, schließlich habe ich Termine wahrzunehmen.«
»Und hast du für heute deine Pflichten schon erledigt?«
Kurz herrscht Stille am anderen Ende der Leitung.
»Äh, ja. Wieso? Hast du einen Plan?«
»Ja, ich lade dich jetzt zum Apéro und danach zum Abendessen ein.«
»Stopp! So war das nicht vereinbart. Ich habe doch die Einladung ausgesprochen.«
»Ich habe entschieden, die Regeln zu ändern.«
»Aha. Gibt es dazu einen Grund?«
»Auf jeden Fall. Davon erzähl ich dir später. In einer Stunde auf dem Münsterplatz vor dem Rollerhof.«
»Okay. Dann bis bald.«
Wir legen auf und im gleichen Augenblick bin ich mir nicht mehr sicher, ob das jetzt eine vernünftige Idee war. Meine Andeutungen wirkten ansatzweise wie ein Hilferuf. Als bräuchte ich dringend eine Betreuung, der ich vom erlebten Elend erzählen konnte und die mir tröstend die Hand hält. Was denkt sie von mir? Hat sie sich nicht bereits ein Bild von einem zähen Bergbauern geformt, der sich aus einem verweichlichten Städter entwickelt hat? Der Crocodile Dundee der Cevennen, ein harter Naturbursche, der den Naturgewalten und den widrigen Umständen trotzt und unbeirrt seinen einsamen Weg geht. Wenn sie wüsste, wie oft ich gelitten und gezweifelt habe. Aber das werde ich ihr nicht erzählen.

Ich erhebe mich ächzend aus dem Sofa und gönne mir eine ausgedehnte Dusche mit kaltem Wasser. Dann rasiere ich mich sorgfältig, stelle mich vor den beinahe leeren Schrank und wähle unter den wenigen Kleidungsstücken das Beste, was ich habe. Eine hellbraune Chino und ein weißes Hemd mit langen Ärmeln, die ich zurückkremple, dazu meine obligaten Espadrilles. Im Spiegel sehe ich einen herausgeputzten Bergbauern. Die Haare sind zu lang und zu widerspenstig, um einen gepflegten Eindruck zu hinterlassen, zudem wirkt das Gesicht wie gegerbt.

Egal, ich habe nicht vor, als etwas anderes aufzutreten, als ich bin. Ein letztes Mal schielt mein Blick in den Spiegel, dann verlasse ich das Hotel. Gemütlich bummle ich über die Mittlere Brücke, den steilen Rheinsprung hoch bis zum Münsterplatz, wo ich mich an einen freien Tisch unter einen Sonnenschirm setze. Vermutlich bin ich zu früh, denn Lucie fehlt. Zwei Minuten später kommt sie. Ich sehe sie von Weitem und so schenkt sie mir die Möglichkeit, sie gründlich zu mustern.

Sie hat sich ja mächtig ins Zeug gelegt, da komme ich mir gleich schäbig vor. Ihre Silhouette, die ich irgendwie bis zu diesem Augenblick überhaupt nicht wahrgenommen habe, verspricht eine wohlproportionierte Weiblichkeit. Was während der letzten fünfzehn Jahre zu kurz gekommen war, versinnbildlicht sie in ihrer Erscheinung. Ein eng anliegendes, knielanges Kleid betont die schlanken Beine, die Hüftpartie und die Brüste. Ich spüre eine leichte Erektion, was mir seit Längerem wieder mal ein neues Körpergefühl schenkt. Die Abgeschiedenheit war definitiv kein Ort der Lust.

Sie trägt hohe Pumps, weshalb sie wie ein Model auf dem Laufsteg einherschreitet, und dies bei einer mittelalterlichen Pflästerung. Wenn sie vorhat, mir mit ihrem Auftritt zu imponieren, dann hat sie es geschafft. Ich starre ihr wie ein notgeiler Idiot entgegen, dem jeden Moment der Sabber von den Mundwinkeln tropft. Auf der Reise im Zug war mir ihre Erscheinung überhaupt nicht aufgefallen, zu abgelenkt war ich von all den anderen Eindrücken. Ihr langer Weg über den menschenleeren Münsterplatz schenkt mir nun ein unerwartetes Vergnügen, welches mich aber auch ein wenig beschämt. Einer meiner vielen Vorsätze ist der zurückhaltende Umgang mit der Weiblichkeit. Nur kein schnelles Abenteuer, das mich in eine Abhängigkeit bringt. Wenn mir diese fünfzehn Jahre etwas beigebracht haben, dann die Erkenntnis, von welch unschätzbarem Wert Freiheit und Unabhängigkeit sein können. Die Furcht vor neuen Zwängen.

Aber kaum kommt ein Reiz auf mich zu, werde ich weich wie Wachs an der Sonne. Solch ein Anblick blieb mir in den Cevennen verwehrt. Die Frauen der Berge pflegen eine weniger mondäne Art der Zurschaustellung, sie zieren sich mit schlichten, floral gemusterten Kleidchen und flachen Sandalen. Die Berge sind kein Laufsteg und die heimischen Männer, das Publikum, wären mit der Eleganz der Stadt völlig überfordert. Sie hätten Angst vor einer Frau wie Lucie. Nachvollziehbar. Mittlerweile weiß ich aus Erfahrung, dass ein falscher Umgang mit der Weiblichkeit fatale Folgen nach sich zieht. Ich meine, Respekt ist das Zauberwort.

Ich lächle ihr gelassen entgegen, froh, mich wieder geerdet zu haben.

»Salut Lucie«, begrüße ich sie mit einem gezuckerten Lächeln. »Mir war gar nicht bewusst, wie hinreißend du aussiehst. Ich bin begeistert.«

»Salut Vincent. Ich sehe, du alter Charmeur, du hast in den Bergen nichts verlernt.«

Sie setzt sich, ohne mich aus den Augen zu lassen. Mir ist klar, sie hat einen Plan.

»Grandios, dass du so kurzfristig kommen konntest.«

»Für eine wissbegierige Person wie mich waren die Signale, die du aussandtest, keine Bitte, sondern eine Aufforderung. Du weißt, ich sammle Geschichten.«

Ein Ober nähert sich mit der Speisekarte und wartet geduldig, bis unser Begrüßungsgeplänkel zu Ende kommt. Wir bestellen einen Apéro, zwei Glas Rosé aus der Provence, dann studieren wir die Karte. Ich bin froh, mich mit der Wahl der Speisen auseinandersetzen zu können, so kühlt sich unterdessen mein erhitztes Gemüt etwas ab. Wir bestellen Tapas, aber wünschen, das Essen erst später serviert zu bekommen. Für ein Abendessen ist es viel zu früh.

»Stört es dich, wenn ich mir Notizen mache, und wärst du einverstanden, dass ich deine Geschichte verwende? Ich kann dir im Moment nicht sagen, auf welche Weise dies der Fall sein wird.«

Sie überrumpelt mich ein wenig, obwohl ich diese Fragen erwartet habe. Es ist ihre direkte Art, die ich nicht gewohnt bin. In den Bergen sind die Leute ehrlich und offen, aber nicht direkt.

»Willst du dir nicht zuerst einige meiner Geschichten anhören, bevor du mit dem Gedanken spielst, den Stoff zu verwenden? Vielleicht schläfst du ein, während ich erzähle.«

»Davon gehe ich nicht aus. Was ich bis jetzt mitbekommen habe, reicht als Basis für ein Buch, dessen ungeachtet braucht es auch Raum für die Fiktion.«

Plötzlich erhält ihre Antwort einen nüchternen, beinahe geschäftlichen Unterton. Will sie mich beeindrucken?

»Was meine Vergangenheit hergibt, kann ich nicht beurteilen. Aber gibt es nicht schon genug Aussteigergeschichten? Ich gebe dir auf jeden Fall freie Hand.«

Sie holt ein Notizheft und einen Bleistift aus ihrer Handtasche und legt alles fein säuberlich vor sich hin.

»Ich stimme dir zu, da hat es genügend Bücher über weltverbessernde Nonkonformisten, die uns die Romantik der Bescheidenheit vor Augen führen und das Evangelium der Naturverbundenheit predigen, bis uns das Kotzen kommt. Korrigiere mich, wenn ich falschliege, aber bei dir war mir schnell klar, dass du dich nicht aus idealistischen Gründen aus der Gesellschaft verabschiedet hast, sondern weil dich dein Selbstverschulden dazu getrieben hat, quasi als Busse.«

Ich bin erstaunt, über welch feine Sensoren sie verfügt und wie viele Gedanken sie sich schon zu meiner Person gemacht hat. Immer mehr komme ich zur Gewissheit, dass sie einen Plan hat.

Wir erheben die Gläser, die der Ober in der Zwischenzeit hingestellt hat, und lächeln uns zu.

»Und, entsprach die Rückkehr den Erwartungen? Existiert noch etwas von deiner Vergangenheit?«, fragt sie dann.

Ich entscheide mich für die Kurzfassung: »Zusammengefasst: Leo hat sich umgebracht, weil ihm Pädophilie vorgeworfen wurde und er dem besten Freund die Frau ausgespannt hat. Francos Leben ist ruiniert, seit ihm sein bester Freund seine Frau ausgespannt hat und Marcs Geschäft steht kurz vor der Insolvenz, zudem ist sein Privatleben am Arsch. Die Freude über meine Rückkehr ist eher verhalten und keiner hat Zeit für mich. Ach ja, Alice, meine Exfrau, hat eine jungen Freund und genießt das Leben. Also nichts anderes als der normale Wahnsinn.«

Lucie starrt mir ins Gesicht, scheint von meinem Bericht gefangen zu sein.

»Scheiße!«, kommentiert sie dann trocken. »Was für eine vermurkste Gesellschaft. Und jetzt? Was gedenkst du zu tun?«

»Nichts. Ich werde mich um meine Ideen kümmern und niemandem hinterherhecheln. Es tut mir leid für meine Freunde, aber ich kann ihre Probleme nicht lösen. Sollen sie selbst schauen.«

»Verstehe. Willst du mir von deinen Ideen erzählen?«

»Ja, nur später. Wir sollten mit dem Anfang beginnen.«

Kapitel 8

»Was hatte ich mir nur dabei gedacht? Offensichtlich nichts. Dabei war ich mir doch so sicher. Die Signale, die sie aussandte, waren klar und deutlich. Keine Gegenwehr, auf den Lippen ein Lächeln. Erst als mein Schwanz in ihr drinsteckte, schien sie es sich anders überlegt zu haben. Sie begann sich zu wehren, und ich Idiot meinte, das gehöre zum Spiel.

Das war der Anfang vom Ende.

Ich entschuldigte mich, aber fand kein Gehör. Sarah war außer sich, beschimpfte mich als blasierten Vorgesetzten, der seine Macht missbrauchte. Ich bot ihr Geld an, was sie ablehnte, dann schlug ich eine Beförderung vor, woran sie kein Interesse hatte, danach feuerte ich sie.

Ich fühlte mich fest im Sattel, hatte die nötige Macht und mein Erfolg gab mir recht. Wie wollte mir da eine kleine, hübsche Teamleiterin in die Suppe spucken. Zwei Tage später erschien ein Foto in einer Boulevardzeitung, das zeigte, wie ich sie bedrängte. Die Schlagzeile war vulgär und reißerisch, die Reaktionen darauf gewaltig.

Die Vorwürfe und Beschimpfungen brachen wie ein Tsunami über mich herein und bei dieser Gelegenheit wurden mir sämtliche Verfehlungen, auch wenn es nur ein Strafzettel für Falschparken war, um die Ohren gehauen. Logischerweise gab es in meiner Position genügend unbequeme und auch falsche Entscheidungen, die in der Folge dazu dienten, aus mir ein geldgieriges und machtgeiles Monster zu formen.

Zugegeben, ich war damals ein Arschloch. Mein Werdegang zog mir den Boden der Realität unter den Füssen weg und veränderte mich. Heute schäme ich mich für mein Handeln und mein Verhalten. Ich schäme mich auch für meine Dummheit. Es dauerte Tage, bis mir endlich bewusst wurde, dass ich auf eine naive Weise in die Falle getappt war. Man hatte mich mit einer kleinen Intrige aus dem Weg geschafft, denn ich war erledigt, mein Ruf vernichtet und meine Karriere am Arsch.

Ich erinnere mich noch sehr genau an jene ominöse Geschäftsleitungssitzung, als wäre sie gestern gewesen. Karstens Gesichtsausdruck sprach Bände, zudem erschien sein hinterfotziges Lächeln auf den Lippen. Ich hätte ihm eine in die Fresse hauen können, aber für ein Geschäftsleitungsmitglied geziemt sich sowas nicht. Ich saß schweigend in meinem weichen Ledersessel, während die Anschuldigungen auf mich niederprasselten. Es war eine detaillierte Auflistung sämtlicher Fehler, die ich mir geleistet hatte. Es war auch der Moment der Kapitulation. Sinnlos, sich zu rechtfertigen, mir blieb nur ein Abgang durch die Hintertüre. Das tat ich dann.

Zu Hause folgte der nächste Akt in diesem Schauspiel. Alice, meine Frau, setzte mich vor die Tür, was nachvollziehbar war, schließlich hatte ich sie betrogen. Schweigend, ohne Gegenwehr, ohne Rechtfertigung und ohne ein Wort des Bedauerns verließ ich unser Haus. Mein Untergang dauerte nur drei Tage und mein ganzes Leben hatte in einer Reisetasche Platz. Ich verzog mich in die Anonymität eines kleinen Hotels im französischen Jura, wo garantiert niemand meine Geschichte kannte. Aus der Ferne verfolgte ich, wie dem Skandal langsam die Luft ausging und mein Verschwinden neue Entwicklungen auslöste.

Reorganisationen, Sarah saß plötzlich auf meinem Stuhl, von mir getroffene Entscheidungen wurden geändert. Verständlich, zudem war Sarah absolut fähig, die Nachfolge zu übernehmen. Was mich aber im Innersten traf, war das Schweigen des Telefons. Niemand rief an, selbst meine Freunde ließen nichts von sich hören. So hatte ich zuhauf Zeit, über alles nachzudenken. Und fand Muße, was mir seit Jahren fehlte. Ich kaufte ein Notizbuch und begann, ganz in der Manier des Managers, Strategien zu entwerfen. Nüchtern listete ich alle möglichen Szenarien auf, bewertete sie mit pro und kontra, schätzte Risiken ab und stellte

Finanzierungspläne auf. Es dauerte knapp eine Woche, dann schmiss ich das Notizbuch in den Müll.

Wie diese radikale Kehrtwende zustande kam, lässt sich nicht mehr nachvollziehen. Mein starker Wunsch war, wie Phönix aus der Asche zu steigen, gestärkt durch die Krise und mit voller Wucht wieder in unserem Business aufzutrumpfen, dass all die intriganten Neider verstummen. Vermutlich wurde mir plötzlich bewusst, dass meine Pläne penetrant nach Zorn, Vergeltung und Zweckoptimismus rochen. Auch wenn ich es mir gegenüber nicht zugeben wollte, war ich verzweifelt, zutiefst gekränkt und fühlte mich um die Früchte meines Lebens betrogen. Ich stand vor einem gewaltigen Trümmerhaufen und nichts, kein einziges Teil war noch zu gebrauchen. Eine beschissene Situation für einen erfolgsverwöhnten Überflieger, erkennen zu müssen, dass nach dieser Bruchlandung nicht mehr an einen Start zu denken war. Totalschaden.

Dann kreisten meine Gedanken um Suizid, die letzte Option, dieses Fiasko mit erhobenem Haupt zu beenden. Eine Selbstverbrennung oder ein rituelles Harakiri vor dem Firmenhauptsitz, egal, Hauptsache, es schockiert die Beteiligten und schenkt mir den Ruhm eines Märtyrers. Schwachsinn! Schnell verwarf ich derartige Pläne, abgesehen davon wäre ich dazu nicht fähig gewesen. Trotz allem hing ich am Leben.

So gebar irgendwann meine Fantasie die Vorstellung einer selbstauferlegten Klausur in einem einsamen Kloster, wo ich Ruhe und Zeit fände, das Fundament eines neuen Daseins zu entwerfen. So einleuchtend die Idee erschien, so schwer tat ich mich mit der nötigen Spiritualität, die vonnöten wäre, um in solch einer Umgebung leben zu können. Eine neue Existenz zu gründen und gleichzeitig den Weg in die Gläubigkeit zu finden, empfand ich als ein zu überfrachtetes Programm. Selbst ich, ein Opportunist in Sachen Gottesglaube, sah in einem Aufenthalt im Kloster einen Akt der Blasphemie. Ich verwarf diese Idee, dafür blieb der Wunsch nach Rückzug und Abgeschiedenheit in den Gedanken haften. So gedieh dieser Einfall zur Reife. Je länger, je mehr fand ich Gefallen an einer Wiedergeburt als Einsiedler, einem Zurück zum Start, einer vollständigen Befreiung von der Vergangenheit. Wie die Raupe, die sich zum Schmetterling verpuppt.

Eine drastische Kehrtwende. Vom Saulus zum Paulus. Ein gewisses Misstrauen gegenüber meiner Läuterung blieb bestehen, zu sehr war meine Persönlichkeit von einer nüchternen und realitätsbezogenen Grundhaltung geprägt. Leute, die in der Geschäftswelt nur den Anschein derartiger Anwandlungen gezeigt hätten, wären von mir umgehend an die Luft gesetzt worden. Nutzlose Träumer. Aber die Idee war stärker, sie überzeugte mich.

So begann ich zu recherchieren und es dauerte nur drei Tage, bis ich in den südfranzösischen Cevennen einen kleinen, zum Verkauf stehenden Hof fand. Ich kannte diese Gegend ein wenig, lernte ich sie doch während den Jahren kennen, in denen wir unseren Urlaub im Languedoc verbrachten. Diese ungezähmte Wildnis übte eine enorme Faszination auf mich aus. Dann erhielt die ganze Geschichte eine atemberaubende Eigendynamik. Ich schrieb Alice von meiner Absicht, das Land zu verlassen, und schenkte ihr unser Vermögen und den Besitz, einzig mit dem Anspruch auf ein kleines Startkapital, um ein neues Leben anschieben zu können. Ich gab meinem Anwalt die nötigen Befugnisse und schrieb meinen Freunden einen Abschiedsbrief, ohne auf Details einzugehen.

Die Reaktionen waren befremdend, aber auch verständlich. Alice glaubte mir nicht und mein Freundeskreis nahm mich nicht ernst. Unbeirrt verfolgte ich mein Ziel, bis Alice gezwungen war einzusehen, dass ich tatsächlich meinen Plan in aller Konsequenz anstrebte. Ich forderte zweihunderttausend Franken, die sie mir sofort zugestand, dann trafen wir uns für den Papierkram und zu einem letzten Abendessen. Am nächsten Tag verschwand ich.«

Lucie kritzelte nur wenige Notizen in ihr Heft, meist hing sie an meinen Lippen. Jetzt erwacht sie aus ihrer Starre und nippt zuerst an ihrem Wein, der inzwischen warm sein dürfte. Sie verzieht nur leicht den Mund. Ich bestelle zwei frische Gläser Rosé.

»Was für eine skurrile Geschichte«, meint sie nach einer Weile. »Sie erscheint so unlogisch. Kein Wunder, nahm dich niemand ernst. Wer verschenkt denn schon seine ganze Existenz, um von der Bildfläche zu verschwinden. Jetzt dreht er durch, haben doch alle gedacht. Wer zweifelte da nicht an deinem geistigen Zustand?«

»Mag so gewesen sein, nur war mir das damals völlig egal. Ich war geschäftlich und gesellschaftlich ruiniert, ohne jegliche Aussicht auf Wiederherstellung meiner Reputation. Da war ein konsequenter Schnitt die einzige Lösung.«

Sie lächelt matt und bemerkt: »Ich wäre gerne beim letzten Abendessen mit deiner Frau dabei gewesen.«

»Ein denkwürdiger Abend. Bis zum Schluss glaubte sie an einen drittklassigen Scherz. Als sie begriff, dass ich es ernst meinte, verabschiedeten wir uns. Ich brauche nicht zu erwähnen, dass ich ihr Dilemma genoss. Es war offensichtlich, dass sie meinen Rausschmiss bereute.«

Lucie schüttelt bedächtig den Kopf, der Ober bringt unseren kalten Rosé.

»Wenn du mich fragst, dann hattest du Konsequenzen gezogen, die fällig waren. Ich denke, du warst tatsächlich ein Arschloch.«

»Wir waren alles Arschlöcher und ritten wild auf der Welle des Erfolgs. Mein Fehltritt mit Sarah wäre normalerweise ein unbedeutendes Intermezzo ohne Folgen gewesen. Aber da war eine boshafte Absicht und reichlich Kokain im Spiel. Vielleicht hätte ich dieselbe Intrige aufgezogen, um an die Macht zu gelangen. Ich war mächtig, aber blind und dämlich.«

»Man wäre geneigt, von Dekadenz zu reden.«

»Ja, was mir dann bewusst wurde und weshalb ich meine Entscheidung für angemessen empfand.«

»Ausgesprochen edel und selbstlos.«

Ich schmunzle. Sie fürchtet sich nicht, mich mit ätzendem Spott zu provozieren, was mir imponiert.

»Im Nachhinein ließe sich viel in mein Handeln hineininterpretieren. Und weißt du was? Das ist mir egal. Nach fünfzehn Jahren spielt das keine Rolle mehr.«

Sie lächelt zurück und gibt mir zu verstehen, dass sie ja nur provozieren wollte. Ich mag ihre ungeschminkte Direktheit. Etwas, das mir damals gefehlt hat.

Sie murmelt dann: »Und das war erst der Anfang.«

»Lass uns die Tapas essen, ich habe Hunger. Du nicht?«

Sie nickt mit Begeisterung, während sie in das Notizheft schreibt. Ich gebe dem Ober, der geduldig beim Eingang wartet, mit Gesten zu verstehen, dass wir nun bereit seien. Er bestätigt mit erhobenem Daumen und verschwindet im Haus.

»Es wird wohl nicht möglich sein, dir heute Abend die ganze Geschichte zu erzählen. Außer ich reduziere mich auf das Wichtigste, auf eine Essenz. Quasi ein Rückblick in Zeitraffer.«

»Nein, das wäre ein Verlust an Tiefe. Da bleibe ich lieber länger in der Stadt, außer du hättest keine Zeit für mich.«

»Zeit spielt vorläufig keine Rolle.«

»Dafür bin ich dankbar. Mein Gefühl gibt mir zu verstehen, dass du mir einiges zu erzählen hast. Es fehlen noch fünfzehn Jahre.«

»Vergiss es. Ich werde dir mein Tagebuch nicht vorlesen. Nur einige Geschichten.«

»Du hast ein Tagebuch geschrieben?«

»Nein, nicht im üblichen Sinn. Ich notierte mir nur die wichtigen Geschehnisse, Geheimnisse und Gedanken. Das Gekritzel umfasst acht Bücher. Dazu sammelten sich zwei Schuhkartons voll mit Fotos an.«

Ein Funkeln erhellt ihre Iris, sie schiebt ihren Hintern nach vorne auf die Stuhlkante und schaut mir tief in die Augen. Mir ist klar, was das soll. Ich bin ja kein Idiot.

»Oh, Vincent, du hast tatsächlich alles dokumentiert?«

»Das meiste.«
»Lässt du mich da mal reinblicken?«
»Nein.«
Sie zieht eine Schnute und nörgelt: »Ach, komm, sei kein Frosch. Ich behandle diese Dokumente mit höchster Sorgfalt und Diskretion.«
»Nein. Da gibt es nichts zu verhandeln. Da stehen zu viele persönliche und intime Dinge drin.«
»Und die Fotos?«
»Einverstanden, aber ich habe nur einen Briefumschlag voll mitgenommen. Der Rest liegt zusammen mit den Büchern in einem Bankfach in Montpellier.«
»Hoppla, du scheinst ja kostbare Geheimnisse zu verbergen.«
»Dem ist so. Damit lässt sich jede Menge Geld verdienen und dieses Wissen wird mir die Zukunft sichern.«
Der Ober unterbricht unser Geplauder mit den Tapas. Lucie nimmt davon nur kurz Notiz, bedankt sich flüchtig und nagelt ihren Blick wieder auf mich. Die zu erwartende Frage schwebt im Raum.
»Himmel, von was redest du da? Hast du da oben Gold gefunden?«, flüstert sie atemlos und neigt sich mir dabei entgegen. »Sag schon!«
»Trüffel.«
»Trüffel?«
»Trüffel!«
Eine leise Enttäuschung ist ihr anzusehen. Da hat sie offenbar etwas Spektakuläreres erwartet als eine essbare Knolle aus dem Boden. Es soll mir recht sein, wenn mein kleines Geheimnis nicht zu viel Aufmerksamkeit erhält.
»Und damit lässt sich Geld verdienen?«
»Man kann davon leben«, bemerke ich beiläufig, während ich mir ein Tapas zubereite.

Kapitel 9

Nachdem ich gegenüber Lucie den Trüffel als mein Geheimnis preisgegeben hatte, war ihre Spannung etwas abgeflacht. Ich vermute, mein Scheitern imponierte ihr weit mehr, während der Weg vom Saulus zum Paulus nur ein nettes Anekdötchen abgäbe und kaum Potenzial an Dramatik aufzuweisen hätte. Aus der Sicht einer Schriftstellerin ein durchaus nachvollziehbarer Makel. Aber ich nahm mir vor, ihr nichts aufzudrängen, sie sollte mir jedes Wort abringen, erkämpfen, entlocken. Nur wenn sie den Wert meiner Geschichte erkennte, würde ich sie ihr erzählen.

Wir tranken, aßen und plauderten, was mir besser gefiel, als die Vergangenheit vor ihr auszubreiten. Dabei kam sie immer wieder auf meinen stillschweigenden Abgang zu sprechen, da sie partout nicht verstehen konnte, dass jemand so unspektakulär den Hinterausgang wählt und erst noch auf sein Vermögen verzichtet. Ich schaffte es nicht, ihr eine brauchbare Erklärung zu liefern. Ehrlich gesagt verstehe ich mein damaliges Handeln selbst nicht. Es war wie ein Kurzschluss, ein Filmriss, wie eine Sicherung, die wegen Überlast durchbrannte. Es wäre zu korrigieren gewesen, es blieb genug Zeit zwischen meinem Entscheid und dessen Verkündigung. Vier Nächte, in denen ich darüber schlief und zur Besinnung hätte kommen können. Aber im Gegenteil, je länger ich nachdachte, umso richtiger wurde mein Entschluss, trotzdem fragte ich mich später, warum dem so war.

Die Einsicht war der schwierigste und gleichzeitig der wichtigste Schritt. Logisch, aber nicht, weil man die eigenen Fehler zu akzeptieren hat. Es galt, Konsequenzen zu ziehen. Und hier stellte sich die Frage nach der Ehrlichkeit zu mir selbst und wie überzeugend ich wirken würde. Ich hatte nichts mehr zu verlieren, dennoch sollte mein Rückzug so etwas wie Respekt hervorrufen. Er war zwar ein riesiges Arschloch, dafür hatte er wenigstens Eier, sollten sie denken. Scheitern kann man, aber am besten mit erhobenem Haupt, spektakulär und ohne billige Rechtfertigung. Ich meine, es war der letzte Rest Stolz, der mich zu dieser demütigen Entscheidung drängte. Nicht Vernunft, auch nicht Sühne oder etwa eine sich anbahnende Depression, nein, ich vermute, es war das verzweifelte Aufbäumen meines Selbstwertgefühls.

Der Münsterplatz, der mit seiner großzügigen Leere eine wohltuende Ruhe ausstrahlte, schenkte uns eine friedliche Stimmung. Der Wein trug seinen Teil dazu bei, dass wir unsere Köpfe immer näher zusammensteckten und ich mich nur mit Mühe zurückhalten konnte. Entgegen all meinen Vorsätzen schwoll die Lust auf Lucie zu einer schmerzhaften Erektion heran. Wurde ich zum Opfer der Enthaltsamkeit und war ich dabei, die Kontrolle über meine Triebe zu verlieren? Ich dachte, die Jahre in den Cevennen hätten mich bescheiden werden lassen. Die wenigen Gelegenheiten der körperlichen Liebe, die mir Chantal schenkte, wenn sie vorbeikam, galten kaum als regelmäßiges Sexualleben. Vielleicht kam sie ein Mal im Monat zu mir, dies nur in der Zeit ohne Schnee, im Winter war mein Hof oft nur mit einem Motorschlitten erreichbar. Sie war die Tierärztin der Region, hübsch, verheiratet und liebte den hemmungslosen Fick auf dem Küchentisch, nachdem ich ihr jeweils die Rechnung für die Behandlung der Tiere bezahlt hatte. Wir landeten nie im Bett, das war ihr zu intim und hätte zu Missverständnissen führen können. So versuchte sie auch nie, mich mit äußeren Reizen zu verführen, sie erschien meist im schmutzigblauen Overall und in Gummistiefeln, darunter trug sie altmodische und ausgeleierte Baumwollunterwäsche. Hatte ich sie davon befreit, lag ein hinreißendes Wesen auf dem Tisch, dem mein ganzer angestauter Appetit zugutekam. Wir verliebten uns nicht, aber genossen ungezwungenes Kopulieren und herrlich schräge Gespräche ohne jegliche Verpflichtung.

Irgendwie fehlt sie mir, dafür saß die bezaubernde Lucie so nah bei mir, dass ich ihr Parfum riechen konnte und meine Fantasie verrücktspielte. Die Vorstellung, wie sie aussähe, wenn sie nackt vor mir auf dem Tisch läge, war noch die harmloseste. Und ich war mir sicher, dass sie ähnliche Gedanken beschäftigten, der Blick sprach Bände.

Nichts geschah, alles spielte sich nur im Kopf ab. Wir verabschiedeten uns, nachdem sie auf ihre Uhr geschaut hatte und erschrocken feststellte, dass sie dringend noch was zu erledigen hätte. Sie eilte davon und ich blieb leicht irritiert und ernüchtert zurück.

*

Seit ich aufgewacht bin, klingt der Zauber des gestrigen Abends nach und lässt mich an die Decke starren. Soll ich anrufen oder warten, bis sie sich meldet? Aber da fällt mir auf, dass ich mich wieder auf dem besten Weg in eine Abhängigkeit befinde, wenn ich einer Frau hinterherlaufe. Sie wünscht was von mir, also soll sie etwas von sich hören lassen. Abgesehen davon habe ich mir heute vorgenommen, mit meinen Abklärungen zu beginnen und dafür die nötigen Mittel zu beschaffen. Ein Laptop! Ohne Zugang zu den digitalen Medien läuft ja nichts mehr und was bis jetzt keine Rolle spielte, wird mit einem Mal zu einer grundlegenden Voraussetzung.

Ich greife zum Telefon und wähle die Nummer, die ich mir eingeprägt habe. Betty meldet sich nach dem ersten Rufton.

»Hei Betty, störe ich?«

»Oh, Vincent, welch schöne Überraschung. Nein, du störst keineswegs. Hier herrscht die schläfrige Ruhe des Sommers. Keine Schüler, nur Friede. Komm vorbei und ich mache dir einen italienischen Espresso, dazu gibt es feine Cantucci und Amaretti.«

»Der perfekte Grund, das Bett zu verlassen, zu duschen, um dann zu dir zu eilen.«

»Ich freue mich.«
»Bis bald.«

Vierzig Minuten später betrete ich das Sekretariat der Schule. Auf dem Besprechungstisch stehen zwei kleine Schalen mit besagtem Gebäck, daneben eine Vase mit Blumen und hinter der Theke Betty mit einem Lächeln auf den Lippen.

»Welch wohltuende Abwechslung an diesem öden Tag. Komm, setz dich, ich bringe dir deinen Espresso.«

Während sie die Kaffeemaschine anwirft, mache ich es mir bequem und beobachte sie. Sie trägt ein leichtes Sommerkleid mit dünnen Trägern und darunter keinen Büstenhalter, was ihrer Weiblichkeit eine sinnliche Note schenkt. Nur kurz genieße ich den Anblick und die damit verbundenen Vorstellungen, dann räuspere ich mich und komme zurück auf den Boden der Realität. Diese Frau ist absolut tabu, und abgesehen davon würde es nicht schaden, wieder etwas mehr Beherrschung in Sachen Lüsternheit zu erlangen. Das plötzliche Überangebot an weiblichem Reiz scheint mir tatsächlich Probleme zu bereiten.

»Betty, verzeih mir, aber ich gedenke, dich mit einer Bitte zu überfallen«, beginne ich mein Erscheinen zu erklären. »Zurzeit bist du die Einzige, die mir helfen kann. Alle anderen möchte ich nicht fragen.«

Sie stellt den Espresso vor mich hin und meint schmunzelnd: »Brauchst du eine Frau?«

Ich grinse.

»Mist, sieht man mir das an?«

»Nein, aber es wäre ein nachvollziehbares Verlangen nach solch einer langen Zeit der Enthaltsamkeit. Du bist ja auch nur ein ganz normaler Mann.«

»Und wenn, dann hätte ich sicher nicht dich gefragt. Schmerzt der Fuß, gehe ich ja nicht zum Augenarzt.«

»Da unterliegst du einem Irrtum. Da gäbe es einige Frauen in meinem Umfeld, die einen prächtigen Hirsch nicht aus dem Revier jagen würden. Sexuelle Flexibilität ist modern.«

»Aha! Interessant, das muss ich mir merken. Aber das ist nicht mein Anliegen. Ich benötige Hilfe beim Wiedereinstieg in die digitale Welt. Ich habe den Anschluss verloren und vermute, ohne entsprechendes Wissen meine Ziele nicht erreichen zu können.«

»Du meinst, ich soll dir Nachhilfeunterricht geben?«

»Ja, so in etwa. Mir fehlen neben dem Wissen auch die nötigen Geräte.«

»Okay«, murmelt sie und scheint zu überlegen, was das zu bedeuten hat.

»Ich weiß, das ist viel verlangt und mir liegt fern daran, dich mit meinen Anliegen zu belasten, aber vielleicht kannst du mir jemanden empfehlen, der mich unterstützt. Ich bezahle diesen Dienst, keine Frage.«

»Blödsinn, sehr gern helfe ich dir und dies kostenlos. Es würde mir sogar Spaß machen. Ich überlege nur, wie wir das am besten bewerkstelligen wollen.«

Ich kippe meinen Espresso hinunter, der mittlerweile kalt geworden ist, aber trotzdem sein kräftiges Aroma im Mund hinterlässt.

»Zuerst besorgen wir dir einen Laptop und ein Smartphone mit einem entsprechenden Mobilabo, dann gehen wir zu mir nach Hause und bringen die ganze Maschinerie zum Laufen. Was meinst du?«

»Äh, hört sich überzeugend an.«

»Anschließend müssen wir uns überlegen, wie vorzugehen ist. Mailaccount, Internetauftritt und so weiter.«

»Äh, hört sich kompliziert an.«

»Alles halb so wild. Vieles hat sich vereinfacht und kann selbst erledigt werden. Wann gehen wir den Laptop kaufen?«

»Sobald du Zeit hast, nach deinem Feierabend einmal.«

»Weißt du was? Ich nehme mir heute Nachmittag frei, dann treffen wir uns um dreizehn Uhr vor deinem Hotel.«

»Jetzt übertreibst du völlig. Du musst doch nicht für mich freinehmen, es reicht, wenn wir nach Feierabend den Laptop kaufen gehen.«

»Ach woher. Du siehst doch, ich komme beinahe um vor Langeweile. Es wäre mir eine große Freude, dich zu unterstützen.«

»Wenn du meinst, dann machen wir das so.«

Wir verabschieden uns, danach schlendere ich ins Hotel zurück, den Kopf voller Gedanken an den bevorstehenden Schritt in die digitale Neuzeit. Mir graut davor. Mein altes Wissen wird keinen Pfifferling mehr wert sein, was bedeutet, dass ich von vorne beginnen muss. Während den Jahren in den Cevennen war ich vollkommen offline. Kein Computer, kein Handy und erst recht kein Smartphone. Obwohl ich die Entwicklung aus der Ferne mitverfolgte, sah ich keinen Bedarf, ihr zu folgen. An der Peripherie der Gesellschaft relativierte sich die Notwendigkeit des Internets und der mobilen Kommunikation, da ich auf meinem Hof schlichtweg keinen Empfang hatte. Nur im Tal gab es eine Netzabdeckung. Obwohl ich über Jahre unter der Knechtschaft dieser Mittel zu leiden hatte, quälten mich anfängliche Entzugserscheinungen, aber langsam beruhigte sich meine Sucht und nach etwa drei Monaten spielten Medien und mobile Kommunikation keine Rolle mehr. Einmal in der Woche eine Zeitung reichte völlig aus. Mit dem Kappen der digitalen Verbindung verschwand ich von der Bildfläche der Gesellschaft. Funkstille.

Jeder hätte von Alice meine Postadresse erfahren können, nur fragte keine Sau danach. Das traf mich zu Beginn hart und ließ mich noch härter mit meinem alten Umfeld hadern. Aber mit der digitalen Entgiftung ging auch eine gesellschaftliche Entwöhnung einher. Je länger, je mehr verblasste die Vergangenheit und die Gegenwart nahm ihren Raum ein. Es gab täglich neue Herausforderungen, die mir kaum Zeit zum Atmen und Denken ließen. Nach einem Jahr existierte das alte Leben nur noch in wirren Träumen. Damit versiegte auch der Zorn auf Frau, Freunde und Geschäft.

Im Hotel angekommen, gehe ich auf das Zimmer, um mich frisch zu machen und ein anderes Hemd anzuziehen.

Ich brauche dringend neue Kleider, gebe aber vorerst mal die Schmutzwäsche in die Reinigung. Wie ich auf die Straße trete, steht sie schon da. Sie hakt sich bei mir ein, zieht mich zur Haltestelle der Straßenbahn, da lösen wir unsere Fahrscheine und warten.

»Ich kenne da ein zuverlässiges Fachgeschäft«, meint sie nur.

In diesem Laden dröhnt mir nach einer halben Stunde der Kopf. Und das nur vom Zuhören. Betty und der junge Berater scheinen sich in einer fremden Sprache zu unterhalten, zumindest was die Fachausdrücke anbelangt. Erst mit der Frage des Preises werde ich einbezogen. Meine Geste gibt zu verstehen, dass dies keine Rolle spielt. So werde ich nach knapp einer Stunde stolzer Besitzer eines edlen Laptops mit Zubehör, eines Smartphones und eines leistungsstarken Mobilabonnements. Erst bei der Angabe meiner persönlichen Daten und für das Bezahlen rücke ich in den Mittelpunkt. Ich blättere ihm die Geldscheine auf den Tresen. Dem Verkäufer ist anzusehen, dass er sich einige Fragen stellt.

Wir verabschieden uns und beim Hinausgehen klopfe ich ihm auf den Rücken und sage: »Tadellose Arbeit. Sie lässt sich gewöhnlich nicht so schnell überzeugen.«

Er lächelt peinlich berührt.

»Hast du keine Debitkarte oder Kreditkarte?«, fragt mich Betty draußen auf dem Bürgersteig. »Der war Tausender nicht gewohnt.«

»Nein. Muss ich mir gelegentlich zulegen.«

»Unbedingt. Keine Karte, keine digitale Existenz.«

Ich nicke, schließlich habe ich mich informiert.

»Im Moment besitze ich noch genug Bargeld.«

Sie blickt mich skeptisch von der Seite an, als frage sie sich, ob ich scherze. Meine Bemerkung bleibt unkommentiert im Raum stehen.

»Okay, dann lass uns zu mir gehen«, sagt sie.

Ich folge ihr. Wir laufen nicht weit, hinter dem Zoo wohnt sie in einem mehrstöckigen Haus aus der vorletzten

Jahrhundertwende. Eine liebevoll eingerichtete Wohnung empfängt mich, genauso wie ich es mir zu ihr passend vorgestellt habe. Die feminine Note dominiert auf eine unaufdringliche Weise die Farbgebung, dazu eine gelungene Kombination verschiedener Stilrichtungen. Antike Möbelstücke, Klassiker und Trouvaillen vom Trödler, viel Kunst und Literatur. Sie lotst mich in das Wohnzimmer, wo wir uns am Esstisch ausbreiten, und während sie uns Getränke holt, schaue ich mich um.

»Du liebst die Kunst?«, rufe ich in die Küche.

Sie kommt mit einer Karaffe Eistee und zwei Gläsern zurück.

»Nur so eine therapeutische Beschäftigung für mich. Günstiger als ein Psychiater.«

»Das sind deine Bilder?«

»Die meisten. Die wirklich guten sind jedoch nicht von mir.«

Ich versuche, die Guten von den Schlechten zu unterscheiden, was mir nicht so richtig gelingen will.

»Ich find sie alle hervorragend.«

»Du alter Schmeichler du. Aber vielleicht hast du auch nur keine Ahnung von Kunst«, entgegnet sie mit einem schiefen Blick und füllt unsere Gläser.

Eigentlich sind es Zeichnungen mit Kreide, Bleistift und Tusche, welche mit einer Aquarelltechnik bearbeitet werden und transparente Leichtigkeit mit hartem Strich verbinden. Gefällt mir, da sie auf liebliche Motive verzichtet, dafür ungeschminkte Aussagen trifft. Im Mittelpunkt stehen alte Menschen.

»Du hast recht, ich habe keine große Ahnung von Kunst, aber ich verstehe viel vom Zeichnen. Womit, meinst du, habe ich all die Jahre die Freizeit verbracht? Mit Däumchendrehen? Und glaube mir, es gab genügend Mußestunden, vor allem abends, schließlich hatte ich ja keinen Fernseher.«

»Oh, welch schöne Fügung, so wären wir ja Seelenverwandte.«

»In einem gewissen Sinne, ja. Sobald ich meine Habseligkeiten hergeholt habe, bringe ich mal einige Bilder mit, dann können wir uns gegenseitig loben.«

»Aber jetzt sollten wir uns anderen Aufgaben zuwenden«, meint sie vom Thema ablenkend und beginnt, den Laptop auszupacken.

Die folgende Stunde entpuppt sich als Lektion. Ungefähr alles, was in meinem Gedächtnis noch vorhanden ist, erweist sich als wertlos. Beeindruckend und beängstigend. Trotz einer erstklassigen Ausbildung und dem Gefühl, damals am Puls der Zeit gewesen zu sein, stelle ich jetzt fest, dass das meiste nicht mehr zu gebrauchen ist. Nicht nur die Technologie, auch die Arbeitsweise hat sich grundlegend geändert. Verdammt, wie bekomme ich das hin, frage ich mich, und habe ich Lust dazu? Aber ich wäre nicht ich, wenn ich vor Herausforderungen kapitulieren würde. Eine Stärke von mir, die verantwortlich ist, dass ich überhaupt hier sitze und nicht wurmzerfressen unter einem Grabstein liege.

Nach dem Laptop will sich Betty dem Smartphone widmen, da formt sich Widerstand bei mir.

»Hei Betty, lass uns eine Pause machen. Mir ist ganz schwindlig vor lauter neuem Wissen. Meine geistige Beweglichkeit ist etwas eingerostet.«

Sie schaut auf die Uhr und sagt: »Kein Problem. Ich mache uns was zu Essen. Einen Salat, Käse, eine Salami und Brot habe ich auch noch. Einverstanden?«

»Das wäre köstlich. Ich helfe dir.«

Endlich eine Disziplin, in der ich mich auskenne. Zwanzig Minuten später sitzen wir auf ihrer Terrasse an dem kleinen Tischchen und verteilen die Speisen. Eine friedliche Stimmung herrscht. Die Sicht auf die Gärten hinter den Häusern gibt nicht das Gefühl, sich mitten in der Stadt zu befinden. Bäume, Sträucher und lauschige Plätzchen bilden eine Insel, eingefasst von den Häuserzeilen.

»Eins ist sicher, ich habe dieses Thema in jeder Hinsicht unterschätzt. Deine Hilfe ist mir von unschätzbarem Wert, weshalb sich die Frage stellt, wie das weitere Vorgehen aussieht. Bitte, verstehe mich nicht falsch, aber ich kann dir die Beanspruchung durch meine Bedürfnisse nicht zu lange zumuten. So viel Freizeit hast du gar nicht. Da kommt noch einiges auf mich zu, weshalb ich mir überlege, diese Dienstleistung einzukaufen.«

Betty ist eine leise Enttäuschung anzusehen, was ich befürchtet habe. Die Hingabe, mit der sie sich in mein Projekt stürzt, lässt den Spaß erkennen, welchen sie hat, und nun drohe ich, ihr das wegzunehmen.

»Und wie gedenkst du, das zu organisieren? Stellst du eine Assistenz an oder übergibst du das einem Dienstleistungsunternehmen?«

»Diesen Gedanken habe ich noch nicht zu Ende gedacht, aber eine Firma kommt nicht infrage. Ich will unabhängig bleiben.«

Wir essen und denken nach, jeder für sich. Ein wenig ärgere ich mich, den Aufwand und das nötige Wissen für ein funktionierendes Gefüge derart unterschätzt zu haben. Wie soll ich mir eine neue Existenz aufbauen, wenn ich Mühe mit den digitalen Grundregeln bekunde? Fünfzehn Jahre reichen vollkommen, um den Anschluss zu verlieren. Im Grunde genommen wusste ich das, aber wollte es nicht wahrhaben. Entweder ich lerne das rasch, und zwar sehr rasch, oder ich beschäftige eine Person wie Betty und habe den Rücken frei.

Betty!

Ja, sie wäre genau die Richtige. Aber sie kann nicht auf zwei Hochzeiten tanzen. Oder doch?

»Jemanden wie dich wünschte ich mir. Eine Vertrauensperson, mit der ich etwas aufbauen kann, was nicht nur einen wirtschaftlichen Wert darstellt. Die vergangenen Jahre müssen einen Sinn ergeben. Ich möchte mir meinen Idealismus bewahren. Aber du gehörst der Schule und wirst da gebraucht.«

Sie starrt mich an, als wäre ich ein Außerirdischer. Mein Plädoyer war wohl zu weltfremd.

»Und wenn ich das Pensum reduziere?«, entgegnet sie nach einer Weile. »Zum Beispiel könnte ich dann zwei Tage für dich arbeiten.«

»Zwei Argumente dagegen: Du kennst mich ja gar nicht und ob dein Arbeitgeber damit einverstanden ist, erscheint mir fraglich.«

»Mach dir keine Gedanken. Ich kenne dich gut genug und Teilzeit ist bei uns beinahe die Regel. Weißt du, für mich wäre solch eine Aufgabe die Motivation, die mein Leben unbedingt braucht. Ich bin festgefahren, fühle mich unterfordert und deine Geschichte wie auch deine Idee gefallen mir.«

Irgendwie beschleicht mich ein ungutes Gefühl. Kann ich Bettys Erwartungen gerecht werden oder enttäusche ich sie?

»Bist du dir absolut sicher?«

»Nein, aber das ist doch egal. Ich habe keine Beziehung, keine Kinder, keine Verantwortung für jemanden. Ich bin frei und nutze dies nicht. Jetzt kommst du. Auch wenn das in die Hose ginge, wäre es die Erfahrung wert. Kannst du das verstehen?«

»Ja. Heute verstehe ich das, früher hätte ich kein Verständnis dafür gehabt.«

Zögerlich und entrückt nehmen wir wieder unsere Mahlzeit auf. Innerlich weicht das skeptische Gefühl einer sanften Euphorie.

»Sollte es glücken, dann wärst du ein unverhofftes Geschenk für mich. Schon dich zu kennen und mit dir solche Momente zu verbringen, schätze ich über alles, aber dieser Gedanke übertrifft meine kühnsten Erwartungen.«

»Hör auf, du hast mich bereits überzeugt.«

»Na, dann, willkommen in meinem Leben.«

Kapitel 10

Die Stille des Morgens verdrängt die Unruhe der Nacht. Erst waren es nebulöse Grübeleien, die in eine unendliche Schlaufe gerieten, später wirre Träume, die mich schwitzend hochfahren ließen. Betty war ganz klar die Ursache der Unruhe. Auf dem nächtlichen Weg zurück ins Hotel wurde mir bewusst, mit ihr eine Verpflichtung eingegangen zu sein, die meiner Idee eine Seriosität verleiht und gleichzeitig der erste Schritt in die wirtschaftliche Realität bedeutet. Trotz der langen Auszeit habe ich nicht vergessen, welche Rahmenbedingungen zu erfüllen sind, um geschäftlich tätig zu sein. Ab jetzt gilt es ernst. Somit ließe sich behaupten, dass mein Rückzug aus der Gesellschaft sein definitives Ende gefunden hat.

Eigenartig, wie mein Plan mich in dem Moment verunsichert, in dem er beginnt, Wirklichkeit zu werden. Ist es die Angst vor dem eigenen Mut, vor der Verantwortung oder sind es die ersten Zweifel am Vorhaben? Blödsinn!

Ich wälze mich aus dem Bett, ziehe die Vorhänge zur Seite und lassen meinen Blick schweifen. Es ist früh, die junge Morgensonne wirft ihr fahles Licht auf die Stadt, die noch zu schlafen scheint. Der Wecker zeigt fünf Uhr dreißig, jene Zeit, zu der ich es gewohnt war, aufzustehen. In den Bergen galt ein anderer Zeitrhythmus. Früh ins Bett und zeitig aus dem Federn. Nur passt diese Angewohnheit nicht in die Stadt, außer ich wäre Bäcker, Polizist, Busfahrer, Tramführer oder Müllmann.

Ich bereite mir einen Espresso zu, setze mich auf die Terrasse und rauche eine Zigarette. Aus dieser Perspektive dem Erwachen der Stadt zuzuschauen, genieße ich mit jeder Faser. Langsam erhöht sich die Kadenz des Lebens, die Dichte an Menschen nimmt zu, der Lärm steigert sich zu einem Grundrauschen, selbst im Hotel herrscht ein Treiben. Zeit für das Frühstück, da klingelt das Telefon.

»Guten Morgen, hier spricht Vincent Roth.«
»Salut Vincent, hier Lucie.«
»Bonjour Lucie, was schenkt mir dieses morgendliche Vergnügen?«
»Eine Einladung und eine Bitte.«
»Du sprichst in Rätseln.«
»Ich lade dich zum Mittagessen ein, dann erkläre ich dir den Rest.«
»Hört sich verführerisch an. Einverstanden. Wo treffen wir uns?«
»Ich hole dich um halb zwölf im Hotel ab.«

Sie wird bald weiterreisen, vermutlich wird sie Adieu sagen wollen. Wir legen auf, danach gehe ich frühstücken. Den frühen Teil des Morgens verbringe ich mit amtlichen Gängen, welche zwingend sind, um hier überhaupt eine Existenzberechtigung zu haben. Im Anschluss betrete ich zum ersten Mal nach fünfzehn Jahren wieder eine hiesige Bank und eröffne ein Konto. Einen Teil meines Bargeldes zahle ich ein, damit ich die Karte beantragen kann, ohne die man nicht leben kann. Alles in allem ein müheloser Prozess mit einem ausgesprochen freundlichen Gegenüber. Erinnerungen werden wach. Diese Welt hat sich nicht verändert, vor allem nicht, wenn man signalisiert, mit welchen Überweisungen sie in den nächsten Tagen zu rechnen haben. Ich schlucke meine kapitalistischen Aversionen herunter, schüttle dem Kundenberater mit Herzlichkeit die Hand und bedanke mich sogar für die zuvorkommende Bedienung. Mit seiner Visitenkarte in der Tasche laufe ich zum Hotel, wo Lucie bereits auf mich wartet. Schon wieder lasse ich eine Frau warten.

»Du hinterlässt einen geschäftigen Eindruck«, spöttelt sie. »Die klassische Haltung eines Managers. Leicht nach vorne gebeugt, verspannte Schultern, in Gedanken versunken und in Eile.«

»Fein beobachtet. Ich habe soeben den ersten Schritt zum Geschäftsmann vollzogen und ein Konto eröffnet. Hätte mir nie träumen lassen, wie schnell das geht.«

»Geld verändert fast jeden Charakter.«
»Wenn ich da widerspräche, wäre es eine abgrundtiefe Frechheit. Ich, der einstmalige Hohepriester des Mammons, weiß, wovon du sprichst.«
Sie lacht laut auf und entgegnet: »Komm, lass uns essen gehen, bevor du mich auf dem Altar des Kapitals opferst.«
»Wo geht's denn hin?«
»Lass dich überraschen.«
Schon wieder hakt eine Frau bei mir ein, führt mich durch die Rheingasse, dann die Wettsteinbrücke hinauf, kurz vor dem Kunstmuseum biegt sie links ab in die St. Alban-Vorstadt. Den ganzen Weg redet sie über ihren Verleger, der ihr Entdecker, Förderer und Gönner ist, aber sie vorwärtstreibt wie ein Schinder und ihr Talent missbraucht wie ein Vergewaltiger. Die dunklen Seiten ihres Mäzens scheinen akzeptabel zu sein, fehlt doch der Groll in ihren Worten. Ich vermute, sie schiebt ihn vor, um mir etwas zu verstehen zu geben. Den Boden pflügt man, bevor gesät wird. Irgendwie schwant mir was.

Wir betreten ein kleines, gemütliches Lokal, wo sie einen Tisch für uns reserviert hat. Die Karte verspricht italienische Spezialitäten, also bestellen wir uns Safranrisotto mit frischen Steinpilzen und zwei Glas Pinot Grigio.

»Ich habe ihm von deiner Geschichte erzählt und er war Feuer und Flamme. Er sieht darin genügend Stoff für einen Roman. Er würde dich am liebsten kennenlernen.«

Mein Bauchgefühl hat mich nicht im Stich gelassen. Innerlich stöhne ich auf.

»Das schmeichelt, nur fällt es mir schwer, meine Geschichte als interessant zu betrachten. Ein Mann scheitert und nimmt sich eine Auszeit. Das ist kalter Kaffee, das ist keine Revolution. Aussteiger sind Feiglinge, die sich der Problemlösung entziehen und abtauchen, bis Gras über ihre Vergangenheit gewachsen oder das Geld alle ist. Ich hätte genauso gut vor meinen Verfehlungen in die Fremdenlegion flüchten können. Da gibt es ganze Armeen aus Versagern.«

»Blödsinn. Du warst nicht gezwungen zu verschwinden, du wähltest diesen Weg aus Demut und als Busse. Zudem schlugst du dich durch eine dir fremde Welt und durchlittest viele Kämpfe. Manch einer hätte das nicht geschafft. Du schon und erst noch mit Erfolg. Das ist beeindruckend und eines Romans würdig.«

»Und wenn ich nicht wünsche, dass meine Geschichte glorifiziert wird? Was ist Demut und Busse wert, wenn daraus Kapital geschlagen wird?«

»Niemand wird dich hinter dem Roman vermuten. Das garantiere ich dir. Du wirst das Manuskript vor der Veröffentlichung lesen und freigeben. Vertrau mir, ich habe keine Lust, ein Buch zu schreiben, welches zu guter Letzt im Müll landet.«

Mit einem honigsüßen Lächeln stellt die Kellnerin den Weißwein vor uns hin, was mir die Gelegenheit für schnelle Gedanken gibt. Wir stoßen an.

»Auf dein Wohl, meine liebe Lucie. So gesehen gäbe es wenige Gründe, sich deinem Anliegen zu verweigern. Trotzdem gibt es da eine Hürde zu bewältigen. Wie kommt meine Geschichte zu dir? Ich bin daran, meine Zukunft neu zu ordnen, was mich während den nächsten Monaten absorbieren wird, und du lebst in Frankfurt. Hast du eine Idee?«

»Ich könnte für einige Wochen hier im Hotel leben und du schenkst mir täglich etwas Zeit. Oder, aber das hast du ausgeschlossen, du stellst mir deine Tagebücher zur Verfügung.«

»Die Tagebücher sind zu persönlich, die gebe ich nicht aus der Hand. Dann bevorzuge ich die erste Variante, mit der Einschränkung, dir maximal eine Stunde pro Tag zu widmen.«

»Über diese Konditionen ließe sich noch verhandeln, aber grundsätzlich wärst du einverstanden, mir deine Geschichte anzuvertrauen, damit ich mit diesem Stoff einen Roman schreiben darf?«

»Hast du ein Tonband in der Handtasche?«

»Sicher nicht. Ich möchte dir nur eine mündliche Zusage abschwatzen. Ich bin überzeugt, dass du zu einem Versprechen stehst und mich nicht bescheißt.«

Ich grinse, während sie versucht, ernst zu bleiben. Ein Mundwinkel zuckt.

»Deine Taktik ist raffiniert«, schleime ich übertrieben. »Du beherrschst das Verhandeln und dein Charme hilft dir dabei.«

»Na ja, man nutzt die Mittel, die zur Verfügung stehen. Notfalls würde ich dich verführen.«

»Damit verließest du aber den Boden der Fairness. Immerhin müsste man dir eine enorme Opferbereitschaft zugestehen.«

»Du kokettierst mit deinem Alter. Durchschaut. Du willst nur hören, wie toll du trotzdem aussiehst.«

Ich bin froh, dass das Essen serviert wird. Schäkern habe ich verlernt, während sie das Spiel auf dieser Klaviatur bestens beherrscht. Trotz einer leisen Stimme weit hinten in meinem Unterbewusstsein, dort, wo die Zweifel zu Hause sind, nehme ich mir vor, ihr zu vertrauen. Vielleicht ist das ein Fehler, aber ich habe im Moment keine Lust, dies zu hinterfragen.

»Wann gedenkst du wieder zurück zu sein?«

»In einer Woche. Zu lange möchte ich nicht warten, sonst schläft das Ganze ein.«

Wir essen und denken nach. Beide teilen wir unsere nähere Zukunft ein. Bei mir erweckt dies eine längst nicht mehr gefühlte Erfahrung. Ein überfülltes Leben war mir völlig abhandengekommen, höchst selten gab es Momente, die mit anderen Momenten in Konflikt kamen. Unversehens überlagern sich zwei Ereignisse und damit verdampfen erste gute Vorsätze wie ein Tropfen Wasser auf einem heißen Blechdach. Kaum zurück, schon unter Druck. Früher hätte ich für solche Bedenken nur ein mitleidiges Lächeln übrig gehabt, wer nicht mindestens zwölf Stunden am Tag arbeitete, war ein fauler Parasit. Jetzt zermürben mich bereits zwei parallele Vorgänge, die sich problemlos in Einklang bringen ließen. Insgeheim weiß ich, dass ich fähig wäre, unbeschadet noch mehr zu leisten, aber ich habe keine Lust. Schlechthin keine Lust. Den Rhythmus der Berge hatte ich mir einverleibt. Die Abwesenheit von Zeit, Hektik und Zwang machte mich frei, schenkte mir eine neue Lebensqualität, dass die Aussicht auf diese alten Fesseln mir graut. Dem auszuweichen, wird nicht möglich sein, hier in der Stadt gelten andere Regeln und Maßstäbe. Ich bin ja nicht naiv.

»Einverstanden. Dann machen wir das so. Bis zu diesem Zeitpunkt werde ich mich ein wenig eingerichtet und organisiert haben.«

»Wirst du dir in der Stadt eine Wohnung suchen?«

»Durchaus denkbar. Vielleicht auch außerhalb. Ich bin mir nicht so sicher, wie gut ich die vielen Menschen ertragen werde. Im Moment ist alles noch aufregend und neu. Wie wird sich das in einigen Monaten anfühlen?«

»Ich gebe dir keine Ratschläge, ich denke, du weißt, was dich erwartet. Das hier sind nicht die Cevennen.«

Kapitel 11

Wie oft habe ich mir diesen Moment in der Fantasie zurechtgelegt. Da gab es etliche Variationen, wobei mir nur eine so richtig gefiel. Und diese Situation kommt meiner Wunschvorstellung sehr nahe.

»Vincent, so schön, dich zu sehen«, begrüßt mich Alice und lächelt genau so, wie es mir in Erinnerung geblieben ist. Ihre Augen leuchten und das Grübchen auf der rechten Wange verleiht ihrem Gesicht eine liebliche Asymmetrie. Die feinen Fältchen des Alters stehen ihr bestens und mit den grauen Strähnen in ihrem Haar bezeugt sie ein entspanntes Verhältnis zum Älterwerden. Was sie sich leisten kann, offenbart ihr Körper doch eine ausgesprochene Jugendlichkeit. Sie ist groß, schlank und versteht, sich auf eine raffinierte Art in Szene zu setzen. Sie vermied immer das offenkundige Zurschaustellen der weiblichen Reize, liebte es aber, damit zu spielen. So wie jetzt.

In einem weißen Kleid steht sie vor mir, welches knapp über den Knien endet, an der Taille gegürtet ist und die Fülle ihre Brüste betont, ohne etwas zu zeigen. Eine Wohltat für meine Augen und gleichzeitig ein Stich in mein Herz, das sich verkrampft.

»Alice«, sage ich verblüfft, mehr fällt mir nicht ein.

Allem Anschein nach wartete sie in der Empfangshalle des Hotels auf mich, denn sie saß in einem der schwarzen Sessel und sprang auf, als ich eintrat. Nun stehen wir uns schweigend gegenüber, unsere Blicke erforschen uns gegenseitig.

»Franco hat angerufen«, meint sie entschuldigend.

»Hätte ich mir denken können. Egal, Hauptsache wir sehen uns.«

»War ich voreilig?«

»Ich hatte eine andere Vorstellung von unserem Wiedersehen. Aber diese Überraschung gefällt mir auch.«

»Du bist zurückgekommen, um zu bleiben?«
»Es ist mein Wunsch. Ob das funktionieren wird, wird sich zeigen.«
Meine Beine fühlen sich zittrig an, der Puls ist hoch.
»Hast du etwas Zeit für mich?«
Wir stehen immer noch verlegen in der Empfangshalle und werden von der Dame an der Rezeption mit Interesse ignoriert. Was wird sie wohl denken, dieses seltsame Gespräch wird ihr kaum entgangen sein.
»Ja, sicher. Komm, trinken wir ein Glas auf unser Wiedersehen.«
Ich führe sie nach draußen, wo wir uns ins Straßenbistro setzen und ich zwei Glas Champagner bestelle. Nur langsam legt sich meine Nervosität.
»Nicht einfach, einen Einstieg zu finden, wenn man sich fünfzehn Jahre nicht gesehen hat. Ich könnte fragen, wie es dir geht, aber das hört sich so förmlich an.«
»Ich könnte jetzt erwidern, es geht mir gut, aber dies wäre nur eine höfliche Antwort ohne Aussagekraft«, entgegnet sie.
Beide sind wir verkrampft und suchen vorsichtig den Einstieg in die Ungezwungenheit früherer Zeiten. Anspruchsvoll.
»Dir in wenigen Worten die letzten fünfzehn Jahre erklären, ist schwierig. Mein Leben wurde in dieser Zeit auf den Kopf gestellt und nun gedenke ich, daran anzuknüpfen. Es folgt die Fortsetzung. Ich weiß, das hört sich schwachsinnig an, aber ich habe mir die Rückkehr reiflich überlegt.«
»Nicht schwachsinnig, nur leicht mysteriös.«
Der Champagner wird auf unser Tischchen gestellt, also stoßen wir an und lächeln uns an. Kein falsches Lächeln, ein echtes Lächeln. Dabei überkommt mich eine wohlige Erleichterung, die die Befürchtung überwiegt, ein verdorrtes Schlachtfeld zu betreten und alte Wunden aufgerissen zu haben. Möglicherweise bin ich zu voreilig mit meiner Einschätzung und es ist tatsächlich nur Höflichkeit und

Neugier, was uns derart anständig miteinander umgehen lässt.

»Entgegen allen Erwartungen fand ich mich in den Bergen zurecht. Die mir selbst auferlegte Busse wandelte sich schnell in ein aufregendes Lebensmodell. Und du wirst es nicht glauben, aber Louis, mein Hirtenhund, verhalf mir zum Glück. Ich erkläre dir das bei Gelegenheit, das hört sich nämlich äußerst kurios an.«

»Du und ein Hund?«

»Ja, da staunst du. Er war mir ein wunderbarer Freund und er verschaffte mir einen bescheidenen Reichtum. Er öffnete eine Tür, von deren Existenz ich nicht mal eine Ahnung hatte, denn er führte mich zu den verborgenen Orten des Trüffels, dem schwarzen Gold. Louis war etwas Besonderes. Du hast recht, meine Worte als mysteriös zu bezeichnen, oft irritiert es mich selbst.«

»Louis ist tot?«

»Ja, sein letzter Kampf mit einem Wolf war einer zu viel. Er war nicht mehr der Jüngste. Nach seinem Tod erwachte die Idee, zurückzukehren.«

»Du hattest eine starke Beziehung zu ihm.«

»Ja, so kann man es umschreiben. Wir waren aufeinander angewiesen und vertrauten uns voll und ganz. Ich hatte es nie für möglich gehalten, zu einem Tier je eine derart intensive Nähe empfinden zu können. Eine wunderbare Erfahrung.«

Alice betrachtet mich nachdenklich. Mir ist klar, ich bin ihr fremd geworden. Der nüchterne Zahlenmensch und stahlharte Gewinnoptimierer spricht über das Leben in bescheidener Abgeschiedenheit und dem Verhältnis zu seinem Hirtenhund. Vermutlich wundert sie sich über meine neuen Prioritäten oder fragt sich, was ich alles erlebt haben muss, dass ich so seltsam geworden bin. Menschen in der Einsamkeit neigen zu Selbstgesprächen, Schrulligkeit und asozialem Verhalten. Da kommt so ein Hund als Gesellschaftsersatz wie gerufen.

»Bitte, erzähl weiter«, bittet sie dann.

Und ich schildere ihr in groben Zügen das Prägendste der letzten fünfzehn Jahre. Keine Details, trotzdem dauert es über eine halbe Stunde und eine weitere Runde Champagner, bis ich ende, da ich befürchte, sie mit der ganzen Geschichte zu langweilen oder zu überfordern. Abgesehen davon möchte ich erfahren, wie es ihr ergangen ist.

»Na ja, hervorragend und gleichzeitig ereignislos. Die Zeit verging ohne erwähnenswerte Ereignisse. Ich lebte in einem monotonen Rhythmus vor mich hin, selbst die Männer, die ich kennenlernte, brachten kaum Abwechslung in mein Leben. Mir fehlte es an nichts. Ich war nicht unglücklich, aber auch nicht glücklich. Bis ich mich entschloss, wieder arbeiten zu gehen. Das war vor neun Jahren. Zuerst half ich halbtags in einem Obdachlosenheim aus, wechselte später in die Stiftung, die das Heim finanziert. Mein Dasein bekam mehr Inhalt, zudem kenne ich seither jeden Obdachlosen der Stadt mit dem Vornamen. Ansonsten lebe ich in einem Beziehungschaos, ohne Hund, dafür mit drei Katzen.«

Wir grinsen beide, obwohl ihre Worte mit einer feinen Prise Bitterkeit gewürzt waren.

»Wir könnten uns jetzt fragen, was wir in der Vergangenheit alles falsch gemacht haben, oder noch zwei Glas bestellen und auf die Zukunft anstoßen.«

Ich ordere, ohne ihr Einverständnis abzuwarten, und mit der Befürchtung, bald einmal betrunken zu sein. Egal, Hauptsache die Zeit bleibt stehen.

»Aber nur, wenn du mir von Louis erzählst.«

*

Das Pfeifen in verschiedenen Tonlagen ging unter die Haut. Der Stärke und der Laune des Windes entsprechend wechselte die Tonlage von schrill bis durchdringend. Seitdem ich das Dach neu gedeckt hatte, orgelte mir jede einzelne Böe ihr Lied. Und die großen Herbststürme sollten erst kommen. Ich nahm mir vor, mich so bald wie möglich dieses Phänomens anzunehmen. An diesem Tag nicht mehr, ich war zu müde.

Pierre war bereits nach Hause gegangen, ohne mit mir zu Abend gegessen zu haben, er wollte seine Tochter besuchen. Ich kochte mir wilden Reis, wärmte dazu den Rest Ratatouille von gestern auf und briet mir zwei scharfe Merguez auf dem offenen Feuer. Ein Festessen, welches mich zufrieden, aber noch müder werden ließ.

Nachdem ich die Küche aufgeräumt hatte, rauchte ich draußen auf der Stufe sitzend eine Zigarette und schaute der Sonne zu, wie sie sich zwischen Horizont und Wolkendecke nochmals opulent in Pose warf. Ein Spektakel, an welchem ich mich nicht sattsehen konnte. Das Panorama war grandios und bei klarer Sicht nahe der Unendlichkeit, nur das Meer fehlte. Grün dominierte. Niedrige, dunkelgrüne Wälder aus Steineichen, Kiefern und Kastanienbäumen, die sich wie Teppiche über die Höhenzüge legten, unterbrochen von klippenartigen Felsen wie Risse im Flor und sanften Hügeln, auf denen hellgrüne Weiden zu erkennen waren. Einige wenige Hütten und keine Straßen im Blickfeld, das Dorf weit unten im Tal, dass selbst die Kirchturmspitze nicht zu sehen war.

Stille senkte sich langsam herab, wie bei einem Orchester, bei dem ein Instrument nach dem anderen aufhört zu spielen. Die Geräuschkulisse dünnte sich aus, während das Tageslicht immer weniger wurde, die Vögel verstummten, Zikaden hielten länger durch, zum Schluss war es nur der Wind, der leise die Höhen streichelte. Die Dämmerstunde war ein Ereignis wie der Sonnenaufgang und meist erlebte ich beides täglich. Es gab auch die nebelverhangenen, düsteren, regenschwangeren Tage, die weder einen richtigen Beginn besaßen noch ein anständiges Ende fanden, nur ein wolkiger Brei duckte sich bis ins Tal hinab und verschluckte jeden Blick.

An diesem Abend war es eine barocke Wolkenformation, die sich auftürmte und ein Gewitter versprach, aber den glühenden Horizont mit seiner Inszenierung sichtbar ließ. Ich steckte mir eine weitere Zigarette an und rauchte genüsslich, bis es dunkel war. Dann begann das Wetterleuchten, wenig später folgte das tiefe Grollen. Das Gewitter war auf dem Weg zu mir. Hier oben wird es sich austoben.

Aber der Hof hatte dicke Steinmauern, doppelte Lagen mit schwerem Schiefer, massive Fensterläden, Türen und Tore. Der Hof war das Wetter gewohnt. Selbst die Schafe wussten Bescheid, sie hatten sich in den Stall zurückgezogen. Bevor der Sturm losbrach, musste die Stalltür geschlossen werden. Wie eine Leuchtstoffröhre, die nicht anspringen wollte, flackerte die Wolke, die Tonlage des Donners wurde bedrohlicher. Dann zerriss ein erster Blitz die Nacht und tauchte für einen Sekundenbruchteil die Landschaft in ein grellweißes Licht.

Höchste Zeit zu verschwinden. Ich eilte zum Stall, als erneut ein Blitz die Luft spaltete und unweit vom Hof einschlug. Zwischen Blitz und Donner keine zwei Sekunden, er war also nur noch einen halben Kilometer entfernt. Der Regen setzte ein, als hätte jemand einen Schalter betätigt.

Mit der Taschenlampe leuchtete ich in den Stall und erkannte schnell, dass einige Tiere fehlten. Meine Herde war damals überschaubar, genau dreißig Schafe. Verflucht! Ich war nicht aufmerksam.

Es wurde gleißend hell, schon wieder explodierte ein Blitz in der Nähe. Die Sekunde reichte aus, um die fehlenden Viecher auszumachen, die blökend und im Trab auf den Stall zuhielten. Erleichtert machte ich den Weg frei, begrüßte sie mit netten Worten und vergewisserte mich, ob sie vollständig waren. Ich wünschte eine gute Nacht, schloss hinter mir die Stalltür und als ich mich umdrehte, duckte sich dieses seltsame Wesen vor meinen Füssen. Es war zu klein, um als gefährlich zu gelten, aber zu groß, um als Hase oder Fuchs durchzugehen. Ich knipste die Taschenlampe an und der Lichtkegel erfasste eine hundeähnliche Kreatur, eine Mischung aus einem verfilzten

Wischmopp und einer räudigen Hyäne. Im ersten Moment erschrak ich, bis mich die sanften Augen beruhigten und ich in die Hocke ging.

»Hei, wer bist denn du?«, fragte ich ihn und er antwortete mit einem Winseln. Instinktiv schaute ich mich nach seiner Herrschaft um, aber im Dunkeln war nicht das Mindeste zu erkennen. Ich leuchtete mit der Taschenlampe ins Nichts und entsprechend sah ich nichts. Der Regen hatte mittlerweile die Stufe Wolkenbruch erreicht, vom Wind gepeitscht prallten die Tropfen wie Hagelkörner auf. Wie befürchtet, schlug die nächste Entladung noch näher ein. Blitz und Donnerschlag waren gefühlt eins. Es wurde langsam ungemütlich. Ich packte den Hund unter den Arm, lief zur Haustür, riss sie auf, dann hechtete ich hinein und schlug sie hinter mir zu.

Ich schaltete das Licht an. Völlig durchnässt standen wir da und musterten uns. Ohne mit der Wimper zu zucken, blickte er mir mit großem Selbstbewusstsein in die Augen, was mich im ersten Moment irritierte. Ich verstand nichts von Hunden, aber ich war mir sicher, ein Jungtier vor mir zu haben. Die Proportionen stimmten noch nicht, die Pfoten und die Ohren waren klar zu groß.

Erneut krachte es, dass die Fenster schepperten. Der Hund blieb die Ruhe selbst, streckte sich auf dem Boden aus und legte den Kopf auf die Pfoten. Ich ging in die Knie, um ihn zu streicheln. Er ließ es sich gefallen, schaute kurz zu mir hoch, dann schloss er die Augen. Er schien angekommen zu sein.

Etwas ratlos setzte ich mich an den Küchentisch. Wie kam dieser Hund hierher und wem gehörte er? War er weggelaufen, war er ausgesetzt worden oder hatte er sein Zuhause verloren? Die Höfe in der Umgebung kannte ich bestens und es gab nirgends solch ein Tier. Ich nahm mir vor, sobald es hell werde, die Gegend abzusuchen, ob eine Person verunglückt war, zu der dieser Hund gehörte. Es gab immer wieder verrückte Wanderer, die die Wildnis der Cevennen unterschätzten.

Ich füllte eine kleine Schüssel mit Wasser und auf einem Teller mischte ich altes Brot mit gehacktem Schaffleisch. Ich stellte sein Nachtessen auf den Boden und pfiff kurz. Der Hund kam angetrottet, roch am Essen, schaute mich dankend an, dann fraß er alles auf.

In dieser Woche käme Chantal, die Tierärztin, vorbei, um bei fünf Schafen die Klauen zu schneiden, also könnte sie auch gleich den Hund begutachten und mir einen Rat geben, was mit ihm geschehen sollte, überlegte ich mir. Immer vorausgesetzt, ich fände nicht den Besitzer. Aber das Tier machte mir nicht den Eindruck, Sehnsucht nach einem Eigentümer zu haben. Er legte sich auf die Seite, streckte sich, so konnte ich sehen, dass er ein Rüde war. Erst jetzt fällt mir auf, ihn die ganze Zeit dem männlichen Geschlecht zugeordnet zu haben, warum, wusste ich nicht. Ich holte ihm eine Decke, um neben dem Ofen eine Schlafstelle einzurichten. Er schaute mir dabei zu, bis ich damit fertig war, dann kam er, legte sich hin und ließ sich streicheln.

Ich erwachte mit den ersten Sonnenstrahlen aus einem tiefen und traumlosen Schlaf. Die sanften Klänge der Natur begrüßten mich. Das Gewitter hatte sich verzogen, ich öffnete den Laden und das Fenster, welches gegen Osten lag und jeden Morgen die aufgehende Sonne in mein Bett scheinen ließ. Sie war mein Wecker, wenn sie am Horizont erschien, stand ich auf. Im Sommer sehr früh, im Winter spät. An diesem Morgen blickte mich nicht nur die Sonne an, auch der Hund sass da und betrachtete mich eindringlich.

Das erinnerte mich daran, mir vorgenommen zu haben, nach seinem Herrchen zu suchen. Also stand ich auf, zog eine Jeans und ein T-Shirt an und ging mit ihm zum Stall, um den Schafen die Tür zu öffnen. Dann streiften wir in immer größeren Kreisen durch die Umgebung, ohne jemanden zu finden. Nach zwei Stunden gab ich auf, da es keinen Sinn machte, die undurchdringlichen Dickichte, die an die Weiden grenzten, zu durchkämmen. Ich konnte mir auch beim besten Willen nicht vorstellen, dass sich ein Wanderer hierhin verirrt hatte. Die offiziellen Wanderwege führten nicht in meine Nähe.

Ich war hungrig, darum bereitete ich uns ein Frühstück zu, das wir gemeinsam draußen an der Sonne einnahmen. Später begleitete er mich auf eine Wiese, weiter unten im Tal, wo ich mit der Sense Gras mähte, welches zu Heu trocknen sollte. Die ganze Zeit beobachtete er mein Tun mit Interesse. Am Mittag waren wir wieder zurück, schauten nach den Schafen, dann gab es ein kleines Mittagessen. Danach brachte ich den Haushalt auf Vordermann, ich wollte schließlich nicht dem Bild des vereinsamten und verwahrlosten Sonderlings entsprechen, wenn die durchaus attraktive Tierärztin vorbeikäme. Wobei gewöhnlich immer eine vorbildliche Ordnung herrschte. Zeit für den Haushalt hatte ich ja zur Genüge.

Es war ein heißer Tag, weshalb ich mich entschloss, eine kleine Siesta im Schatten der knorrigen Steineiche neben dem Stall abzuhalten. Wir legten uns hin und bald döste ich ein. Der Schlaf war tiefer als üblich, auf jeden Fall schreckte ich hoch, warum, wusste ich im ersten Moment nicht. Aber schnell begriff ich, der Hund hatte mich angestupst. Schlaftrunken ließ ich meinen suchenden Blick schweifen, da hörte ich zuerst ganz leise, dann immer lauter werdend den Motor von Chantals Land Rover. Sie kämpfte sich mit Allrad und Untersetzung den steilen und steinigen Weg herauf. Wir erwarteten sie vor dem Haus.

»Salut Vincent«, begrüßte sie mich gut gelaunt, gab mir zwei flüchtige Küsse auf die Wangen und wandte sich sofort dem Hund zu. »Oh, was bist denn du für ein wunderschöner Kerl?«

»Ist mir gestern zugelaufen. Ich weiß nicht, was ich mit ihm machen soll. Hast du eine Ahnung, wem er gehören könnte oder ob er vermisst wird?«

Sie musterte ihn, tastete an ihm rum und meinte: »Ein männliches Jungtier, gemischtrassig, auf den ersten Blick gesund und vital. Ehrlich gesagt gibt es auf all den Höfen und bei all den Hundebesitzern, die zu mir kommen, kein solches Tier. Er wäre mir aufgefallen. Nicht mal was Ähnliches gibt es in der Gegend.«

»Er stand plötzlich da und seither geht er nicht mehr von meiner Seite.«

»Er mag dich. Nimm ihn doch auf, du könntest ein wenig Gesellschaft gebrauchen.«

Auf diese Idee war ich gar nicht gekommen, zu sehr war ich überzeugt, er gehöre jemandem und er würde mich bald wieder verlassen müssen.

»Sollte ich die Polizei fragen, ob er vermisst wird?«

»Du wirst dieselbe Antwort erhalten wie von mir. Ich bekomme die Vermisstmeldungen regelmässig zugestellt, im Fall ein verletztes Tier abgegeben wird.«

An den Gedanken an eine Hundeadoption hatte ich mich zuerst zu gewöhnen. Hunde waren nie meine favorisierten Tiere, zugegeben, Schafe waren es auch nicht. Ich betrachtete ihn nachdenklich, was er zu bemerken schien, denn sein Blick suchte den meinen. Wir schauten uns an und lasen in unseren Augen. In diesem Moment wurde mir bewusst, dass dieser Hund etwas Besonderes war. Er bettelte nicht, er gab mir zu verstehen, dass er gedachte, hierzubleiben, da ich ihn brauchte. Ja, wieso nicht. Wenn, dann wäre ein Hund der einzig richtige Gefährte und für die Schafe könnte er der Beschützer sein.

»Ja, wieso nicht. Ich habe irgendwie das Gefühl, dass wir zueinander passen«, murmelte ich mehr zu mir denn zu ihr. »Was muss getan werden? Impfen und anmelden, wie bei uns in der Schweiz?«

»Impfen ja, aber anmelden kannst du vergessen. In Frankreich gibt es sowas nicht. Du hast auch keine Steuern für ihn zu bezahlen. Das nächste Mal bringe ich die nötigen Impfstoffe mit.«

Während ich über meine neue Beziehung nachdachte, ergriff Chantal ihre Tasche und machte sich auf Richtung Herde. Ich trottete ihr hinterher und bewunderte ihren Hintern, der für einmal nicht von einem schlabbrigen

Overall verhüllt wurde. Sie trug eine abgeschnittene Jeans und ein schmutziges T-Shirt von Chanel, die Füße steckten in derben Bergschuhen. Sie legte bei der Arbeit keinen Wert auf ein adrettes Aussehen, wie sie sich in der Freizeit gab, entzog sich meiner Kenntnis.

Wir pflückten uns die betroffenen Schafe heraus und ich half ihr, deren Klauen zu schneiden. Der Hund saß in angemessener Distanz zur Herde, beobachtete uns und die Schafe glotzten zurück.

»Hast du einen Namen für ihn?«, fragte sie mich.

»Äh, nein. Darüber habe ich mir noch keine Gedanken gemacht.«

»Ein Name ist wichtig. Er wird auf ihn hören.«

»Dann nenne ich ihn Louis.«

Das war der Tag, an dem Louis in mein Leben trat.

*

Alice hörte mir zu, als erzählte ich eine atemberaubende Geschichte und nicht eine banale Anekdote über einen Hund. Keinen Schluck nahm sie aus dem Glas, sie hing die ganze Zeit an meinen Lippen, was mich irritierte.

»Faszinierend!«, haucht sie.

»Das war ja nur der Beginn. Was in den Jahren danach folgte, war erstaunlich und oft magisch. Du kennst mich, ich bin nicht der spirituell angehauchte Traumtänzer, was nicht reell ist, existiert nicht für mich, und trotzdem schaffte es Louis immer wieder, mich an der Realität zweifeln zu lassen. War es nur sein Instinkt oder hatte er eine Gabe, die über das Natürliche hinausging? Ich weiß es selbst nach seinem Tod nicht.«

Sie schüttelt beinahe unmerklich den Kopf und meint: »Was du mir erzählst, ist alles so unwirklich für mich. Egal, was geschah, bevor du verschwunden bist, ich meinte, dich zu kennen, und nun muss ich zur Kenntnis nehmen, dass da noch ein anderer Vincent existierte. Ich komme nicht umhin zu bewundern, mit welcher Konsequenz du deinen

Weg gegangen bist und ein Leben gelebt hast, das ich dir nicht zugetraut hätte. Du bist ein anderer Vincent geworden.«

Ich nicke zustimmend und ordere zwei weitere Gläser Champagner.

»Schwierig an der ganzen Sache waren der Entscheid, den ich zu treffen hatte, und die ersten Monate da oben. Was folgte, war ein andauernder Prozess des Lernens und des Verstehens. Fast alles, was ich wusste und konnte, spielte da oben keine Rolle. Es war ein Zurück zum Start.«

»Du hast mir noch nicht erzählt, was deine Pläne sind.«

»Die Alternative zur Rückkehr war das Bleiben für immer. Nach Louis' Tod hatte ich meinen Gefährten verloren, also begannen plötzlich neue Pläne im Kopf zu gären. Ich wollte nochmals etwas verändern. So gewann die Idee an Profil, die Produkte aus den Cevennen hierherzubringen. Hier schätzt man gutes Essen.«

»Du wirst zum Feinkosthändler?«

»So etwas in der Art.«

Kapitel 12

Die Verabschiedung fiel nicht so aus, wie ich es erwartet hatte. Sie umarmte mich fest, hielt mich einen Moment, dann drückte sie mir einen Kuss auf den Mund. Verdattert blieb ich stehen und schaute ihr nach, wie sie mit wehenden Haaren in einer Seitengasse verschwand. Was war das? Ist es ein Zeichen der Vergebung, der Sympathie, der immer noch glimmenden Liebe oder ist es nur Nostalgie? Womöglich interpretiere ich viel zu viel in diesen Abschied.

Das hektische Leben holt mich aus meinen Überlegungen, denn ich stehe wie ein Idiot den Passanten im Weg, werde umkurvt und angerempelt. Ich eile zum Hotel zurück, wobei ich feststelle, dass dem vielen Alkohol ein beschwingter Gang zu verdanken ist. Ich sollte weniger saufen und bald einmal eine Uhr kaufen, möchte ich nicht zu jeder Verabredung verspätet erscheinen. Im Zimmer bewahrheitet sich meine Befürchtung: Ich werde zu spät sein. Fluchend mache ich mich schnell frisch, packe alles Nötige in die Tasche und marschiere los.

»Das ist unverzeihlich, Betty, jetzt habe ich mich bereits zum zweiten Mal verspätet. Ich bin mir Zeit noch nicht gewohnt.«

Sie lächelt schief, winkt mich herein, drinnen umarmt sie mich, dann deutet sie auf mein Handgelenk: »Kauf dir eine Armbanduhr oder nutze dein Smartphone, da hast du die Zeit im Griff, wie sie fortan auch dich hat.«

»Ich werde wohl nicht drum herumkommen.«

Ich folge ihr in die Küche, wo auf dem Esstisch eine Schüssel mit gerüsteten Kartoffeln, Auberginen, Tomaten und Zucchini bereitsteht. Daneben liegen zwei Doraden zwischen Zitronen und Kräutern.

»Zur Belohnung, sobald du dein Smartphone begriffen hast«, neckt sie, als sie meinen Blick bemerkt.

»Das dürfte ein spätes Abendessen geben.«

»So doof kannst du gar nicht sein. Diese Dinger sind sogar für Kinder geeignet, denn sie lassen sich intuitiv bedienen. Du wirst staunen.«

Das Gerät liegt schon bereit. Seine glänzende Oberfläche verspricht alles, nur nicht ein Telefon zu sein. Selbstverständlich habe ich diese Dinger schon mehrere Male zu Gesicht bekommen, so völlig ab der Welt war ich auch wieder nicht. An den Samstagen im Dorf waren es die meisten, die ihre Dinger auf dem Tisch liegen hatten und sie oft liebevoll streichelten. Ich zeigte bewusst kein Interesse daran, obwohl meine Neugier geweckt war. Offenbar hat sich die Mobiltelefonie neu erfunden und die Menschen verfielen den Dingern restlos, ja, als Außenstehender diagnostizierte ich sogar klare Suchtsymptome. Zu Beginn war ich belustigt, mit der Zeit ging mir dieses Verhalten auf den Sack. Jedoch realisierte ich damals, dass diese Welle nicht mehr aufzuhalten war, und ich wurde zum Augenzeugen eines rasanten Wandels. Unvermittelt wird jetzt aus einem Außenstehenden ein Beteiligter.

Sie ist die perfekte Lehrerin. Sie weiß, mir das Ding ohne Umschweife zu erklären, sodass ich nach einer Stunde zur Einsicht komme, es halbwegs verstanden zu haben. Zumindest die wichtigsten Funktionen sind mir klar. Insgeheim und entgegen meiner Ansicht bereitet mir das Ding eine geheime Freude. Ein fesselndes Gerät.

Wie angekündigt, kocht sie zur Belohnung ein exquisites Abendessen, während ich das Ding befummle wie ein kleines Kind. Die Neugier auf die Unendlichkeit des Internets und die Vielfalt des Geräts ist geweckt und umgehend wird mir bewusst, wie auch ich zum verbissenen Streichler werde. Ostentativ lege ich das Teil zur Seite und übernehme das Braten der Fische.

»Du solltest dich besser mit dem Smartphone vertraut machen, statt mir zu helfen«, meint sie.

»Für den Moment reicht das. Meine Konzentrationsfähigkeit lässt nach, unter anderem, weil ich heute etwas zu viel Wein getrunken habe. Über Mittag traf ich mich mit der Autorin, die weiterhin der Meinung ist, dass meine Lebensgeschichte ein Buch wert ist, und am Nachmittag überraschte mich meine Exfrau. Mit ihr ging ich Champagner trinken.«

»Oh, eine Versöhnung?«

»Nein, vielmehr ein behutsames Beschnuppern und ein Austausch von Befindlichkeiten. Wir sprachen über die vergangenen fünfzehn Jahre und nur kurz über unsere Pläne. Zwei kurzweilige Stunden, die erstaunlich angenehm waren.«

»Trefft ihr euch wieder?«

»Ich denke schon, sofern sie es sich nicht anders überlegt. Sie gab mir ihre Visitenkarte.«

»Und, wie sieht sie aus?«

»Bezaubernd.«

»Aber sie ist doch älter geworden. Falten und so.«

»Ein ganz klein wenig, genau so viel, dass es nicht ihre Schönheit schmälert. Sie ist das geblieben, was sie immer war und wofür ich sie bewundert und geliebt habe.«

»Das hört sich verheißungsvoll an.«

»Interpretiere nicht zu viel in meine Worte. Wir beide haben unser eigenes Leben gefunden, abgesehen davon hat sie einen Partner.«

»Schade, es hätte eine hoch romantische und herzerweichende Liebesgeschichte werden können.«

Ich gebe vor, konzentriert mit den Fischen beschäftigt zu sein, um nicht weiter auf ihre Bemerkungen eingehen zu müssen. Die Themen Beziehung und Liebe sind blankes Glatteis für mich. Zudem muss ich mir eingestehen, dass mich das Wiedersehen mit Alice aus dem Gleichgewicht gebracht hat. Ich hatte zittrige Knie beim Abschied.

Das Abendessen gelingt uns perfekt. Nicht nur der kulinarische Teil ist ein Genuss, auch das Zusammensein mit Betty entwickelt sich immer mehr zu einem Vergnügen. Ihr Wortwitz, ihre Gradlinigkeit, ihre an Unverschämtheit grenzende Neugier und Offenheit gefallen mir. Ich habe das Gefühl, sie kennt kaum ein Tabu. Und so provoziert sie eine unerwartete Wendung in unserem Gespräch.

»Hast du schon mit der Suche nach einer Wohnung begonnen? Oder gedenkst du noch eine Ewigkeit im Hotel zu wohnen?«

»Bisher fand ich keine Gelegenheit.«

»Und wenn du bei mir einziehen würdest? Eine unverfängliche Wohngemeinschaft mit einer Lesbe. Nur so eine spontane Idee.«

Ich verschlucke mich beinahe am Fisch. Macht sie einen Witz?

»Äh, verzeihe, aber dieser Vorschlag könnte durchaus auch ein Scherz sein. Ein Mann in deinem Haushalt? Wie willst du das deinen Freundinnen erklären?«

»Vincent, du bist in eine aufgeschlossene Gesellschaft zurückgekehrt. Niemand in meinem Umfeld würde sich daran stoßen, wohntest du bei mir. Abgesehen davon habe ich zurzeit keine Beziehung.«

»Aber du kennst mich doch gar nicht. Vielleicht bin ich ein unordentlicher, unzuverlässiger und rücksichtsloser Kerl, der dir das Leben schwer macht und den Kühlschrank leer frisst.«

»Hör auf, faule Ausflüchte zu suchen. Wenn du keine Lust hast, dann sag es einfach.«

»Das sind keine Ausflüchte. Ich denke, du machst mir einen Vorschlag, den du nicht zu Ende gedacht hast. Hast du Erfahrung mit männlicher Gesellschaft?«

»Erstens musst du nicht in meinem Bett schlafen und zweitens habe ich einen Bruder. Sämtliche Eigenschaften der Männlichkeit habe ich während meiner Jugend erlebt und keine hat mich davon abgebracht, dir diesen Vorschlag zu unterbreiten.«

»Und Frauenbesuche?«

»Ist okay. Ich will einfach kein Gejammer, wenn sie in meinem Bett landet.«

Ich schüttle den Kopf, kann allerdings ein Grinsen nicht verkneifen. Ich weiß nicht wieso, aber ich kaufe Betty ihre

Nonchalance ab. Sie wirkt ehrlich und hätte mir ihre Idee sicher nicht präsentiert, wenn da Zweifel gewesen wären.

»Zugegeben, dein Vorschlag gefällt mir. Das Hotel ist ein wunderbares Hotel, aber es bleibt trotzdem ein Hotel und kann ein Zuhause nicht ersetzen.«

»Komm, ich zeige dir das Zimmer.«

Wir räumen das Geschirr in die Küche, dann folgt eine Führung durch die Wohnung. Sie ist größer als erwartet und das Zimmer bietet alles, was ich brauche. Ein Bett, ein Schrank, ein Bücherregal, ein Tisch mit einem Stuhl, ein Sofa und immer noch Platz genug, um sich nicht eingeengt zu fühlen.

»Kannst du dir vorstellen, hier zu hausen?«

»Aber sicher. Das ist ein behaglicher Raum, in dem sich bestens leben lässt. Es würde mir gefallen.«

»Einzig der Hotelservice fehlt.«

»Darauf zu verzichten, fiele mir nicht schwer.«

»Das heißt, du bist einverstanden?«

»Kommt auf das Kleingedruckte an.«

»Ganz einfach, wir teilen uns alles außer das Bett.«

»Ein faires Angebot, das ich sehr gerne annehme.«

Ihre Miene hellt sich auf, dann umarmt sie mich und meint: »Das müssen wir feiern.«

Sie verschwindet und ich begutachte nochmals mein neues Zuhause in aller Ruhe. Irgendwie fühlt sich diese spontane Entscheidung seltsam an. Denn damit habe ich mich endgültig in Bettys Leben eingenistet, obwohl uns keine Beziehung verbindet. Die Ereignisse beschleunigen sich, als hätte jemand auf schnelles Vorspulen gedrückt. Nichts von einer gemächlichen Rückkehr, kein Angewöhnen an die menschliche Nähe. Das scheint die Realität zu sein.

Sie kommt mit zwei Gläsern Weißwein zurück. Wir stoßen an und verlieren uns in den Überlegungen, wie wir unser Zusammenleben gestalten werden. Ihr Enthusiasmus beflügelt mich, sodass ich ihr verspreche, bereits morgen hier einzuziehen. Es gibt keinen Grund, länger damit zu-

zuwarten. Wir plaudern bis spät, dann verabschieden wir uns in einer herzlichen Umarmung.

Mitternacht ist vorbei, als ich dem Rhein entlang zum Hotel zurückschlendere und versuche, die neue Situation einzuordnen. Ich stecke mir eine Zigarette an, vielleicht hilft das beim Denken.

Vertieft in mich selbst nehme ich die Gefahr erst wahr, als es zu spät ist. Die drei Kerle, die auf mich zukommen, sind keine nächtlichen Heimkehrer. Als sie mir den Weg verstellen, begreife ich, dass sie etwas von mir wollen. Wie gesagt, es ist zu spät. Bevor ich reagiere, ergreifen mich zwei und der Dritte wuchtet seine Faust in meinen Magen. Die Luft bleibt weg, es wird mir schwarz vor Augen, die Knie geben nach. Man stellt mich auf die wackligen Beine, ein zweiter Schwinger folgt und ich verliere die Kontrolle über den Körper. Ich kotze meinem Peiniger in einem gebündelten Strahl vor die Füße, dass die Spritzer seine Hose dekorieren. Fluchend versetzt er mir einen Tritt in die Seite, dann zieht es mich in eine kalte Dunkelheit.

Ohrfeigen holen mich zurück.

»Hallo Arschloch«, begrüßt mich eine widerwärtige Fratze mit Mundgeruch. »Das ist die einzige Warnung. Halte dich von Alice Roth fern. Verstanden?«

Dann spuckt er mir ins Gesicht und versetzt mir zur Bekräftigung seiner Drohung einen Tritt in die Eier.

*

Der Sonnenaufgang ist unendlich quälend, so wie die Stunden davor. Ich liege reglos auf dem Bett, versuche ruhig zu atmen, aber der Schmerz will nicht weichen. Es ist die Seite, die bei jedem Atemzug sticht, als stecke da ein Messer. Langsam sorge ich mich. Seit der qualvollen Rückkehr ins Hotel schwindet meine Hoffnung auf Linderung. Da ist etwas kaputtgegangen, je länger je mehr wird mir das klar. Was tun? Eine Ambulanz rufen? Nein, ich lernte während der Jahre mit Schmerzen zu leben. Wie oft verletzte ich mich, einige Narben zeugen noch immer von Stürzen und anderen Unachtsamkeiten. Wunden, die ich notdürftig versorgte, bis Chantal vorbeikam und versuchte, das Beste daraus zu machen. Außer das eine Mal, als ich beim Holzspalten die Kuppe meines linken Zeigefingers verlor, da war nichts mehr zu retten.

Das hier ist etwas anderes. Man sieht nur eine blutunterlaufene Stelle, aber der stechende Schmerz darunter fühlt sich besorgniserregend an.

Ich stehe auf, dusche so sanft wie möglich, ziehe mich vorsichtig an, dann verlasse ich das Hotel und schleiche über die Brücke zum Krankenhaus. In der Notaufnahme erzähle ich von einem Sturz die Treppe hinunter, schildere meinen Schmerz und ernte besorgte Blicke. Das höre sich nicht gut an, meint die Pflegerin und führt mich in einen Behandlungsraum, wo ich mich bis auf die Unterhose ausziehen und auf eine Liege legen muss. Bis der Arzt kommt, nimmt sie meine Daten auf.

Was folgt, ist die erwartete Tortur und ein Befund, der meinen Verdacht bestätigt: Zwei Rippen sind angeknackst. Man verschreibt mir Schonung und Schmerzmittel. Mehr kann man nicht tun. Die Pflegerin gibt mir gleich zwei Tabletten und weist mich an, noch etwas liegen zu bleiben. Später kommt sie mit einem Kärtchen zurück, auf dem mein Kontrolltermin eingetragen ist und einem Rezept für Schmerztabletten.

Ich starre an die antiseptisch weiße Decke und versuche, erstmals über das Geschehene nachzudenken, während die Schmerzen, auch jene meiner Eier, langsam gedämpft werden. Offenbar gefällt jemandem meine Rückkehr nicht und der Kontakt zu Alice noch erheblich weniger. Aber wieso diese rohe Gewalt? Ein klärendes Gespräch hätte doch gereicht. Hat Alice Kenntnis von dem Vorfall? Kann ich mir nicht vorstellen. Je länger ich darüber nachdenke, desto konfuser werden die Rückschlüsse. Befindet sie sich in Gefahr oder bin ich die Gefahr? Ist ihr Liebhaber ein krankhaft eifersüchtiger Choleriker, der mich als unerwarteter Konkurrent wahrnimmt? Bin ich in sein Revier eingedrungen?

Ich krame mein neues Ding aus der Tasche, öffne die Kontakte und rufe Betty an.

»Ausgeschlafen?«, fragt sie ohne Begrüßung.

»Nein, liege noch faul auf der Notaufnahme rum und langweile mich.«

Am anderen Ende herrscht einen Moment lang eine geschockte Stille.

»Was sagst du da? Notaufnahme? Mach doch keinen Scheiß!«, kreischt sie in mein Ohr.

»Entschuldige, ich wollte dich nicht erschrecken. Es sind nur zwei Rippen gebrochen.«

»Wie denn das?«, fährt sie mir dazwischen.

»Das erzähle ich dir später. Ich wollte nur fragen, ob es möglich wäre, gleich zu dir zu kommen.«

»Ich hole dich ab. In einer halben Stunde bin ich bei dir.«

»Betty, das ist nicht nötig. Wir können uns über Mittag bei dir treffen.«

»Keine Widerrede, ich komme.«

Und weg ist sie. Auf der Stelle bereue ich den Anruf. Ich habe ihr unnötig Sorgen bereitet, nur weil ich mit meinen Problemen nicht alleine sein wollte. Ich befremde mich selbst. Fünfzehn Jahre in der Abgeschiedenheit, ohne jemanden zu haben, mit dem ich mich über Sorgen und Nöte austauschen konnte, und kaum zurück in der Zivilisation, benötige ich dringenden Beistand. Angebot schafft Nachfrage. Ein ökonomischer Grundsatz oder eine menschliche Schwäche? Habe ich denn nichts gelernt in dieser Zeit? Ich ärgere mich über meine Unzulänglichkeit und die rasante Aufweichung der hart erworbenen Erkenntnisse. Wie oft habe ich mir geschworen, nie mehr in den alten und verfluchten Trott zu verfallen. Keine Abhängigkeiten, dafür bedingungslose Freiheit. Alles leeres Geschwätz. Sobald reizvolle Verführungen locken, wird der Wille schwach. Wie es aussieht, kann sich der Mensch dem Einfluss der Gesellschaft, in der er lebt, nicht entziehen.

Lange habe ich nicht zu warten. Eine halbe Stunde später erscheint sie atemlos in der Türöffnung zu meinem Zimmer.

»Vincent, ich hoffe, du bist trotz allem einigermaßen in Ordnung und transportfähig«, fragt sie voller Sorge und setzt sich auf den Bettrand.

»Tabletten wirken Wunder. Ich melde mich ab, dann verschwinden wir von hier.«

»Wie konnte das nur passieren?«

»Eine seltsame Geschichte, die ich dir draußen erzählen werde.«

Sie blickt mich irritiert an, aber lässt ihre Verwunderung im Raum stehen.

»Sofern du einverstanden bist, gehen wir ins Hotel, da melde ich mich ab, bezahle und dann wäre ich dankbar, wenn du mir behilflich wärst, meine Sachen zu dir zu bringen.«

»Vorbehaltlich du erzählst mir alles.«

Ich nicke stumm. Anschließend bewilligt die Pflegerin meinen Abgang, ohne zu vergessen, mich mit Anweisungen und Rezepten einzudecken. Ächzend erhebe ich mich, Betty hilft mir beim Anziehen, dann schleichen wir an die frische Luft. Gerne hätte ich tief eingeatmet, aber das lassen meine Rippen nicht zu. Eingehakt bei Betty und mit leicht wackligen Beinen laufen wir gemächlich zum Hotel. Sie fragt nicht, aber ich weiß, dass ich ihr eine Erklärung schuldig bin.

»Gestern Nacht auf dem Weg von dir ins Krafft wurde ich von drei Kerlen überfallen. Zwei hielten mich, der dritte schlug und trat auf mich ein. Das Seltsame daran war, dass sie mich nicht ausraubten, sondern mich nur warnten. Ich solle Alice in Ruhe lassen und dies sei die einzige und letzte Warnung. Dann liessen sie mich liegen. Ich ging ins Hotel, legte mich ins Bett und als heute Morgen der Schmerz immer noch gleich stechend war, entschloss ich mich, in die Notaufnahme zu gehen. Das wäre bereits die ganze Geschichte.«

Betty scheint es die Sprache verschlagen zu haben. Sie starrt geradeaus, sogar mein verstohlener Seitenblick perlt unbemerkt an ihr ab.

»Wenn ich dich richtig verstanden habe, dann warst nicht bei der Polizei«, fragt sie endlich.

»Nein, war ich nicht und werde ich auch nicht. Offiziell bin ich die Treppe heruntergefallen.«

»Gefällt mir gar nicht, aber ich denke, deine Entscheidung nachvollziehen zu können.«

Wir trotten schweigsam weiter, jeder mit seinen Gedanken beschäftigt. Viel gibt es nicht zu sagen, dafür mehr zu spekulieren. Ich bin überzeugt, dass sie nach dem ersten Verarbeiten der Neuigkeit darüber sprechen will.

Kapitel 13

Ich drehe Alice' Visitenkarte in den Fingern und überlege, ob sie anzurufen eine intelligente Idee sei. Nein, sage ich zu mir, das wäre ein unnötiges Risiko. Am liebsten würde ich warten, bis sie anruft, aber sie weiß meine Nummer nicht und im Hotel bin nicht mehr anzutreffen. Da gibt es nur den Umweg über jemanden, der sie kennt. Franco oder Marc. Ich rufe Franco an, aber in der Klinik ist er nicht zu erreichen, also wähle ich Marcs Nummer.

»Ja«, bellt er unwirsch ins Telefon.

»Hei Marc, ich bin es, Vincent. Hast du kurz Zeit?«

»Ach du. Eigentlich bin ich beschäftigt.«

»Nur eine kleine Bitte. Könntest du Alice meine Telefonnummer zukommen lassen?«

Ich vernehme ein leises Aufstöhnen.

»Hör mal, mein lieber Freund. Lasst mich in Ruhe mit euren Geschichten. Ich will damit nichts zu tun haben, ich habe genug Ärger am Hals.«

»Du wirst nirgends hineingezogen. Jemand bedroht mich und will, dass ich Alice in Ruhe lasse. Ich verstehe das nicht. Wir haben uns getroffen und sie hat mit keiner Silbe erwähnt, dass sie das nicht dürfte. Hat sie einen eifersüchtigen Freund?«

»Ihr Partner ist ein blasiertes Arschloch, deshalb pflegen wir auch keinen Kontakt mehr mit ihr.«

»Hast du mir wenigstens ihre Telefonnummer?«

Er diktiert mir ihre Nummer, ich notiere sie.

»Vielen Dank. Ich melde mich bei dir, sobald Ruhe eingekehrt ist.«

»Du musst dich nicht mehr melden. Die Zeiten haben sich geändert und ich mag keine Leute, die einfach abhauen, irgendwann zurückkommen und meinen, alles sei wieder wie vorher. Du hast mich damals enttäuscht. Leb wohl.«

Fassungslos betrachte ich das Ding, als hätte es mir ein weiteres Mal in die Eier getreten. Ein Tiefschlag, der mir schier den Atem nimmt und mich ratlos zurücklässt. Ich weiß schlichtweg nicht, was ich denken soll. Was habe ich ihm angetan? Verdammt, ich verstehe die Welt nicht mehr. Die Gefühle wirbeln durcheinander wie totes Laub im Herbstwind, jede Überlegung verflüchtigt sich, keine Erkenntnis findet sich. Marc hat mir soeben mein Selbstbild und meine Pläne schwer beschädigt. Es war mir nie in den Sinn gekommen, die engsten Freunde bitter enttäuscht zu haben und mit der Rückkehr auf Ablehnung zu stoßen. Ein kapitaler Fehler, die Welt immer nur aus der eigenen Warte zu betrachten. Hätte ich mich gefragt, wie mein Verschwinden interpretiert worden ist, wäre ich vermutlich nicht mehr zurückgekommen. Es gibt nicht viel Schlimmeres, als nicht willkommen zu sein, und es gibt nicht viel Dümmeres, als damit nicht zu rechnen. Ich war naiv und eingebildet. Ich dachte, die Welt habe sich nicht verändert, und meinte, man freue sich, mich wiederzusehen. Irrtum! Marcs Worte haben mir die Augen geöffnet und wenn ich ehrlich zu mir selbst bin, dann gab es weit hinten in den unterschwelligen Gehirnwindungen eine Ahnung davon. Scheiße, und jetzt?

Es klopft an der Tür.

»Ja.«

Betty guckt vorsichtig ins Zimmer.

»Ich bereite mir einen Wurstsalat mit Käse zu. Hast du Hunger?«

»Ich nehme gerne einen kleinen Teller. Danke.«

Wenig später sitzen wir auf dem Balkon am Tischchen und essen schweigsam. Der Überfall hat unsere unbekümmerte Stimmung gedämpft, vor allem Betty tut sich damit schwer und wirkt nachdenklich. Ich habe mich abgefunden, aber werde nicht kuschen.

»Hast du Schmerzen?«

»Ertragbar. Den Eiern geht es auch schon besser.«

Sie stutzt und fragt: »Eier? Was war mit deinen Eiern?«

»Na ja, zum Abschied gab es einen saftigen Tritt in die Weichteile.«

Sie verzieht ihr Gesicht.

»Ich bin ja kein Mann, aber man sagt, dass das äußerst schmerzhaft sein soll.«

»Nicht so schmerzhaft wie das Gespräch, das ich vorher mit Marc hatte.«

Sie schaut mich fragend an, also erzähle ich ihr davon. Sie scheint nicht beeindruckt zu sein, isst sie doch in aller Ruhe weiter.

»Erwarte nie zu viel von den Mitmenschen, dann wirst du nicht enttäuscht. Allerdings war dein Abgang ja alles andere als ruhmreich und ich kann mir vorstellen, dass dies jene brüskiert hat, die zu dir gehalten haben. Du hast deine ganze Welt verlassen und damit allen zu verstehen gegeben, dass sie dir nicht wichtig sind. Du bist definitiv nicht der Messias.«

Das sitzt und schmerzt, gleichzeitig dämmert es in mir. Bettys schonungslose Darlegung meines grundlegenden Irrtums ist Salz in der Wunde, aber auch eine Erleuchtung. Ich lebte in einer falschen Erwartung, die auf einer völlig irrigen Annahme basierte. Ich war ein Arschloch, ich gab mir keine Mühe, das zu ändern, und als ich verschwand, bestätigte das die allgemeine Haltung zu mir, sodass mich niemand vermisste. Meine Rückkehr war ein schlechter Scherz. Ein Arschloch kommt zurück. All die verklärten Visionen müssen dringend korrigiert werden.

»Danke.«

Sie schaut skeptisch auf und fragt: »Bist du jetzt beleidigt?«

»Nein, überhaupt nicht. Im Gegenteil, du hast mir die Augen geöffnet. Vielleicht waren es die langen Jahre in der Abgeschiedenheit, die die Vergangenheit und die Zukunft in einem falschen Licht erscheinen ließen. Hier existiert eine andere Realität als in den Cevennen. Da oben ist das Zwischenmenschliche weitaus unkomplizierter strukturiert als hier in der eng verzahnten Gesellschaft. Mein Fehler.«

»Sei nicht zu hart zu dir selbst. Das war kein Fehler, das war nur ein zu hoffnungsvolles Bauchgefühl. Korrigier deine Erwartungen nach unten und du wirst in der Realität ankommen.«

»Das hört sich pessimistisch an.«

»Nein, das schützt dich vor Enttäuschungen.«

»Trügt mich mein Gefühl oder redest du aus Erfahrung?«

»Ich denke, wir zwei sind uns sehr ähnlich, weshalb ich mich auch zu dir hingezogen fühle. Mein Leben verlief vollkommen anders als deines, trotzdem gibt es Parallelen. Scheitern, Ausgrenzung, Abgrenzung, Selbstfindung. Als lesbische Frau durchlebt man alle Stadien, vor allem im Berufsleben.«

»Du bist mir einiges voraus.«

»Wäre ich wie du, fünfzehn Jahre weg gewesen, dann erführe ich jetzt dasselbe. Aber das sollte uns nicht daran hindern, unser Leben zu leben. Lass uns deine Idee verwirklichen.«

»Du bist eine Motivationskünstlerin.«

»Nein, ich bin nur eine Egoistin. Ich habe große Lust, mit dir zusammenzuarbeiten und fände es schrecklich, wenn du dich durch diese negative Erfahrung entmutigen ließest.«

Ich staune ob ihrer Abgeklärtheit. Sie ist einiges jünger als ich, aber strahlt weit mehr Reife aus. Ihre persönliche Geschichte weckt meine Neugier.

Die Teller sind leer. Wir räumen das Geschirr ab, danach werfe ich mir zwei Tabletten ein, denn der Schmerzpegel stieg stetig an.

»Apropos Arbeit. Was meinst du, wann werden wir loslegen können?«, frage ich, nachdem ich mich wieder zu ihr gesetzt habe.

»Sofort, morgen, übermorgen, wie du wünschst.«

»Und dein Job in der Schule?«

»Mach dir keine Gedanken. Ich habe mit meinem Chef gesprochen und er ist mit einer Reduktion des Pensums einverstanden. Allerdings erst ab nächsten Monat, aber ich habe noch Urlaub vom letzten Jahr, den ich schon längst hätte nehmen müssen.«

»Dann legen wir morgen den Grundstein des Unternehmens. Ungeachtet dessen werde ich mich jetzt hinlegen und versuchen, etwas Schlaf nachzuholen.«

*

Der Schlaf war unruhig, geprägt von Schmerzen und unscharfen Bildern. Jede Bewegung stach in die Seite, keine Stellung brachte Entspannung, erst weitere Tabletten ließen mich etwas schlummern. Dann waren da immer noch Marcs Worte, die weiterhin durch meinen Kopf schwirrten und für innere Aufruhr sorgten, trotz Bettys wertvollem Trost. Und letztlich steht die Verwirklichung meiner Idee bevor, welche mit Sicherheit einige Herausforderungen bereithalten wird. Eine Flut von Themen, genug für viele weitere Nächte.

Als sich die ersten Sonnenstrahlen durch die Gardinen zwängen, fühle ich mich erschöpft und alles andere als gut gelaunt. Wie gelähmt liege ich im Bett und horche nach Leben in der Wohnung. Absolute Stille. Drinnen wie draußen. Ist heute Sonntag? Nein, nicht möglich. Donnerstag, jetzt fällt es mir wieder ein. Ich setze mich ächzend auf, suche im Seesack, der neben dem Bett steht, nach meiner alten Taschenuhr. Sie ist stehen geblieben, ich vergaß, sie aufzuziehen. Da fällt mir das neue Ding ein. Es ist sechs Uhr zehn, zu früh, um aufzustehen. Ich will Betty nicht wecken, darum schlucke ich zwei Tabletten und lege mich wieder hin. Ich starre an die Decke, nach einer Weile dämmere ich weg.

Schweißgebadet schrecke ich aus einem Traum hoch, an den ich mich nicht erinnern kann. Soeben war er noch da und Sekunden später ist er weg. Vermutlich besser so. Ich wälze mich zur Seite und drücke auf das Ding. Die Ziffern zeigen acht Uhr. Es herrscht weiterhin Ruhe in der Wohnung, eine ideale Gelegenheit zu duschen. Ich ziehe mich aus und pirsche ins Badezimmer. Leise öffne ich die Tür und wir stehen uns nackt gegenüber.

»Salut Vincent. Gut geschlafen?«, begrüßt sie mich lächelnd und rubbelt ihr Haar mit dem Badetuch trocken.

»Bonjour Betty. So lala. Die Rippen revoltierten in jeder Lage, aber Tabletten wirken Wunder.«

Ihr Blick begutachtet meine Seite.

»Autsch, das sieht ja übel aus«, stöhnt sie auf, dann mustert sie neugierig meine Männlichkeit. »Oje, da bist du auch ganz blau.«

Am liebsten hätte ich mich bedeckt und wäre davongelaufen, aber ihre Schamlosigkeit liesse meine Reaktion reichlich verklemmt erscheinen. Ich schaue nach unten, schiebe meinen Schwanz zur Seite, damit der blutunterlaufene Sack zur Geltung kommt.

»Meine Familienplanung hat sich erübrigt, also ist dieser Schaden zu verkraften. Ich komme später wieder.«

Ich will mich abwenden, da meint sie: »Bleib nur, die Dusche ist frei, außer dir graut es vor mir.«

»Wie sollte es. Ich möchte nur nicht als Voyeur erscheinen. Ich achte nur deine Intimsphäre.«

»Mach dir deswegen keine Sorgen. Ich habe zur Nacktheit eine entspannte Einstellung und auch Männer entsetzen mich nicht.«

Ich hänge mein Badetuch an den Haken und trete unter die moderne Dusche, die verglast und offen einsehbar ist. So ganz unbeschwert bin ich nicht, denn es ist ihre körperliche Präsenz, die mir Mühe bereitet, besser gesagt ist es eine wachsende Erektion, die sich nicht beherrschen lässt. Betty gefällt mir, ihr Körper gefällt mir. Sie ist perfekt. All ihre Reize entsprechen den Vermutungen, welche ich mir gemacht hatte. Dass sie Männer nicht mag, erscheint mir als Verschwendung, gleichzeitig schäme ich mich für meine chauvinistische Einstellung. Ich fühle mich verknöchert und nehme mir vor, ihr gegenüber nichts anmerken zu lassen. Gegen meine Erektion hilft das wenig, darum drehe ich ihr den Rücken zu, während ich mich einseife. Aber sie lässt sich Zeit, cremt sich ein, föhnt die Haare, dass ich vollends in Verlegenheit gerate.

»Betty, so funktioniert das nicht. Ich hab 'ne Latte und kann mich nicht umdrehen.«

Eine Sekunde herrscht Stille, dann höre ich ein Kichern.

»Entschuldige«, meint sie. »Wenn ich dich aufgeile, so ehrt mich das, aber es war nicht meine Absicht. Zeig mal.«

Ich bin sprachlos und willenlos. Ich drehe mich um und zeige ihr meinen Ständer. Sie betrachtet ihn versonnen, wie ein Kind den Weihnachtsbaum. Vielleicht war es auch nur ein höfliches Interesse.

»Du musst wissen, dieses Körperteil übt trotz meiner Neigung eine gewisse Faszination aus. Es passt da unten rein, da gibt es keinen Zweifel, und ich weiß, dass es Freude bereiten kann. Also lass uns entspannt damit umgehen.«

Ich entspanne mich. Meine Erektion welkt dahin, während das Wasser die Seife vom Körper spült und ich der knisternden Erotik nachtrauere, die einen Moment lang in diesem Badezimmer gegenwärtig war. Zum Schluss brause ich mich mit kaltem Wasser ab, damit die letzten lüsternen Gedanken verschwinden.

Gemeinsam bereiten wir das Frühstück zu, das wir in angenehmer Morgenfrische auf dem Balkon einnehmen. Die Unterhaltung kreist vornehmlich um die Verfahren und Behördengänge, die nötig sind, um eine Firma zu gründen. Wir teilen uns die Arbeiten auf, allerdings gedenkt sie, zuerst eine Liste zu erstellen, damit nichts vergessen geht. Punkte, die uns unklar erscheinen, wird sie abklären.

»Eines nimmt mich wunder«, bemerkt sie dann. »Wie bist du auf Trüffel gestoßen? Ich war immer der Meinung, dass sie schwer zu finden sind.«

»An den schwarzen Trüffel hatte ich nie einen Gedanken verloren. Ich wusste nicht mal, dass es in den Cevennen welche davon gibt. Wie es dazu kam, verwundert mich noch heute. Eine rätselhafte Geschichte.«

Kapitel 14

Im Herbst des zweiten Jahres befiel mich erstmals der Drang nach einer anderen Perspektive, nach Tapetenwechsel, nach einer kurzen Pause. Pierre zeigte sich bereit, drei Tage nach den Tieren zu schauen, weshalb ich mich eines Morgens mit Louis aufmachte. Im Rucksack genug Proviant, etwas Wäsche, das Nötigste und ein Schlafsack. Das sonnige Wetter hinterließ einen stabilen Eindruck, also brauchte es kein Zelt. Ich hatte mir eine genaue Wanderkarte der Region beschafft, aber kein Ziel gesetzt, darum liefen wir los, über den Bergrücken hinein in die abgelegenen Täler, welche auf der Karte als unberührte Landschaft daherkommen. Ein weisser Fleck, keine Straßen, keine Häuser, keine Wanderwege, nichts, nur Wildnis. Entsprechend schwierig war es, einen Weg hineinzufinden. Undurchdringliches Unterholz versperrte mir das Vorwärtskommen an allen Orten, an denen ich einen Zugang suchte. Lauter Sackgassen, dass ich langsam an meinem Unterfangen zu zweifeln begann, noch einen einsameren Ort zu suchen als jener, an dem ich lebte. Aber es war die absolute Versuchung, mitten in Europa unberührte Gebiete zu finden. Mit großer Wahrscheinlichkeit musste bereits jemand herausgefunden haben, dass es keinen Sinn machte, eine Straße in dieses Tal zu bauen, da es hier nichts, aber absolut nichts gab, was sich lohnte zu erschließen. Krüpplige Bäume, dorniges Gestrüch, Felsentrümmer, karge Böden, Tausende von Schmetterlingen und ein paar wilde Tiere. Erst Jahre später sollten die Cevennen zum Nationalpark erklärt werden, aber zu dieser Zeit war es zu einem großen Teil nur eine gottverlassene und menschenfeindliche Wildnis.

Wir kämpften uns durch einen veritablen Urwald, Meter für Meter, meist musste ich den Weg mit der langen Machete freihauen, Umwege suchen, mit Louis auf den Schultern klettern, bis wir am späten Abend an einem schmalen Fluss, der erstaunlicherweise Wasser führte, unser Lager aufschlugen. Ein Feuer kam nicht infrage, dazu waren der Sommer und das Unterholz zu trocken. Wir badeten im kalten Wasser, assen vom Proviant, dann rauchte ich einige Zigaretten, trank dazu aus einem Becher Whisky von Islay und las in einem Buch, bis sich die Dunkelheit mit ihrem sternenübersäten Firmament über dem Tal ausbreitete. Ein erhabener Moment. Absolute Stille und Einsamkeit. Ich legte mich in den Schlafsack, Louis kuschelte sich an meine Seite, dann schlief ich ein.

Ich erwachte, wie die Sonnenstrahlen die sanften Bergrücken zum Leuchten brachten. Unten im Tal lag alles im Schatten. Ich schaute mich mit verschlafenen Augen um und stellte verwundert fest, dass Louis nirgends zu sehen war. Etwas steifgliedrig befreite ich mich vom Schlafsack, badete im eiskalten Bach und trank meinen Durst weg. Mit Brot und Käse beruhigte ich den ersten Hunger. Langsam beunruhigte mich Louis' Abwesenheit, obwohl er sich ab und zu die Freiheit nahm, für Stunden zu verschwinden. Ich rief laut seinen Namen. Immer wieder, aber es war kein Bellen zu vernehmen. Es herrschte eine drückende Stille, selbst Vögel und Zikaden waren keine zu hören. Es war beinahe unheimlich. Ich blieb sitzen und rauchte, was für eine Wahl hatte ich.

Dann, nach einer gefühlten Ewigkeit, war das Geräusch eines Tieres zu vernehmen, das sich durch das Unterholz kämpfte. Es war Louis, der mit hängender Zunge angepreschst kam. Er stellte sich vor mich hin und bellte mich an. Er wollte mir offensichtlich was zeigen. Ich kannte ihn, er pflegte eine klare Kommunikation. Sein Blick, seine Haltung gaben mir zu verstehen, dass er etwas entdeckt hatte, das wir dringend zusammen anschauen sollten. Ich stand auf und er lief los, in die Richtung, aus der er gekommen war. Ich folgte ihm, allerdings mit größter Mühe und nur mithilfe der Machete. Wir schlugen uns durch das dichte Unterholz, zwängten uns zwischen Felsen durch, unterqueren gefallene Bäume, sprangen über Gräben, wateten durch Wasser, bis wir nach etwa einer halben Stunde eine seltsame Lichtung erreichten. Louis blieb stehen und schaute mich hechelnd an.

Ein bizarrer Ort, weil er mitten in der unberührten Wildnis eine streng geometrische Form aufwies. Kreisrund und im Zentrum stand eine stattliche Gruppe Steineichen. Als hätte ein Gärtner diese Komposition gestaltet. Das Gras der Lichtung hatte ein saftiges Grün und bildete einen Ring, denn unter den Eichen wuchs nichts, da gab es nur rohen Boden. Ein Idyll, wenn da nicht etwas Befremdendes, beinahe etwas Mystisches zu spüren gewesen wäre. Wer hatte das so angelegt? Die Natur? Wohl kaum.

Ich stand am Rand, hatte Skrupel, den Ort zu betreten, da bellte Louis einmal kurz, trottete in den Schatten der Steineichen und begann zu graben. Ich wollte ihn zurückrufen, als wäre es unverschämt gewesen, an einem derartigen Ort zu buddeln, ließ es dann aber. Lange brauchte er nicht, um das zu finden, was er gedachte, mir zu zeigen. Ein auffordernder Blick, ein kurzes Bellen. Ich entsprach seinem Wunsch, schritt über das weiche Gras zu seiner kleinen Grube und guckte hinein.

Da lag eine braunschwarze Knolle, etwa so groß wie ein Apfel. Ich wusste sogleich, was es war. Ein schwarzer Trüffel. So viel kulinarische Bildung hatte ich mir in vornehmen Restaurants angeeignet. Vorsichtig nahm ich den Pilz aus dem Boden, reinigte ihn vom gröbsten Dreck und roch daran. Welch köstliches und intensives Aroma liebkoste meine Nase. Was für ein kostbarer Fund. Ich tätschelte Louis und bedankte mich beim ihm. Er winselte und schmiegte sich an meine Seite. Dann vergrub er seine Nase einen halben Meter neben dem Fundort, schaute mich an und bellte kurz. Ich fing mit den Fingern an zu graben. Der Boden war weich, locker und bald ertastete ich eine weitere Knolle. Mein Puls beschleunigte sich, wurde mir doch schnell klar, dass diese Steineichen Wirtsbäume waren und die Lichtung durch eine große Trüffelkultur entstanden war. Vermutlich lag hier ein Vermögen unter dem Humus. Somit erschöpfte sich mein Wissen über diese unförmige Knolle.

Ich saß auf dieser Lichtung im Schatten der Steineichen und versuchte zu begreifen, was diese Entdeckung zu bedeuten hatte. Streng genommen ein Fund, mehr nicht. Ein kulinarisches Fest für mich persönlich oder eine Einnahmequelle, sofern ich mir die Mühe nähme, Käufer dafür zu finden. Ich brauchte nicht lange zu überlegen, packte die beiden Knollen und machte mich auf den Rückweg. Zurück zum Nachtlager, wo ich die Trüffel in ein T-Shirt wickelte, alles in den Rucksack stopfte und den Heimweg antrat. Ich machte mir keine Mühe, mir den Weg zu merken oder zu markieren, ich hatte volles Vertrauen in Louis, er würde mich führen.

Pierre war überrascht, uns so schnell wiederzusehen. Wie ich ihm die beiden Knollen präsentierte, überquollen ihm die Augen und vor lauter Aufregung war er völlig aus dem Häuschen. Wie alle Menschen aus den Bergen schätzte er die Produkte der Natur und die köstlichen Gerichte, die man damit zubereiten konnte. Eine einfache, aber höchst exquisite Küche. Er bestätigte die außerordentliche Qualität der Trüffel.

Am darauffolgenden Samstag brachte ich die beiden Knollen ins Dorf und kam mit sechshundert Euro zurück.

*

Betty stiert mich ungläubig an, als hätte ich ihr ein irres Märchen erzählt, und sie überlegt, ob ich sie zu verarschen gedenke.

»Und dann?«

»Derjenige, dem ich die Trüffel verkauft hatte, war Feuer und Flamme, als ich ihn fragte, ob er noch mehr wolle. Also verabredeten wir uns auf den nächsten Samstag. Pierre schaute wieder zu den Tieren, dann stieg ich mit Louis nochmals hinunter. Er führte mich zurück an den

Ort, ohne einmal zu zögern oder des Weges unsicher zu sein. Vorsichtig legte ich die Knollen frei, die Louis mir anzeigte und nach drei Stunden war der Rucksack voll. Mit Sorgfalt füllte ich die Löcher mit der Erde, die ich herausgescharrt hatte, verwischte alle Spuren, dass kaum etwas von unserer Anwesenheit zu erkennen war. Aber wer sollte sich hierher verirren?

Der Heimweg war beschwerlich, wog der Rucksack doch mindestens zwanzig Kilo. Erst spät abends erreichten wir den Hof, wo uns Pierre voller Ungeduld erwartete. Es war der größte Trüffelfund in der Region und ich getraute mich nicht zu erzählen, dass es noch mehr hätte. Ich erhielt knapp achtundzwanzigtausend Euro.«

»Du verscheißerst mich!«

»Das dachte ich auch zuerst, aber als er mir den Scheck ausstellte, akzeptierte ich die Realität.«

Innerlich genieße ich diesen Moment. Ihre Reaktion entspricht meiner damaligen Fassungslosigkeit.

»Heiliger Strohsack, das ist ja völlig verrückt. Wie reagierten die Leute?«

»Mit einem Mal war ich zu einer lebenden Legende geworden. Viele sahen in mir einen Auserwählten, manche vermuteten in mir einen Zauberer, einen Scharlatan, wie sonst konnte ich diese Menge an bestem Trüffel finden. Da war was faul in ihren Augen. Bald legte sich die Aufregung, denn ich vermied, weitere Funde im Dorf zu verkaufen. Es war ein Glücksfall, dass auch mein Abnehmer kein Interesse an zu viel Publizität hatte.«

»Ich fass es nicht. Was für ein unglaubliches Märchen. Aber existiert denn dieser Ort immer noch? Versiegt nicht solch eine Quelle eines Tages?«

»Ich erntete nie mehr eine derartige Menge. Mit Sorgfalt und Wissen, welches ich mir angeeignet hatte, schaffte ich es, die Kolonie zu erhalten und den Ort niemandem preiszugeben.«

»Und nun gedenkst du, deine Trüffelquelle zu Geld zu machen.«

»Nicht nur. Da gibt es so viele erstklassige Produkte aus den Cevennen, die hier auf dankbare Abnehmer warten. Ich werde dir eine Liste aller Erzeugnisse erstellen.«

Wir verfangen uns in Plänen und Strategien. Betty scheint von dem Ursprung meiner Geschäftsidee beeindruckt und zeigt blanke Begeisterung für deren Umsetzung. Ihre Vorschläge sind voller Idealismus und Euphorie, dass mir nur ein Staunen bleibt. Sie redet und plant, ich beobachte sie fasziniert.

Je länger, je mehr bewundere ich sie und ich muss mich beherrschen, mich nicht in sie zu verlieben. Sie vereinigt so viele Eigenschaften in einer Person, die mir gefehlt haben. Es ist längst nicht das Äußerliche, was mir gefällt, darauf möchte ich sie gar nicht reduzieren, sie schenkt mir Aufmerksamkeit und Nähe, zudem ist so herrlich erfrischend. Während fünfzehn Jahren war ich meist alleine, was einer der wichtigsten Gründe war, wieder in die Gesellschaft zurückzukehren. Und dann treffe ich sie. Wie ein Engel stieg sie aus den Trümmern meiner Vergangenheit, von der ich mir zu viel versprochen hatte. Ich frage mich, ob ich wieder abgereist wäre, wären wir uns nicht begegnet. Gut möglich.

In beschaulicher Zweisamkeit erledigen wir den Haushalt, dann verabschiede ich mich, um bei meinem Anwalt aus früheren Zeiten meine geschäftlichen Angelegenheiten zu regeln. Auf dem Weg dahin versuche ich, die erste Nachricht auf dem Ding zu schreiben.

Liebe Alice, mir wurde zu verstehen gegeben, dass ich dich in Ruhe lassen soll. Warum, ist mir nicht klar. Aber der Hinweis war eindeutig. Schade! Lebwohl. Vincent

Ich lese die Nachricht nochmals durch, fühle mich dabei nicht gut, drücke dann trotzdem auf Senden. Es entspricht der Wahrheit, aber darf auch als Provokation betrachtet werden. Ich bin gespannt auf ihre Reaktion. Meldet sie sich, so besteht die Chance, darüber zu reden. Wenn nicht, dann ist alles klar. Ich bin nicht sicher, was ich mir mehr wünsche. So ganz emotionslos war unser Wiedersehen nicht, dennoch frage ich mich, ob die Wiederbelebung unserer Beziehung Sinn macht. Als würde man eine Mahlzeit in der Mikrowelle aufwärmen. Es schmeckt nicht mehr gleich. Ich meine, die Emotionen bestanden in erster Linie aus sentimentalen Erinnerungen. Da gab es keine neuen Gefühle.

Die Sitzung mit dem Anwalt ist eine erfreuliche Angelegenheit. Wir freuen uns über das Wiedersehen und tauschen eine Stunde lang Geschichten aus vergangenen Jahren aus. Der Rest ist reines Geschäft. Der Gründung einer Aktiengesellschaft steht nichts im Weg, er wird alles arrangieren. Anschließend trinken wir in einem feinen Restaurant ein Glas Champagner auf die Zukunft, dann verabschiede ich mich und schlendere grübelnd nach Hause. Mein Ding reißt mich mit einem nervigen Geräusch aus den Gedanken. Eine Nachricht.

Lieber Vincent, du irritierst mich mit deinen Worten. Was hat das zu bedeuten? Bitte ruf an. Gruß Alice

Aha! Sie hat keine Ahnung. Oder tut sie nur so? Mir fehlt die Logik bei der ganzen Geschichte. Was weiß ich nicht? Ich komme mir vor wie das fünfte Rad am Wagen. Überflüssig.

Egal. Ich wähle ihre Nummer.

»Ja?«, meldet sie sich.

»Ich bin es, wie erwünscht.«

»Vincent, kannst du mir deinen kryptischen Text erklären?«, fragt sie in einem aufgeregten Ton.

»Ganz einfach. Vorletzte Nacht wurde ich von drei Typen überfallen und zusammengeschlagen. Einer gab mir zu verstehen, ich solle dich in Ruhe lassen und dies wäre die einzige Warnung. Na ja, zwei gebrochene Rippen, geschwollene Eier, Schürfungen und blaue Flecken zeugen von der Humorlosigkeit seiner Drohung.«

Am anderen Ende der Verbindung herrscht einen Moment lang Stille.

»Verdammt, was erzählst du da?«, kreischt sie mir ins Ohr. »Hat der wirklich mich gemeint?«

Alice hat geflucht, eine Seltenheit bei ihr.

»Er hat deinen Vornamen und Nachnamen genannt. Außer es gäbe noch eine andere Alice Roth.«

»Und er hat nur diese Warnung ausgesprochen. Mehr nicht?«

»Ich war weggetreten, vielleicht hat er währenddessen eine Erklärung abgegeben. Sonst nur das Wenige, das ich dir erzählt habe.«

»Warst du bei der Polizei?«

»Nein, ich wollte nichts provozieren und in der Notaufnahme behandelte man offiziell einen Treppensturz«, erkläre ich mich. »Und dir fällt niemand ein, der mich nicht gerne mit dir zusammen sieht?«

Die Antwort lässt auf sich warten.

Nach einer Weile meint sie kleinlaut: »Wenn ich es mir genau überlege, dann gäbe es da jemand, der dafür in Frage käme.«

»Und wer?«

»Verzeih mir, aber das möchte ich zuerst abklären, bevor ich falsche Beschuldigungen ausspreche. Gib mir etwas Zeit, ich melde mich bei dir.«

Ohne große Verabschiedung wird die Verbindung gekappt. Ratlos betrachte ich das Ding, stecke es dann in die Hosentasche. Ich schaue mich um, die Welt rundum funktioniert normal. Es herrscht die gewohnte Rastlosigkeit. Alles erscheint so perfekt, nichts hat einen Makel, die Menschen sind zufrieden. Nur kurz stört mich diese heile Welt, dann beruhigt sie mich. Den Wert einer intakten Gesellschaft erkennt man, wenn man sie braucht. In diesem Moment gibt sie mir Sicherheit, auch wenn ich auf schmerzhafte Weise das Gegenteil erfahren durfte. Genauso gut hätte ein Messer zwischen meinen Rippen stecken können. Bin ich doch zufrieden mit dem kleineren Übel.

Zehn Minuten später bin ich zu Hause. Wie ich die Wohnung betrete, fühle ich mich tatsächlich wie zu Hause. Betty sitzt mit einer Tasse Tee vor meinem Laptop und begrüßt mich mit einem breiten Lächeln. Zuerst werfe ich mir zwei Schmerztabletten ein.

»Warst du erfolgreich?«

»Einer von vielen Schritten. Den Anwalt und Notar kenne ich von früher. Er wird alles vorbereiten. Reine Formsache, es sind keine Komplikationen zu erwarten.«

»Schön zu hören. In der Zwischenzeit habe ich die nötigen Erledigungen aufgelistet, welche in den nächsten Tagen zu tätigen sind.«

Sie zeigt auf den zweiseitigen Ausdruck einer Liste, die professionell gestaltet alle Informationen abbildet. Fristen, Ansprechpartner, Telefonnummern und Mailadressen. Daneben liegt der Entwurf eines Terminprogramms mit den Meilensteinen. Ich setze mich an ihre Seite und lese alles sorgfältig durch, stelle dabei fest, dass es an nichts mangelt. Sie hat genau verstanden, was mein Plan ist.

»Ich habe mit Alice telefoniert.«

»Mutig. Wenn das nur nicht diese Schläger erfahren. Was hat sie gemeint?«

»Sie war entsetzt und konnte es kaum glauben. Dann wurde sie nachdenklich. Ihr schwante plötzlich was, wollte allerdings nicht näher darauf eingehen. Sie kläre das ab und melde sich wieder.«

»Das gefällt mir nicht. Da bahnt sich Unheil an. Sie ist das persönliche Interesse einer zwielichtigen Figur und nimmt das vermutlich erstmals wahr. Ist sie reich und schön?«

»Ja.«

»Na also, da hast du die Quelle der Aversion gegen dich. Typisch Männer. Du bist in ein fremdes Revier eingedrungen.«

»Ihr Freund?«

»Möglich. Geld oder Liebe. Die beiden Gründe, die am häufigsten zu Verbrechen führen.«

»Weibliche Fantasie in voller Blüte, obwohl ich zugeben muss, dass daran etwas sein könnte.«

Ich seufze und gehe auf den Balkon eine Zigarette rauchen. Was für ein verfluchter Mist. Ich habe keine Ansprüche ihr gegenüber, wollte nur nett sein und schon bin ich ein Eindringling. Ihre Welt, wie immer sie auch funktioniert, hat keinen Platz für mich. Ich werde sie nicht mehr sehen, denn ich beabsichtige nicht, ihr Leben zu zerstören und meines zu belasten. Somit löst sich meine alte Welt wohl ganz auf. In Franco, den Letzten im Bund, sollte ich nicht zu viel Hoffnung setzen. Ich habe meine Telefonnummer beim Hotel hinterlassen, überkäme ihn das Bedürfnis, mich zu sehen, dann wäre ich erreichbar. Leck mich am Arsch, denke ich und setze mich wieder zu Betty.

»Und? Hast du dich beruhigt?«

»Nein. Meine Vergangenheit löst sich auf, was mich ehrlich gesagt enttäuscht.«

»Du hast falsche Erwartungen. Was heute gilt, ist morgen nichts mehr wert. So ist das.«

»Wie es scheint, habe ich mich während der letzten fünfzehn Jahre an andere Werte gewöhnt. Die Menschen in den Bergen schätzen einen ehrlichen Umgang miteinander. Nicht wie hier.«

»Die Cevennen sind nicht die hiesige Realität und Enttäuschungen solltest du gewohnt sein. Dein Abgang war ja nicht geprägt von Freude.«

»Der Einzige, der mich nie enttäuscht hat, war Louis, und du bist auf dem besten Weg dazu.«

»Nur Geduld, das wird auch noch auf dich zukommen. Ich hab das immer wieder geschafft.«

»Schwer vorstellbar. Themenwechsel. Ich gehe einkaufen. Wein und alles für ein nettes Abendessen. Gelüstet dich was Besonderes?«

»Überrasche mich, ich bin ein dankbarer Allesfresser und das nicht zu knapp.«

Nach einer halben Stunde bin ich vom Einkauf zurück. Zuerst gibt es ein Glas Sancerre, den wir auf dem Balkon einnehmen, danach stelle ich mich in die Küche, um ein Ratatouille mit Lammkoteletts und wildem Reis zuzubereiten. Seit Langem koche ich wieder einmal für zwei Personen, was mich fordert, aber auch Spaß macht. Die ganze Zeit sitzt Betty in der Küche, schaut mir zu und plaudert über unser Geschäft. Dabei bemerkt sie gar nicht, wie sie mich in ihren Bann zieht. Ich vergesse die unschöne Geschichte mit Alice und schiele des Öfteren in den großzügigen Ausschnitt ihres Sommerkleidchens. Sie trägt keinen Büstenhalter, was mir Freude bereitet und mich gleichzeitig beschämt. Hat sie eine Ahnung, was sie bewirkt, oder ist sie völlig unbedarft?

Ich nehme meinen ganzen Mut zusammen und frage:
»Bist du dir eigentlich bewusst, wie du auf Männer wirkst, vor allem, wenn du solch ein Kleid ohne BH trägst?«

»Mach ich dich geil?«

»Blöde Frage. Ich bin ein Mann und hatte während der letzten Jahre nicht viel Sex.«

»Dann sollte ich mich künftig bedeckt halten.«

»Bitte nicht, aber ich hoffe, du kannst damit leben, dass ich dich bei solchen Gelegenheiten anstarre. Keine Angst, ich habe mich im Griff, das habe ich gelernt.«

Sie grinst schelmisch und rückt ihren Ausschnitt zurecht, damit weniger zu sehen ist.

»Ich bin eine freizügige Person«, erklärt sie dann, »und dies nicht aus Berechnung. Meine Eltern, zwei übriggebliebene Hippies, überzeugte Verfechter der freien Liebe und der natürlichen Nacktheit, erzogen mich in diesem Sinne. Ein Grund, weshalb ich keine Beziehung auf die Reihe kriege. Die meisten meiner Bekanntschaften haben damit ein Problem. In erster Linie ist es die freie Liebe, die kaum akzeptiert wird, obwohl viele mit mir eine außereheliche Affäre pflegen.«

»Wie sähe dann dein Traum einer perfekten Beziehung aus?«

»Da kommt meine grundsätzliche Schwäche zum Tragen. Ich kann und will mich nicht festlegen. Schwer vorstellbar, nach zwanzig Jahren immer noch neben demselben Menschen aufzuwachen. Hält die Liebe so lange? Was verändert sich alles in dieser Zeit? Wer tritt in mein Leben, den ich jetzt noch nicht kenne? Du siehst, ich bin ein unsteter Mensch, der sich zwischendurch nach einem ruhenden Pol sehnt. Ich bin kein einfaches Wesen. Die ultimative Beziehung gibt es nicht für mich, darüber habe ich mir bis jetzt kaum Gedanken gemacht.«

Ich fülle die Gläser mit Sancerre und setze mich zu ihr, denn das Ratatouille schmort in der Kasserolle, ich habe etwas Zeit.

»Wir sind nicht nur beim Zeichnen Seelenverwandte, da zeigen sich weitere Parallelen. Flatterhaftes Leben, immer auf der Suche nach etwas Neuem, Neugier, nie am Ziel, wir kommen gut alleine klar. Lustig, dass wir zusammen in einer Wohnung leben.«

»Hei, das war meine Idee.«

»Ich danke dir dafür.«

Ich stelle mich wieder an den Kochherd, um den Reis aufzusetzen.

Kapitel 15

Ein Tag, der erstmals so etwas wie ein Arbeitstag darstellt. Betty ist in der Schule und ich gehe konzentriert den Behördengängen nach, treffe mich daraufhin mit einem Grafiker, um einen professionellen Auftritt gestalten zu lassen. Zuletzt beauftrage ich einen Makler, ein geeignetes Ladenlokal zu finden.

Auf dem Heimweg fällt mir Lucie ein, der ich vergessen habe, meine Telefonnummer mitzuteilen. Ich tippe mit ungelenken Fingern eine Nachricht, die nach wenigen Minuten beantwortet wird.

Hallo Vincent, vielen Dank für deine Zeilen. Ich war schon verzweifelt, denn ich plante, morgen nach Basel zu reisen, und hatte keine Ahnung, wie du zu erreichen bist. Hast du Zeit für mich? Liebe Grüße Lucie

Morgen schon! Das passt nicht in mein Programm, aber ich habe es ihr versprochen. Die Antwort, die ich schicke, zeugt von Freude und Neugier.

Betty ist nicht zu Hause, also schenke ich mir ein Glas Rosé ein und setze mich auf den Balkon unter den Sonnenschirm, wo ich die Liste der anstehenden Arbeiten aktualisiere. Die Wärme der Abendsonne und der Wein lassen mich schläfrig werden. Ich lege mich in meinem Zimmer aufs Bett und döse ein.

»Hei du Schlafmütze, aufstehen, das Abendessen ist demnächst bereit«, flüstert jemand in mein Ohr.

Ich schrecke hoch. Es ist Betty, die auf dem Bettrand sitzt und sich über mich beugt. Wir schauen uns einen Moment in die Augen, spüren unseren Atem ganz nah und es fehlt nur wenig und ich hätte sie geküsst. Ein Reflex, der schwer zu unterdrücken ist. Ihr Lächeln gibt mir zu verstehen, dass sie verstanden hat.

Sie löst sich, ich folge ihr leicht schlaftrunken in die Küche. Auf dem Balkon ist gedeckt, eine volle Salatschüssel und eine Quiche Lorraine, dazu Rosé und Wasser. Auf der Stelle bekomme ich Hunger, habe ich doch den ganzen Tag nichts gegessen.

»Selbst gemacht?«, frage ich.

Ihr Blick straft mich mit Verachtung und eine Antwort erübrigt sich.

»Entschuldige, ich kenne noch nicht all deine Stärken.«

»Na ja, so gut bin ich in der Küche auch wieder nicht, aber so eine Quiche bekomme ich hin. Wie war dein Tag?«

Ich rapportiere ihr detailliert von meinen Aktivitäten und sie erzählt von ihrer Arbeit. Wie ein Ehepaar. Ungewohnt und gleichzeitig wohltuend.

»Ja, da wäre noch etwas«, eröffne ich. »Lucie, die Autorin, kommt morgen nach Basel und will mich interviewen. Stört es dich, wenn wir das hier machen?«

Die Quiche ist perfekt.

»Ist sie hübsch?«

»Sie ist eine wollüstige Erscheinung, etwas jünger als du und sie gefällt dir garantiert.«

»Du bist ein fieser Kerl.«

»Wieso fragst du auch? Ich muss schon sagen, als lesbische Frau unterscheidest du dich kaum von Heteromännern. Ich sagte nur, was du hören wolltest.«

»Jammere nicht, wenn ich sie dir ausspanne.«

»Ich habe nichts mit ihr, also kannst du sie mir nicht ausspannen.«

»Noch nicht. Wart ab, du bist eine begehrte Beute.«

»Jetzt übertreibst du mächtig und versuchst dich bei mir einzuschmeicheln. Ich habe den Zenit längst überschritten. Die Haut ist Leder, der Rücken schmerzt, die Gelenke knacken und die Haare werden grau.«

»Also ich finde dich attraktiv und interessant. Dich umgibt die Aura des Abenteurers und des einsamen Wolfs. Eine aussterbende Spezies, da die jungen Männer immer mehr zu netten und konformen Marionetten mutieren.

Keine Eier, kein Charisma, dafür tragen sie einen Dutt und fahren affektiert auf einem E-Roller durch die Stadt. Und Frauen werden maskuliner. Karrieregeil, hart, ehrgeizig, emanzipiert. Die Rollen werden neu interpretiert, was wir Frauen ja wollen und wofür wir seit Jahrzehnten kämpfen. Aber wünschen wir uns wirklich den geschlechtlichen Einheitsbrei? Gibt es zum Schluss nur noch geschlechtslose Wesen So Typen wie du wird man im Museum betrachten können.«

Ich staune, hat sie sich doch beinahe in Rage geredet und dies zu einem unerwarteten Thema. Für eine moderne Frau ist ihre kritische Haltung verwunderlich.

»Da soll einer die weibliche Welt verstehen«, murmle ich und schaufle von der Quiche in mich hinein.

»Musst du nicht. Selbst ich habe oft Mühe damit.«

»Ein Thema, welches ich während der vergangenen Jahre nicht zu Ohren bekam, außer in der Zeitung. Nicht, dass sich die Frauen in den Cevennen nicht behaupten, im Gegenteil, sie bestimmen mit. Eine Koexistenz, die Sinn macht, da die Zusammenarbeit auf einem Hof grundlegend ist. Man sieht sich als Kollektiv, alles andere wäre unsinnig. Aber mir ist bewusst, das urbane Leben hat nichts mit der rural strukturierten Gesellschaft in den Bergen zu tun.«

»Willkommen in der Stadt. Hier dominiert die permanente Diskussion über die Bedeutung der Geschlechter, dass man selbst als Lesbe die Übersicht verliert. Ich stehe da irgendwo mittendrin und versuche, meinen Platz zu finden. Es ist alles so kompliziert geworden.«

»Bist du eigentlich die weibliche oder männliche Lesbe? Entschuldige, eine dämliche Frage, ich weiß.«

»Frau ist Frau und nicht Mann. Aber da gibt es Klischees, die manchmal sogar stimmen. Ich bin eine Frau, Punkt aus und Schluss!«

»Du bist nicht zu beneiden.«

»Ich habe mir ein dickes Fell zugelegt und nehme alles nicht so ernst. Verbissenheit ist nicht mein Ding.«

Ihr Lächeln überzeugt mich nicht vollends, denn ihre Augen funkeln düster. Wir essen schweigend weiter, jeder in seiner Welt gefangen. Aber es lässt mir keine Ruhe.

»Du bist die erste lesbische Frau, die ich kennengelernt habe, darum meine Neugier. Habe Nachsicht mit mir, wenn ich dumm frage.«

»Nur zu, ich scheue keine Frage.«

Ich schlucke den Bissen hinunter, spüle mit Wein nach.

»Hast du miserable Erfahrungen mit Männern gemacht oder war dir seit jeher klar, dass du mit ihnen nichts anfangen kannst?«

»Beides. Bereits während der Pubertät gab es in mir ein leises Verlangen nach weiblicher Nähe. Es war irritierend, da mir klar war, dass das nicht der Norm entsprach. So versuchte ich es mit Jungs, was in einem Fiasko endete. Und da war noch jener, der es mir besorgte, obwohl ich es nicht wollte. Wer daran schuld war, spielt heute keine Rolle mehr. Vielleicht lag es an mir. Das Gerammel ohne jegliche Zärtlichkeit widerte mich an. Offen gesagt, der Schwanz gefällt mir und kann unglaubliche Gefühle bewirken, aber falsch eingesetzt, fühlt er sich nicht besser an als ein hölzerner Besenstiel. Frauen verstehen, mich zu befriedigen und zu beglücken.«

»Danke für deine Offenheit. Ich denke, dich einigermaßen verstanden zu haben, und werde künftig das Thema ruhen lassen.«

»Sei doch nicht so förmlich. Du sprichst wie ein Politiker. Mir macht es Spaß, über Sex zu reden, und ich liebe es, Tabus zu brechen. Du wärst erstaunt, wie versaut es manchmal unter uns Mädels zugeht.«

»Na ja, da gab es einmal eine Zeit, in der ich meinte, der unwiderstehlichste Liebhaber zu sein, aber feststellen musste, dass so etwas ins Verderben führen kann. Freizügiger Sex ist eine verführerische Falle voller Leidenschaft und Leid. Ich war ein Tier, das nichts ausließ, das mit dem Feuer spielte und keine Grenzen kannte. Du siehst ja, wie ich büßen musste. Fünfzehn Jahre und die andauernde

Ächtung meiner Person sprechen für sich. Ich bin vorsichtig geworden.«

Sie schüttelt den Kopf, während sie in ihrem Teller herumstochert.

»Man ist ja meist selbst schuld an den schlechten Erfahrungen. Darum bevorzuge ich offene Beziehungen. Das erspart eine Menge Ärger und öffnet den Weg zur Hemmungslosigkeit. Unbeschwert kann man sich der Lust ergeben.«

»Das auf Kosten einer festen Bindung. Fehlt dir das nicht?«

»Manchmal schon, aber jetzt habe ich ja dich und fürs Bett findet sich immer was.«

Kapitel 16

»Die Winter waren hart. Oft schnitt mich der Schnee tage- und wochenlang ab. Die Schafe brachte ich im späten Herbst auf eine tiefergelegene Weide, wo sie einen offenen Stall hatten und kaum oder weniger Schnee lag. Die Ziegen behielt ich im Stall bei mir oben. Während der ersten Jahre lief ich täglich viele Kilometer durch den Schnee, damit ich morgens die Viecher rauslassen und abends melken und einschliessen konnte. Für den dritten Winter hatte ich mir aus dem ersten Trüffelgeld ein Motorrad, eine echte Crossmaschine, zugelegt. Damit war ich in zwölf Minuten drunten bei den Schafen. Die Schafsmilch wurde da abgeholt, aus der Ziegenmilch produzierte ich einen rezenten Hartkäse, der mindestens zwei Monate reifen durfte, bevor er in den Verkauf kam.

Das nebenbei, nur um zu zeigen, dass im Winter die Tage angefüllt waren mit Arbeit. Zum Glück, sonst hätte mir diese Isolation geschadet. Dominierend waren die beiden W: Wind und Weiss. Das Pfeifen des Windes war das einzige Geräusch, wenn er nicht über die Höhe wehte, dann schluckte der Schnee alle Laute. Ich wusste nie, was mir lieber war. Das nervige Jammern der Böen oder die gedämpfte Stille des Winters. Schlimm waren Stürme, da sie durch kleinste Ritzen pfiffen und mächtige Verwehungen vor die Fenster schoben, die mühsam wieder weggeschaufelt werden mussten. Ach ja, nicht zu vergessen, nur die Küche und das Wohnzimmer konnten geheizt werden, dies mit Holz, alle andere Räume, auch der Schlafraum, waren kalt.

Der Winter war nicht meine liebste Jahreszeit. Kaum ein Tag verging, ohne zu frieren. Alles war beschwerlich, aufwendig und kräfteraubend. Das liebliche Sonnenlicht des Sommers wurde von einem grauweißen Schleier verdrängt. Die Tage zu kurz, die Nächte zu lang. Die Menschen verkrochen sich in ihren Häusern und nahmen das Leben von der Straße mit hinein. Einzig im Bistro fand soziale Nähe statt, die ich wie ein trockener Schwamm aufsog, wenn es mir gelang, den Weg dahin zu finden. In den Wintern fühlte ich mich manchmal einsam, dagegen half auch Louis nicht. Er konnte leider nicht sprechen. Chantal kam nur im höchsten Notfall und Pierre verschwand in dieser Zeit Richtung Meer, wo seine schmerzenden Knochen Linderung erfuhren.

So schrieb ich Tagebuch und zeichnete. Kein Internet, kein Fernsehen, nur ein Radio mit wetterabhängigem Empfang. Trotz viel Arbeit genug Zeit, die nicht vergehen wollte. Erst der April ließ die Natur langsam erwachen, die Menschen krochen aus ihren Löchern und Chantal besuchte und befriedigte mich wieder im gewohnten Rhythmus. Das Leben blühte auf.«

Ich unterbreche meinen Monolog, um einen Schluck Wasser zu trinken. Vier Augen beobachten mich dabei, das Tonband läuft.

»Das war ja nicht so spannend, was ich erzählt habe, aber es soll zeigen, wie das Leben da oben in Wirklichkeit war. Wenig Bergromantik, viel Arbeit.«

Lucie schaut von ihren Notizen hoch und bemerkt trocken: »Ich plane auch keinen schmalzigen Bergarztroman zu schreiben. Die authentische Wahrheit interessiert mich. Je realistischer, desto besser.«

»Da gab es schon Erlebnisse, die mich geprägt haben und die mich als Städter an den Rand der Belastbarkeit brachten«, überlege ich laut. »Da war die erste Begegnung mit dem Wolf. Man erzählte sich Geschichten über ein Rudel in der Region, was bei mir ein flaues Gefühl auslöste, aber die Hoffnung offenließ, nie mit diesen Tieren in Konflikt zu geraten. Ich hatte ja Louis. Wochen später, ich hackte Holz vor dem Hof, da schlug Louis an. Kein lautes Bellen, nur ein sonores Knurren. Seine Haare im Nacken stellten sich auf. Kein gutes Zeichen. Ich legte die Axt zur Seite, lauschte, aber es herrschte absolute Stille. Louis war nicht schön. Gross, grau, zottelig, hochbeinig mit einem schlanken Kopf und schwarzen Augen. Ein Bastard, ich habe nie herausgefunden, welcher Rasse er angehören könnte. Dafür hatte er Charisma. Seine Körperhaltung und seine Augen sprachen Bände. In diesem Moment war er auf einen Punkt in der Ferne fokussiert und setzte sich langsam in Bewegung. Er glich mehr einem Panther denn einem Hund. Geduckt und geschmeidig schlich er Richtung Wald. Ich ergriff die Axt und folgte ihm in angemessener Distanz. Wir erreichten den Waldrand, er huschte entlang dem Weg der Schafe durch das Unterholz auf eine kleine Wiese oberhalb. Gemeinsam gelangten wir im Schutz des Gehölzes an den Rand der großen Lichtung.

Da standen sie, zwei Wölfe mit blutigen Schnauzen, gebeugt über das Schaf, das sie gerissen hatten. Zwanzig Meter entfernt und sie hatten uns noch nicht gewittert. Wir erstarrten und mir ging der Arsch auf Grundeis. Dann hielten die Wölfe plötzlich inne, als hätte sie jemand auf uns aufmerksam gemacht, und glotzten uns an. Die Zeit schien stehen zu bleiben. Fieberhaft überlege ich zu fliehen, da setzte sich Louis in Bewegung. Die Hinterläufe geduckt, gespannt wie eine Feder, das Fell gesträubt und mit gefletschten Zähnen schlich er vorwärts. Sein sonores Knurren stellte mir die Nackenhaare auf. Wie in Zeitlupe setzte er Pfote vor Pfote. Die kalten Augen der Wölfe verfolgten reglos seine Annäherung. Bis auf fünf Meter Distanz, dann blieb Louis stehen. Eigenartigerweise fiel mir in diesem Moment das Duell aus High Noon mit Gary Cooper ein. Ich hielt den Atem an, Vögel und Zikaden schwiegen, selbst der Wind liess nach. Totenstille. Die Tiere starrten sich gegenseitig an, nichts geschah, minutenlang. Mit einem Mal bemerkte ich eine wachsende Unsicherheit bei den Wölfen. Sie senkten ihre Blicke, zogen ihre Schwänze zwischen ihre Hinterläufe und begannen sich langsam zurückzuziehen. Erst rückwärts, dann, nach wenigen Schritten drehten sie sich um und verschwanden lautlos im Unterholz.

Es war ein magisches Spektakel. Ich stand nur da, zitterte und der Schweiß lief mir den Rücken herunter. Louis sandte ihnen ein kurzes Wuff hinterher und kam auf mich zu stolziert. Er setzte sich an meine Seite, schaute zu mir hoch. Was für ein wunderbares Wesen, dachte ich, und kraulte ihn.«

»Und die Wölfe kamen nie mehr zurück?«

»Oh doch. Jedes Jahr tauchten sie auf. Manchmal fünf Stück. Meist beobachteten sie uns aus der Ferne, aber nie wieder wurde ein Schaf gerissen.«

»Das hört sich so unwirklich an, beinahe übernatürlich. Die Wölfe wären doch Louis überlegen gewesen. Oder nicht?«

»Vermutlich. Er war zwar größer, aber sie waren im Rudel. Nein, es war nicht die Frage der Physis, ich bin überzeugt, er dominierte durch seinen Mut und seine Präsenz. Und da war sein Blick. Schwer zu beschreiben. Seine Augen waren sanft, tiefgründig, konnten jedoch auch Löcher brennen. Er war einzigartig.«

Es folgt ein Moment der stillen Einkehr, als gedächten wir eines verstorbenen Menschen, was mir widerstrebt, versuchte ich doch immer, Louis nicht zu vermenschlichen. Er war ein Tier, wenn auch eines der besonderen Art.

Lucie seufzt und meint nur: »Verrückt.«

Betty, die sich am Rande zu uns gesetzt hat, hält sich zurück, ihre Mimik zeigt allerdings eine ungewohnte Anspannung.

»Ja, Louis' außergewöhnliche Eigenschaften sickerten nach außen, da war ich selbst schuld, und so wurden bald Fantasien gesponnen. Im achtzehnten Jahrhundert gab es einen Mythos, die Bestie des Gévaudan, ein großes, wolfartiges Tier, welchem der Tod von Dutzenden Menschen zugeschrieben wurde. Dieses Biest wurde jahrelang gejagt und man war sich nie sicher, ob es einer der erlegten Wölfe gewesen war. Die üblichen Ausschmückungen, Ängste und Fantasien rankten um das Tier, welche mit einem Mal auf Louis projiziert wurden. Man begann sich vor ihm zu fürchten, also nahm ich ihn nicht mehr mit ins Dorf. Nicht genug, es gab sogar Leute, die selbst mich argwöhnisch betrachteten. Mit der Zeit legte sich das, aber ein gewisser Respekt vor uns beiden blieb bestehen.«

Da mischt sich Betty ein: »Hast du ein Foto von Louis?«

Ich krame aus meinem Notizheft ein Bild hervor und zeige es. Es zeigt ihn, wie er leicht erhöht neben der Herde steht und den Kopf mir zuwendet. Als hätte er sich in Pose geworfen.

»Wow, was für ein stolzes Tier. Er strahlt eine ungeheure Vitalität aus. Ich kann mir gut vorstellen, dass man vor ihm Achtung und Respekt hatte. So wie die Wölfe«, bemerkt Lucie beeindruckt.

Betty kann sich an dem Foto nicht sattsehen.

»Er hatte viele menschliche Attribute, so auch Eitelkeit. Er ließ sich gerne fotografieren. Aber was er nicht war: eine Bestie.«

Lucie kritzelt wie wild ihre Notizen in ihr Buch, dann kommt die Frage, die ich erwartet habe: »Du hast eine Chantal erwähnt. Was für eine Rolle spielte sie in deinem Leben da oben?«

»Sie war meine Veterinärin und Geliebte.«

Vier große Augen glotzen mich an.

»Hast du ein Foto von ihr?«, platzt Betty heraus.

Folgsam stöbere ich in meinem Heft und finde eine Aufnahme aus dem letzten Sommer. Sie in abgeschnittenen Jeans, einem T-Shirt ohne Büstenhalter darunter und in Bergschuhen.

Betty überlaufen die Augen und Lucie, die hinüberschielt, entfährt ein bewunderndes »Oh, là, là!«. Innerlich grinse ich und gleichzeitig bin ich mir bewusst, dass sie die einzige Trophäe ist, die ich nach fünfzehn Jahren vorzuweisen habe und dies nur für ein seltenes Vergnügen.

»Ha, da geht sogleich meine ganze schmutzige Fantasie mit mir durch«, schwafelt Betty mehr zu sich selbst als zu uns.

Lucie und ich schauen uns belustigt an.

»Aber hör mal, lieber Vincent«, stößt sie dann nach. »Du hast sie als deine Geliebte bezeichnet. Ihr hattet also keine Beziehung miteinander?«

»Nein, sie war ja glücklich verheiratet.«

Bettys Augen verschmälern sich gefährlich.

»Und du spielst hier die katholische Jungfrau, wenn ich über offene Beziehungen und hemmungslosen Sex rede. Du bist vielleicht ein ausgebufftes Früchtchen, du!«

Lucie hat aufgehört zu schreiben, grinst und hört uns mit großen Ohren zu.

»Du interpretierst mich falsch. So verklemmt, wie du meinst, bin ich nicht. Während der fünfzehn Jahre brauchte ich manchmal weibliche Nähe und sie schätzte die völlige Unverbindlichkeit mit mir. Wir hatten es gut zusammen.«

»Gerne würde ich diese Geschichte mit Chantal etwas vertieft betrachten«, meldet sich Lucie.

»Viel gibt es da nicht zu vertiefen. Sie kam ungefähr einmal pro Monat zum Hof, um nach den Tieren zu sehen, denn meine Herde war bald auf zweihundert Schafe und zwanzig Ziegen angewachsen. Sie kam manchmal auch einfach so. Irgendeinmal kamen wir uns nahe und danach hatten wir unseren Spaß. Keine Liebe, dafür viel Zuneigung und Sex, mehr nicht.«

Beide betrachten mich eindringlich und ich hätte gerne gewusst, was in ihren Köpfen vorgeht. Ihnen muss aufgefallen sein, dass Chantal einiges jünger war als ich. Aber ich hatte keine Lust, weiter über dieses Thema zu reden.

»Ich schlage vor, wir gönnen uns jetzt einen Apéro, danach gehe ich in die Küche und bereite uns ein kleines Abendessen vor. Einverstanden?«

Die beide Frauen tauschen kurz ihre Blicke aus und nicken. Erleichtert, nicht weiter über Chantal reden zu müssen, verziehe ich mich in die Küche.

Kapitel 17

Das Ding reißt mich aus dem Schlaf. Ich benötige einen Moment, bis ich begreife, was das für ein Geräusch ist. Ich drücke auf Empfang.
»Vincent?«
»Bist du es, Alice?«, frage ich schlaftrunken.
»Ja.«
»Wie viel Uhr haben wir?«
»Fünf Uhr zwanzig.«
»Verdammt früh.«
»Mag sein, aber der beste Zeitpunkt, um anzurufen.«
»Dann ist es wichtig.«
»Ja, das ist es«, bemerkt sie, zögert einen Moment, dass nur atmosphärische Nebengeräusche in der Verbindung zu hören sind. »Wir werden uns nicht wiedersehen. Frag nicht warum, ich würde dir keine Antwort geben. Nimm es, wie es ist. Es tut mir sehr leid. Leb wohl.«
Die Verbindung ist tot. Ich hatte keine Chance, etwas zu sagen, geschweige denn mich zu verabschieden. Fassungslos schaue ich auf mein Ding und bin hellwach. Ich sehe klar. Alice ist unter Druck, zweifellos, warum sonst hat sie mich auf diese brüske Weise abserviert. Ihre Stimme war gepresst und leicht zittrig, als kämpfte sie gegen die Tränen. Und grundsätzlich ist sie ein harmoniebedürftiger Mensch, keiner, der den Hörer auflegt, bevor nicht alles klar ist. Es ist ja nichts klar, ich durfte nicht einmal danach fragen, verdammt.

Ich erhebe mich ächzend, werfe meine Schmerztabletten ein und öffne das Fenster, um zu rauchen. Auf der Rückseite des Hauses ist kaum ein Geräusch der Stadt zu vernehmen, aber sie schläft ja auch noch, es ist Sonntag. Abgestützt auf dem Sims rauche ich hektisch nachdenkend in den angebrochenen Morgen hinein. Auflodernde Sorgen befeuern meinen Puls. Da stimmt was nicht, was man ignorieren oder infrage stellen könnte. Blind betrachtet gäbe es Gründe genug, das Ganze auf sich beruhen zu lassen und zur Tagesordnung zurückzukehren. Die Drohung und ihr Abschied. Aber ich bin sehend und fühlend und denke nebenbei an den Grund, wieso ich Schmerztabletten fresse. Nur was tun, wenn alles gegen ein Wiedersehen spricht? Ich sollte mich um sie kümmern, aber sie darf meine Fürsorge nicht annehmen. Mit Sicherheit hat jemand auf sie und ihre Kommunikation ein Auge, weshalb jeder Versuch einer Kontaktaufnahme ein Risiko wäre. Trotzdem kann ich das so nicht ruhen lassen.

*

Halb sieben im Empfangsbereich der Klinik. Ich setze mich in einen bequemen Sessel, um zu warten. Man konnte mir am Telefon nicht sagen, wann Franco genau zur Arbeit kommt, also entschied ich, mich in Geduld zu üben. Eine entspannte Stimmung herrscht, als säße ich in einer Hotellobby. Keine Spur von Hektik und kein Hauch von Leiden, kein Blut. Gepflegtes Design, leise Hintergrundmusik, Blumen, wo man hinschaut. Es lullt mich ein, darum nehme ich eine Zeitung zur Hand, um wach zu bleiben. Zwischendurch ziehe ich mir einen Kaffee aus dem Automaten. Kurz vor acht kommt er eiligen Schrittes durch den Eingang.

»Was suchst denn du hier?«, fragt er genervt, als käme ich ihm ungelegen.

»Dich.«

»Miserables Timing. Ich operiere in einer knappen halben Stunde, keine Zeit für Geschwätz«, bellt er und läuft an mir vorbei.

Ich schaue ihm stumm hinterher, wie er den langen Korridor entlanghetzt, ohne zurückzuschauen, ohne zu fragen, weshalb ich eine Stunde auf ihn gewartet habe. Er verschwindet durch eine Tür und ich stehe noch die längste Zeit mitten in diesem antiseptischen Flur, wie vom Blitz getroffen, und hoffe, dass er zurückkommt. Aber er erscheint nicht mehr.

Mit einem Klumpen im Magen und einem schweren Herzen laufe ich heimwärts, rauchend und zwischendurch leise fluchend. Das wäre es gewesen. Die Vergangenheit hat sich erledigt. Als ob ich es nicht geahnt hätte. Nachdem Marc mir zu verstehen gegeben hat, wie ich ihn ankotze, vermutete ich Ähnliches bei Franco. Zumindest ist jetzt alles klar. Nur löst sich so die Sache mit Alice nicht. Einen Moment lang bin ich versucht, einen dicken Schlussstrich unter die ganze Vergangenheit zu ziehen, inklusive Alice, aber das wäre etwas billig. Ich muss einen anderen Zugang zu ihr suchen.

Der Weg zieht sich, dafür habe ich Zeit, meine Probleme zu sortieren. Wie ich endlich zu Hause ankomme, hat sich die Ernüchterung über den Verlust früherer Freundschaften und Beziehungen etwas gelegt. Was bleibt, sind Erinnerungen, welche nie verblassen, aber stets einen schalen Geschmack hinterlassen werden. Geschieht mir recht, mein Verschulden.

Betty ist bei einer Vernissage und wird erst zum Mittagessen zurück sein. Ich habe ihr einen Zettel hingelegt, damit sie sich nicht über mein Fehlen beim Frühstück zu sorgen hatte. Darunter steht jetzt geschrieben:

Du fehlst mir bereits und ich hoffe, dass du keinen Mist baust! Ich umarme dich, deine Betty

Ihre Worte heitern meine trübselige Stimmung leicht auf. Es ist neun Uhr und ich habe Hunger. In den Cevennen ass ich um diese Zeit bereits eine deftige Zwischenmahlzeit, also Grund genug, den Erinnerungen zu huldigen, und mit Trockenwurst, einem Stück Käse und Brot sowie einem Glas Apfelsaft einen versöhnlichen Einstieg in den Tag zu finden. Ich erhebe das Glas auf Louis und Betty.

Aus dem einen Glas Apfelsaft werden zwei Flaschen Rotwein und als Betty nach Hause kommt, trifft sie mich rauchend und auf dem Balkonboden liegend an. Ich bin völlig zugedröhnt, ohne es wahrgenommen zu haben. Langsam, aber stetig trank ich, führte Selbstgespräche, fluchte, debattierte, haderte, bis ich vollends die Kontrolle verlor. Es ist nicht lange her, da ergab ich mich ab und zu dem Wein, was damals keine Rolle spielte, da niemand mich dabei erwischen konnte.

Mit Betty gelten andere Spielregeln.

Sie setzt sich auf den Stuhl, schaut zu mir runter und meint: »In diesem Haus betrinkt man sich nur gemeinsam. Solche Alleingänge sind unzulässig.«

Mühsam versuche ich, Blickkontakt herzustellen, aber mehr als ein verschwommenes Gesicht ist nicht zu erkennen. Ich rauche weiter und schließe die Augen.

»Hattest du einen schwierigen Morgen?«, fragt sie.

Ich öffne ein Auge. Aufwendig lege ich mir eine Antwort zurecht. Verzögert nehme ich wahr, was meine schwere Zunge formuliert: »Äh, du musst wissen, dass heute der Rest meiner Vergangenheit wie Scheiße das Klo heruntergespült wurde. Alice weg. Franco weg.«

Mir dreht sich die Welt bei offenem Auge, also schließe ich es wieder.

»Oje, das hört sich sogar nach einem verdammt hässlichen Morgen an.«

Ich rülpse feucht und verschlucke mich. Mühsam setze ich mich auf, starre sie an, bis sie zu lächeln beginnt.

»Mann, es ist halb eins und du siehst bereits völlig fertig aus. Ich schlage vor, du legst dich den Rest des Tages ins Bett, danach wirst du dich wie neu geboren fühlen.«

Ich denke nach. Das scheint vernünftig zu sein, selbst wenn mir nicht drum ist. Da ist diese unendliche Enttäuschung, die wie Säure all meine Hoffnungen und Wünsche zerfressen hat und die es wegzusaufen gilt, aber auch die Scham über diesen besoffenen Auftritt. Droben in den Bergen schaute mich nur Louis schräg an, sagte allerdings nichts. Jetzt ist es Betty, die sich um mich sorgt und nicht schweigt. Na ja, ich mag beide.

Ich versuche, auf die Beine zu kommen, was schlussendlich nur gelingt, weil sie mir hilft. Sie legt den Arm um die Hüfte, ich den meinen über ihre Schulter, so schwanken wir ins Zimmer, wo sie mich auf das Bett fallen lässt.

»Betty, weißt du, was verrückt ist?«

»Ich hätte da schon eine Auswahl, aber du wirst mir gleich erzählen, was du damit meinst.«

»Du bist die einzige Person, die ich noch habe. Alle anderen sind weg.«

Voller Erstaunen nehme ich wahr, wie sie mir die Schuhe auszieht, dann den Gürtel und die Hosen öffnet und sie von den Beinen zieht.

»Oh, haben wir jetzt Sex?«

Sie lacht und meint: »In deinem Zustand?«

»Na na na, das trieft nur so vor Spott. Ich drückte doch nur mein Erstaunen aus. Du verstehst?«

»Ist mir schon klar, was du damit ansprichst. Aber dessen ungeachtet habe ich keine Lust auf eine schlaffe Nudel.«

»Ehrlich gesagt ist mir gar nicht nach Sex. Ich muss mich zuerst damit abfinden, dass ich mit Mitte fünfzig nochmals von vorne zu beginnen habe.«

Sie wirft die Hose auf den Stuhl, runzelt die Stirn und legt sich dann zu mir ins Bett, den Kopf aufgestützt.

»Hör mal, mein lieber Freund. Du bist es doch gewöhnt, von vorne zu beginnen. Jammere nicht. Sei ein Mann und geh deinen Weg.«

»Du meinst, ich sei ein Waschlappen?«

»Sicher nicht. Du bist nur enttäuscht und anständig betrunken. Das ist in Ordnung, das ist zulässig.«

Mit der Hand streicht sie mir tröstend über das Haar, wie bei einem Kleinkind, betrachtet mich mitfühlend.

»Bitte kein Mitleid. Das habe ich nicht verdient, das riecht nach Erbarmen und Anteilnahme. Das habe ich fünfzehn Jahre nicht benötigt, also werde ich auch künftig ohne auskommen.«

Sie legt sich neben mich, starrt zur Decke.

»Betrachte mich als Trostpreis«, sagt sie nach einer Weile, »und ich nehme dich als neue Motivation für mein Leben. So wäre doch beiden gedient.«

Während ich versuche, den Sinn ihrer Worte zu ergründen, schlafe ich ein.

*

Mit einem pelzigen Belag auf der Zunge, einem leichten Schmerz hinter der Stirn und großem Durst erwache ich und höre entfernt weibliche Stimmen und ein Lachen, das ich kenne. Es dauert, bis ich realisiere, was da vor sich geht. Mist, ich habe Lucie vergessen, mit der ich am Abend zu einer weiteren Sitzung verabredet war. Ich habe verpennt. Sie sitzen auf dem Balkon und tratschen über mich.

Stöhnend quäle ich mich auf die Beine und frage mich, wie ich wohl aussehe. Es spielt vermutlich keine Rolle, sie wird eh schon wissen, dass ich mir mit Rotwein die Kante gegeben habe. Ihre Blicke sprechen Bände.

»Vincent, du hast keine Hosen an«, bemerkt Betty.

»Unterhosen, das reicht doch.«

»Prinzipiell gebe ich dir recht. Komm, setz dich zu uns. Willst du einen Kaffee?«

Ich nicke begeistert.

»Salut Lucie, entschuldige mein Auftreten und nimm es nicht persönlich.«

»Du hattest einen miesen Tag. Betty hat mir davon erzählt. Es tut mir leid.«

Ich habe keine Lust, darüber zu reden, also lenke ich ab: »Wollen wir fortfahren, wo wir gestern stehen geblieben sind?«

»Wenn du magst.«

»Du hast ja nicht ewig Zeit.«

»Ach mach dir keine Sorgen. Ich bin ein ungebundener Mensch, es ist egal, ob ich eine oder zwei Wochen hier bin. Das Hotel Krafft gefällt, die Stadt entspannt und deine Geschichte inspiriert.«

Betty stellt den Kaffee vor mich hin.

»Wir hätten dich schlafen lassen und wären essen gegangen«, erklärt sie und verschwindet wieder in der Küche.

»Volles Verständnis«, murmle ich. »Aber jetzt habt ihr diesen Idioten an der Backe. Entweder ihr nehmt mich mit oder ihr seid schuld, dass ich weitersaufen muss.«

»Nur wenn du eine Hose anziehst«, schallt es von drinnen.

»Besserer Vorschlag. Bevor ich in die Hose schlüpfe, nehme ich eine kalte Dusche, damit ihr euch mit mir nicht schämen müsst.«

Beide finden das eine hervorragende Idee. So schleiche ich davon und gebe mir mit der Körperpflege echt Mühe, um den Frauen gerecht zu werden. Schwierig, sie sehen zu gut aus. Das spielt jedoch keine Rolle, bin ich doch nur ein nettes Anhängsel.

Der Abend verspricht viel und hält nichts. Zumindest für mich. Ich bekunde Mühe, wieder in den Tritt zu kommen, möglicherweise liegt es am Restalkohol, vielleicht auch am Untergang meines alten Lebens. Mit Sicherheit an beidem zusammen. Auf jeden Fall zieht die Unterhaltung an mir vorbei, dafür genieße ich das Abendessen in der Harmonie, ein Wurstsalat mit Pommes frites, dazu ein Glas Merlot. Die Mädchen verstehen sich prächtig und in Bettys Augen schimmert ein suspekter Glanz.

Irgendwann, die Nacht bricht herein, verabschiede ich mich von ihnen. Sie zeigen Verständnis und umarmen mich liebevoll, dann schleiche ich nach Hause.

Kapitel 18

Der Morgen fühlt sich entscheidend besser an als der gestrige Abend. Kann man sich Kummer wegschlafen? Eine Frage, die ich mir nicht zum ersten Mal stelle und die sich wie immer nicht beantworten lässt. Leo, Marc, Franco und Alice sind nicht aus meinen Gedanken verschwunden, sie sind erstmals zur Seite gelegt, aber nicht archiviert. Selbst in den fünfzehn Jahren waren sie präsent.

Ich stehe auf und öffne die Vorhänge. Das Wetter hat umgeschlagen, der Himmel ist wolkenverhangen. Ein wenig Regen schadet nicht, es ist knochentrocken und der Rhein liegt tief in seinem Bett. Ich schaue auf die Uhr, es ist sieben Uhr zehn. Zuerst duschen, dann bereite ich das Frühstück zu, erst als ich den Tisch für zwei Personen decke, frage ich mich, wo sie denn bleibt. Verschlafen! Sanft klopfe ich an ihre Tür, etwas stärker, nachdem keine Reaktion zu vernehmen ist. Nichts. Leise öffne ich die Tür. Das Bett ist leer und unberührt.

Ungewohnte Eifersucht setzt sich auf meine Brust. Da braucht es keine Fantasie, um zu ahnen, was Sache ist. Ich bin verblüfft, habe ich doch diese Variante einer Beziehung gar nicht ernsthaft in Betracht gezogen. Betty und Lucie. Und ich habe die beiden zusammengebracht. Ich fühle mich auf der Stelle als fünftes Rad am Wagen und drohe in Selbstmitleid zu versinken, da besinne ich mich. Verdammt, es darf nicht sein, dass all die Vorsätze und Pläne, die ich mir zurechtgelegt habe, an falschen Gefühlen scheitern. Die beiden haben ein Anrecht auf ihr Liebesleben. Ich werde das akzeptieren und ihnen die Liebe gönnen.

Trotzig setze ich mich an den Tisch und frühstücke in aller Ruhe, während im Hintergrund Paolo Nutini aus dem Radio schluchzt. Irgendwie passend zur Stimmung. Ich schüttle den Kopf über meine diffusen Betrachtungen und rede mir gut zu. Ich hasse Pessimismus. Er ist destruktiv.

Seltsam, wie sensibel ich in Gesellschaft bin. Die Abgeschiedenheit lieferte weit mehr Gründe, sich unglücklich und deprimiert zu fühlen. Aber dem war selten so. Es gab kaum Menschen, demnach wenig Anlass für Eifersucht, Ehrgeiz, Machtansprüche und Liebe, ergo keinen Nährboden für Konflikte und Missverständnisse. Völlig logisch.

Mitten in meiner Analyse höre ich das Schloss der Wohnungstür, Betty kommt heim. Den Geräuschen nach wirft sie den Schlüsselbund auf die Ablage, lässt die Tasche fallen, kickt die Schuhe weg und betritt die Küche, um erschöpft auf den Küchenstuhl zu sinken.

»Guten Morgen, Betty.«

Sie setzt sich an den Tisch und betrachtet mich mit einem eindringlichen Blick. Sie macht mich unsicher.

»Klebt mir was im Gesicht?«

»Nein, ich wollte nur schauen, ob du mir böse bist.«

»Sollte ich?«

»Unter Umständen«, murmelt sie kleinlaut. »Nein, mit Sicherheit, da ich in deinem Revier gewildert habe.«

Innerlich schmunzle ich über ihre Ausdrucksweise.

»Möchtest du einen Kaffee?«, frage ich und sie nickt.

Ich schenke ihr aus der Espressokanne ein und stelle den Zucker daneben.

»Liebste, damit ein für alle Mal Klarheit herrscht, bestätige ich dir meine Absicht, in nächster Zeit keine Beziehung eingehen zu wollen. Also genieß die Liebe, mit wem du willst. Abgesehen davon passt du erheblich besser zu Lucie als ich.«

Die Ernsthaftigkeit ihres Blicks hellt sich auf.

»Bist du denn nicht scharf auf Lucie?«

»Doch, nur passt sie zurzeit nicht in mein Leben und ich fände es schlecht, bereits nach wenigen Tagen meine Pläne über den Haufen zu werfen.«

»Du planst deine Beziehungen?«, fragt sie entgeistert.

»Das Gegenteil. Ich plane einzig, wann ich keine Beziehungen möchte. Ich habe jetzt keine Zeit und Lust für Komplikationen.«

»Hmm! Welch gnadenlose Selbstdisziplin, da staune ich nur.«

»Wenn ich etwas gemacht habe, dann die Erfahrung, dass Liebe und Sex nicht nur Freude bereiten.«

»Ach komm, du übst dich da in einer puritanischen Lebensweise, die völlig widernatürlich und ungesund ist. Man sollte Gefühle und Triebe nicht unterdrücken. So werden Triebtäter erschaffen.«

»Wieso? Es unterscheidet unter anderem den Menschen vom Tier, dass wir unser Verhalten steuern können, zumindest die meisten von uns. Ich unterdrücke nichts, ich verschiebe es nur auf später.«

»Ich kann mich sehr schlecht steuern, aber vielleicht bräuchte ich auch mal eine längere Klausur, damit ich mich besser in den Griff bekomme.«

Unser Geplänkel fängt langsam an, mir Spaß zu machen. Ich liebe das Nonchalante an ihrem Sein, ihre unverkrampfte Sicht auf das Leben.

»Bleib, wie du bist.«

Sie streicht sich großzügig ein Marmeladenbrot und leckt sich dann die Finger ab.

»Du bist nachsichtig mit mir. Frag meine verflossenen Beziehungen und du wirst nicht viel Erbauendes über mich hören. Man hat mir auch schon Flittchen hinterhergerufen.«

»Wie gesagt, steuern, nicht unterdrücken.«

Sie verzieht ihr Gesicht zu einer zerknirschten Grimasse.

»Reden wir lieber über die Arbeit. Ich widme mich heute weiterhin dem Verzeichnis der Restaurants und Delikatessenhändler. Oder hast du eine andere Aufgabe für mich?«

»Bestens, ich habe einen Termin mit dem Anwalt, dann komme ich zurück und beginne mit der Produktliste, damit du endlich eine Ahnung hast, was wir importieren werden. Ah, und dann noch eine Frage: Kommt heute Abend Lucie?«

»Ja«, haucht sie lasziv. »Ich werde für uns kochen.«

*

»Ja, da gab es einmal einen Moment, an dem beinahe alles gescheitert wäre. Es geschah im Winter vor zehn Jahren, an einem klirrend kalten Samstag im Januar. Es lag über einen halben Meter Schnee, was nicht übermäßig viel war, aber wie gesagt, die Temperaturen fielen in der Nacht unter zwanzig Grad minus und dies während Wochen. Es drohte mir das Brennholz auszugehen und die Ziegen froren sogar im Stall. Ich musste dringend ins Tal, um mir ein Heizgerät zu holen, damit im Haus das Wasser nicht dauernd einfror und die Installationen keinen Schaden nahmen.

Eine mühelose Angelegenheit, hätte bei der Kälte die Crossmaschine nicht gestreikt. Fluchend stampfte ich auf dem Kickstarter herum, aber der Motor gab kein Lebenszeichen von sich. So begab ich mich auf den beschwerlichen Weg mit Schneeschuhen an den Füssen. Spuren gab es keine mehr, der Wind hatte alles verweht und an exponierten Lagen sogar aufgehäuft, dass ich oft einen Umweg suchen musste. Nach einem Kilometer war ich verschwitzt und keuchte wie eine asthmatische Dampfmaschine. Ich fragte mich, wie anstrengend erst der Rückweg mit vollem Rucksack sein würde. Ich kämpfte mich weiter und nahm sogar den Umweg zur unteren Schafweide in Kauf, um nach dem Rechten zu sehen. Pierre hatte mir angeboten, in dieser kalten Zeit für die Schafe zu sorgen, ihnen frisches Wasser und Heu zu geben. Ich hatte absolutes Vertrauen in ihn. Pierre war ein Sohn der Berge, verschlossen, zäh, arbeitsam, genügsam, manchmal auch stur, trotzig, kantig und verstockt. Trotzdem war er eine liebenswürdige Persönlichkeit, die mir nie zu verstehen gab, dass ich da oben ein Fremder war. Ich denke, er zollte mir großen Respekt, da ich keine Mühe scheute, ein Leben in dieser Abgeschiedenheit zu führen. Und es bereitete ihm Freude und Stolz, mir das Nötige beigebracht zu haben, um da oben zu bestehen. Er war ein feiner Kerl.

Er war, denn er ist tot. Zweihundert Meter von dem Schafstall entfernt saß er am Wegrand im Schnee. Ich rief und winkte, aber er reagierte nicht. Mit jedem Schritt, mit dem ich näherkam, verdichtete sich eine grauenhafte Ahnung. Er saß aufrecht da, das Gesicht von Eiskristallen überzogen, mit geöffneten Augen, ein Lächeln auf den blassen Lippen, Schnee in den Haaren. Im Rücken hatte der Wind Schnee aufgehäuft, dass es aussah, als lehnte er sich an. Wie eine sitzende Statue aus weißem Carrara-Marmor, die mit der verschneiten Landschaft verschmolzen war.

Ich stand vor ihm, starrte ihn an und mich beschlich der kuriose Drang, ihn aufzutauen, damit er wieder lebendig würde. Ich wollte es nicht wahrhaben. Der Anblick war so surreal. Er saß da, als hätte jemand die Stopptaste gedrückt und den Augenblick eingefroren. Aber das Lebendige ist nicht mit Reif überzogen, eine Tatsache, die mich unbarmherzig aus meiner Starre riss. Ich kniete vor ihm, fühlte Leere und langsam beschlich mich eine tiefe Trauer. Ich hatte einen der wenigen Menschen verloren, die mir etwas bedeuteten und für mich eine wichtige Rolle spielten. Da oben war man aufeinander angewiesen, alleine war man niemand.

Ich riss mich los, lief hinunter ins Dorf und rief vom Bistro aus die Gendarmerie an. Dann ging ich zurück, mir graute es, ihn da oben einsam sitzen zu lassen. Zwei Stunden später kamen sie mit einem Traktor voran und einem Land Rover hinterher. Der Gendarm nahm meine Personalien auf, stellte mir einige Fragen und ließ mich dann gehen. Ich ging, denn ich konnte nicht mitansehen, wie zwei Sanitäter versuchten Pierre einzuladen. Als ich später mit den beiden Heizgeräten im Rucksack den Heimweg antrat, kamen mir die Fahrzeuge entgegen. Wir nickten uns stumm zu.

Eine Woche später wurde Pierre beerdigt, anwesend war auch der Gendarm, der mir erzählte, dass Pierre sich zum Sterben hingesetzt hatte. Allerdings war er total besoffen, was sein seliges Lächeln erklärte, aber er sei nicht krank gewesen. Möglich, dass er sein Ende erahnte und sanft aus dem Leben scheiden wollte. Ich hatte mal gelesen, dass Erfrieren im Alkoholrausch erträglich sei. Sein Lächeln könnte diese Theorie bestätigen. Egal, an dem Tag stellte ich mir ernsthaft die Frage, ob ich noch länger bleiben wollte.«

Lucie schreibt in ihr Heft, während Betty mich betrübt betrachtet. Eigentlich gibt es dazu nicht viel zu sagen, es ist nur eine traurige Geschichte, die weder Wut noch Enttäuschung oder andere bittere Geschmäcker zurücklässt. Eine Geschichte aus den Bergen.

»Aber du bist geblieben«, stellt Lucie fest.

»Ja, ich war nicht bereit für eine Rückkehr, da gab es zu viele Gründe für ein Bleiben. Allen voran Louis.«

»Fandst denn du wieder eine Hilfe?«

»Nein, darum übergab ich im Herbst darauf meine Schafe einem Lohnhirten und seiner Wanderherde. Das ist eine uralte Form der Weidebewirtschaftung mit langer Tradition in den Cevennen. Man nennt es Transhumanz. Ich hatte während des Winterhalbjahres nur mehr die Ziegen und zwei Maultiere, was mich enorm entlastete. Da gab es plötzlich Zeit für mich und ich begann zu zeichnen und zu fotografieren.«

Betty zieht freudig eine Augenbraue in die Höhe.

»Oh, da gäbe es einiges anzusehen. Wo hast du die Bilder?«

»In einem Bankfach in Montpellier, zusammen mit den Tagebüchern.«

»Oh, schade, ich hätte es mir so gerne angeschaut.«

»Gelegentlich werde ich das Bankfach räumen gehen, zudem liegt viel Persönliches auf dem Hof, was ich gleichzeitig abholen werde. Ich miete mir einen Lieferwagen und fahre runter.«

»Wann?«, fragt Lucie schnell.

»Äh, das habe ich mir noch nicht überlegt. Wie gesagt, gelegentlich.«

Blicke werden getauscht, stumme Absprachen getroffen. »Wir kommen mit!«, erklärt mir Betty die weibliche Übereinkunft.

Fieberhaft suche ich Argumente, die gegen eine gemeinsame Reise ins Languedoc sprechen, ohne für Verärgerung zu sorgen, aber ich finde keine. Insgeheim verliert mein Widerstand rasch an Gewicht, erscheint mir doch die Vorstellung, mit den beiden zu verreisen, wie eine willkommene Gelegenheit, die Ernüchterung der Rückkehr zu mildern. Zu dritt einige Tage im Süden, eine Idee, die mir gefällt.

»Wieso nicht? Das könnte ganz lustig werden«, sage ich und schaue zur Decke, als grüble ich. »Fünf Tage müssen wir rechnen. Zwei Reisetage, ein Tag in Montpellier und zwei Tage in den Cevennen. Und bequem wird es nicht zu dritt in einem Lieferwagen.«

*

Je mehr wir uns Montpellier nähern, desto unruhiger werden wir. Die beiden waren lange still und schläfrig, jetzt plappern sie aufgeregt und mich erobert eine heimliche Vorfreude. Die Landschaft, das Licht, das Klima wandeln sich und der Duft des Südens strömt durch die offenen Fenster. Schwer zu erklären, warum das Leben hier leichter erscheint. Sind es die Sinne, die hier mehr verwöhnt werden, und so die Mühen des Lebens übertünchen? Wie bei einer Sinnestäuschung, einer Fata Morgana, wird hier im Süden aus dem Existenzkampf ein entspanntes Dasein. Ein Trugschluss, ich weiß, trotzdem freue ich mich auf die kommenden Tage.

Es ist heiß, die Anzeige meldet sechsunddreißig Grad und die Klimaanlage des Mercedes ist defekt. Der Blick nach rechts offenbart mir zwei weibliche Körper in luftigen Kleidchen mit viel sichtbarer Haut, die feucht glänzt. Ich habe mich damit abgefunden, ihre sinnliche Präsenz still zu genießen und unsere seltsame Dreierbeziehung als eine platonische zu betrachten. Während der letzten Tage hat sich zwischen uns eine zarte Bindung gebildet, denn Lucie schlief manchmal bei Betty, sodass wir zu dritt am Frühstückstisch saßen und die Gespräche neue Themen fanden. Einzig ihre Liebelei haben sie nie thematisiert, ich nehme an, aus Rücksicht auf mich. Gleich halten sie es mit der Zurschaustellung ihrer Nähe. Kein Händchenhalten, kein Schmusen, kein Begrapschen, nur demonstrative Keuschheit. Nett von ihnen, aber es grenzt mich ein wenig aus. Damit kann ich leben, einzig die Harmonie zählt.

Nach achteinhalb Stunden Fahrzeit setze ich den Blinker, nehme die Ausfahrt *Montpellier Est*, umfahre das Zentrum, lade die Mädels beim *Hotel du Parc* ab und suche dann für den Lieferwagen einen Parkplatz. Es ist achtzehn Uhr, als wir uns auf den Weg in die Altstadt machen und ich in einer Straßenbar in einer der schattigen Gassen den fälligen Rosé spendiere. Sommer im Languedoc. Wir lassen uns berauschen, von der Stimmung, vom Charme der Stadt, aber auch vom Wein. Glücklicherweise treibt uns der Hunger weiter. Auf dem *Place Chabaneau* kenne ich ein feines Bistro, wo wir uns fangfrischen Wolfsbarsch an einer Pfeffersauce mit Gemüse vom Grill und wilden Reis bestellen. Zur Feier des Tages lasse ich Champagner servieren. Eine weltmännische und meist arrogante Geste, die ich in der Zeit vor meiner Flucht in die Berge perfekt beherrschte, jetzt aber nur ein Zeichen der Zufriedenheit sein soll. Es bleibt nicht bei einer Flasche, das hätte ich mir ja denken können, weshalb wir später ein Taxi bestellen müssen, um ins Hotel zu kommen. Wir umarmen uns, dann gehe ich in mein Einzelzimmer. Die lange Fahrt und der Alkohol fordern ihren Tribut, denn kaum im Bett, schon bin ich weg.

Am Morgen beim Frühstück schauen wir uns frischer an als erwartet.

»Na, gut geschlafen?«, frage ich der Form halber.

Es wechseln vielsagende Blicke, Gekicher wird unterdrückt. Mehr möchte ich gar nicht wissen und winke ab.

»Der Vollständigkeit halber: Wir hatten Lust auf Sex und sind dabei eingeschlafen«, erklärt mir Betty grinsend.

»Das spricht aber nicht für einen heißblütigen und leidenschaftlichen Sex«, kommentiere ich mit einem spöttischen Unterton.

»Wir waren ein wenig besoffen, wie auch du. Ein Mann hätte nicht mal einen hochbekommen.«

»Gerüchte vom Hörensagen. Wie wollt ihr das wissen.«

»Du unterschätzt unsere Erfahrungen«, mischt sich Lucie ein und blickt mich vielsagend an.

Ich lächle, gehe nicht darauf ein, sondern hole mir jungen Pélardon-Käse und alten Bayonne-Schinken vom Buffet. Das Thema ist vergessen, als wir über den Tag zu reden beginnen. Ich benötige den Morgen für die Auflösung des Bankfachs und andere Erledigungen, was ihnen Freiraum für ein ausgedehntes Shopping lässt, am Nachmittag, schlage ich vor, werde ich sie durch die Stadt führen. Keine Einwände, großes Einverständnis. Nach dem Frühstück verabschiede ich mich und schlendere in die Altstadt, durch die vornehme *Rue Foch* bis zu meiner Bank, die *Crédit Agricole*. Gleich ums Eck aßen wir am Tag zuvor unsere Wolfsbarsche.

Die Auflösung des Bankfachs hatte ich vor zwei Tagen in die Wege geleitet, sodass nur eine Formalität zu erledigen ist. Man ruft mir ein Taxi, mit dem ich und meine Kostbarkeiten unbeschwert ins Hotel zurückkehren. Wie ich alles auf dem Bett ausbreite, stelle ich fest, dass es erheblich mehr Erinnerungen sind als Vermögenswerte. Ein Haufen aus Tagebüchern, Fotos, Zeichnungen, daneben ein paar Verträge und Urkunden, auch Geld. Fünfzehn Jahre liegen dokumentiert auf dem Bett und ich muss mich beherrschen, nicht sofort darin herumzustöbern. Der Blick auf meine alte Taschenuhr drängt zur Eile, bis zum Mittag habe ich noch was zu erledigen.

Ich treffe Claude in seinem muffigen und zugestellten Büro gegenüber der Kathedrale. Auf seinem Schreibtisch türmen sich verstaubte Akten, die Regale quellen über vor lauter Ordner, auf deren Rücken Jahreszahlen stehen, die älter sind als mein Geburtsjahr, und selbst auf dem Boden stapeln sich Hefter, Papierbündel und Bücher, dass man nicht sicher ist, ob dies zur Entsorgung bereitgestellt wurde. Aber wie oft bei solch einer Form der Organisation findet er jede Akte mit einem Griff. Claude ist ein Relikt aus einer anderen Zeit, etwa achtzig Jahre alt, immer im hellen Leinenanzug und Strohhut, meist mit einer Zigarre im Mund, weshalb die Vorhänge und die Tapete nikotingelb schimmern. Er ist eine kuriose Gestalt, und man kann sich kaum vorstellen, dass er als der ultimative Trüffelexperte im Süden Frankreichs und Gralshüter des Schwarzen Trüffels (Tuber melanosporum) gilt. Sein Kampf zielt auf den Chinatrüffel (Tuber indicum), eine minderwertige Art, die dem Schwarzen Trüffel ähnlich sieht und tonnenweise eingeführt wird. Dies wäre noch zu verkraften, wenn nicht dieser Chinatrüffel als Schwarzer Trüffel verkauft würde, mit einer astronomischen Gewinnmarge. Aus 100 Euro werden bis zu 2000 Euro pro Kilo und man schätzt, dass jährlich etwa zwanzig Tonnen nach Europa verschoben werden. Ein Grund zur Sorge und ein Tummelfeld für kriminelle Energien ohne Risiken. Für Claude eine persönliche Beleidigung.

Claude lernte ich kennen, nachdem meine ersten Knollen in den Verkauf kamen. Kuriose Gerüchte über einen sagenhaften Trüffelfund von höchster Qualität erreichten seine Ohren, dass er unbedingt herausfinden wollte, ob da nicht Betrüger am Werk waren. Seither treffen wir uns, wenn es die Gelegenheit zulässt, und mit meinem Entschluss, in der Schweiz die Produkte aus dem Languedoc zu vertreiben, sieht er in mir einen Verbündeten im Kampf gegen den Betrug mit Trüffeln.

»Ich denke, in etwa acht Wochen mit dem Direktvertrieb beginnen zu können. Die Eröffnung des Ladens in der Stadt findet im Spätherbst statt. Ich habe noch kein Lokal gefunden.«

»Und Werbung?«

»Keine Sorge, die ganze Branche wird wissen, dass wir eröffnen.«

Er nickt skeptisch, nuckelt an seiner Zigarre und schaut nachdenklich zur Decke.

»Und du bist dir sicher, dass es ein Erfolg wird?«, fragt er nach einer Weile.

»Ich bin sehr zuversichtlich. Der Schweizer Trüffelmarkt ist lukrativ, da gibt es genügend zahlungskräftige Geniesser. Ein neuer Importeur wird nicht unbemerkt bleiben, erst recht nicht, wenn er erstklassige Ware anbietet.«

»Du hältst mich auf dem Laufenden und ich kümmere mich, wie abgesprochen, um die Produzenten hier.«

»Ich benötige dringend die Produkteliste, damit wir unsere Webseite erstellen können.«

»Manon ist dran und wird sie dir noch diese Woche zusenden.«

»Dann lass uns die Formalitäten erledigen, denn auf mich warten zwei reizende Damen.«

*

Sie wirken tatsächlich wie Damen und nicht wie Touristinnen, die im Urlaub eine Stadt besichtigen und Souvenirs kaufen. So, wie sie gut gelaunt vor ihren Cocktails sitzen, die Sonnenbrillen in den Haaren, in ihren Kleidchen und hochhackigen Sandaletten, bleibt kaum eine andere Wahl, als ihre Eleganz zu bewundern. Ich setze mich dazu und sonne mich in ihrem Glanz.

»Na, seid ihr erfolgreich gewesen?«, frage ich.

»Das kommt auf die Perspektive an«, erklärt mir Betty. »Diese Stadt ist zu schön, um nur Shoppen zu gehen. Wir flanierten den ganzen Morgen durch die Gassen. Es war hinreißend.«

»Dann können wir uns ja eine Stadtführung sparen. Aber was spricht gegen einen Nachmittag am Strand?«, frage ich und überrasche mich selbst mit der Idee.

»Das Fehlen passender Kleidung«, wendet Lucie ein.

»Da gäbe es zwei Lösungen. Nacktstrand oder was kaufen gehen«, kontert Betty.

Wir entscheiden uns für die vernünftige Variante und statten uns aus. Mit dem Lieferwagen fahren wir ans Meer und suchen einen Abschnitt, der etwas abseits liegt. Während der fünfzehn Jahre im Languedoc schaffte ich es nicht ein einziges Mal, mich am Meer in den Sand zu legen. Manchmal nahm ich ein Bad in der Hérault, einem Fluss, der in den Cevennen entspringt und idyllische Abschnitte bietet mit glasklarem Wasser und bequemen Sandbänken.

Der Nachmittag weckt Erinnerungen an die Kindheit. Vom Hotel erhielten wir eine Kühltasche gefüllt mit Getränken, einen Sonnenschirm, Badetücher und einen Ball. Ich fragte mich, was der Ball soll, aber kaum im Wasser, da schmeißt mir Betty das Ding an den Kopf. Wir toben wie Kinder, ich kenne mich selbst nicht. Was passiert hier? Ich fühle mich leicht, die Ernsthaftigkeit der letzten Tage scheint verflogen. Sind sie es, die mir guttun? Ist es der Süden, der mein Herz berührt? Ich möchte die Fragen nicht beantwortet haben, womöglich ergeben sich seltsame Erkenntnisse.

Erschöpft liegen wir nebeneinander, ich im Schatten, die beiden schmoren an der Sonne.

»Deine blauen Flecken sind beinahe weg. Noch Schmerzen?«, will Betty wissen, nachdem sie mich gemustert hat.

»Nur wenn ich darauf herumdrücke.«

Sie nickt zufrieden, dann legt sie sich wieder hin. Ich schließe die Augen und lasse mich vom Rauschen der sanften Brandung umgarnen. Mir fällt ein, dass ich das letzte Mal mit Alice an einem Strand lag, nicht weit von hier entfernt. Wie es ihr in dem Moment wohl ergeht? Düstere Gedanken schieben sich wie dunkle Wolken vor die Unbekümmertheit dieses Tages. Ich öffne die Augen, setze mich auf, um den Blick schweifen zu lassen. Am Horizont, wo der Himmel das Wasser berührt, kommt ein großes Schiff nicht vom Fleck, sonst nichts, kein Wind, kaum Wellen, ein träger Sommertag. Betty liegt auf dem Bauch und döst, Lucie liest in einem Buch.

Kapitel 19

Wir fahren früh los, denn ich beabsichtige, ihnen mit einem kleinen Umweg einen Eindruck der Cevennen zu verschaffen. Die Fahrt führt uns über Ganges nach Le Vigan, von da an folgen wir der D48 in endlosen Serpentinen hinauf bis zum *Col du Minier*, wo eine schmale Straße abzweigt, die im Winter geschlossen ist. Ab hier verliert sich unser Weg in der Wildnis und wir kommen nur langsam vorwärts. Das Kreuzen ist bloß an wenigen Stellen möglich, aber es kommt kein Fahrzeug entgegen. Wie sich die Aussicht öffnet und den Blick über die Anhöhen freigibt, halte ich an.

»Mann, das ist ja der Wahnsinn!«, entfährt es Lucie. »Was für ein Panorama.«

Wir steigen aus, dann erkläre ich ihnen: »Da drüben, dieser Hof, das ist meiner.«

Beinahe ehrfürchtig starren sie auf die Ansammlung kleiner Gebäude, die in der Ferne knapp erkennbar sind. Sie saugen den Anblick in sich auf, suchen nach Zivilisation, aber finden keine. Das ist nicht fair, denn wären wir einen Kilometer weitergefahren, dann hätten wir aus jener Perspektive den Kirchturm des Dorfs im Tal gesehen, so sind es die einzigen Häuser weit und breit. Trotzdem ist es eine eindrückliche Abgeschiedenheit, wo man hinschaut nur Grün in allen Nuancen und das Grau der Felsen.

»Fünfzehn Jahre«, murmelt Betty, »eine verdammte lange Zeit und das an solch einem Ort.«

Wir steigen wieder ein und folgen dem Weg, der uns in einem weiten und verschlungenen Bogen ins Tal führt bis nach Aumessas, ein verschlafenes Dorf, eingekesselt von den Bergen. Zeit für eine Erfrischung im einzigen Bistro. Kurz vor elf sitzen einige Alte vor ihren Gläsern Rotwein und grüßen mich, als wäre ich immer noch der Schweizer vom *Buckel des toten Mannes*. Nicht weit von meinem Hof entfernt führt ein Weg über einen Pass, den *Col de l'Homme Mort*, ein Flurname, der auf eine mittelalterliche Sage zurückgeht, was denn sonst.

Während die Mädchen sich draußen hinsetzen, plaudere ich mit den Alten, die wissen wollten, wieso ich plötzlich in Gesellschaft bin. Meine Erklärung verwirrt sie vollends, sind sie doch der Meinung, ich sei ein hartgesottener Einsiedler. Und dann gleich zwei bezaubernde Schönheiten. Einen Teil der Wahrheit gebe ich preis, schließlich versorgt sich der Dorfklatsch nicht von selbst.

»Als wärst du nie weggewesen«, meint Lucie, nachdem ich mich zu ihnen gesetzt habe.

»Zeit spielt hier keine große Rolle und sie sahen mich nicht jede Woche, also hat sich kaum etwas verändert, außer, dass ihr dabei seid. Das konnten sie nicht begreifen. In ihren Augen bin ich ein Einsiedler.«

»Respekt, da hast du das Geheimnis, deine erotische Beziehung zu Chantal, aber bestens gehütet. Wenn die wüssten, dann wäre dein keuscher Ruf wohl am Arsch«, stichelt Betty und grinst frech.

»Und Chantals Ehe auch«, ergänze ich.

Wir bestellen drei Glas Rosé, dazu eine Karaffe Wasser und erkundigen uns nach dem Menü. Gegrillter Thunfisch mit Gratin und Ratatouille. Wir nicken begeistert.

»Sag mal Vincent, wo schlafen wir in den kommenden Nächten?«, fragt Lucie.

»Zwei Möglichkeiten. Entweder auf meinem Hof im Heu oder im *Château de la Rode* in der großen Suite. Ihr dürft wählen.«

Sie sind sprachlos, was mich mit fieser Genugtuung erfüllt, gebe ich ihnen doch eine schwierige Auswahl. Der Hof mit seinen Geschichten wäre ein einmaliges Erlebnis, aber auch das Nächtigen in einem Schloss.

Betty: »Ein Château?«

»Ja, ein echtes Schloss hier im Dorf. Zehn Jahre lang lieferte ich Käse und Würste. Ich kenne die Familie sehr gut.«

Sie schauen sich ratlos an.

»Hört, meine Lieben, ich mache euch einen Vorschlag. Nach dem Essen holen wir Chantals Land Rover und fahren hoch zum Hof. Ihr helft mir, meine Sachen zu packen, und ich koche für euch, dann schlafen wir da oben und bringen morgen den ganzen Plunder ins Tal. Die nächste Nacht verbringen wir im Schloss.«

Nun schauen sie nicht ratlos, vielmehr fassungslos.

Lucie reagiert zuerst: »Du bist vielleicht ein gerissener Kerl. Du hast alles minuziös geplant und organisiert. Nicht schlecht.«

Ich grinse verlegen und erkläre mich sogleich: »Na ja, hier gibt es nicht viele Übernachtungsmöglichkeiten. Verzeiht mir meine heimtückische Absicht.«

»Dann lernen wir Chantal kennen?«, fragt Betty.

»Wenn ihr das wünscht.«

»Auf jeden Fall. Keine halben Sachen.«

Wir essen zu Mittag, dann fahren wir zu Chantal. Sie begrüßt uns, als gäbe es keine Geheimnisse. Sie küsst mich auf den Mund und umarmt die beiden wie zwei Freundinnen. Es herrscht eine ausgelassene Laune ohne Peinlichkeit und Zurückhaltung, was auch dem Vorteil zu verdanken ist, dass die Sprache keine Barriere ist.

Ich hatte Chantal am Telefon vorgewarnt, was allerdings ihre Neugier erst recht befeuerte und ihre Fantasie zum Blühen brachte. Mit ätzendem Zynismus kommentierte sie meine Beziehung zu Frauen im Allgemeinen und stellte mein Konzept in diesem speziellen Fall infrage. So würde ich nie eine anständige Braut finden. Wir lachten und gleichzeitig dachte ich mit Wehmut an unsere gemeinsamen Stunden zurück. Es waren völlig unbelastete Momente voller Freude am Sex und ohne jegliche Verpflichtung.

Nachdem wir uns für morgen zum Abendessen verabredet haben, besteigen wir ihren Land Rover und fahren los. Bald außerhalb des Dorfs verliert der Weg seinen Asphaltbelag und nach zwei Kilometern wird es so richtig ruppig. Stellenweise gleicht die Fahrspur einem ausgewaschenen Bachbett, sodass wir ordentlich durchgeschüttelt werden. Langsam kämpft sich der Land Rover den Berg hoch, braucht all seine Fähigkeiten, um die steilen Passagen zu erklimmen. Die Mädchen sind still, halten sich verkrampft an den Haltegriffen. Nach zwanzig Minuten verändert sich die Vegetation, die Bäume werden immer kleinwüchsiger, erste Weideflächen geben die Sicht frei, der Weg wird flacher. Dann, nach einer letzten Steigung, liegt der Hof vor uns. Drei gedrungene Gebäude aus grauem Stein mit Schieferdach bilden ein Ganzes, welches aus dem Boden gewachsen scheint. Die Fenster sind auffallend klein und liegen tief in der Mauer, wie schwarze Augen. Ich halte vor der Tür, stelle den Motor ab, der noch leise tickende Geräusche von sich gibt, ansonsten ist es still. Ich lasse den Augenblick wirken.

»Willkommen am Arsch der Welt.«

Der Spruch reißt sie aus ihrem Augenschein.

»Meine Güte! Ist das nicht zauberhaft?«, fragt sich Lucie und steigt aus.

Betty und ich folgen, dann erkläre ich ihnen die Aussicht. Die Luft ist leicht eingetrübt, trotzdem hat man das Gefühl, in die Unendlichkeit zu blicken. Sanfte Höhen, zerklüftete Abhänge, tiefe Einschnitte überzogen von einem grünen Teppich, da und dort schroffe Felsen, die wie Wunden wirken. Nirgends eine Spur von Zivilisation, kein Geräusch, welches nicht hierher gehört, nur einige Zikaden, sanftes Vogelgezwitscher und manchmal der Schrei eines Bussards. Eine leichte Brise, die Temperatur nicht zu heiß, kein Vergleich mit der Hitze in Montpellier. Mein Berg zeigt sich von seiner besten Seite.

Während sie mit den Augen die Landschaft aufsaugen, schließe ich die Türe auf und öffne alle Fenster, um den miefigen Geruch zu vertreiben. Zögerlich betreten sie das Haus, als wäre es ein Heiligtum, und nachdem sie ihre Scheu abgelegt haben, lassen sie der Neugier freien Lauf. Ich beginne die Taschen und Schachteln, die ich mitgebracht habe, mit meinen Habseligkeiten zu füllen. Eine Menge ist es nicht, das Leben hier oben hatte den Besitz relativiert und auf das Nötigste reduziert. Was wollte man hier mit zehn Paar Schuhen oder eleganten Kleidern? Die Küche, eingerichtet für zwei Personen, keine Küchengeräte, kein Fernseher, kein Nippes, nur wenige Zeichnungen an den rohen Wänden. Eine puristische Klause, wenn da nicht ein Regal voller Bücher wäre.

Nach einer Weile kommen sie die Treppe herunter und schnüffeln unten weiter. Das Erdgeschoss ist ein einziger Raum, bestehend aus der Küche und dem Wohnraum, oben der Schlafraum und das Badezimmer mit Toilette. Leise murmelnd kommentieren sie jede Kleinigkeit.

»Mein Gott, Vincent, wie kannst du nur das alles aufgeben?«, entfährt es Betty in einem Ton der Entrüstung. »Ich habe noch nie was Beeindruckenderes gesehen. Das ist ein Paradies, ein Ort zum Sterben.«

Ich halte inne und setze mich auf den Boden.

»Ein Sehnsuchtsort. Ich widerspreche dir nicht, es bricht mir schier das Herz, aber nach der langen Zeit wandelte sich das Alleinsein langsam in Einsamkeit. Louis' Tod gab mir den Rest, da halfen selbst die bezaubernden Stunden mit Chantal nicht. Aber wenn es euch beruhigt, alles bleibt in meinem Besitz.«

»Und die Tiere?«, will Lucie wissen.

»Die habe ich in gute Hände gegeben. Sie werden ein anständiges Leben haben.«

»Du lässt dir eine Hintertür offen.«

»Ehrlich gesagt, gibt es keine Käufer für diesen Hof. Er liegt zu abgelegen. Die Alten können nicht und die Jungen wollen nicht. Das Tal entvölkert sich, wieso sollten die Verbleibenden ausgerechnet an diesem Gehöft interessiert sein.«

Beide schweigen und schauen bekümmert Löcher in die Luft. Ich fahre fort mit Packen.

»Und diese herrlichen Möbel, lässt du die zurück?«

Schlichte und wunderschön gealterte Möbelstücke, Tisch, Stühle, Küchenkasten, Truhe, Schrank und das Bett, alles aus dunklem Nussbaumholz.

»Das sind wahrhaftige Prunkstücke. Zurückgelassen von ihrem Vorbesitzer. Über vierhundert Jahre alt, außer das Sofa, das stammt aus der Zeit um die vorletzte Jahrhundertwende. Nein, ich werde sie holen, sobald ich ein definitives Zuhause habe.«

Bettys Blick erfasst mich kurz, verliert sich dann wieder im Nichts.

»Meine Lieben, wenn ihr mir nun helft, mein Gerümpel einzupacken, dann koche ich euch später eine Polenta mit Roquefort, dazu ein Côtes d'agneau vom Grill und Salat.«

»Ein faires Angebot. Und wir schlafen tatsächlich im Heu?«, fragt Lucie.

»Das war gelogen. Es hat gar kein Heu mehr in der Scheune, aber ich überlasse euch mein Bett.«

»Und du?«

»Macht euch keine Sorgen. Ich werde draußen schlafen, was ich im Sommer oft getan habe.«

Sie betrachten mich zuerst skeptisch, dann stürzen sie sich in die Arbeit. Das Packen wird zur Analyse meiner Persönlichkeit. Die Auswahl meiner Literatur, das Muster der Bettwäsche, die Erotik meiner Unterhosen, mein Whisky-Lager, die Mittel zur Körperpflege, die Ordnung meines Büros, die Schreibmaschine, der Fotoapparat, die Sammlung an Versteinerungen, überhaupt alles, was sie in die Hände nehmen, wird kommentiert.

Am frühen Abend entfache ich draußen in der Esse ein Feuer, öffne eine Flasche Rosé und rufe zum Apéro. Mit den Gläsern in Händen begehen wir die anderen Gebäude, ich bringe ihnen den Alltag näher, erkläre die Tierhaltung und die Käseherstellung. Später widme ich mich dem Abendessen und beauftrage die beiden mit der Produktion einer perfekten Glut. Schlussendlich wird das Abendessen ein Gemeinschaftswerk, denn sie finden Spaß am Grillen. Da keine Lebensmittel mehr vorrätig sind, organisierte mir Chantal alles, samt einem Dessert, frischen Profiteroles.

Wir essen vor dem Haus an dem Tisch aus groben Brettern mit Bänken aus halben Baumstämmen, sitzen nebeneinander, damit wir der Sonne beim Untergehen zusehen können. Das Mahl ist längst beendet, das Dessert vertilgt und der Whisky steht vor uns, als die rote Scheibe am Horizont versinkt. Besser kann man den letzten Abend nicht inszenieren. Betty lehnt sich an Lucie, das erste Mal, dass sie in meiner Anwesenheit Zärtlichkeiten austauschen, und ich schütte mich zu. Der perfekte Anlass, sich zu betrinken. Melancholie und Sehnsucht, eine Gefühlsmischung, die nach Alkohol und Nikotin schreit, zumindest bei mir.

»Verdammt, Vincent, du hättest uns nicht mitnehmen dürfen. Das alles bringt mich zum Weinen«, meint Betty schniefend und legt ihre Hand auf meine.

*

Der Nachteil des Draußenschlafens sind die fehlenden Fensterläden. Gnadenlos brennt sich das gleißende Sonnenlicht durch die Augenlider. Aber ich übernachte ja nicht das erste Mal unter freiem Himmel, weshalb ich mein Nachtlager im Morgenschatten des Hauses unter dem Blätterdach der alten Eiche aufgeschlagen habe. Weniger Sonne und kein Tau. Es schmerzt trotzdem, zudem ist es verflucht früh. Die Mädchen werden noch schlafen.

Die leibliche Morgenwäsche findet an der Tränke im Stall statt, das eiskalte Wasser vertreibt die Geister, die ich gestern rief. Andere Erwachen haben sich weitaus qualvoller angefühlt und es ist der Anwesenheit der Mädchen zu verdanken, dass ich nicht die Kontrolle verloren habe. Nicht schon wieder. Ich setze mich rauchend ins Gras, überlasse es der Sonne, meinen Körper aufzuheizen und starre auf Louis' Grab.

War es ein Fehler, nochmals zurückzukommen? Ich verstehe mich selbst nicht. Zuerst wollte ich um jeden Preis weg und nun habe ich das Gefühl, es zu bereuen. Es fühlt sich an, als reiße man mit dem Verband den Schorf von der Wunde. Scheiße, ich werde depressiv. Ach, was soll denn dieses Gejammere! Welch wankelmütigen und kläglichen Eindruck hinterlasse ich mit meinem trübseligen Verhalten. Betty erwartet einen selbstbewussten Unternehmer, Lucie eine überzeugende Romanfigur, auf jeden Fall wünschen sie sich keinen Waschlappen.

Ich seufze, denn ich verbiege mich in jegliche Richtungen, um allen gerecht zu werden, was ich mir doch vorgenommen habe, nie wieder zu tun. Ein Anspruch, der vermutlich in der Gesellschaft eine Illusion ist. Es gibt zu viele Kompromisse, Rücksichten und Anforderungen, denen man gerecht werden muss, will man gesellschaftsfähig sein. Ich denke, das war schon damals in der Steinzeit so.

»Vincent!«, höre ich Betty rufen.

»Hier oben.«

Sie biegt um die Hausecke, sieht mich und kommt zu mir hoch. Sie schirmt ihre Augen gegen die Sonne ab, scheint noch nicht lange wach zu sein, sie trägt auch nur Slip und T-Shirt.

»Gut geschlafen?«, frage ich.

»Göttlich. Und du?«

»Komatös, bis die Sonne mich geweckt hat.«

Ihr Blick fällt auf das Grab. Die Steinplatte, plan eingelassen im Boden, mit der kaum ersichtlichen Inschrift *LOUIS*, ist nicht direkt als Grabstätte erkennbar. Sie benötigt einen Augenblick, um den Sinn dieser quadratischen Platte zu realisieren.

»Louis' letzte Ruhestätte. Nicht wahr?«

Ich nicke und brummle: »Wollte ihm nur Hallo sagen. Nicht, dass du meinst, ich mache einen Kult aus ihm.«

»Würde mich zwar nicht verwundern. Er war schließlich kein durchschnittlicher Hund.«

»Ja, das war er, aber lass uns jetzt frühstücken gehen. Ich brauche dringend einen Kaffee.«

In der Küche bereiten wir aus den restlichen Lebensmitteln ein Frühstück zu, da kommt Lucie die Treppe heruntergeschlichen.

»Hm, riecht fein«, meint sie und küsst uns beiden die Wange.

Der Kuss ist weich, feucht, ihre Hand hält mich um die Taille, zudem trägt sie nur Slip und BH, weshalb ich froh bin, eine Jeans zu tragen, die die Erektion in Schach hält.

»Nach dem Frühstück laden wir den Wagen und ich bringe euch ins Schloss, wo ihr einen erholsamen Tag am Pool genießen könnt. Ich erledige den Rest, dann treffen wir uns am späten Nachmittag zum Apéro.«

Wir essen an der warmen Morgensonne in ungewöhnlicher Einsilbigkeit. Jeder scheint seinen eigenen Gedanken nachzuhängen, der kleine Kater mag seinen Teil dazu beitragen. Genauso die Fahrt ins Tal.

Kapitel 20

Meine Habseligkeiten füllten nur den halben Lieferwagen, darum nahm ich bei der letzten Fahrt auf dem Dachträger noch den kleinen Tisch und den Sessel, mein Büro, mit. Alles ist verstaut und festgezurrt.

»Chéri, ich habe das Gefühl, du meinst es ernst mit deinem Wegzug«, bemerkt Chantal trocken, als ich ihr den Land Rover zurückbringe.

»Wir werden sehen. Nichts ist für die Ewigkeit.«

»Leere Worte.«

»Das stimmt, aber selbst leere Worte können wahr sein. Das Bett steht weiterhin oben, vielleicht schaffen wir es eines Tages, uns darin zu lieben. Es soll ein Ansporn sein.«

Sie lächelt blass, so, wie man lächelt, wenn man nicht weiß, was man sagen will. Möglicherweise stehen wir uns näher, als uns bewusst war. Unsere Beziehung kannte weder Spannungen, Pflichten noch Alltag, nur Freude, Befriedigung und zwischendurch warme Gefühle, die jetzt Gefahr laufen zu überhitzen. Wir schauen uns mit wässrigen Augen an.

»Sparen wir uns die Tränen für den Abschied heute Abend«, meint sie mit belegter Stimme.

Wir umarmen uns, dann laufe ich los Richtung Schloss. Der Begriff Schloss ist etwas hochgegriffen, dafür sieht es mit dem einen runden Turm und den beiden Seitenflügeln zu bescheiden aus, aber stammt immerhin aus dem zehnten Jahrhundert. Heute beherbergt es ein edles Hotel mit einem großzügigen Garten und einem Pool.

Die beiden Mädchen ruhen sonnend auf Liegestühlen, winken heftig, als ich mich schmutzig und verschwitzt nähere. Glücklicherweise sind sie die einzigen Gäste rund um den Pool, so bleiben mir neugierige Blicke erspart. Dafür überkommt mich ein unbändiges Verlangen. Langsam und mit lasziven Bewegungen ziehe ich mich bis auf die Unterhosen aus und springe tollkühn ins kühle Wasser, dass beide vollgespritzt werden. Sie kreischen und stürzen sich hinterher. Wie tags zuvor am Strand steigern wir uns in ein kindliches Spiel. Unbeschwert und wild kitzeln und balgen wir uns, versuchen, uns gegenseitig unter Wasser zu drücken und den letzten Fetzen Stoff vom Arsch zu ziehen, bis wir entkräftet und kichernd auf dem Poolrand zu liegen kommen.

»Hei, lasst uns doch hierbleiben«, keucht Betty und blickt versonnen in den Himmel.

»Traumtänzerin«, bemerke ich nach einer Weile.

»Wir drei und Chantal dazu, damit auch du eine Gespielin hast«, träumt sie weiter.

»Jetzt verlierst du aber den Verstand.«

»Falsch! Ich verliere die Vernunft und nicht den Verstand.«

»Da hat sie völlig recht«, meint Lucie. »Und ich bin der Meinung, wir sollten des Öfteren unvernünftig sein.«

Ich lächle mild und werfe ein: »Das riecht aber schwer nach Realitätsverlust. Entweder habt ihr einen Sonnenstich oder zu viel Fantasie.«

»Du bist eine ausgesprochene Spaßbremse. Du hattest hier während fünfzehn Jahren dein Vergnügen und jetzt, wo wir uns dies wünschen, verdirbst du die ganze Freude«, kontert Lucie.

»Nach zwei Wochen fehlen euch die Stadt und die Gesellschaft, in der dritten Woche langweilt ihr euch zu Tode und in der vierten bettelt ihr, wieder nach Hause gehen zu dürfen.«

»Du unterschätzt den weiblichen Willen, unsere Ausdauer und nicht zu vergessen: deine helfende Hand.«

»Ihr könnt mich mal, ich bin ja nicht doof. Ihr genießt ein süßes Leben und ich bin euer Knecht.«

»Du hast recht, das wäre bescheuert. Scheiß Idee!«, meint Betty.

Ich stelle mich auf die Füße und erkläre: »Dann gehe ich mich hübsch machen. Bis später.«

Ich schlüpfe in die Hose und ziehe mich in unsere Suite zurück, wo ich ausgiebig dusche und mich zum Innehalten auf das Bett lege. Ich habe keine Lust auf Konversation. Die Stille und das Alleinsein am Morgen haben mir vor Augen geführt, was die Qualität dieser Jahre ausgemacht hat, aber auch gezeigt, dass ich die neue Gesellschaft nicht missen möchte. Die Anwesenheit der Mädchen wirkt wie eine Droge auf mich, wie ein Rausch mit Suchtpotenzial. Ich könnte mich daran gewöhnen, auch wenn mich ihre Erotik manchmal irritiert.

Mitten in meinen Gedanken dämmere ich weg und erwache erst, als Betty in mein Ohr säuselt: »Aufwachen Vincent, es ist Zeit, wir sind mit Chantal verabredet.«

*

Die Mädchen schliefen bis zur Grenze und erst als die Zollbeamten uns zur Seite dirigierten, damit sie in Ruhe die Wagenladung inspizieren konnten, wachten sie auf. Mit geschwollenen Augen und heiseren Stimmen fragten sie nach dem Grund der Störung.

»Guten Tag meine Lieben, gut geschlafen? Wir sind am Zoll, ihr könnt gleich weiterschlafen.«

»Ich muss pinkeln«, krächzt Lucie.

»Ich auch«, meldet sich Betty.

Sie klettern aus dem Wagen, schleichen auf die Toilette.

Zehn Minuten später schließen die Zöllner zufriedengestellt den Laderaum und winken uns durch. Die beiden sitzen schweigend neben mir und starren dumpf auf die Straße. Ich amüsiere mich köstlich, war es gestern Abend doch absehbar, dass das nicht gut gehen konnte. Zusammen mit Chantal verloren sie die Kontrolle über ihren Alkoholkonsum und ausgerechnet ich, der diesbezüglich über eine hervorragende Kompetenz verfügt, schaute zu, weil heute die Heimfahrt anstand.

Es war ein denkwürdiger Abend. Im Dorfbistro servierte uns Jeannette eine köstliche Lammkeule mit Bratkartoffeln und panierten Zucchini. Aber der Anlass für die Ausschweifung war die Vorspeise, die Austern. Betty nahm all ihren Mut zusammen und versuchte das erste Mal in ihrem Leben den schlüpfrigen Inhalt dieser unförmigen Muschel. Es schmeckte ihr nicht besonders, aber unsere überrissene Schilderung der aphrodisierenden Wirkung ließ ihr keine Ruhe. So spülte sie jeden Bissen mit viel Rosé hinunter. Wie ich später feststellen konnte, nützte es nichts, denn aus dem Zimmer der Mädchen war nur Schnarchen zu vernehmen, kaum lagen sie im Bett.

»Noch drei Stunden, dann sind wir zu Hause«, versuche ich ein Gespräch in Gang zu bringen.

»Mir ist schlecht«, jammert Betty.

»Musst du kotzen?«, erkundige ich mich.

»Ich glaube nicht.«

Dann herrscht wieder Schweigen für die nächsten zwanzig Kilometer.

»Sag mal, war da gestern Abend was, das wir wissen sollten?«, fragt plötzlich Lucie.

»Was zum Beispiel?«

»Na ja, irgendeine Sauerei, ein ungebührliches Benehmen oder eine peinliche Ausfälligkeit.«

»Abgesehen von deinem Tanz auf dem Tisch und dem Anblick von Bettys nacktem Arsch war es ganz manierlich. Vielleicht war euer Gesang etwas falsch, aber die Gäste hatten ihre helle Freude an euch.«

Sie blicken mich entgeistert an.

»Du lügst. Das hast du dir ausgedacht«, entgegnet Betty.

»Ja, aber ihr wart kurz davor zu entgleisen, wenn ich euch nicht ins Hotel und ins Bett gebracht hätte. Es war auf jeden Fall sehr lustig.«

»Du hast uns ins Bett gebracht?«

»Ja, wer denn sonst?«

Mit einem kurzen Seitenblick ist zu erkennen, wie sie krampfhaft versuchen, den gestrigen Abend nachzuvollziehen.

»Du hast uns ausgezogen?«, will Lucie wissen.

»Ja, aber keine Sorge, ich habe mich nicht an euch vergangen.«

Zuerst peinliches Schweigen, dann fängt Betty an zu kichern.

»Was ist?«

»Scheiß Austern!«, sagt sie.

*

Zurück in der Stadt. Den größten Teil meiner Habseligkeiten habe ich in einem Lagerhaus eingestellt, nur die Kartons mit den Tagebüchern, Fotos und Zeichnungen stapeln sich im Wohnzimmer. Die beiden wühlen sich durch die Dokumentation über mein Leben in der Abgeschiedenheit, was mir Zeit gibt, mich in Ruhe der Post und den E-Mails zu widmen. Alles geschäftlich, nichts Persönliches. Wie es aussieht, kommt meine Idee zum Laufen. Zufrieden, aber müde und ohne große Lust, mich weiter der Arbeit zu widmen, geselle ich mich zu den Mädchen.

»Kannst du uns dieses Foto erklären?«, fragt Lucie und streckt mir ein Bild entgegen.

»Hoppla, das habe ich ganz vergessen.«

Mit einem Schmunzeln genieße ich den Anblick und gebe es zurück.

»Das sind gespreizte Beine und das dazwischen ist eine Muschi«, kläre ich sie dann auf.

»Wir haben den Verdacht, dass deine Jahre da oben nicht viel mit Abgeschiedenheit zu tun hatten«, kommentiert Betty und betrachtet das Foto nochmals mit glänzenden Augen.

»Zugegeben, diesen Eindruck könnte man erhalten. Ich hatte durchaus erregende und befriedigende Momente in dieser Zeit. Für die Durststrecken dazwischen erlaubte mir Chantal, diese Aufnahmen zu machen. Was ihr da gefunden habt, ist ein Foto aus meinem Notfallalbum, eine sogenannte Wichsvorlage.«

»Oh, gibt es noch mehr davon?«

»Aber sicher.«

»Und wo?«

»Nicht bei diesen Aufnahmen. Die bewahre ich bei meinen persönlichsten Unterlagen auf.«

»Dürfen wir sie sehen?«

»Vielleicht. Ich weiß auch nicht, ob euch alle Fotos gefallen, auf einigen bin ich mit dabei. Sie sind sehr intim.«

Sie wechseln kurz einen Blick, dann gibt mir Betty das Foto zurück.

»Wir sollten so oder so einkaufen gehen, wollen wir nicht verhungern, oder essen wir auswärts?«, redet sich Betty aus der leicht peinlichen Situation.

»Ich schlage vor, zum Abschluss unserer gemeinsamen Reise in meine Vergangenheit lade ich euch zum Italiener ein, bevor euch Frankreich zum Hals raushängt.«

Der Vorschlag stößt auf Begeisterung, haben die beiden doch den ganzen Tag nichts gegessen. Wir duschen uns den Reisedreck von unseren Leibern, werfen uns in frische Kleider und spazieren gemächlich in die St. Johanns-Vorstadt, wo ich kurzfristig einen Tisch im Restaurant *Zur Mägd* reservieren konnte. Ein Tipp von Betty, ich hatte keine Ahnung, wo aktuell in der Stadt ein anständiger Italiener zu finden ist. Eine historische Lokalität voll südländischem Leben, laut und lebhaft. Unser Tisch befindet sich in einem Nebenraum, es ist der Einzige, der noch frei ist.

Sogleich fällt mein Blick auf Alice. Sie sitzt an einem Vierertisch und schaut mich mit grossen Augen an. Erschrocken zögere ich kurz, nicke ihr unmerklich zu und setze mich mit den Mädchen an unseren Tisch. Ich sehe sie nur von hinten, dafür kann ich ihre Begleiter bestens mustern. Drei Männer. Einer von denen, meine ich, war jener, der sie zum Abschied vor ihrem Haus so innig geküsst hat. Die anderen Typen kenne ich nicht, aber alle sind klar jünger als Alice und versuchen, souverän auszusehen und nach Geld zu riechen. Sie wirken unsympathisch, was einerseits auf meine Befangenheit zurückzuführen ist, andererseits gehe ich davon aus, dass sie der Grund für den

Bruch mit Alice sind. Irgendeinem dieser Typen passe ich nicht in den Kram. Sie war wie paralysiert und getraute sich nicht, mich zu begrüßen. Die stumme Botschaft in ihren Augen war klar verständlich.

»Ist was? Du bist so bleich«, fragt Lucie.

»Seht nicht hin, da sitzt Alice mit drei Männern.«

Die beiden schauen betroffen drein, versenken dann ihre Blicke in den Speisekarten.

»Hat sie dich erkannt?«, will Betty wissen.

»Ja, aber ohne mit der Wimper zu zucken.«

»Und ihre Begleiter?«

»Die waren im Gespräch vertieft und würdigten mich keines Blickes.«

»Machen wir einen Abgang?«

»Nein, kommt nicht infrage. Wir werden unser gemeinsames Abendessen genießen und uns nicht vorschreiben lassen, ob wir dies dürfen.«

Wir bestellen beim Kellner Wasser, drei Glas Pinot grigio und stöbern weiter in den Speisekarten, als Alice aufsteht, ihre Tasche ergreift und den Platz verlässt.

»Bestellt mir das Carpaccio zur Vorspeise und zum Hauptgang die Spaghetti Vongole. Ich bin gleich zurück.«

Ich schlängle mich durch die vollbesetzten Tische des Lokals und finde den Weg zur Toilette. Sie wartet auf dem Korridor.

»Hei. Ein Zufall?«, fragt sie.

»Ja«, antworte ich, dann mustern wir uns. »Muss ich mir Sorgen machen?«

»Boris ist krankhaft eifersüchtig, er erträgt es nicht, dass du zurück bist. Man hat uns zusammen gesehen.«

»Und du lässt dir sowas gefallen? Seid ihr denn verheiratet?«

»Nein, sind wir nicht. Er ist impulsiv und ich will nichts provozieren.«

»Das heißt, er schlägt dich?«

»Bitte, Vincent, kümmere dich um deine eigenen Frauen und lass mich in Ruhe.«

»Das sind im Fall zwei Lesben. Wir pflegen eine kameradschaftliche und geschäftliche Beziehung. Ich lasse dich in Ruhe, wenn ich überzeugt bin, dass es dir gut geht.«

»Mach keinen unüberlegten Scheiß und pass auf dich auf.«

Sie küsst mich weich auf den Mund und verschwindet in der Damentoilette. Mit einem miesen Gefühl im Bauch kehre ich an den Tisch zurück, wo der Weißwein bereitsteht. Wir stoßen an, fragende Blicke drängen.

»Er heißt Boris und ist ein krankhaft eifersüchtiger Mensch, der meine Anwesenheit nicht erträgt.«

»Und da schickt man gleich drei Schläger, um dich zu verprügeln? Das ist tatsächlich krankhaft«, entrüstet sich Betty.

Ich nicke, denn mich beschäftigt dieselbe Überlegung.

»Sie hat mir angedeutet, dass er sie schlägt.«

»Verdammter Scheißkerl!«, zischt Lucie.

Alice kommt zurück, ohne in meine Richtung zu sehen. An unserem Tisch herrscht einen Moment eine konspirative Stille mit gesenkten Köpfen.

»Und jetzt?«

»Das überlege ich mir erst noch. So einfach lasse ich mich nicht abwimmeln.«

Die Vorspeise wird serviert, wir sind erst einmal beschäftigt. Mir wirbeln die Spekulationen konfus durcheinander, ohne eine vernünftige Erkenntnis. Soll ich mich wirklich einmischen? Geht mich ihr Leben etwas an? Habe ich nach fünfzehn Jahren kein Anrecht auf eine Anteilnahme? Oder ist es meine Pflicht, mich darum zu kümmern? Fragen, die ich mir bereits gestellt habe und die ich immer noch nicht beantworten kann.

»Ist sie die Art Frau, die es nicht schafft, ihren Peiniger zu verlassen?«, erkundigt sich Lucie.

»Mich hat sie vor die Tür gestellt, aber ich habe sie auch nicht geschlagen, nur betrogen.«

Die Mädchen mampfen ihren Tomatensalat Calabrese mit großem Appetit, während ich mein Carpaccio im Teller hin und her schiebe. Ich bestelle eine Flasche Rotwein, einen Chianti.

»Welcher der drei ist denn ihr Lover?«

»Ich meine, es sei der Kerl neben ihr.«

»Wenn wir wüssten, wie er heißt, könnte ich mich über ihn schlaumachen«, meint Betty.

»Google?«

»Ja, zum Beispiel. Aber ich kenne jemanden, der prüft die Bonität von Leuten und Geschäften. Das ist oft aufschlussreich.«

»Dann müssten wir nur seinen Namen kennen.«

»Und was bringt uns das, wenn wir alles über ihn wissen?«, wendet Lucie ein.

Eine berechtigte Frage, die uns den Wind aus den Segeln nimmt. Ich grüble, während die beiden meinen Teller leeressen.

»Zugegeben, das nützt nicht viel bis gar nichts. Vielleicht ist er besser einzuschätzen, aber irgendeine Leiche in seinem Keller werden wir auf diesem Weg sicher nicht finden.«

Unser kollektives Grübeln wird durch das Abräumen des leeren Geschirrs und das Servieren des Hauptgangs empfindlich gestört. Einen Moment strömen verführerische Düfte durch unsere Nasen, dass selbst ich Appetit bekomme. Betty hat sich ein Saltimbocca mit Risotto und Lucie die gefüllten Auberginen und gebratene Rosmarinkartoffeln bestellt. Wir schwelgen schweigend, als fänden wir es schade, dieses vorzügliche Essen mit unangenehmen Diskussionen zu belasten. Trotzdem wandern unsere verstohlenen Blicke immer wieder zu Alice' Tisch. Wir gewöhnen uns ein wenig an deren Präsenz, finden langsam zu anderen Themen.

»Hören wir heute Abend noch eine Gutenachtgeschichte von dir?«, provoziert Lucie.

»Ich wette, ihr schläft, bevor ihr im Bett liegt.«

Kapitel 21

»Da oben ist man dem Tod näher. Ich lernte, ein Tier zu schlachten, was mit dessen Tötung ein grausames Vorspiel voraussetzt und mir zu Beginn schwer zu schaffen machte. Aber da war auch dieses überalterte und schwach besiedelte Tal, in dem man das Gefühl hatte, dass dauernd gestorben wurde. Das harte Leben forderte seinen Tribut, viele wurden nicht alt, weil sie sich kaputtschufteten, sich unter den Boden soffen oder einem Unfall zum Opfer fielen. Die Trauer um Pierre traf mich elendiglich, war er doch ein Freund und einer der wenigen Menschen, die mir etwas bedeuteten, er war aber auch einer der vielen aus dem Tal, die während der fünfzehn Jahre starben.

An den Tod gewöhnt man sich nicht, man kann nur vor ihm kapitulieren oder ihn akzeptieren. So wohnte ich unzähligen Beerdigungen bei, teilte mit vielen Angehörigen das Leid, erlebte neben manch lustigem Leichenmahl ein imponierendes Bündnis der Solidarität. Man schaute zueinander. Wäre der Tod nicht gewesen, etliche hätten die erfreulichen Seiten der Gesellschaft kaum zu spüren bekommen. Eine seltsame Symbiose zwischen Leben und Tod.

Aber da gab es vor sechs Jahren ein Ereignis, welches den Tod in ein anderes Licht rückte. An einem Freitag kam ein Junge vom Spielen mit Freunden nicht nach Hause. Er war elf Jahre alt, also längst kein Kleinkind mehr, dafür ein kräftiger und selbstständiger Bub. Sie sammelten Maronen, kletterten auf Bäume und kämpften als Indianer gegen die Siedler. Auf dem Rückweg trennten sie sich auf dem Dorfplatz und Philippe, wie er hieß, setzte den Heimweg alleine fort. Auf den letzten fünfhundert Meter verschwand er spurlos. Die Eltern sorgten sich erst spät, als um halb acht Zeit zum Essen war. Es folgte ein verärgertes Herumtelefonieren, aber nirgends wusste man etwas über seinen Verbleib. Der Vater machte sich auf die Suche, bald stießen andere Männer dazu, aber keine Spur von Philippe. Längst hatte es eingedunkelt und die Ideen, wo er noch sein könnte, waren ihnen ausgegangen. Ratlos und verzweifelt riefen sie die Gendarmerie an und meldeten ihn als vermisst. Man vertröstete sie mit den üblichen Floskeln und versprach, morgen früh vorbeizukommen, fände sich Philippe während der Nacht nicht wieder ein.

Er kam nicht zurück. Nach einer schlaflosen Nacht riefen sie erneut bei der Gendarmerie an, die dann eine halbe Stunde später eintraf. Es begann eine Suchaktion, an der beinahe das ganze Dorf teilnahm, aber man fand nichts, nicht einmal eine Spur.

Als ich am Nachmittag meine wöchentliche Käselieferung ins Tal brachte, wunderte ich mich zuerst über die ausgestorbenen Straßen und als ich das entfernte Rufen der Suchtrupps hörte, ahnte ich Schlimmes. Im Dorfladen klärte man mich auf. Betroffen suchte ich nach jemandem, der mir näher Auskunft geben konnte, denn ich wollte helfen. Beim Hof der Eltern traf ich auf einen Gendarmen, der wild gestikulierend telefonierte. Verärgert beendete er das Gespräch und pfefferte das Handy auf den Fahrersitz des Polizeiwagens. Wir kannten uns flüchtig und ich fragte ihn, wie ich helfen kann. Er brauche eine Hundestaffel und einen Hubschrauber, die Suche in dem unwegsamen und dicht bewaldeten Gelände sei hoffnungslos, aber vor morgen Mittag sei nichts zu machen. Alles befindet sich bereits im Einsatz.

Ich bot ihm meine und Louis' Hilfe an, was einen skeptischen Blick zur Folge hatte, aber er freute sich trotzdem über jede Unterstützung. Nur musste ich Louis vom Hof holen. Ich bretterte mit dem Motorrad hoch, packte Proviant und Getränke in den Rucksack, dann liefen wir los, bis der Asphaltbelag begann, da wartete der Gendarm auf mich. Er brachte uns zum Hof von Philippes Eltern. Louis bekam getragene Kleidungsstücke zu riechen, dann zog er entschlossen los. Er wusste genau, was zu tun war.

Keine zweihundert Meter vom Hof entfernt blieb er stehen, nahm schnuppernd die Witterung auf, verließ dann die Straße, sprang über eine Bruchsteinmauer und lief zum Bach hinunter. Das Bachbett lag ausgetrocknet vor uns und roch leicht modrig. Louis folgte dem Lauf talwärts bis auf die Höhe des alten Bahnviadukts, dann stieg er hoch auf die stillgelegte Trasse. Früher führte mal eine Bahn nach Aumessas, zurück blieb ein verwilderter Weg durch den Wald, dem wir folgten. Louis trabte zügig und ich hatte Mühe, ihm zu folgen. Es war drückend heiß und windstill, der Schweiß rann mir in die Augen, keuchend stolperte ich ihm hinterher. Nach einer halben Stunde rief ich ihn zurück, ich benötigte dringend eine Pause. Beide tranken wir gierig. Der Gendarm hatte mir ein Handy mitgegeben, damit ich mich melden konnte, wenn ich etwas fände. Ich rief an, um ihn zu informieren, wohin wir unterwegs waren. Er staunte über die Distanz, die wir bereits zurückgelegt hatten, und bat mich, ihn weiterhin auf dem Laufenden zu halten.

Wir liefen weiter der alten Bahnlinie entlang, die sich mittlerweile parallel zur Landstraße durch das Tal wand. Wir erreichten die nächste Ortschaft, Arre, ein kleines Kaff, wo die Trasse in die Straße mündete und wir den Bürgersteig benutzen mussten. Nach dem Dorf bog Louis wieder auf die alte Bahnlinie ein, die ab hier zu einem asphaltierten Fahrradweg ausgebaut worden war, der über eine rostige Brücke und in einen düsteren Tunnel führte. Langsam begann ich zu zweifeln. Was bewog ein Junge dazu, so weit zu laufen? Wäre er von jemandem gezwungen worden, hätten sie kaum den Weg durch das Dorf gewählt. Aber Louis schien sich seiner Sache sehr sicher. Ich vertraute ihm, also liefen wir weiter und weiter, durchquerten einen zweiten Tunnel, bis er an der Einmündung eines Feldweges stehen blieb.

Ich blieb auf Distanz, offensichtlich waren wir an einem kritischen Punkt angekommen. Er stellte die Rückenhaare auf und schlich langsam und geduckt den Feldweg entlang.

Nach zwanzig Metern blieb er stehen, begann zu knurren und starrte ins Gebüsch am Rande des Weges. Ich schob die Äste zur Seite, da lagen Turnschuhe und ein T-Shirt. Das T-Shirt war blutig.

Ich rief an, eine Stunde später wimmelte es von Polizisten. Louis schaffte es nicht mehr, die Witterung aufzunehmen, weshalb die Polizei davon ausging, dass der Junge von hier in einem Fahrzeug weggebracht worden war. Nachdem wir alles zu Protokoll gegeben hatten, liefen wir zurück nach Aumessas. Es war eine deprimierende Rückkehr, denn die Nachricht erreichte das Dorf vor meiner Ankunft. Louis und ich wählten den Abgang durch die Hintertür und kehrten heim.

Philippe wurde nie gefunden und das Drama nie aufgeklärt. Seine Eltern verzweifelten an ihrem Schicksal und seine Mutter gestand mir eines Tages, dass die Ungewissheit schrecklicher sei als zu wissen, dass er tot ist. Der Tod wäre das kleinere Übel gewesen. Eine Erkenntnis, die mich tief beeindruckte.«

»Keine schöne Geschichte«, meint Lucie.

»Ja, ich gebe zu, sie eignet sich nicht als Gutenachtgeschichte. Vielleicht hat die heutige Begegnung mit Alice in mir eine morbide Saite angeschlagen.«

Es ist kaum zu glauben, aber ich sass tatsächlich auf ihrem Bettrand, während ich diese Geschichte erzählte und blicke nun in völlig übermüdete Gesichter.

»Dann lass ich euch mal schlafen. Gute Nacht«, säusele ich und küsse jede freundschaftlich auf die Stirn.

Sie winken und löschen das Licht. Ich verschwinde in mein Zimmer, lege mich auf das Bett und fühle mich trotz den Strapazen nicht müde, ja sogar aufgekratzt. Die Begegnung mit Alice geistert weiterhin durch den Kopf, lässt mir keine Ruhe. Ich schaue nach, ob eventuell eine Nachricht von ihr auf meinem Ding eingetroffen ist. Tatsächlich!

Vincent, es tut mir leid! Warum bist du nur zurückgekommen? Nichts ist mehr so, wie es war. Nach der ersten Freude über unser

Wiedersehen wurde mir jetzt bewusst, dass ein weiterer Kontakt schwierig sein wird. Leb wohl, Alice

Was für eine seltsame Nachricht! Einerseits tut es ihr leid, andererseits gibt sie mir zu verstehen, dass ich bleiben soll, wo der Pfeffer wächst. Und schuld daran sei der Wandel. Es fällt mir weiterhin schwer, aus ihren Entscheidungen klug zu werden und ihre Argumente zu begreifen. Ein Verdacht und ein mieses Gefühl bleiben bestehen.

*

Sonntag am frühen Morgen und es regnet. Ein Sommerregen, der die Straßen dampfen lässt. Ich stehe in den Unterhosen auf dem Balkon und lasse die Müdigkeit von mir abwaschen. Die Nacht war unruhig, wenig erholsam, zu sehr verfolgte mich Alice. Nächtliche Grübeleien, die sich zu hässlichen Monstern aufbauschten, die jetzt im Regen glücklicherweise zu einer unschönen Sache schrumpfen.

Ich schleiche ins Badezimmer, trockne mich, ziehe mir was an, dann laufe ich los zur Bäckerei. Wie ich mit frischem Brot und Croissants zurückkehre, sitzen die Mädchen in der Küche und trinken Kaffee.

»Guten Morgen, meine Lieben. Bald gibt es Frühstück«, frohlocke ich übertrieben.

»Wunderbar, das freut uns, aber wieso bist so unerträglich fröhlich und frisch?«, fragt Lucie.

»Weil dieser herrliche Regen mich von all den schlechten Gedanken reingewaschen hat. Eine Wohltat. Ihr könnt es ja mal mit einer kalten Dusche versuchen.«

»Gute Idee.«

Dann zotteln sie davon.

Mit dem Duft von Spiegeleiern, gebratenem Speck und Kaffee locke ich sie wieder in die Küche.

»Heute Abend reise ich zurück, da warten einige Termine auf mich«, erklärt Lucie und schiebt Speck in den Mund.

»Und kommst du wieder zurück?«

»Es wäre mir eine Freude. Zudem bin ich mit dir noch nicht fertig.«

»Das hört sich schwer nach Vergeltung an.«

Sie lacht, langt über den Tisch und tätschelt meine Wange.

»Ich denke, eine Frau reicht, die dir Schwierigkeiten bereitet. Ich treffe übrigens am Dienstag meinen Verleger, der wissen möchte, wie es mit deiner Geschichte steht. Es geht um einen anständigen Vorschuss.«

»Wer hätte gedacht, dass das kärgliche Leben eines Bergbauern ein Buch wert sein könnte. Allerdings nur, weil ein gestrauchelter Narr sich eines Besseren besann und zur Busse in die Rolle solch eines bescheidenen Mannes schlüpfte. Ich komme mir etwas schäbig vor.«

Lucie vergisst das Kauen und starrt mich verwirrt an.

»Das hört sich an, als wäre dir das Buch zuwider.«

»Nein, keinesfalls. Bitte verzeih, es ist mir eine Ehre, dass du über meine Person schreibst. Du suchst das Ungewöhnliche für dein Buch, sonst liest das ja kein Schwein, das ist mir klar, und genau deshalb fürchte ich, dass die Wirklichkeit zu kurz kommen wird.«

»Zu viel Fiktion, zu wenig Authentizität. Ist es das, was dir Sorgen bereitet? Der gestrauchelte Narr, der über die einfachen und authentischen Menschen der Cevennen gestellt wird, weil ihm das Glück hold war. Einer, der für das Leben in der wilden Einsamkeit steht, obwohl er aus der großen Stadt stammt.«

»So in etwa.«

»Mein lieber Freund, da kennst du mich aber schlecht. Ich habe mir die Fotos angeschaut, habe den Hof gesehen, habe deine Geschichten gehört, habe dich und die Cevennen kennengelernt. All das ist zu kostbar, um daraus einen billigen Roman zu drechseln. Mir schwebt sogar etwas ganz Besonderes vor.«

»Erzählst du uns davon oder ist das ein Punkt, den du zuerst mit deinem Verleger besprechen willst?«, frage ich, doch neugierig geworden.

»Es ist kein Geheimnis. Ich stelle mir einen illustrierten Roman vor. In welcher Form ist die Frage, über die wir diskutieren wollen. Schön wären zwei Bücher, der Roman und dazu der Bildband mit deinen Fotos und Zeichnungen. Aber das könnte an den Kosten scheitern.«

Mir wird warm ums Herz. Ihre Hingabe für dieses Projekt übersteigert meine Erwartung und Wahrnehmung. Ich habe sie falsch eingeschätzt, was mich peinlich berührt. Sie ist mir ans Herz gewachsen und trotzdem hatte ich manchmal das Gefühl, dass sie ein anderes Ziel verfolgt. Ich habe ihr unrecht getan.

»Ich bin überrascht und erfreut, dass du dir solche Überlegungen gemacht hast. Ich fotografierte nie mit der Absicht, ein Buch zu illustrieren, sonst hätte ich mir mehr Mühe gegeben.«

»Du unterschätzt dein Auge für das Motiv. Die Kraft der Bilder ist sehr stark«

»Wenn du meinst.«

*

Im Eingang haben sich zwanzig E-Mails angehäuft, die beantwortet werden möchten. Ich seufze und klemme mich hinter die Aufgabe. Je mehr Nachrichten ich lese, desto höher stapelt sich der Berg aus Entscheidungen und Antworten. Die Notizen füllen bereits eine Seite des Blocks, alles Themen, die ich mit Betty zu besprechen habe. Spätestens morgen müssen wir reagieren, wollen wir am Ball bleiben. Und den haben wir ins Rollen gebracht, also wäre es widersinnig, ihn zu bremsen. Dringend sind Urteile über einige Ladenlokale, die der Makler in einer Dokumentation fein säuberlich zusammengestellt hat. Dazu benötige ich Bettys Bauchgefühl, aber sie bringt Lucie zum Bahnhof. Vielleicht ist der Sonntagabend nicht der passende Zeitpunkt für geschäftliche Diskussionen, besser wären ein kleines Abendessen und ein Glas Wein. Ich werde sie heut damit in Ruhe lassen.

Der Gedanke ist nicht zu Ende gedacht, da höre ich die Wohnungstür. Sie ruft ein »Salut« und verschwindet direkt in ihr Schlafzimmer. Nach zehn Minuten setzt sie sich zu mir an den Tisch. Ihre Augen sind feucht und rot, sie hat geweint.

»Sie kommt ja wieder«, versuche ich zu trösten.

»Ja, aber was ist, wenn sie die Arbeit an dem Buch beendet hat? Wird daraus eine Fernbeziehung oder verläuft die Romanze im Sand?«

»Habt ihr darüber gesprochen?«

»Aber sicher, nur sei es für sie zu früh, um gemeinsame Pläne zu schmieden. Sie stecke in einer schwierigen Phase, meinte sie, und brauche etwas Zeit.«

»Und du hast keine Geduld und bist nicht sehr konsequent. Du propagiertest doch so vehement die offene Beziehung.«

»Ach, was interessiert mich mein Geschwätz von gestern. Ich lebe jetzt und fürchte, den geeigneten Zeitpunkt für eine Entscheidung zu verpassen, wenn ich zu lange warte.«

»Das verstehe ich vollkommen, sehe ich mich doch selbst darin. Dann wäre sie die Richtige für dich?«

»Wieso nicht? Ich bin nicht nur ein spontaner, sondern auch ein risikofreudiger Mensch. Ich lasse mich gerne auf Neues ein.«

»Das ist wahr. Säße ich doch nicht hier, wenn du eine zurückhaltende Person wärst.«

Sie lächelt matt.

»Komm, bereiten wir uns ein kleines Abendessen zu, essen und trinken Wein, bis der Weltschmerz erträglich wird.«

Wir stehen auf, stellen uns vor den geöffneten Kühlschrank und beraten uns. Das Angebot reicht für ein dickes Omelett mit Schinken, Zwiebeln, Kartoffeln und Reblochon. Das gemeinsame Kochen entspannt etwas die sentimentale Stimmung, der ich mich angeschlossen habe, da mir Alice keine Ruhe lassen will. Unser Geplauder dümpelt vor sich hin, wechselt von Belanglosigkeiten zu Geschäftlichem, von Gewürzen zu Liebe und gönnt uns manchmal ein befreiendes Lachen.

Plötzlich umarmt sie mich, drückt und küsst mich, dass mir die Luft wegbleibt.

»Du bist ein wundervoller Kerl.«

Dann lässt sie von mir ab und schnippelt weiter an den Kartoffeln herum.

Nach einer Weile erkläre ich: »Das ist mir jetzt ein bisschen peinlich. Ich wollte dasselbe dir sagen, ja, ich überlegte mir sogar, wie dieses Gefühl zwischen uns zu bezeichnen wäre. Zuneigung oder bereits Liebe? Vielleicht sind wir einfach nur gute Freunde?«

»Die kuriose Beziehung eines Heteros zu einer Lesbe, die in keine Schublade passt. Das gefällt mir. Ich nenne es Liebe mit unterschwelliger Sinnlichkeit und heimlichem Begehren. Ein platonisches Liebesverhältnis ist mir zu unrealistisch, die Sexualität hat doch immer irgendwie ihre Finger im Spiel.«

»Ich bin gespannt, wie du deine These erklären wirst.«

»Das Mysterium der Sexualität hat viele verborgene Facetten. Selbst ich stelle mir manchmal vor, wie es wäre, Sex mit einem Mann zu haben und wer dafür infrage käme. Lucie ist in dieser Beziehung viel offener veranlagt, sie ist hin und her gerissen zwischen den Geschlechtern. Liebe und Fleischeslust im Graubereich. Wenn eines Tages wieder ein Schwanz in meine Muschi eindränge, dann könnte ich mir vorstellen, dass es deiner wäre.«

Ich bin sprachlos. Sie weiß einmal mehr mit ihren schrägen Ansichten zu überraschen und mit ihrer Offenheit für Verlegenheit zu sorgen. Was sagt man dazu? Sie zwingt mich, über die Homosexualität nachzudenken, was mir nicht leicht fällt, existiert sie doch erst für mich seit dem Tag, als Betty in mein Leben trat. Mein früheres Umfeld war offiziell immer heterosexuell und bei denen, wo man sich dessen nicht so sicher war, lag ein bleierner Mantel des Schweigens darüber.

»Habe ich dich jetzt schockiert?«, interpretiert sie mein stilles Überlegen.

»Nein, gar nicht. Du eröffnest mir einzig neue Welten. Ich stelle fest, mein konservatives Bild des Liebeslebens bedürfte dringend einer Auffrischung. Weniger schwarzweiß, mehr graue Nuancen.«

Die gewürfelten Kartoffeln und die Zwiebeln beginnen in der Pfanne zu brutzeln. Ihr Blick trifft mich von der Seite, abschätzend, wie ernst ich es meine. Ich konzentriere mich auf das Aufschlagen der Eier, vermische alles, rühre um.

Dann fragt sie: »Du wärst bereit für ein Experiment?«

Der Mund wird trocken, mit einem untrüglichen Druck meldet sich der Schwanz und dies nur auf ihre vage Anspielung hin.

»Du reizt meine Fantasie und stößt unbekannte Türen auf.«

»Das soll es auch.«

»Und wenn ich dem Experiment nicht gewachsen bin?«

»Nur, wenn du nicht bereit bist, etwas Neues kennenzulernen.«

»Weiß Lucie davon?«

»Sie ist diejenige, die das Experiment zur Sprache brachte und mir gefiel die Idee.«

Das macht mich nun platt. Ich gieße den Guss mit dem Schinken über die Kartoffeln. Beide schauen wir dem Omelett zu, wie es zu stocken beginnt. Ich öffne eine Flasche Châteauneuf-du-Pape, während sie den Tisch deckt.

»Eure konkreten Vorstellungen nähmen mich schon wunder.«

»Offen sein für alles und wenn nichts dabei herauskommt, war es die Erfahrung wert.«

Ich schüttle den Kopf und muss grinsen, erscheint mir die ganze Diskussion doch mit einem Mal völlig absurd.

»Ihr seid vielleicht zwei verrückte Weiber.«

»Mag sein, aber betrachte es als Erweiterung deines Horizonts, wie auch wir dies sehen. Keiner von uns ist jemandem Rechenschaft schuldig, wir sind alle erwachsen und pflegen eine Beziehung zueinander, die auf weit mehr als nur Sympathie basiert. Klar gibt es Moralvorstellungen und Verhaltensnormen, die solch ein Verhalten nicht gutheißen, aber wollen wir uns dem beugen?«

Sie bringt das Omelett zu Tisch, teilt es entzwei und schiebt die Hälften aus der Pfanne in die Teller. Wir setzen uns und wünschen uns gegenseitig einen guten Appetit.

»Hast du keine Angst vor der Eifersucht? Ich könnte dir ja Lucie ausspannen.«

»Hmm, hervorragend das Omelett«, schwärmt sie nach dem ersten Bissen. »Eifersucht, der Schwachpunkt einer Dreierbeziehung, an dem alles scheitert. Ich stimme dir zu, das wäre ein Risiko, wenn wir uns nicht in anderen Lebenslagen so nahe stünden. Auch wenn wir uns noch nicht lange kennen, war es eine Zeit mit viel Intimität und ich habe nie eine Disharmonie gespürt. Wir vertiefen nur unsere Ménage-à-trois.«

»So, wie du mir das erklärst, erscheint unsere Konstellation wie das Vorzeigemodell für eine alternative Beziehungsform. War das nicht bereits einmal in den Sechzigerjahren mit der freien Liebe ein Thema? Peace and Love!«

»Ja, da war mal was. Ich denke, das scheiterte nicht an der freien Liebe, das Problem war vermutlich der fehlende Bezug zur Realität. Wir wollen nicht die Welt verbessern, uns nicht mit Drogen zudröhnen und uns auch nicht dem System verweigern. Wir sind mehr oder weniger normal funktionierende Menschen, die ihre Beziehung zueinander neu formen.«

»Ich gebe zu, es hört sich einleuchtend an und je länger du argumentierst, desto weniger Gründe dagegen finde ich.«

»Bedeutet das ein Ja?«

»Auf jeden Fall kein Nein. Ich werde aber nochmals darüber schlafen. Da erscheinen Dinge plötzlich in einem neuen Licht.«

»Was für Dinge?«
»Na Dinge eben.«
»So ein Quatsch. Du suchst Probleme, wo keine sind, und denkst viel zu weit. Wir müssen nicht heiraten, jeder ist für sich selbst verantwortlich, kein gemeinsamer Besitz und ein Zusammenleben lässt sich einfach regeln. Wo sind die Dinge?«

»Du bist überzeugend«, murmle ich und schlürfe grübelnd an meinem Rotwein.

Eine verrückte Vision, über die wir reden. Aber muss sie falsch sein, nur weil man nie darüber nachgedacht und den Gedanken vorsorglich für zu exotisch und zu erotisch taxiert hat. Eine persönliche Sache zwischen uns, niemand wird davon erfahren, wenn doch, dann gibt es einige schiefe Blicke, egal, es ist ja kein Straftatbestand. Ihre Augen erforschen meine Mimik auf kleinste Anzeichen von Zweifel und Ablehnung. Wenn sie wüsste, dass ich es nur knapp schaffe, nicht dauernd an die sinnliche Verführung dieser Ménage-à-trois zu denken. Offensichtlich der Grund für meine steinharte Erektion.

Kapitel 22

Keines der drei Ladenlokale kommt infrage. Zu groß, ungeeignet oder an der falschen Lage. Von den Mietpreisen spreche ich gar nicht. Wir hatten uns mit Umsatz und Gewinn auseinandergesetzt, selbst nach fünfzehn Jahren verstehe ich noch was davon, und wir planten mit einer maximalen Miete von dreitausend Franken pro Monat. Eine Illusion, wie wir konstatieren, mindestens das Doppelte ist Realität. Der Makler wird nun den Suchradius erweitern, hinaus in die Quartiere, wo die Mieten günstiger sind.

Wir sind etwas ernüchtert und nicht bereit, für ein teures Ladenlokal die Preise unserer Produkte in die Höhe zu treiben. Wir setzen uns nochmals hinter die Zahlen, rechnen neu, denken mit optimistischen Umsätzen, senken andere Fixkosten, finden trotzdem keine Lösung, wie ein Geschäft in der Innenstadt mit überschaubarem Risiko zu finanzieren wäre. Für Betty ist es die größere Enttäuschung als für mich, vermutete ich doch seit jeher, dass dies schwierig werden könnte.

Sie wettert vor sich hin, da meldet sich ihr Ding.

»Oh, von Lucie«, freut sie sich und liest die Nachricht. »Hör mal, was sie schreibt. *Seid geküsst meine Liebsten! Nur kurz, denn ich bin auf dem Weg zu einem Abendessen mit dem Lektor. Mein Verleger gibt grünes Licht für das Buchprojekt, wie ich es mir vorstelle. Ich bin glücklich. Bis bald, Lucie.*«

Eine ehrliche Freude kribbelt wie Champagner in meinem Bauch und wir lächeln uns an.

»Das ist ja der Wahnsinn«, frohlocke ich.

»Mensch Vincent, was für eine großartige Nachricht. Sie ist besessen von diesem Projekt, seit wir auf dem Hof waren. Ich bin überzeugt, sie wird ein Buch schreiben, welches deiner Geschichte würdig ist.«

»Ich freue mich für sie.«

»Und alles dank dir. Du bist ein Segen für uns beide. Denk mal nach, du hast mit der Rückkehr deine Vergangenheit verloren, dafür uns gefunden und mit Glück beschenkt.«

Ich winke ab, bevor sie zu überschwänglich wird.

»Alles nur Schicksal. Das Positive wie das Negative und nicht mein Verdienst.«

»Egal, du bist unser Prinz. Es gibt doch sicher ein Märchen, bei dem ein königlicher Ritter gleich zwei lesbische Prinzessinnen rettet.«

Ich gröle los, bis mir die Tränen kommen, sie grinst nur schelmisch. Ihre hellgrauen Augen saugen meinen Blick auf, ich kann ihn nicht von ihr lösen. Ein Moment zum Schwachwerden. Aber ich möchte nicht, schüttle nur lächelnd den Kopf und esse zu Ende.

Nach der überschäumenden Freude und der Küchenarbeit wird es still in der Wohnung. Wir hängen im Wohnzimmer rum, ich starre in ein Buch, ohne zu lesen, Betty kritzelt irgendetwas in ein Heft. Ich schätze die Ruhe, gibt sie mir doch Gelegenheit nachzudenken.

*

Es kommt mir vor, als habe ich mich auf dem Weg zum Ziel verlaufen. Irgendwo muss ich wohl falsch abgebogen sein, was mir nicht auffiel, da rundum alles so schön bunt war. Aber jetzt bin ich stutzig geworden und halte Ausschau nach dem Ziel. Ich hatte mir doch den Vorsatz genommen, auf keinen Fall mehr in das alte Muster zu verfallen.

Eigenartig, ich sehe die Abgeschiedenheit der vergangenen Jahre plötzlich wieder in einem anderen Licht. Fand da oben das Leben in einer Abfolge von Sequenzen statt wie Perlen an einer Schnur, ereignet sich hier alles im gleichen Zeitraum. Die Geschehnisse überlagern sich, getanzt wird auf vielen Hochzeiten, man verliert den Fokus und die Konzentration. Womöglich habe ich jene Qualitäten verloren, die mich früher leistungsfähig gemacht hatten. Ich lebte immer knapp am Limit, je hektischer und beladener, desto mehr Adrenalin floss in meinen Adern. Ich war eine hyperaktive Maschine, lief hochtourig, stets geil auf Stress und Anerkennung. Der Neid der anderen war mein Benzin. Burnout, nur etwas für Schwächlinge. Ich fühlte mich stark und unbesiegbar, bis ich den Bogen überspannte und mir die Scheiße um die Ohren flog.

Und jetzt bin ich bereits mit der Gründung einer neuen Existenz, dem Verarbeiten der Vergangenheit und dem Zusammenleben mit zwei Frauen überfordert. Früher hätte ich die Existenzgründung nach Feierabend erledigt, die Vergangenheit wäre mir am Arsch vorbeigegangen und die beiden Mädchen hätte ich gefügig gevögelt. Ja, so war ich, ein echtes Arschloch!

Ist da nichts mehr von diesem alten Arschloch übrig? Wo ist der Großkotz, der alles plattwalzte, was sich ihm in den Weg stellte, und keine Herausforderung scheute, war sie noch so groß? Diese fünfzehn Jahre haben mich aufgeweicht und die Berge haben mich geprägt. Stress, Konkurrenz, Strategien, Erfolg, Termine, alles Begriffe, die da oben keine Rolle spielten und kein Schaf interessierten. Die Berge forderten auf eine andere Weise. Da herrschte Vergangenheit und die Rückkehr war eine Zeitreise.

Und nun? Was bedeutet diese Einsicht? Die ganze Sache abblasen und zurück zum Start? Blödsinn, mach dich nicht lächerlich, sage ich mir, vermutlich stolpert der nächste Versuch über genau dieselben Hindernisse.

Wie wäre es mit Optimismus? Eine positive Einstellung könnte Wunder wirken. Dazu eine Prise Anpassungsfähigkeit. Als ich Einsiedler wurde, war keineswegs alles einfach und gut. Ich hatte zu kämpfen, musste mich an jede Kleinigkeit gewöhnen. In erster Linie war es die vollkommene Entschleunigung, die mir zu schaffen machte. Zeit spielte keine Rolle mehr, die Aufgabe diktierte den Rhythmus. Ich hatte meine innere Uhr neu zu justieren, was ich jetzt erneut tun sollte.

Ich lege das ungelesene Buch zur Seite und frage:
»Musst du morgen in die Schule?«

Sie schreckt aus ihrer Konzentration hoch, starrt mich nachdenklich an.

»Ja, leider.«

»Spüre ich da eine gewisse Unlust?«

»Feinfühliges Kerlchen. Langweiliger Alltag hat es bekanntlich schwer gegen eine neue Herausforderung, die Spaß macht.«

»Was wäre, wenn du dich voll und ganz unserer Zukunft widmen würdest?«

»Ist das ein Heiratsantrag?«

Sie bringt mich schon wieder zum Lachen.

»In einem gewissen Sinne. Du wirst meine Geschäftspartnerin.«

In Unglauben erstarrt, blickt sie mich an. Es gefällt mir, sie sprachlos zu sehen.

»Deine Witze waren auch schon besser. Du verarschst mich.«

Ich stehe auf und werfe mich in Pose.

»Ach holdes Weib, ich kann deinen Körper nicht besitzen, also bitte ich um deinen Verstand«, rezitiere ich theatralisch.

Zweifelnd glotzt sie mich an. Es wird mir peinlich, also setze ich mich wieder.

»Hast du deinen verloren?«, fragt sie.

»Was?«

»Deinen Verstand.«

»Nein, keineswegs, im Gegenteil.«

»Ich habe aber den Eindruck, mein Lieber.«

»Ich stelle fest, du nimmst mich nicht ernst. Dabei ist die Idee, dich am Geschäft zu beteiligen, nachvollziehbar. Alleine macht es keinen Sinn und zu zweit mehr Spaß, vor allem, wenn die Motivation gleich verteilt ist. Finanziell brauchst du dich nicht einzubringen, dafür erhalte ich zwei Drittel des Gewinns und trage den ganzen Verlust, sofern es einen geben sollte.«

Sie rechnet angestrengt, läuft hin und her, murmelt zu sich selbst.

»Betty, nimm dir Zeit und lass uns das Ganze morgen bereden. Ich lege dir die Zahlen offen, wir erstellen einen Finanzplan, dann kannst du entscheiden, ob mein Angebot Mist ist.«

»Mensch, Vincent, es ist nicht die Frage der Wirtschaftlichkeit, ob ich deine Partnerin werden möchte. Es ist nur meine Verblüffung, die mich im Moment aus der Bahn wirft. Du liegst da eine Stunde lang still lesend auf dem Sofa und überfällst mich aus dem Nichts mit einer lebensverändernden Neuigkeit. Ich bin einfach nur völlig platt und staune.«

»Ich habe nicht gelesen, ich habe nachgedacht. Heißt das jetzt lieber nicht oder eher doch?«

»Aber sicher, Herrgott noch mal, ich bin begeistert.«

Was für eine spontane Frau! Damit habe ich nicht gerechnet, hätte es allerdings erahnen können. Sie ist nicht gewöhnlich und berechenbar, dafür ist sie zu frei, zu impulsiv, neigt zu reflexartigen Entschlüssen und mutigen Experimenten.

»Einzig über deine selbstlose Finanzregelung müssen wir noch sprechen«, meint sie.

»Bist du damit nicht zufrieden?«

»Wenn, dann wünschte ich mir, etwas dazu beizutragen, sonst habe ich das Gefühl, von deiner Großzügigkeit abhängig zu sein.«

»Verstehe. Ich wollte dir nur signalisieren, dass für mich das Geld nicht im Vordergrund steht. Ich bin offen für alles.«

Sie beendet ihre Lauferei, setzt sich zu mir, um tief in meine Augen zu schauen.

»Ich frage mich langsam, wieso du das alles tust. Du kennst mich erst seit Kurzem und vornehmlich mit dem Sonntagsgesicht. Ich kann echt unausstehlich sein, wenn mir was gegen den Strich geht. Von meinen Launen sprechen wir gar nicht. Dann neige ich manchmal zur Unvernunft, dies in vielen Belangen und letztendlich darfst du nicht vergessen, dass ich eine Lesbe bin.«

»Was hat das Letzte mit unserem Geschäft zu tun?«

»Ha, du wirst sehen, wie diese Veranlagung zu Skepsis und Ablehnung führen kann.«

»Na und? Wir sind unabhängig und frei, da können uns Moralisten doch egal sein.«

Ihr Blick flackert.

»Ach, du wolltest noch wissen, wieso ich das tue«, fahre ich fort. »Ganz einfach. Du bist die Einzige, die mir nahesteht und ich könnte mir vorstellen, dir weiterhin nahe zu sein. Da nehme ich selbst deine Macken in Kauf. Streng betrachtet habe ich gar keine andere Wahl.«

»In der Not frisst der Teufel Fliegen.«

»Falsch! In der Not liebt der Teufel auch Lesben.«

Sie lacht laut auf und drischt kumpelhaft mit ihrer Faust gegen meinen Oberarm, was garantiert einen blauen Fleck nach sich ziehen wird.

*

Heute Morgen erhielt ich von Claude die sehnlichst erwartete Produkteliste zugestellt, in der ich mich verloren habe wie in einem spannenden Buch. Einhundertundzwölf Erzeugnisse aus den Cevennen, alle mit grosser Sorgfalt und traditionell hergestellt. Vom Käse über Honig bis zum Wein, vom Olivenöl bis zu Trockenwürsten und selbstverständlich saisonal auch Trüffel. Nicht nur eigenen. Alles Produkte, die jederzeit lieferbar und einfach haltbar sind sowie von Menschen mit feinen Sinnen geliebt werden. Ich lese jede Beschreibung, lasse sie auf der Zunge zergehen, lächle, wenn ich die Erzeuger persönlich kenne, und je länger, je mehr bewundere ich Claudes vielfältige Auswahl an Delikatessen. Dieses Sortiment stünde selbst einem Feinkostgeschäft in Frankreich gut an. Bilder von einem stilvollen Laden mit gefüllten Regalen erscheinen in meinen Gedanken.

Das Ding reißt mich mitten aus den Tagträumen, ich erschrecke, das Herz schlägt hart.

»Ja?«, melde ich mich, die Nummer ist mir unbekannt.

»Vincent?«

»Franco?«

»Ja, ich bin es. Störe ich?«

»Nicht so, wie ich dich das letzte Mal gestört habe.«

»Ja, verfluchter Mist, das tut mir auch leid, aber es war ein verdammt mieser Tag und mir stand das Wasser bis zum Hals.«

Er hört sich gereizt an.

»Vergessen wir das. Ist schon eine Weile her. Trotzdem bin ich überrascht, dass du anrufst. Ist was?«

»Es ist was, etwas Beunruhigendes. Alice liegt mit einer schweren Kopfverletzung im Krankenhaus.«

Meine Innereien krampfen sich zusammen, ein flaues Gefühl macht sich breit.

»Scheiße! Wie schlimm sieht es aus?«

»Es ist nicht lebensbedrohlich, aber trotzdem bedenklich. Sie sei die Treppe hinuntergestürzt.«

»Zu Hause?«

»Ja.«

»Kann ich sie sehen? Ist sie ansprechbar?«

»Nein. Niemand darf zu ihr, zumindest die nächsten zwei Tage nicht. Ich werde dich informieren. Der Zufall wollte es, dass ich Dienst hatte, als beim Rapport ihr Name fiel. Ich werde sie im Auge behalten.«

»Da bin ich froh und gleichzeitig mache ich mir meine Gedanken. Damals wollte ich dich wegen Alice sprechen, da ich vermutete, dass sie von Boris, ihrem Kerl, misshandelt wurde. Ist sie wirklich verunglückt? Wer hat sie gefunden?«

Am anderen Ende der Leitung herrscht Stille.

»Bist du noch da?«, frage ich.

»Ich überlege gerade, denn was du mir erzählst, lässt mich stutzen. Sie machte mir während der letzten Monate einen erschöpften Eindruck und zog sich immer mehr zurück. Ich habe sie seit Jahresbeginn nur noch selten gesehen. Zuletzt an Leos Beerdigung, allerdings hinterließ da keiner ein optimistisches Bild.«

»Du meinst, sie war unglücklich und unter Druck?«

»Möglich.«

Es entsteht erneut eine Pause.

»Woher hast du eigentlich meine Telefonnummer?«

»Vom Hotel Krafft.«

Wir verabschieden uns ohne große Floskeln, danach verharre ich nachdenklich. War es ein Unfall oder Boris' Werk? Sehe ich Gespenster oder spielt sich eine Tragödie ab? Wäre es angebracht, zur Polizei zu gehen?

Der ganze Zauber des Morgens ist verflogen. Ich hatte mit Betty gefrühstückt, bevor sie dann zur Arbeit ging, und anschließend versank ich in den Delikatessen der Cevennen. Zudem prägt seit gestern Abend die Freude über die Partnerschaft mit Betty meine Überlegungen. Beide waren wir aufgekratzt, wollten nicht schlafen gehen, hatten zu viel zu besprechen. Erst nach Mitternacht schlief sie auf dem Sofa ein, ich deckte sie zu und verzog mich in mein Bett.

Jetzt sitze ich am Tisch, die ganze Freude ist weg und ich bin mir nicht sicher, was zu tun ist. Ich rufe Betty an und erzähle ihr die Geschichte. Ein sinnloses Telefonat, versaue ich doch damit ihren Tag und bin danach auch nicht schlauer. Allerdings stellt sie mir zwei Fragen, die es wert sind, wohl überlegt, beantwortet zu werden.

Ist es deine Aufgabe, sich um jemanden zu kümmern, der es offenbar nicht wünscht? Gab es nicht genügend Möglichkeiten, sich dir anzuvertrauen, wenn sie es gewollt hätte?

Gute Fragen, zu denen ich keine gescheiten Antworten habe.

Kapitel 23

Ich will mich schon abwenden, da öffnet sich doch noch die Tür. Es ist Boris persönlich, der mir argwöhnisch entgegenblickt.

»Sie wünschen?«

»Guten Tag, mein Name ist Vincent Roth und ich möchte gerne Alice Roth sprechen.«

Wenn Boris überrascht sein sollte, so ist ihm das nicht anzusehen. Ein nichtssagender Blick glotzt mich an.

»Sie sind ihr Ex, der aus den Bergen zurückgekehrt ist?«, fragt er und hat keinen russischen Akzent, wie zu erwarten gewesen wäre.

»Ja, so ungefähr. Und Sie sind?«

»Boris Schmidli, der Lebenspartner von Alice.«

Schmidli, alles andere als ein Name des Ostens.

»Freut mich, Sie kennenzulernen. Es tut mir leid, Sie unangemeldet mit meinem Besuch zu überfallen, aber ich bin gezwungen, kurzfristig meine Pläne zu ändern und möchte mich gerne von Alice verabschieden. Ist sie zu Hause?«

Ich konzentriere mich auf seine Mimik, erkenne aber nicht die geringste Reaktion. Sein Gesicht gleicht einer Maske.

»Bedaure, Alice hatte einen Unfall und liegt im Krankenhaus.«

»Mein Gott, das ist ja schrecklich. Wie geht es ihr?«

»Den Umständen entsprechend ganz gut. Sie benötigt viel Ruhe und darf keinen Besuch erhalten. Kann ich was ausrichten?«

»Das hätte ich ihr gerne persönlich gesagt. Aber Sie können ihr ausrichten, dass ich mich melden werde, wenn es ihr besser geht. Und Ihnen gebe ich einen Rat. Tragen Sie mehr Sorge zu dieser Frau, als ich es getan habe. Sie ist es wert.«

Ein äußerst dezentes Schmunzeln erscheint auf seinen Lippen. Er öffnet die Türe vollständig und fordert mich auf: »Kommen Sie doch bitte herein, ich möchte gerne mit Ihnen reden.«

Nach fünfzehn Jahren betrete ich erstmals wieder mein altes Zuhause. Was für ein eigenartiges Gefühl.

Er schließt hinter mir die Tür und meint: »Sie kennen ja den Weg ins Wohnzimmer.«

Ich laufe voraus und sauge mit meinen Augen jedes Detail in mir auf. Es berührt mich, zu sehen, dass sich gar nicht so viel verändert hat. Es hängen sogar noch die alten Bilder an den Wänden und die Möbel sind mit wenigen Ausnahmen dieselben. Selbst meine Stereoanlage mit dem Plattenspieler steht am gewohnten Ort und scheint sogar gebraucht zu werden, warum sonst sollten Hüllen und Platten herumliegen. Ich bleibe davor stehen und betrachte versonnen das Cover von Eagles' *Hotel California*.

»Darf ich Ihnen einen Drink anbieten?«

»Gerne, einen Whisky, wenn es hat.«

»Ein milder Single Malt aus der Speyside ohne Wasser und Eis?«

»Perfekt.«

Flaschen klirren, während ich mich weiter umschaue.

»Fühlen Sie sich hier immer noch zu Hause?«, fragt er und reicht mir ein halbvolles Tumbler-Glas.

Ich bedanke mich, wir erheben kurz unsere Gläser und kosten.

»Köstlich«, lobe ich. »Auf eine gewisse Weise fühle ich mich zu Hause, denn vieles erinnert an damals. Andererseits gehöre ich nicht mehr hierher. Dieses Kapitel ist längst abgeschlossen.«

»Alice hat mir von Ihnen erzählt. Ich muss zugeben, es gab da einiges, das mich mit Bewunderung erfüllte. Ich kenne niemanden, der so grandios gescheitert ist und derart konsequent reagiert hat. Hut ab.«

»Na ja. Mein Handeln war ein Reflex, nachdem mein Lebensmodell vor lauter Dummheit kollabierte. Ich benutzte den Notausgang, als Alternative stand mir nur ein gepflegter Suizid zur Wahl.«

»Sie betrachten Ihre Vergangenheit mit erstaunlicher Gelassenheit.«

»Damals war es Fatalismus, heute Gelassenheit, dazwischen liegen Jahre voller Erkenntnisse. Dort, in den Bergen, ist man gezwungen, sich auf das Wesentliche zu beschränken, da wird das Dasein zur Therapie. So einen Aufenthalt kann ich bei akuten Lebenskrisen nur empfehlen.«

»Danke für den Ratschlag, aber Abgeschiedenheit ist nicht mein Ding. Ich möchte mich gerne mit Ihnen über ein anderes Thema unterhalten, genau genommen will ich mich bei Ihnen entschuldigen.«

»Ach, ja?«

»Ihnen wurden unlängst von drei Kerlen Schmerzen zugefügt. Dafür bitte ich um Verzeihung, das war ein Missverständnis.«

Mit sowas war kaum zu rechnen, ich bin platt, aber lasse mir nichts anmerken. Ruhig nippe ich an meinem Whisky und überlege.

»Ja, das hat wehgetan. Gebrochene Rippen und kaputte Eier. Es war verstörend und dazu kam die Sorge um Alice. Sie verstehen, dass ich mit Ihrer vagen Entschuldigung nicht zufrieden sein kann, da erwarte ich schon eine Erklärung.«

Er nickt verständnisvoll.

»Der Zeitpunkt Ihrer Rückkehr war unglücklich gewählt. Sie betraten die Bühne eines miserablen Schauspiels. Und das Verrückte daran ist die Tatsache, dass Sie sämtliche Darsteller bestens kennen. Es begann als Komödie und endete, wie Sie wissen, als Drama, das heißt, wir sind mitten im letzten Akt. Und ich Idiot ließ mich da hineinziehen«, erzählt er mit monotoner Stimme und setzt sich in meinen Lieblingssessel. »Mir ist bewusst, Sie werden aus dem Gerede nicht schlau, dafür müsste ich Ihnen die ganze Geschichte erzählen. Haben Sie Zeit?«

»Jede Menge.«

»Das Theater begann, nachdem Sie verschwunden waren, lange bevor ich die Bühne betrat. Ein Teil ist Hörensagen, vom Rest berichte ich als Zeuge. Verzeihen Sie mir, wenn ich es so ausdrücke, aber Sie hinterließen ein Schlachtfeld. Es herrschte Irritation bei Ihren Freunden und eine zornige Enttäuschung bei Alice. Eure Bande löste sich je länger, je mehr auf, jeder ging seinen eigenen Weg, man sah sich immer weniger. Als wären Sie das Bindeglied gewesen, das alles zusammengehalten hatte. Ich denke, dem war nicht so, vielmehr stellten Sie mit Ihrem Verhalten die Philosophie eurer Gesellschaft infrage. Alle waren verunsichert und wussten nicht, was sie davon halten sollten. Als hätten Sie Öl auf die Fahrbahn gegossen und alle kamen ins Schlingern. Ich lernte Alice vor acht Jahren kennen, da herrschte eine unterkühlte Atmosphäre. Jeder schaut missgünstig auf die anderen, die Gespräche hatten oft einen vergifteten Unterton. Und irgendeinmal verloren einige die Kontrolle. Leo ließ sich mit der Frau von Franco ein, Franco entwickelte sich zum Arschloch, Marc verschuldete sich über beide Ohren und bettelte bei Alice. Leider lieh sie ihm Geld, auf welches sie heute noch wartet. Man liebte und hasste sich und langsam lief es aus dem Ruder. Der Tiefpunkt war Leos Selbstmord.«

Stille. Ich bin auf eine gewisse Weise geschockt und dies gleich in mehreren Beziehungen. Boris' nüchterne Analyse vom Zerfall einer Freundschaft und alten Werten ist ein miserables Zeugnis für uns alle, auch für mich, und lässt vermuten, dass ich ihn falsch eingeschätzt habe. Ich leere mein Glas in einem Zug.

»Sie sehen mich sprachlos. Ich war immer der Meinung, dass ich mit meinem Weggang die Probleme löse und nicht neue provoziere. Wie es scheint, unterlag ich einem beschissenen Irrtum.«

»Betrachten Sie es entspannt. Sie haben nur eine Eiterbeule aufgestochen, mehr nicht.«

»Als Außenstehender sähe ich es auch gelassen.«

»Wer ist denn schon Zuschauer? Ihr Freundeskreis repräsentiert die Gesellschaft und darin sind wir alle enthalten. Ich wäre ein Leugner, behauptete ich, nicht auch ein Teil dieser verlogenen Welt zu sein. Ich verdiene mein Gehalt mit der verwerflichsten Tätigkeit, ich arbeite für einen Waffenkonzern. Ich geschäfte mit dem Tod und glauben Sie mir, da geht es entsprechend hässlich zu. Übrigens ein Grund, wieso ich mich manchmal schützen muss.«

»Waffenhändler?«

Boris holt die Flasche und gießt mir nach, während ich in den Garten blicke und beiläufig zur Kenntnis nehme, dass ein Pool gebaut wurde.

»Danke.«

»In einem gewissen Sinne, ja. Ich vertrete einen Deutsch-Schweizerischen Waffenhersteller und ich berate polizeiliche und militärische Kunden. Ich tanze auf einem spiegelglatten Parkett, lernte früh, mich mit den Schattenseiten meiner Mitmenschen auseinanderzusetzen, sammelte weitaus mehr schlechte denn gute Erfahrungen. Allerdings bin ich der Überzeugung, dass es keine große Rolle spielt, in welcher Sparte man arbeitet und in welchem Umfeld man sich bewegt, es ist ungefähr überall dasselbe.«

»Der Untergang meines Freundeskreises spiegelt sich somit im Verhalten der Gesellschaft und daran lässt sich nichts ändern. Ist dies nicht ein etwas zynischer und hoffnungsloser Blick auf die Menschheit?«

»Das ist so. Umso erfreulicher ist es, wenn ich Momente erlebe, die diesem Bild nicht entsprechen.«

»Sie haben mir nicht erzählt, wie Alice verunglückte.«

»Eine Ungeschicklichkeit, die böse endete. Sie stolperte und fiel die Treppe hinunter. Als ich nach Hause kam, lag sie auf dem Sofa und zeigte Anzeichen einer schweren Gehirnerschütterung. Ich brachte sie sofort ins Krankenhaus, wo man sie untersuchte und sogleich behielt. Man wird mich benachrichtigen, sobald es Neuigkeiten gibt. Eine Scheißgeschichte.«

»Ich wäre Ihnen sehr dankbar, Sie würden mich auf dem Laufenden halten?«

»Selbstverständlich. Geben Sie mir Ihre Telefonnummer.«

Ich diktiere sie ihm und er schreibt sie auf einen Block.

»Darf ich Vincent zu dir sagen? Ich denke, das macht es einfacher, zudem verbindet uns eine Gemeinsamkeit, die Liebe zu Alice.«

Ich erhebe das Glas und sage: »Boris, freut mich, dich kennengelernt zu haben, auch wenn die Umstände hätten besser sein können.«

»Ganz meinerseits.«

*

Ich laufe nach Hause, um Zeit zum Nachdenken zu haben. Boris' Erzählungen berührten mich unangenehm. Wie ein Chirurg, der einen maroden Körper seziert, schnitt er emotionslos die fauligen Eiterbeulen auf. Und ich fand keine Argumente dagegen, vor allem nicht gegen die Kritik zu meiner Person, und muss sogar eingestehen, verbrannte Erde zurückgelassen zu haben. Ich zündelte, entfachte ein Feuer und ohne es zu löschen, verschwand ich in der Wildnis. Ja, diese fünfzehn Jahre kann man als egozentrische Selbstheilung bezeichnen, ohne Rücksicht auf mein Umfeld. Ich hatte sie alle im Stich gelassen, ohne mir dabei etwas zu denken.

Ich verstehe jetzt besser, warum mich kaum jemand mit überschäumender Freude willkommen hieß. Aber was mach ich nun mit dieser unliebsamen Einsicht? Trage ich Schuld an dem Desaster? Nein, so simpel kann das nicht sein. Die Eiterbeulen bestanden schon und wären früher oder später aufgebrochen, ich habe den Prozess nur beschleunigt.

Ich erwische mich bei einem mürrischen Selbstgespräch, bei welchem ich nach weiteren Beweisen für meine Unschuld suche. Es artet in ein konfuses Geschwafel aus, bis ich mich eines Bessren besinne und die Gedanken Boris zuwende.

Aus einem hinterhältigen Drecksberl wurde plötzlich eine höchst spannende Persönlichkeit. Wie kann man sich von Vorurteilen derart täuschen lassen? Mehr Vertrauen in Alice' Urteilsvermögen wäre angemessen gewesen. Obwohl weiterhin die Möglichkeit besteht, dass er ein raffinierter Blender ist. Ich nehme mir vor, an das Gute im Menschen zu glauben und mich nicht durch Misstrauen zerfressen zu lassen.

Trotz Selbstaufmunterung betrete ich die Wohnung in bedrückter Laune. Am Kühlschrank hole ich mir ein Glas Mineralwasser und verschwinde damit in meinem Zimmer. Gierig trinke ich, dann lege ich mich aufs Bett und schließe die Augen. Erst jetzt spüre ich die Müdigkeit. Keine, die körperlichen Strapazen anzurechnen ist, eher eine innerliche Erschöpfung, die ich beinahe nicht mehr kenne. Mit dieser Feststellung schlummere ich ein.

*

Es sind hässliche Träume, die mich hochfahren lassen, die sich sogleich in nichts auflösen und nur ein schales Gefühl zurücklassen. Ich meine, verstörende Bilder von Alice' Verletzungen gesehen zu haben, bin mir aber dessen nicht sicher. Ich setze mich ächzend auf, nehme im Gaumen immer noch den feinen Geschmack des Whiskys wahr und es dauert einen Moment, bis ich die Geräusche einordnen kann, die an mein Ohr dringen.

Ich schleiche aus dem Zimmer und horche an Bettys Zimmertür. Kein Zweifel, sie ist nicht allein. Leises Stöhnen, keuchendes Geflüster, rhythmisches Stakkato zweier Körper, unterdrückte Schreie. Ich fühle Erregung und gleichzeitig frage ich mich, mit wem sie sich da drin vergnügt. Ist Lucie zurück oder hintergeht sie sie bereits? Ich schäme mich für meine Überlegungen, eigentlich geht mich das ja gar nichts an. Ich verschwinde auf leisen Sohlen in mein Zimmer und warte. Geduldig sitze ich auf dem Bettrand, bis endlich auf dem Korridor ein Gekicher zu hören ist. Sie trippeln ins Badezimmer, dann läuft die Dusche. Das Zeichen für mich.

Getrieben von Hunger pirsche ich in die Küche, wo ich nach Essbarem suche, mit dem ein Abendessen zubereitet werden könnte. Wenig entspricht meinen Vorstellungen. Ich hätte Lust auf einen Salade niçoise, aber dafür müsste ich einkaufen gehen. Und was wünschen die Mädchen? Ich nehme allen Mut zusammen und klopfe an die Badezimmertür, hinter der getuschelt wird.

»Meine Damen, wie wäre es mit einem Salade niçoise zum Abendessen?«

Ihr Geflüster verstummt, als hätte jemand den Ton ausgeschaltet.

»Das fänden wir grandios. Vielen Dank«, höre ich Betty zuckersüß flöten und habe weiterhin keine Ahnung, ob Lucie bei ihr ist.

»Dann geh ich jetzt einkaufen. Kannst du ein paar Kartoffeln kochen?«

»Mach ich.«

Als ich eine halbe Stunde später zurückkomme, sitzen Betty und Lucie in der Küche. Ich bin erleichtert, hätte mich doch alles andere unangenehm berührt.

»Hallo Mädels«, begrüße ich sie erfreut. »Schön, euch zu sehen. Hattet ihr geilen Sex?«

»Du Ferkel, du hast gelauscht?«, entrüstet sich Betty übertrieben.

»Nur ein Gehörloser hätte das nicht gehört. Ich bin sogar von euren Liebesgeräuschen erwacht.«

»Huch, du hast geschlafen. Wir waren der Meinung, alleine in der Wohnung zu sein«, erklärt sich Lucie, die dabei errötet.

»Hat Spaß gemacht, euch zuzuhören«, bemerke ich und packe die Einkäufe aus.

Wir grinsen uns an, dann bereiten wir gemeinsam den Salat zu.

»Hast du Informationen zu Alice' Zustand?«, fragt Betty mit banger Stimme.

»Nein, dafür habe ich Boris Schmidli kennengelernt.«

»Boris Schmidli?«

»Alice' Geliebter.«

»Der Kerl aus dem Lokal?«

»Genau. Wir hatten ein langes und äußerst aufschlussreiches Gespräch.«

»Dann erzähl gefälligst und spann uns nicht so auf die Folter.«

Also versuche ich, den Dialog möglichst genau wiederzugeben, lasse nichts aus, auch nicht die Kritik gegen meine Person.

»Es hört sich an, als sei dieser Boris gar kein so gewalttätiges Arschloch. Oder täuscht das?«, meint Lucie.

»Er wirkt besonnen, objektiv, entwaffnend ehrlich, trotzdem ist eine Einfühlungsgabe zu spüren. Ich würde mich täuschen, wäre er ein Blender. Aber eine dezente Vorsicht sei dennoch geboten.«

»Und wie seid ihr verblieben?«

»Er wird mich auf dem Laufenden halten.«

Kurz herrscht Stille, jeder hängt seinen Betrachtungen nach.

Da fällt mir was ein: »Hei, Lucie, beinahe hätte ich es versäumt, dir zu gratulieren.«

Ich nehme sie in die Arme und küsse sie auf die Wangen. Sie erwidert die Umarmung, drückt mich innig.

»Dafür gebührt dir großen Dank«, flüstert sie mir ins Ohr.

»Blödsinn. Du hattest die Idee, du hast deinen Verleger überzeugt, du schreibst das Buch. Ich war einzig die Inspiration, was in diesem Fall keine Leistung war. Ich freue mich so.«

»Dir wird bald die Freude vergehen, wenn du mir weitere Geschichten erzählen musst und ich dich mit Fragen löchere.«

»Ich werde mich dem Schicksal ergeben.«

Wir essen auf dem Balkon und lassen unsere Gespräche dahinplätschern. Unweigerlich kommt die Partnerschaft mit Betty zur Sprache, was Lucies Neugier anstachelt. Meine Befürchtung, damit könnten Spannungen und Eifersucht provoziert werden, verflüchtigen sich, je länger der Abend dauert.

»Ist euch das schon aufgefallen? Wir bilden eine Symbiose«, sinniert Lucie. »Wir profitieren voneinander.«

»Oh, da kenne ich mich aus«, wende ich ein. »Der Trüffel ist auch symbiotisch. Er lebt in Kooperation und in Abhängigkeit zur Wirtspflanze. Er liefert Mineralsalze und Wasser, im Gegenzug erhält er wichtige Stoffe aus der Photosynthese. Eine Win-win-Situation. Allerdings, und das habe ich aus der Literatur zu diesem Thema, bezeichnet die Symbiose bei Menschen eher eine problematische Zweckgemeinschaft, die in erster Linie auf Abhängigkeit beruht. Also sollten wir unsere Beziehung lieber dem Trüffel anlehnen.«

»Du der prächtige Baum und wir die unansehnlichen Knollen«, kommentiert Betty trocken.

»Tut mir leid, in der Natur repräsentiert meist das Männchen das reizvollere Geschlecht. Bei euch zählt der innere Wert, der, wie ihr wisst, beim Trüffel zu höchsten Freuden führen kann.«

»Du schwafelst Schwachsinn.«

»Überhaupt nicht wahr, mein Wissen zum Thema Symbiose und Abhängigkeit ist fundiert.«

Kapitel 24

Ich verdrehe die Augen und maule: »Noch mehr Geschichten? Ihr überschätzt das Potenzial an Abenteuern auf einem Hof in der Abgeschiedenheit. Meist regiert der Alltag mit dem Rhythmus, den die Tiere vorgeben. Wehe, man verschläft oder vergisst was, die melden sich schnell und lautstark, zudem können sie nachtragend und beleidigt sein. Alles Erfahrungen, die ich mir mühsam erarbeiten musste. Pierre hat es oft erwähnt, gleichwohl empfand ich seine Ehrfurcht vor dem Tier etwas übertrieben, ja, beinahe peinlich. Er erzählte ihnen all seine Sorgen und Nichtsorgen, sprach mit ihnen wie mit einer Person, gab ihnen seltsame Namen. Für mich vermenschlichte er die Tiere, was mir widerstrebte.

Zu Beginn war ich der nüchterne Pragmatiker, der das neue Leben mit zielorientierter Effizienz in Angriff nahm. Da gab es keinen Unterschied zwischen dem Führen eines Bauernhofs und einer Bank. Die Tiere waren nur ein Teil des Inventars. Meine Werte hatte ich noch nicht der neuen Situation angepasst. Wie konnte ich auch. So sehr ich nach einem Wandel in meinem Leben lechzte, so sehr war ich mit der Vergangenheit verzahnt. Der Mensch ist keine Schlange, die der alten Haut entwächst und sie abwirft.

Aber es gibt immer diese Momente, die prägend sind und uns eines Besseren belehren. Ich hätte mir nie träumen lassen, dass es eine Ziege ist, die mir die Augen öffnet. Eine hochträchtige Ziege, die mir meistens durch ihre Bockigkeit auf den Keks ging. Kein kuschliges Tier, nur ein kommunes Nutztier, welches sich selbst beim Melken störrisch benahm und für nichts Dankbarkeit zeigte. Es war eine braune Rove-Ziege mit langen, verdrehten Hörnern, eine alte einheimische Rasse, zäh, kräftig, anspruchslos und mit einem grandiosen Orientierungssinn. Sie führen sogar Schafsherden durch garstiges Wetter nach

Hause. Ausgerechnet an einem Sonntag mitten im Winter, draußen lag über ein Meter Schnee, musste sie ihr Zicklein werfen. Pierre und die Veterinärin im Tal, ich ganz alleine.

Bei meinem nächtlichen Rundgang durch den Stall, dem üblichen Kontrollgang, bevor ich ins Bett ging, fand ich die Ziege ausgestreckt am Boden, den dicken Bauch unnatürlich gewölbt, als hätte jemand sie aufgeblasen, und sie gab seltsame Laute von sich. Ich kniete nieder. Sie atmete schwer und stoßweise, die Augen hatte sie geschlossen.

Verdammt, was hatte das Tier? Mir war klar, dass die Geburt bevorstand, aber niemand hatte mir erklärt, wie das genau vonstattengehen sollte. Pierre erzählte dann und wann Geschichten, denen ich eindeutig zu wenig Aufmerksamkeit schenkte, zumal er immer wieder betonte, dass Tiere fähig wären, für sich selbst zu schauen. Aber hier stimmte was nicht, sie hatte große Schmerzen.

Mist, ich wurde nervös, wollte ich doch dieses Tier nicht verlieren und sie tat mir so leid, wie sie litt. Fieberhaft überlegte ich, was zu tun wäre, und kramte in den Erinnerungen an Pierres Anekdoten. Es dämmerte langsam im Gedächtnis, erwähnte er doch, wie er ein Junges, welches eine falsche Lage hatte, im Körper der Mutter zurechtrückte, damit es mit dem Kopf und den Vorderläufen voran auf die Welt kam.

Ich eilte in die Küche, wo der Notfallkoffer aufbewahrt war. Alles für Mensch und Tier. Wieder zurück, streifte ich über die rechte Hand einen langen Latexhandschuh, desinfizierte ihn zur Sicherheit und rieb ihn mit Vaseline ein. Mit der linken streichelte ich sanft ihren Kopf, redete ihr Mut zu und wandte mich dann ihrem Hinterteil zu. Ich atmete tief durch. Vorsichtig und langsam drang ich in den Geburtskanal ein, tastete vorwärts. Die Mutter hatte ihren Kopf angehoben und schaute mich mit hervorstehenden Augen an. Endlich spürte ich das Junge. Ein Vorderlauf hatte sich quergestellt und versperrte den Weg ins Leben. Behutsam fasste ich mit den Fingerspitzen das Bein und drückte es zurück. Die Mutter blökte, was sich wie ein

Schrei anhörte. Sie keuchte und legte den Kopf nieder, als verliesse sie die Kraft. Ich zog meine Hand sachte heraus. Ich streichelte sie, redete ihr aufmunternd zu und beobachtete die kleinste Bewegung. Dann erfasste eine Kontraktion ihren Körper, sie verkrampfte sich und plötzlich kamen da ein Kopf und zwei Vorderläufe, überzogen von einer schmierigen, transparenten Haut zum Vorschein. Die Geburt stockte, aber mit dem zweiten Pressen flutschte das Zicklein vollends nach draußen. Ich nahm eine Handvoll Heu und befreite den zarten Körper, das Maul und die Nase vom Schleim. Dann legte ich es nahe zur Mutter und setzte mich dazu.

Sie hob ihren Kopf an, um ihr Kleines zu lecken, das sich tapsig bewegte und keuchend hustete. Es war ein faszinierender Anblick, der mich tief ergriff. Aber was dann geschah, brachte mich zum Weinen. Sie ließ von ihrem Jungen ab, schaute mir in die Augen und leckte meine Hand. Sie bedankte sich bei mir. Eine menschliche Geste, die ich von einem Tier nicht erwartet hätte.«

»Das ist ja herzerweichend«, meint Betty sichtlich berührt.

»Ihr wolltet doch eine rührselige Geschichte hören.«

»Ist sie überhaupt wahr? Du hast das erfunden, um uns von deiner wunderbaren Läuterung zu überzeugen«, stichelt sie.

Lucie lacht, während sie ihre Notizen in ihr Heft kritzelt, und legt nach: »Wenigstens wärst du ein feinfühliger Geschichtenerfinder.«

»Euch erzähle ich wieder mal eine Geschichte, ihr undankbaren Weiber. Abgesehen davon wäre es an der Zeit, ihr gäbet auch einige Episoden oder Geheimnisse aus euren Leben preis.«

Betty schaut mich entgeistert an und sagt mit gerümpfter Nase: »Mein Leben ist stinklangweilig, das interessiert kein Mensch. Wieso, meinst du, habe ich mich dir an den Hals geworfen? Für die Aussicht auf Abwechslung nahm ich sogar die Tatsache in Kauf, dass du ein Mann bist.«

»Ich schätze deine entwaffnende Ehrlichkeit, obwohl ich dir keinesfalls abkaufe, dass es aus deinem Leben nichts zu berichten gibt.«

»Vielleicht eine schmutzige Bettgeschichte.«

»Da wär dir unsere ungeteilte Aufmerksamkeit sicher.«

Lucie nickt mir begeistert zu.

»Das enttäuscht mich jetzt aber. Ihr reduziert mich auf das Sexuelle.«

»Es war ja dein Vorschlag.«

»Nein, es war ein Test. Ihr seid durchgefallen.«

Wir grinsen uns an.

Die Dämmerung setzt langsam ein, draußen auf dem Balkon umgibt uns eine friedliche Stimmung. Der Sommer in der Stadt fühlt sich gut an. Ich stecke mir eine Zigarette an, entzünde gleichzeitig die Windlichter, indessen Lucie drinnen eine Flasche Rosé öffnet und Betty vor sich hinträumt, dabei eine Locke auf den Zeigefinger wickelt. Lucie bringt die vollen Weingläser, wir stoßen an.

»Mir ist eine Begebenheit eingefallen, die ich euch gerne erzählen möchte«, sagt Lucie und setzt sich.

Betty und ich wenden uns ihr voller Interesse zu.

»Eine Geschichte, die mir in den Sinn kam, als du von der gebärenden Ziege erzählt hast. Meiner Mutter erging es nicht so gut wie der Ziege, sie verstarb bei meiner Geburt.«

Betty und ich schauen uns schockiert an.

»Keine Angst, ich werde euch nicht mit meiner Erzählung den Abend versauen. Es ist ja eine Ewigkeit her und ich habe dieses Trauma längst verarbeitet. Allerdings hatte ich viele Jahre mit dem Gefühl zu kämpfen, schuld am Tod meiner Mutter zu sein. Bis ich eines Tages, ich war soeben einundzwanzig Jahre alt geworden, Arthur kennenlernte. Er war ein alter Mann und gab einen Schreibkurs. Man überzeugte mich, doch meine Last von der Seele zu schreiben, ich hatte aber keine Ahnung, wie man richtig schreibt. So landete ich in seinem Kurs für kreatives Schreiben. Arthur war ein erfolgloser Schriftsteller, der es trotzdem geschafft hatte, als Kursleiter seine Rente aufzubessern.

Ich hätte mir einen jungen, erfolgreichen Lehrer gewünscht, aber ich wollte ja was lernen und mich nicht an Äußerlichkeiten ergötzen. Schnell war ich von seiner unbekümmerten Leichtigkeit und seiner Art zu schreiben begeistert. Er lehrte mich, das in Worte zu fassen, was mir nicht über die Lippen kam. Es war eine erlösende Erfahrung. Aber was einer göttlichen Fügung gleichkam, war sein Kommentar, nachdem er meine Novelle gelesen hatte. Er lud mich zu einem Abendessen ein, was mich zuerst verunsicherte, meinte ich doch, er wolle was von mir. Irrtum, er kam auf meine Novelle zu sprechen. Er hatte sie gelesen und verspürte den Drang, mit mir darüber zu reden. Aber zuerst erzählte er, dass seine Frau und er das Gegenteilige meines Schicksals erleiden mussten. Sie verloren ihr Kind bei der Geburt. Ich war sprachlos und befürchtete eine aufreibende Aufarbeitung schmerzvoller Erfahrungen. Nichts dergleichen. Akzeptiere, was du nicht beeinflussen kannst, sagte er, sonst vergeudest du nur dein Leben. Ein Satz, den ich mir in meine Hirnrinde eingebrannt habe. Es war ein eindrucksvoller Abend und später tauschten wir immer wieder unsere Texte aus, bis er vor acht Monaten verstarb. Er fehlt mir unendlich, er war mein Mentor.«

Wir verharren in Stille, berührt von Lucies Erzählung.

»Hei meine Lieben, nicht so bestürzt«, sagt sie plötzlich. »Ich dachte, es sei der beste Moment, euch dieses Geheimnis anzuvertrauen. Vincent, deine wunderbare Schilderung hat die passende Stimmung geschaffen. Ich danke dir dafür.«

Sie legt ihre Hand auf meine und drückt sie, Betty wischt sich Tränen aus den Augen, ich schlucke schwer.

Nach einer Weile stecke ich eine Zigarette an und gestehe: »Es hört sich verrückt an, aber ich liebe euch.«

Ich weiß nicht, was in mich gefahren ist, solch ein Bekenntnis abzugeben. Eine Liebeserklärung an ein lesbisches Paar, was für ein Schwachsinn. Verwechsle ich nicht Zuneigung mit Liebe?

Es ist Betty, die sich zu mir herüber neigt, mich auf den Mund küsst und heiser flüstert: »Wir lieben dich auch.«

Mein Blick schweift zu Lucie, die Bettys Worte mit einem scheuen Lächeln unterstreicht. Was geschieht hier? Hat uns die Sentimentalität des Abends den Verstand geraubt? Ich fühle mich schwummerig und weiß nicht, ob es dem Alkohol oder der Präsenz von starken Gefühlen zuzuschreiben ist. Vielleicht haben mich fünfzehn Jahre weich und empfänglich werden lassen. Nur Chantal, meine einzige zwischenmenschliche Beziehung während dieser Zeit, abgesehen von Pierre, der in diesem Sinne nicht zählt, konnte mir eine Ahnung von Liebe vermitteln, aber leider nicht erwidern. Nähe, Zuneigung und Liebe, der Nährstoff, ohne den das menschliche Pflänzchen nicht gedeihen kann. Wie war es nur möglich, diese Jahre überlebt zu haben?

»Was für eine originelle Ménage-à-trois«, philosophiere ich laut. »Sprengen wir nicht sämtliche moderne Modelle der Geschlechterbeziehungen?«

»Wieso? Gibt es zu diesem Thema Regeln, die nicht gebrochen werden dürfen?«, fragt Lucie.

»Nicht, dass ich wüsste. Konventionen sind mir scheißegal, es ist einzig eine persönliche Feststellung, die mich amüsiert.«

»Streng genommen bist du knapp an der Grenze zur Vielweiberei«, wendet Betty ein.

»Dazu müsste ich euch heiraten und erst recht kompliziert würde es, wenn ich jede schwängerte.«

Wir grinsen über unser Geschwafel. Trotzdem habe ich den Eindruck, dieses Gerede gefällt den beiden. Ich traue ihnen zu, offen gegenüber ungewöhnlichen Ideen zu sein. Keine rümpft die Nase, sie sehen in unserer Konstellation eine neue Form von Freiheit.

Betty meint nach einer Weile: »Wir sind doch schon auf dem besten Weg, uns zu vereinen. Vermutlich ohne Heirat und Nachwuchs, dafür auf einer Interessenebene. So wären wir wieder bei der Symbiose, einer aus Liebe und nicht aus Abhängigkeit.«

»Dann lasst uns doch dieses Experiment anpacken. Ich plädiere für eine erste Konsequenz. Schlafen wir zusammen in einem Bett.«

Lucies forsche Anregung bringt die Luft zum Vibrieren. Ich erinnere mich an jedes Wort, welches ich zu diesem Thema mit Betty gewechselt habe, allerdings ging es dabei um Sex. Dieser Punkt wurde noch nicht angesprochen.

»Und Sex?«, will ich wissen und wundere mich selbst über meine Direktheit.

Kapitel 25

Nach dieser Nacht ist nichts mehr so, wie es vorher war. Zumindest für mich.

Ich sitze vor dem Laptop und versuche zu arbeiten, finde aber nicht die nötige Konzentration. Betty ist in der Schule und Lucie beim Einkauf. Zeit der Ruhe und Einkehr. Ich schüttle den Kopf, verstehe weiterhin nicht, was sich ereignet hat. In der Tat schliefen wir gemeinsam in Bettys Bett. Dies ohne Sex, auch wenn das kaum jemand glauben wird. Keiner wollte die Stimmung mit trivialem Geschlechtsverkehr ruinieren. Irgendwie war es eine bedeutsame Nacht, der wir das Essenzielle nicht nehmen wollten. Ich lag zwischen den Frauen und wir waren nackt. Ich hatte keine Wahl. Sie zogen sich aus, also war ich gezwungen, es ihnen gleichzutun, wollte ich nicht völlig verklemmt erscheinen. Wie erwartet erwies sich das Bett als zu schmal, weshalb Berührungen unumgänglich waren. Eine reizvolle Erfahrung, die sich im Laufe der Nacht vertiefte. Ein Festival der Sinne. Ich spüre immer noch Lucies weiche Brüste, die sich an meine Seite schmiegen, dann ihr Hinterteil, nachdem sie sich gedreht hatte, Bettys Finger, die mich kraulen, höre ihr leises Wimmern im Traum, rieche den betörenden Duft ihrer Haare.

Wir plauderten eine Weile im Dunkeln, bis ich irgendeinmal realisierte, dass ich als Einziger die Augen noch offen hatte. Und sie gefiel mir, diese außergewöhnliche Nacht zwischen zwei fantastischen Frauen, weshalb ich möglichst lange wach blieb. Es war ein unruhiger Schlaf, zu ungewohnt die körperliche Nähe, zu exotisch die Situation. Merkwürdig war das Erwachen. Ich lag schon früh wach, starrte an die Decke und dachte nach. Bettys Wecker zerstörte die zarte Morgenstimmung und hatte ein müdes Maulen der beiden zur Folge. Ihnen beim Aufstehen zuzuschauen, war ein ästhetisches Schauspiel. Zwei schöne

Körper, die ich nicht allzu offensichtlich anstarren wollte, aber kläglich scheiterte. Dabei wurde mir bewusst, wie jung meine Gefährtinnen sind. Verdammt, Lucie könnte beinahe meine Tochter sein, Betty habe ich nie gefragt, aber sie wird etwa Mitte vierzig sein. Ich erwischte mich bei einem selbstzufriedenen Lächeln, schämte mich ein klein wenig dafür, fand dann allerdings genügend Gründe, die Freude über die Scham zu stellen.

Zurück in die Gegenwart. So studiere ich eine weitere Auswahl an Ladenlokalitäten, obwohl mich die vergangene Nacht nicht in Ruhe lassen will. Schlussendlich ist es ein leerstehender Laden gleich ums Eck, der die Frauen etwas in den Hintergrund drängt. Erstmals stimmen die Räumlichkeiten mit meinen Vorstellungen überein und die Miete liegt im Rahmen. Dem Beschrieb nach ist es eine ehemalige Metzgerei mit funktionierenden Kühltheken, gekühlten und ungekühlten Lagerräumen sowie einem Büro. Nicht mehr ganz taufrisch die Inneneinrichtung, aber genau das schenkt dem Objekt einen nostalgischen Charme, so, wie ich es aus den Cevennen gewohnt bin. Die meisten Geschäfte scheinen da aus der Zeit gefallen zu sein, ganz selten findet man moderne Ausstattungen.

Ich rufe den Makler an und vereinbare eine Besichtigung auf achtzehn Uhr. Danach widme ich mich dem Erscheinungsbild unserer Firma, denn der Grafiker hatte uns in einer E-Mail die ersten Vorschläge zugestellt. Ich bin freudig überrascht, stelle ich doch fest, von diesem Mann verstanden worden zu sein. Den Namen *Le Bon du Gard* in einem modernen Schriftzug, der sich keiner Klischees bedient und trotzdem zum Sortiment passt. Ich freue mich, den Mädchen von den Fortschritten zu erzählen und unsere Pläne auf einen neuen Sockel zu hieven. Es scheint ein guter Tag zu werden.

Ich überlege, Claude zu schreiben, da quietscht die Wohnungstür. Es ist Lucie. Sie stellt die Tüten in die Küche und kommt ins Wohnzimmer, um mich zu umarmen und mir einen Kuss auf die Wange zu drücken.

»Du machst mir einen euphorischen Eindruck. Ist das von letzter Nacht oder brummen bereits die Geschäfte?«

Sie setzt sich zu mir an den Tisch.

»Das eine lässt sich nicht mit dem anderen vergleichen, aber beides kann den Körper dazu bringen, Glückshormone auszuschütten. Ihr habt mich elektrisiert und das Geschäft schenkt mir Mut. Ich bin ein Glückspilz.«

Ich zeige ihr die Bilder des Ladenlokals und die Vorschläge des Grafikers. Sie ist hingerissen und freut sich auf die Besichtigung. Dann packt sie den Einkauf aus und ich beginne, die E-Mail an Claude zu formulieren, da surrt mein Ding. Eine Nummer, die ich nicht kenne.

»Vincent Roth.«

»Hallo Vincent, hier spricht Boris.«

Ein Blitz schlägt in meine Eingeweide ein. Alice!

»Boris. Ciao. Hast du Neuigkeiten?«

Ich nehme ein kurzes Zögern wahr, nur für die Dauer eines Wimpernschlags, lang genug, um meine Befürchtungen zu bestätigen.

»Es hat Komplikationen gegeben. Eine Blutung. Man hat sie ins Koma versetzt.«

»Mein Gott!«

»Morgen früh wird sie operiert. Die Ärzte sind optimistisch.«

Übelkeit und Schwindel steigen in mir hoch. Die Befürchtung, Alice könnte etwas zustoßen, wird zu einem konkreten Monster. Auch wenn unsere Beziehung einst scheiterte, ist sie ein wundervoller Mensch und sie bedeutet mir enorm viel, zudem ist sie die letzte Bindung an die Vergangenheit. Es wäre schön, in ihrer Nähe zu sein und Zeit mit ihr zu verbringen. Ich sollte positiv denken.

»Was haben die Ärzte sonst noch gesagt?«

»Die üblichen Floskeln, nichts, was uns hilft.«

»Ich mache mich schlau. Franco weiß bestimmt mehr. Ich melde mich wieder.«

Wir verabschieden uns wortkarg, dann wähle ich Francos Nummer.

»Ich habe vernommen, Alice geht es sehr schlecht. Was bedeutet das?«, frage ich, nachdem wir uns begrüßt haben.

»Sie hat ein mittelschweres Schädel-Hirn-Trauma, was an sich kein Problem darstellen sollte, leider hatte sie eine Blutung, welche operativ behandelt werden muss.«

»Und wie stehen die Chancen?«

»Die zuständigen Ärzte sind zuversichtlich.«

»Du musst mich nicht verschonen.«

»Fünfzig fünfzig. Alles ist möglich.«

*

Der Nachmittag verläuft in angespannter Ruhe. Lucie hackt lustlos auf ihren Laptop ein, ich verfasse mit Mühe einige E-Mails und verzettle mich in unstrukturierten Notizen zur Planung der kommenden Wochen. Zwanzig nach vier kommt Betty heim, was mich von meinem uninspirierten Arbeiten erlöst. Sie betrachtet ratlos unser stilles Wirken und unsere ernsten Mienen.

»Ist was?«, fragt sie besorgt.

Ich erkläre es ihr.

»Oh, nein! Das darf nicht wahr sein. So eine Scheiße.«

»Uns bleibt nur abzuwarten und zu hoffen.«

Sie lässt sich auf einen Stuhl plumpsen und starrt traurig auf die Tischplatte. Ich lege meine Hand auf ihre und als sie mich dann anschaut, lächle ich aufmunternd.

»Es gibt auch erfreuliche Neuigkeiten. Wir werden in eineinhalb Stunden gleich hier in der Nähe einen Laden besichtigen. Schau.«

Ich drehe den Laptop in ihre Richtung. Sie staunt und klickt sich durch das Angebot.

»Oh, das sieht ja verheißungsvoll aus. Eine ehemalige Metzgerei. Ich kenne den Laden.«

Die Stimmung hellt sich spürbar auf. Wir sind dankbar, eine erfreuliche Ablenkung gefunden zu haben. Auch Lucie schließt sich dem gemeinsamen Blick in den Bildschirm an und erste Fantasien werden geboren.

Viel zu früh stehen wir vor dem Laden, halten die Hände wie Scheuklappen an das Glas und starren in den Verkaufsraum. Andächtig versinken wir in unseren Vorstellungen, die während der letzten Stunde intensiv angefacht wurden.

»Ein schöner Laden. Nicht wahr?«, fragt eine Stimme hinter uns.

Wir fahren erschrocken herum.

»Entschuldigen Sie, ich wollte Ihnen keinen Schreck einjagen. Mein Name ist Berthold Lambert und ich vermute, wir haben zusammen einen Termin vereinbart.«

»Ah, Herr Lambert. Vincent Roth, freut mich. Darf ich vorstellen. Frau Klein und Frau Wagner, meine Partnerinnen.«

Dem Ausdruck in seinem Gesicht ist abzulesen, dass ihn die Bezeichnung *Partnerinnen* verwirrt und ihm zu denken gibt. Zugegeben, es gefällt mir, zu sehen, wie zementierte Sichtweisen ins Wanken geraten, wenn auch nur für Sekundenbruchteile.

»Wunderbar. Dann lassen Sie uns eintreten«, meint er lächelnd und schließt die Türe auf.

Er führt durch die Räume und versucht, uns das Objekt schmackhaft zu machen. Nett gedacht, allerdings völlig überflüssig, wir waren uns bereits vor dem Betreten einig, den passenden Laden gefunden zu haben. So lassen wir ihn reden, nicken begeistert, während wir mit glänzenden Augen die Eindrücke aufnehmen und Betty wie wild Fotos macht. Nach einer halben Stunde fällt ihm nichts mehr ein.

»Toll, nicht? Haben Sie noch Fragen?«, fragt er und schaut uns erwartungsvoll an.

»Ja, eine einzige. Wo darf ich unterschreiben?«, stelle ich meine Frage.

Er ist sich nicht sicher, ob ich scherze, weshalb er nur gequält lächelt und in den Gesichtern der Mädchen nach einem Hinweis sucht. Er sieht nur Zufriedenheit.

»Oh, das freut mich aber.«, entfährt es ihm eine Spur zu laut.

Er kramt aus seinem Aktenkoffer ein Papier.
»Damit ich den Mietvertrag ausstellen kann, brauche ich einige Angaben. Wenn Sie mir das Formular ausfüllen und zusenden könnten, dann dürfen Sie umgehend unterschreiben.«
Wir einigen uns, dass ich ihm das Formular morgen vorbeibringe und wir den Vertragsabschluss sogleich erledigen. Er überreicht mir noch einen Stapel Pläne, wofür ich mich freudig bedanke. Wir verabschieden uns mit glücklichem Händeschütteln und Dauergrinsen. Beschwingt und übermütig plaudernd laufen wir nach Hause, wo ich zur Feier eine Flasche Champagner öffne. Mit den vollen Gläsern komme ich zum Esstisch, wo der Grundrissplan ausgebreitet liegt und sie darüber brüten.
»So meine Liebsten, ein Gläschen auf unseren Laden.«
Wir stoßen an, nehmen einen Schluck und Betty mit ihrer impulsiven Art verteilt Küsse, während ihre Augen einen wässrigen Glanz bekommen.
»Ich könnte weinen vor Freude und Glück«, meint sie dann.
»Wahrhaft, es ist ein besonderer Moment. Aus einer Idee wird Realität, was keine Selbstverständlichkeit ist. Ich danke euch, dass ihr das ermöglicht und mich begleitet.«
»Scheiße, hör auf mit solch sentimentalen Worten. Ich bin nahe am Wasser gebaut«, sagt Betty und reibt sich eine Träne aus dem Augenwinkel.
Dann geschieht etwas Überraschendes. Lucie stellt ihr Glas auf den Tisch und umarmt uns beide. Wir stellen die Gläser auch ab und umklammern uns wie drei Ertrinkende. Die Körper schmiegen sich aneinander, die Hände beginnen sanft zu streicheln, unsere Köpfe berühren sich an den Stirnen. Mir wird schwindlig, derart intensiv sind die Gefühle, die über mich kommen, und mir wird bewusst, dass ich die beiden tatsächlich liebe. Verrückt!
Aber nicht genug. Es ist Lucie, die meinen Mund küsst, ihre weichen Lippen öffnet und zärtlich ihre Zunge spielen lässt. Ich schließe die Augen, lasse es geschehen, versinke

in einem Meer aus Emotionen und Begierden. Nach einem unendlichen Augenblick entzieht sie sich sanft und küsst Betty auf eine laszive Weise, dass ich das Spiel ihrer Zungen beobachten kann. Mein Blick weidet sich an ihrer Leidenschaft und es ist mir egal, ob sie meine Erektion spüren. Dann ist es Betty, die ihre nassen Lippen auf meine drückt und mich schüchtern zu kosten beginnt. Flüchtig frage ich mich, was es für sie bedeutet, einen Mann so intim zu küssen. Ekelt sie sich, musste sie sich überwinden? Eine Antwort erübrigt sich, legt sie doch ihre anfängliche Scheu bald ab und weiß, wie sie mich in ihren Bann zu schlagen hat. Ihre Zunge liebkost und fordert, erregt und schmeichelt. Ich verliere endgültig den Boden unter den Füssen, als Lucies Hand meinen Schwanz ertastet.

Aber das Schicksal ist unbarmherzig. Ein Ding dudelt, wessen ist unklar. Der Zauber verfliegt augenblicklich, unsere Blase zerplatzt, wir werden ins Leben zurückgeholt. Verlegene Blicke werden getauscht, dann merke ich, dass das Gedudel von meinem Ding kommt. Es ist Franco.

»Ja?«, melde ich mich und mein Herz schlägt hart.

»Vincent, es tut mir unendlich leid«, nuschelt er und zögert. »Alice ist gestorben.«

Kapitel 26

Die Unfassbarkeit der Nachricht hielt Tage an. Obwohl wir mit dem Unfall auch ihr Sterben hätten in Betracht ziehen müssen, akzeptierten wir nur ihre Genesung. Etwas anderes kam gar nicht in Betracht. Der Tod war keine Option, schon gar nicht für eine so bezaubernde Frau wie Alice. Alte, kranke Menschen sterben, nicht jene, die mitten im Leben stehen. Klar, das ist Blödsinn, trotzdem empfindet man dies jedes Mal als einen Fehler im System. Irgendjemand hatte einen falschen Knopf gedrückt, vermutlich ein Irrtum.

Es zog mich grausam nach unten. Im Grunde genommen erstaunlich, hatten wir uns doch fünfzehn Jahre nichts mehr zu sagen gehabt, trennten uns in dieser Zeit Welten und entwickelten wir uns in verschiedene Richtungen. Dennoch klopfte mein Herz bis zum Hals, als ich sie wiedersah, und ich freute mich, ihr künftig näher zu sein. So genau ließ sich diese Freude nicht einordnen. Gab es da immer noch eine zarte Bindung? Wollte ich mein angerichtetes Debakel wieder in Ordnung bringen? Ich denke, Letzteres traf zu. Ja, da gibt es Schuldgefühle und nicht zu vergessen Scham. Ich hätte jede Gelegenheit genutzt, um all meine Fehler wieder gutzumachen, auch wenn das kaum möglich gewesen wäre. Jetzt wurde ich dieser Möglichkeit beraubt.

Einerseits eine egozentrische Betrachtung, andererseits hätte ich für ihr Leben eine Bereicherung sein können. Eine freundschaftliche Beziehung ohne Verpflichtungen und ohne Konkurrenz zu Boris. Ein einvernehmliches Miteinander, eine unverbindliche Nähe. Ein Lebensmodell mit Zuckerguss. So ungefähr hatte ich mir das vorgestellt. Aber jetzt ist sie einfach weg. Ein dämlicher Stolperer mit fatalen Folgen, der mir vor Augen führt, auf welch dünnem Eis wir wandeln. Nicht nur der Körper ist zerbrechlich, auch das Leben. Verflucht sei ihr Fehltritt, ihr Pech, ihr Schicksal, ihr Tod. Niemand trägt die Schuld und Gott oder Teufel, die als Verantwortliche infrage kämen, können nicht zur Rechenschaft gezogen werden.

Ich schüttle den Kopf ob meinem queren Hadern. Das gedankliche Drehen im Kreis geht mir langsam auf den Zeiger, macht mich schwermütig und bringt Alice nicht zurück. Eine Spirale nach unten, deren Tiefpunkt am Tag ihrer Beerdigung erreicht wurde.

*

Wir drei standen abseits. Ich wollte keinesfalls mit den Leuten ins Gespräch kommen, um dann jedem erklären zu müssen, wo ich die letzten fünfzehn Jahre so gesteckt habe. Wir hatten uns vorgenommen, nach der Trauerfeier zu verschwinden und nicht am Mahl teilzunehmen. Appetit würde ich so oder so keinen haben und betrinken konnte ich mich auch zu Hause.

Ich trug eine Sonnenbrille und einen anthrazitfarbenen Strohhut mit breiter Krempe, den ich mir tief ins Gesicht gezogen hatte. In meinem schwarzen Anzug mit schwarzem Hemd und schwarzer Krawatte sah ich wie ein Verbrecher aus und meine beiden Mädchen wie zwei Vamps. In ihren strengen Kostümen lehnten sie sich farblich an mein Äußeres, weshalb wir, entgegen unserem Willen, wie bunte Hunde auffielen. Kaum jemand erschien in Schwarz. Bis wir das realisierten, war es zu spät, man taxierte uns neugierig und tuschelte kräftig.

Aber ich ignorierte das Stechen der forschenden Blicke und schaute Löcher in die Luft. Betty und Lucie unterhielten sich flüsternd, während ich mich in Erinnerungen an Alice verlor. Und dann kamen mir die Tränen, erstmals und erst hier am offenen Grab, wo mir das Endgültige unbarmherzig vor Augen geführt wurde. Bald würde sich die Erde den Sarg einverleibt haben, einzig ein schlichter Grabstein wird von der Vergangenheit zeugen. Nur in wenigen Köpfen bleiben Erinnerungen und Spuren haften, bei den meisten werden sie verblassen. Keiner erhält ein Denkmal.

Ein Abschied für die Ewigkeit, murmelte ich zu mir und wischte mit dem Zeigefinger die Tränen weg. Die Mädchen schauten mich an, dann fasste Betty meine Hand und drückte sie. Eine tröstliche Geste, die mich noch mehr hinunterzog. Ich wünschte keinen Trost, ich wollte den Schmerz erleiden. Dabei ging es mir nicht um Selbstkasteiung, um ein reines Gewissen zu erhalten, ich betrachtete es als einen völlig normalen Heilungsprozess, der zwingend nötig war, um wieder gesund zu werden. Ein Überbleibsel aus den Cevennen, wo ich lernte, die körperlichen und mentalen Krisen zu akzeptieren und der Genesung Zeit zu geben.

Die Worte des Pfarrers hallten ungehört an mir vorbei, obwohl ich ein Mensch war, der sich gerne kluge Predigten anhörte und dabei die meditative Einkehr schätzte. So erschrak ich, als mich Betty an der Hand zog, damit wir uns von Alice verabschieden konnten. Wir blieben an der Grube stehen, hielten inne, senkten unsere Häupter für einen unendlichen Moment, dann warfen wir Rosen auf den Sarg. Wir waren die Letzten in der Reihe und stellten uns danach wieder in den Hintergrund. Nach den abschließenden Worten des Pfarrers löste sich die Trauergemeinde auf, nur wir blieben stehen. Und Boris. Geduldig wartete er, bis wir bereit waren, uns von dem Ort zu lösen, um zusammen mit uns zum Ausgang des Friedhofs zu laufen. Er ist gealtert. Ich stellte ihm die Mädchen vor, mit blassem Lächeln und scheuem Händedruck begrüßten sie sich.

»Es betrübt mich, Sie zu diesem Anlass kennengelernt zu haben«, meinte er, eine leichte Verbeugung andeutend. »Darum bitte ich Sie, meine Damen, und du, lieber Vincent, anschließend meine Gäste zu sein. Ein Abschied von Alice im engen Kreis. Bitte kommt, ich weiß, wie sehr sich Alice dies gewünscht hätte.«

Er blickte uns gespannt, beinahe bittend, an. Er lässt uns kaum eine Wahl.

»Lieber Boris, wir hatten uns vorgenommen, nach Hause zu gehen, weil wir dem Rummel ausweichen wollten. Ihr im kleinen Rahmen die Ehre zu erweisen, fände ich schön. Was meint ihr?«

Die Mädchen nickten. Schweigend liefen wir bis zum Eingang, wo wir ein Taxi bestiegen und Boris' Mercedes folgten. Tatsächlich standen nur drei Fahrzeuge vor dem Haus, also hatte er mit dem engen Kreis nicht gelogen. Ein Catering hatte im Wohnzimmer ein nettes Buffet aufgebaut und begrüßte uns mit einem Glas Weißwein. Die anderen Gäste standen auf dem Gartensitzplatz und unterhielten sich grüppchenweise in gedämpfter Lautstärke. Ich schaute mich um und entdeckte Franco und Marc, ansonsten alles unbekannte Gesichter. Wir gesellten uns zu den beiden und übten uns in oberflächlichem Geplauder. Marc redete nur mit den Mädchen, versuchte, meine Person krampfhaft auszublenden.

Franco fragte mich dann unter vier Augen: »Kannst du mir erklären, was für eine Rolle die beiden hübschen Frauen in deinem Leben spielen?«

»Wir bilden eine Gemeinschaft, wohnen und arbeiten zusammen. Betty ist meine Geschäftspartnerin und Lucie schreibt als Schriftstellerin an einem Buch über meine Zeit in den Bergen.«

Francos Augen weiteten sich um eine Nuance, dann schwenkte sein Blick nochmals zu den Mädchen und wieder zurück zu mir.

»Erzähl doch keine Märchen«, raunte er.

Mir war nicht nach Erklärungen und ich lächelte ihn nur zweideutig an. Solle er sich denken, was er wollte. Er merkte, dass er aus mir nichts erfahren würde, also gesellte er sich zu Marc und den Mädchen, um meine Behauptung zu überprüfen. Mir recht, ich schritt währenddessen durch den Garten und versuchte zu ergründen, welche Pflanzen die fünfzehn Jahre überlebt hatten. Die meisten, dann inspizierte ich den Pool und begutachtete schließlich das Haus von außen. Es gab nichts auszusetzen, alles perfekt unterhalten und überall eine makellose Ordnung. Alice' Handschrift, die mich in ihrer Vollendung manchmal zu nerven wusste und haarscharf an spießbürgerlicher Kleinkariertheit vorbeischrammte. Was früher missfiel, rührte mich in dem Moment beinahe zu Tränen.

»Gefällt dir, was du siehst?«, fragte Boris, der sich zu mir gesellte.

»Ich habe mich entschieden stärker verändert als das Haus mit seinem Drumherum. Der Pool ist neu, aber sonst scheint die Zeit stehen geblieben zu sein. Bleibst du hier wohnen?«

»Es gehört mir nicht. Keine Ahnung, was damit geschehen wird. Abgesehen davon bin ich mir nicht sicher, ob ich hierbleiben möchte, sofern es überhaupt möglich wäre. Zu viel erinnert mich an sie.«

»Ja, sie ist präsent.«

»Du sagst es. Es gelang mir nie, meine eigene Note einzubringen. Sie verteidigte ihr Reich wie eine Furie. Es war auch gut so.«

»Sie wusste genau, was sie wollte.«

»Trotzdem liebte ich sie.«

»Das kann ich nachvollziehen.«

»Scheiße, und jetzt ist sie tot«, presst Boris hervor. »Was für eine Verschwendung an Schönheit, Klugheit und Menschlichkeit. Sang nicht einst Billy Joel *Only the good die young*?«

»So jung an Jahren war sie auch nicht mehr. Aber ich weiß, was du meinst. Sie war erfrischend und einfühlsam im Geist, sie war ein feiner Mensch.«

»Wir werden melancholisch, Vincent.«

»Ja, aber mit Berechtigung. Sie wird fehlen.«

Wie auf ein Zeichen hin leerten wir beide unsere Gläser in einem Zug. Grund genug, gemeinsam zum Buffet zu schlendern, wo uns eine junge Frau, gekleidet wie eine Dienstmagd, frischen Wein einschenkte.

»Darf ich dir meine Schwester Diana mit ihrem Mann Sebastian und ihren Kindern Louise und Benjamin vorstellen?«, fragte Boris und leitete mich zu einer kleinen Gruppe von Gästen.

Er stellte uns einander vor, wir lächelten zurückhaltend und gaben uns artig die Hände.

»Von Vincent habe ich euch erzählt, er ist es, der fünfzehn Jahre alleine in den Cevennen lebte und erst vor Kurzem zurückkam.«

»Eine faszinierende Geschichte«, meint Diana. »Dabei fragten sich unsere Kinder, ob du wie ein asketischer Einsiedler ohne Fernseher und Internet gelebt hast.«

»Ja. Zu Beginn war die Stille eine Herausforderung, aber man gewöhnt sich daran. Heute frage ich mich, was an diesen Medien so wichtig ist, dass man so viel Zeit damit verbringt.«

»Wir wissen alle, dass das meiste nur Müll ist, aber konsumieren trotzdem«, wetterte Sebastian leise. »Wirst du wieder zurückgehen?«

»Alles möglich. Mit Alice ging eine letzte Bindung an die Vergangenheit verloren.«

»Das hört sich hart an«, bemerkt Louise, eine etwa Sechzehnjährige.

Ich wandte mich ihr zu.

»Es ist traurig. Auch wenn wir uns getrennt hatten, war sie für mich wohl die wichtigste Person in meinem Leben. Und du? Hast du sie gut gekannt?«

»Ich denke schon. Sie half mir bei vielen Dingen und konnte gut zuhören. Ich kam jede Woche mindestens ein Mal hierher.«

Da bemerkte ich erst den Schmerz in ihren sanften braunen Augen und sie tat mir leid. Offenbar bekam sie bei Alice etwas, das sie sonst nirgends fand. Vielleicht gab sie ihr die Liebe, die sie gerne einer Tochter gegeben hätte.

»Wie wertvoll ein Mensch ist, erfährt man erst, wenn er nicht mehr da ist«, murmelte ich und bereute sogleich meine altklugen Worte.

Niemand wusste, was es dazu zu sagen gibt. Ich entschuldigte mich, deutete auf mein leeres Glas und schlich Richtung Buffet davon. Die junge Magd schenkte mir mit Freuden nach und schwatzte mir ein Schnittchen mit Lachs auf. Ich gesellte mich zu Boris, der bei einem älteren Paar stand und mich heranwinkte.

»Vincent, das sind Herr Schaub und Frau Winkler. Sie stehen der Stiftung vor, die sich für Obdachlose einsetzt und für die Alice gearbeitet hat.«

Wir schütteln uns die Hände.

»Sie erzählte mir mit Begeisterung von ihrer Arbeit bei der Stiftung. Ich hatte den Eindruck, das Engagement war ihr sehr wichtig.«

»Das hatten wir alle gespürt und sie war äußerst beliebt«, erklärte mir Frau Winkler. »Wir haben den Leuten von der Straße noch nichts gesagt, sonst hätten sie die Beerdigung überflutet.«

»Wir veranstalten eine separate Gedenkfeier«, ergänzt Herr Schaub.

»Sie hinterlässt eine riesige Lücke«, fügt sie an.

Ich lächelte nur traurig und nickte verständnisvoll, denn mir fiel nichts Gescheites ein außer die üblichen Floskeln. Boris bemerkte mein Problem und lud uns ein, am Buffet zuzugreifen. Ich ließ mir wieder das Glas füllen, nahm nochmals einen Happen mit auf den Weg und näherte mich dem Grüppchen mit den Mädchen, Franco und Marc. Mit einer gemeinen Freude registrierte ich, wie die Herren versuchten, Eindruck zu schinden. Sie benahmen sich wie brunftige Hirsche. Der Alkohol steuerte seinen Teil dazu bei, weshalb die Anzüglichkeiten bereits ein bedenkliches Niveau angenommen hatten. An einem freudigen Anlass hätten mich derartige Peinlichkeiten amüsiert, in diesem Moment fühlte ich mich angepisst.

»Ach, schau an, unser Ziegenhirt«, stichelte Marc mit schwerer Zunge, als er mich wahrnahm. »Wir haben deine reizende Begleitung kennengelernt und wir fragen uns, was du hast, was wir nicht haben.«

»Deine Fantasie nahm eine falsche Abzweigung. Uns verbinden Sympathie und gemeinsame Projekte. Was hast denn du dir vorgestellt?«

»So ein Scheiß. Du hast schon damals bewiesen, dass es dir um andere Interessen ging als um Projekte.«

Das Wort *Projekte* spuckte er aus, als wäre es ein ungenießbarer Bissen. Sein Blick traf mich wie ein Pfeil, voller Hass. Ich erschrak über die Vehemenz.

»Marc, du hast zu viel getrunken.«

»Anders kann ich dich nicht ertragen«, zündelte er weiter.

»Ist das der passende Moment für Feindseligkeiten? Auch wenn ich dir zuwider bin, könntest du zumindest den Anlass respektieren. Hier geht es nicht um uns. Oder hast du das vergessen?«

Er stierte mich an, schien zu überlegen, ob es sich lohne, die Situation eskalieren zu lassen.

Er zeigte ein süffisantes Lächeln und meinte: »Du hast recht. Alice hat das nicht verdient, dieser Tag ist schon traurig genug, auch ohne dich.«

»Verdammt, Marc, du kannst es einfach nicht lassen«, fuhr Franco wütend dazwischen. »Ich verstehe nicht, woher deine Aggressivität kommt. Sind es deine eigenen Probleme, die dich so boshaft werden lassen?«

»Halt den Mund!«, presste er gefährlich leise zwischen den Zähnen hervor. »Ich habe mich im Gegensatz zu ihm nicht feige aus dem Staub gemacht. Ich urteile nicht über das Versagen oder Scheitern, es ist das Fehlen von Eiern, was mich stinkig macht. Einfach davonlaufen, der Weg des geringsten Widerstands, nach mir die Sintflut.«

Einen Augenblick lang waren nur das Gurren der Tauben und das Gemurmel der anderen Grüppchen zu vernehmen.

Es war Lucie, die die Stille brach: »Marc, hast du dich nie gefragt, ob dieser Weg, den du als den feigsten bezeichnest, vielleicht der schwierigste war? Fünfzehn Jahre alleine am wilden Arsch der Welt, konfrontiert mit Herausforderungen, die du dir nicht in deinen kühnsten Träumen vorstellen kannst. Tut sich dies ein Hasenfuß an? Wir waren vor einigen Tag dort oben und mir war schnell klar, allein hätte ich da keine Woche überlebt. Dazu braucht es durchaus Eier.«

Ihre Augen funkelten und mir wurde bewusst, dass sie voller Überzeugung für mich eingestanden war. Es berührte, aber beschämte mich auch.

»Ah, hört, hört, das Plädoyer der Geliebten«, höhnte er.

Lucie lachte herzhaft auf.

»Da muss ich dich in zweifacher Hinsicht enttäuschen. Erstens sind wir kein Liebespaar, denn zweitens bin ich lesbisch und mit Betty zusammen. Tut mir leid, wenn ich deine Vorstellung unserer Dreierbeziehung zerstöre.«

Das saß. Für einen Sekundenbruchteil entgleisten Marcs Gesichtszüge.

»Hoppla«, sagte Franco und grinste dreckig.

Boris gesellte sich zu uns und schaute fragend in die Runde. Offensichtlich war die Spannung spürbar.

»Ihr habt euch noch gar nicht am Buffet bedient«, meint er und deutet in dessen Richtung.

Ein dankbares Murmeln ertönte, dann bewegten sich Franco und Marc zum Essen. Die Mädchen blieben bei mir stehen. Ich umarmte sie und küsste beide auf die Wange. Boris sagte nichts. Dann gingen wir zum Buffet.

Mit einem vollen Glas in der Hand stellte ich mich neben eine Dame in meinem Alter, die ich nicht kannte.

»Darf ich fragen, wie Sie zu Alice standen?«

Ihr Blick bohrte sich in mich.

»Sicher darfst du das, lieber Vincent. Ich kenne dich besser, als du dir das vorstellen kannst. Mein Name ist Verena und ich war lange Zeit Alice' Therapeutin, bis uns ein schicksalhafter Umstand nahebrachte und wir Freundinnen wurden.«

Ich dachte, es war keine gute Idee, sie zu fragen.

»Verena, es freut mich, dich kennenzulernen. Ich bin auch überrascht und verunsichert. Ich wusste nicht, dass

Alice in einer Therapie war, ahne aber, dass ich der Grund dafür war.«

Sie nickte, verzog dabei bedauernd den Mund und sagte: »Ja, sie kam damit nicht zurecht. Es war nicht nur dein Fehltritt, es war der Kollaps eines ganzen Lebensentwurfs. Das Leben auf der Überholspur war plötzlich vorbei. Du hast es ausgelöst, vermutlich wäre diese Krise aber ohnedies einmal eingetreten.«

»Willst du mich von meiner Schuld entlasten?«

»Ganz und gar nicht. Du warst schließlich die Kraft, die euer Leben in die Oberflächlichkeit trieb. Es ist nie einfach, erkennen zu müssen, dass man auf dem Holzweg ist. Ich denke, du weißt, wovon ich rede.«

Ich kam nicht umhin, ihre Analyse zu bewundern.

»Da gibt es nichts zu ergänzen.«

»Machen wir uns nichts vor, wer bleibt schon von der Krise verschont. Ich trennte mich von meinem Mann, das war dieser Umstand, den mich Alice nahebrachte. Mit einem Mal waren wir Leidensgenossinnen und im Grunde genommen war es dieselbe Geschichte wie bei euch, nur anders.«

»Es tut mir leid, dass du deine Freundin verloren hast.«

»Sie wird mir unendlich fehlen.«

»Nicht nur dir. Mein Wunsch, mit ihr die Trümmer der Vergangenheit wieder zu ordnen und für uns beide eine heilende Freundschaft aufzubauen, hat sich in Luft aufgelöst. An mir nagt das bittere Gefühl, ihr nie gerecht geworden zu sein.«

»Da hat das Schicksal reingepfuscht. Gräme dich nicht und tröste dich mit deinen Freundinnen.«

Sie zog eine Braue nach oben und gab mir damit zu verstehen, wie glaubwürdig meine Worte rüberkamen.

»Du urteilst nach Äußerlichkeiten. Betty und Lucie sind meine Geschäftspartnerinnen und zudem sind die beiden lesbisch. Wir mögen uns und auf eine ganz eigene Art pflegen wir eine Beziehung. Aber nicht auf die Art, wie du sie siehst.«

»Touchée! Da bitte ich für meine falsche Verdächtigung um Verzeihung, aber euer Auftreten provoziert geradezu solche Überlegungen.«

»Immer wieder interessant, zu sehen, wie man über uns urteilt.«

»Gib zu, du genießt die Blicke und die Gedanken der Leute, vor allem jene der Männer.«

»Nicht so, wie du meinst. Nach fünfzehn Jahren in der Abgeschiedenheit hat sich das körperliche Verlangen nach dem weiblichen Geschlecht verändert. Die Lust ist geblieben, nur habe ich gelernt, damit umzugehen.«

»Wir versuchten zu erahnen, was du fünfzehn Jahre lang getrieben haben könntest. Wir hatten keine Ahnung. Das machte Alice zu schaffen.«

»Zu Beginn hatten wir Briefkontakt, dann schlief unsere Kommunikation ein. Ich habe mir eingeredet, dass es so besser wäre, und ließ es bleiben. Vielleicht ein Missverständnis.«

»Hören wir auf mit Spekulationen, das macht keinen Sinn. Wirst du mir erzählen, was deine Pläne sind?«

»Gerne, aber nicht jetzt und hier.«

»Das verstehe ich.«

Sie stellte ihr Glas auf den Tisch, griff nach ihrer Handtasche und zauberte daraus eine Visitenkarte hervor.

»Es würde mich sehr freuen, von dir zu hören, wenn du Zeit und Lust auf ein Geplauder haben solltest.«

Verena Schmidli steht darauf geschrieben.

»Mit Boris verwandt?«

»Ja, ich bin seine Halbschwester.«

Kapitel 27

Zwei Tage später rufe ich Verena an, denn länger lässt sich meine Wissbegierde nicht zügeln. Außer Boris ist sie die einzige Vertraute von Alice, die etwas über die vergangenen Jahre zu erzählen weiß. Obwohl dieses Wissen sie nicht wieder zurückbringt, hoffe ich, damit das Geschehene zu verstehen, um einen Strich darunter ziehen zu können. Denn seit ihrem Tod schlafe ich kaum mehr richtig, bin nervös und abwesend. Die Mädchen beobachten mich mit Sorge.

Ich sitze im Schatten der Rosskastanien im Hof der Kunsthalle vor einem Glas *Rosé de Provence* und rauche eine Zigarette. Lucie schreibt zu Hause am Manuskript und Betty dirigiert die Handwerker im Laden, alles läuft nach Plan und in beschaulicher Ruhe. Keine Hektik, keine Schwierigkeiten, viel Harmonie, wäre da nicht mein unstetes Grübeln über das Schicksal.

Da nähert sich Verena mit suchendem Blick und zögerlichen Schritten. Ich winke, dann entdeckt sie mich und steuert auf meinen Tisch zu. Wir umarmen uns zur Begrüßung. Ihr Körper mit seinen weiblichen Rundungen fühlt sich gut an und ihr Parfum schmeichelt meiner Nase in dezenten Noten.

»Herzlichen Dank, dass du kommen konntest«, eröffne ich das Gespräch.

»Du überschätzt meine berufliche Auslastung und privat habe ich kaum Verpflichtungen, die sich nicht verschieben ließen.«

»Du wirkst entspannt und strahlst Zufriedenheit aus. Verzeih mir meine Worte und verstehe mich nicht falsch, aber das macht dich schön.«

Sie schmunzelt und wird leicht rot.

»Danke. Zurzeit bin ich tatsächlich mit mir selbst im Reinen, was lange nicht der Fall war. Wenn da nicht Alice wäre, die mir fehlt, dann gäbe es am Leben nicht viel auszusetzen.«

Sie bestellt sich bei der Bedienung ein Glas Champagner, dann betrachten wir uns eingehend. Sie ist eine selbstbewusste Erscheinung. Groß, femininer Körper, schulterlange rötliche Haare, aristokratisches Gesicht mit einem schmallippigen Mund und grauen Augen, eingefasst von einer Brille mit Horngestell. Sie trägt ein elegantes, körperbetontes Kleid im selben Rot wie ihr Lippenstift. Das Dekolleté zeigt den Ansatz ihrer üppigen Brüste, was mir gefällt und sie mit einem schrägen Schmunzeln zur Kenntnis nimmt.

»Und? Gefall ich dir?«, fragt sie.

»Ja. Entschuldige meinen unverschämten Blick. Bis jetzt gab es keine Gelegenheit, dich zu betrachten. Irgendwie gehört doch das Visuelle zum Eindruck, den man von einem Menschen bekommen möchte.«

»Das ist enorm wichtig. Da rede ich als Psychiaterin, aber auch als normale Frau. Nur die Wahrnehmungen aller Sinne ergeben in der Summe ein vollumfängliches Bild. Dich kannte ich nur von Aufnahmen und war über deinen Wandel sehr überrascht.«

»Ein Wandel zum Positiven hoffe ich doch.«

»Aus Alice' Erzählungen und den Fotografien bastelte ich mir ein Bild zurecht, das irgendwo zwischen Arschloch und Halbgott angesiedelt war. Jetzt sitzt vor mir ein Kerl, der auf attraktive Art gealtert ist, geläutert scheint und eine Aura aus Optimismus und Energie leuchten lässt.«

»Vermutlich hast du einen Ziegenhirten erwartet, wie die meisten.«

»Zugegeben, da hast du für Irritation gesorgt. Man hat gewettet, dass du spätestens nach dem ersten Winter reumütig angekrochen kommst. Gescheitert, so, wie du die Karriere und die Ehe an die Wand gefahren hast. Aber dieser zähe Hund blieb fünfzehn Jahre, was manche nicht verstehen konnten. Es entwickelte sich schon bald eine spürbare Feindseligkeit gegen dich.«

Der Champagner wird serviert. Sie bedankt sich mit einem warmen Lächeln bei der Bedienung, dann stoßen wir an.

»Je länger, je mehr staune ich über meine naive Sicht. Nie hätte ich mir solche Reaktionen vorstellen können. Ich war der festen Überzeugung, dass man meinen Abgang begrüßte. Warum sollten sich daraus Gehässigkeiten entwickeln?«

Sie neigt sich mir entgegen, als wolle sie mir etwas Vertrauliches zuflüstern.

»Ganz einfach. Du hast mit deinem Verschwinden euer soziales Umfeld aus dem Gleichgewicht gebracht. Entferne aus dem Rudel den Leitwolf und es entstehen Rivalitäten. Als Erstes streitet man sich um die Weibchen.«

»Du willst mir damit zu verstehen geben, dass Alice bedrängt wurde?«

»Ja, und wie. Deine tollen Freunde wollten ihr mit allen zur Verfügung stehenden Mitteln Trost spenden. Sie wusste nicht, wie sie sich zu wehren hatte. Sie war Freiwild, zudem wohlhabend. Mehr Details werde ich dir nicht erzählen, nur so viel: Sie benahmen sich wie elende Schweine! Mir wird immer noch schlecht, wenn ich sie sehe.«

Ich bin sprachlos. Das Entsetzen kriecht mir kalt den Rücken hoch, setzt sich schwer auf die Brust. Warum kam ich nie auf den Gedanken, dieses Szenario in Betracht gezogen zu haben. Nur weil ich meinen Freunden solch ein hinterhältiges Verhalten nie zugetraut hätte. Blindes Vertrauen, obwohl ich von ihren Schwächen wusste.

In Verenas Blick ist Mitleid zu erkennen.

»Es tut mir leid, dir das erzählen zu müssen. Alice hatte sich wie verrückt gefreut, als du so unverhofft aufgetaucht warst. Sie rief sofort an und meinte, es käme jetzt gut. Ich zweifelte, fast alles hatte sich verändert und viel zu viel Schaden wurde angerichtet.«

»Und Boris? Konnte er nicht eingreifen?«

»Als Alice ihn kennenlernte, war es schon zu spät. Mit ihm kehrte Ruhe ein, man respektierte ihn, aber das Leid war ihr vorher angetan worden. Zu diesem Zeitpunkt kam sie bereits seit vielen Jahren in die Behandlung.«

Nichts davon hatte sie mir bei unserem Wiedersehen erwähnt. Verständlich, sie wollte nicht den magischen Moment versauen.

»Also war Boris ein Segen für sie.«

»Ehrlich gesagt, nein. Mein Halbbruder kann ein besitzergreifender und cholerischer Mensch sein. Er war für sie ein Fels in der Brandung, aber keine wahre Liebe.«

Meine Gedanken geraten durcheinander und plötzlich sind alte Befürchtungen wieder präsent. Ich stecke mir eine Zigarette an und versuche mich zu erden.

»Du schmeichelst deinem Halbbruder aber gar nicht.«

»Leider hat er seine Schattenseiten. Alice bekam sie manchmal zu spüren.«

»Hat er sie misshandelt?«

Ihr Blick trübt sich ein, sie nimmt einen Schluck, bevor sie antwortet: »Misshandlung ist eine herbe Anschuldigung. Zwei Mal hat er sie geschlagen, nicht brutal, aber schlimm genug. Sie fürchtete sich vor seinen Wutausbrüchen.«

»Und das hat sie dir alles erzählt?«

»Ich war ihre Therapeutin. Einiges musste ich aus ihr herausholen, meist wehrte sie sich nicht allzu stark. Nachdem mich mein Mann verlassen hatte, wurden wir Freundinnen und es gab nichts, was wir uns nicht erzählten.«

»Gibt es etwas, was ich wissen sollte?«

Sie überlegt und runzelt dabei die Stirn.

»Eigentlich gäbe es viel zu erzählen, aber ich respektiere Alice' Intimsphäre. Selbst jetzt. Nein, da gibt es nichts mehr zu berichten.«

»Ich danke dir für deine Aufrichtigkeit und das Vertrauen. Du hast mir in einigen Belangen die Augen geöffnet, aber auch Stoff für dunkle Spekulationen mit auf den Weg gegeben. Mag sein, dass ich auf dich zu komme, wenn mich eine Frage zu sehr quält.«

»Ich bitte darum. Aber einen Gefallen musst du mir dafür erweisen. Erzähl mir von den vergangenen fünfzehn

Jahren. Sofern du keine Pläne für heute hast, lade ich dich zum Abendessen ein.«

»Weibliche Neugier?«

»Nein, beruflicher Wissensdrang. Es gibt viele Erfahrungsberichte von Aussteigern, nur geht nichts über das persönliche Gespräch.«

Ein Abend mit ihr reizt mich und ich brauche mir nichts vorzumachen, in meinen Vorstellungen liege ich bereits mit ihr im Bett. Ich werde von einer unbändigen Lust auf ihren Körper überwältigt, was mich gleichzeitig erschrecken lässt. Was ist mit den vollmundigen Sprüchen über mein geläutertes Verhältnis zur Sexualität? Verena ist Psychiaterin, also wird sie mein Verhalten in alle Einzelteile zerlegen und gnadenlos analysieren. Sie ist die falsche Person für schnelle Eskapaden und der Inhalt unseres Gesprächs war zu düster für entspannte Lust. Ich schaue auf die alte Taschenuhr, die ich umständlich aus der Hosentasche zerre. Es ist bald halb sieben.

»Unter zwei Bedingungen nehme ich deine charmante Einladung gerne an. Erstens gebe ich den Mädchen Bescheid, dass ich zum Essen nicht zu Hause sein werde, und zweitens darf es nicht spät werden, denn es wartet noch Arbeit auf mich. Aber was wir heute Abend beginnen, können wir an einem anderen Tag weiterführen.«

Sie lächelt schelmisch.

*

Ich hatte ein wenig gelogen, als ich sagte, dass Arbeit auf mich warte. Es hätte völlig ausgereicht, es morgen zu erledigen. Claude nähme die Bestellung sogar noch übermorgen an. So hatte ich meine Haut nicht zu offensichtlich zu Markte getragen, was mich erleichterte und die Mädchen staunen ließ. Als ich halb zehn nach Hause komme, verstehen sie die Welt nicht mehr.

»Was suchst denn du schon hier? Hattet ihr Streit?«, fragt Betty mit großen Augen.

»Nein. Wieso?«

»Du gehst mit diesem Prachtweib aus und statt sie genussvoll zu vögeln, kehrst du brav heim.«

Ich hantiere an der Kaffeemaschine, stelle eine Tasse darunter und gieße mir einen kleinen Whisky ein, während die dampfende Brühe aus dem Schnabel rinnt.

»Ihr habt ja keine Ahnung, wie wenig sich ein Mann erlauben darf, um nicht gleich als Lüstling gebrandmarkt zu werden. Und überhaupt, sollte sie tatsächlich Lust auf mich haben, dann schadet es nicht, sie ein wenig auf kleiner Flamme köcheln zu lassen.«

Ich rühre mit langsamen Bewegungen Zucker in den Espresso und schiele dabei in ihre verwunderten Gesichter.

»Aha!«

»Meine Liebsten, ich gebe zu, sie gefällt mir und macht mich an, aber wir sprachen über wenig erbauliche Themen, da verging mir jegliche Lust auf die Lust. Wir holen das bei Gelegenheit nach.«

»Wirst du uns berichten, was dich so geknickt hat?«, fragt Lucie, während ich den Mokka stürze.

Ich sehe keinen Grund, es ihnen nicht zu erzählen, also gebe ich das Gespräch lückenlos wieder. Konzentriert und mit ernster Miene hören sie mir zu.

»Das darf nicht wahr sein. Scheißtypen sind das und sicher keine Freunde, verdammt noch mal!«, regt sich Betty auf.

»Sie sind eine riesige Enttäuschung«, sage ich. »Nicht im Traum hatte ich daran gedacht, dass sie die Situation so fies ausnutzen könnten. Im Gegenteil, ich war überzeugt, Alice in vertrauenswürdigen Händen zurückgelassen zu haben. Wir waren eine verschworene Gemeinschaft.«

»Irgendwie einleuchtend, dass mit deinem Abgang dem Gefüge das Gleichgewicht abhandenkam.«

»Möglich, aber ich habe ihnen nicht meine Frau zum Fraß hingeworfen«, entgegne ich und leere das Glas.

»Angebot schafft Nachfrage. Alice war eine schöne und wohlhabende Frau, zudem könnte ich mir vorstellen, dass die enttäuschten Freunde sich indirekt an dir rächen wollten. Stell dir vor, du kämst zurück und sie wäre die Gemahlin eines Freundes. Was für ein Triumph für ihn und welche Schmach für dich«, mutmaßt Betty und redet sich dabei in Rage.

Ich fülle erneut mein Glas mit Whisky und stelle mich damit auf den Balkon, um zu rauchen. Drinnen diskutieren die beiden leise, aber heftig. Ich höre nicht hin, versuche, zur Ruhe zu kommen, kam mir doch nochmals die ganze Verbitterung und Trauer hoch. Nicht genug, über allem liegt der düstere Schatten meiner Schuld. Hätte ich nicht versagt und wäre ich nicht auf und davon, dann lebte sie noch.

Lucie kommt zu mir und fragt: »Wir gehen zu Bett. Kommst du auch?«

»Danke. Heute nicht. Ich werde hier trinken und rauchen. Vielleicht besser, wenn ich in meinem Bett schlafe.«

»Das verstehen wir. Gute Nacht.«

Beide küssen mich und verschwinden. Ich denke, es ist der beste Moment für Melancholie.

Kapitel 28

Es war zu befürchten, dass es so enden würde. Ich kann mich auf jeden Fall nicht mehr erinnern, ein Kissen und eine Decke geholt zu haben, aber mein schmerzender Kopf liegt weich und eine Wolldecke wärmt mich. Ich liege auf dem harten Balkonboden und jeder Knochen schreit nach einer flauschigen Unterlage. Mein Körper ist es schon nicht mehr gewohnt.

Es ist die Sonne, die mich geweckt hat. Wie ein Schneidbrenner hat sie sich durch meine geschlossenen Lider gebrannt und mich gnadenlos aus einem komatösen Schlaf geholt. Ich huste und habe das Gefühl, eine fremde Zunge im Mund zu haben. Kein Wunder, neben mir stehen eine leere Whiskyflasche und ein übervoller Aschenbecher. Scheiße! Verdammte Sauferei!

Ächzend setze ich mich auf und lehne mit dem Rücken gegen die Wand. Ich stiere in die Gegend und denke nichts. Die längste Zeit. Da fällt mir auf, wie ruhig es ist und gleichzeitig fällt mir ein, dass heute Samstag ist. Ich überlege, ins Bett zu gehen, da höre ich Geräusche in der Küche. Die Kaffeemaschine.

Lucie kommt mit wenig Textil, dafür mit einem Lächeln und einem Tässchen nach draußen und meint: »Ich war wach, habe dein Ächzen gehört und gedacht, dass dir ein Espresso ganz guttun könnte.«

Sie setzt sich neben mich.

»Danke. Auch für die Decke und das Kissen.«

Sie lächelt nur, während ich den Espresso schlürfe.

»Langsam bin ich zu alt für derartige Exzesse, aber manchmal sind sie notwendig. Ich hoffe, das Leben gibt mir künftig weniger Anlass dazu.«

»Das Leben ist kein Ponyhof.«

»Derart tiefschürfende Philosophie am frühen Morgen halte ich kaum aus.«

»Kann ich mir vorstellen. Dein Äußeres schreit nach einer Dusche und nicht nach einem sinnlosen Disput.«

»Eine wunderbare Idee.«

»Übrigens, es ist sieben Uhr und Samstag. Wir kuscheln noch etwas faul im Bett rum. Leg dich dazu, wenn du Lust hast.«

Ich blicke sie argwöhnisch an.

»Keine Angst, wir lassen dich in Ruhe. Nur Kuscheln.«

Ich nicke und schleppe mich ins Bad. Die Dusche, abwechselnd heiß und kalt, flößt mir tatsächlich wieder ein wenig Leben ein, selbst die Kopfschmerzen werden erträglich. Ich nehme mir Zeit für die Körperpflege, putze die Zähne, dann pirsche ich leise ans Bett der Mädchen. Betty scheint zu schlafen, Lucie schaut mich an, lüftet die Decke und ich schlüpfe darunter. Sie dreht mir den Rücken zu, legt sich in meinen Arm, wir schmiegen uns aneinander und obwohl der Schwanz in ihre Arschspalte zu liegen kommt, bleibt er unbeeindruckt. Ihr Körper fühlt sich weich und warm an, ich rieche ihren Duft. Dann überwältigt mich ein heftiges Gefühl aus Geborgenheit und Müdigkeit und langsam dämmere ich weg.

Als ich aufwache, liege ich alleine im Bett. In der Küche höre ich das leise Gedudel des Radios, das Geklapper von Geschirr und ihre Stimmen. Durst treibt mich aus den Federn. Ich ziehe mir was über und gehe in die Küche, wo die beiden das Frühstück zubereiten.

»Das ist der perfekte Zeitpunkt«, krächze ich.

»Oh, unsere geliebte Schnapsleiche!«, ruft Betty erfreut, als sie mich erblickt. »Hast du ausgeschlafen?«

»Was ist für Zeit?«

»Zehn Uhr.«

»Dann habe ich genug geschlafen.«

Ich setze mich an den gedeckten Tisch.

»Rühreier mit Speck?«, fragt Lucie.

»Gerne, vielen Dank. Ihr verwöhnt mich, das habe ich gar nicht verdient.«

»Die Zeit wird kommen, da kannst du uns verwöhnen.«

»Es wird mir eine Freude sein.«
»Hast du Pläne für heute?«, will Betty wissen.
»Ja, ich werde gewisse Leute zur Rede stellen.«
»Bringt das was?«
»Vermutlich nichts, aber wenn ich es nicht tue, wird es mir keine Ruhe lassen. Verstehst du, was ich meine?«
»Ich kann das nachvollziehen.«
»Betrachtet es als einen Schlussstrich unter die Vergangenheit. Ich werde ihnen zu verstehen geben, was ich von ihrem Benehmen halte und mich verabschieden. Mehr nicht.«

*

Entgegen meinen Erwartungen zeigte sich Franco mit einem spontanen Treffen einverstanden und dies, ohne nach dem Grund zu fragen. Er wählte neutrales Territorium aus, die Terrasse des Grand Hotel Les Trois Rois, wohl auch, um mich ein wenig zu beeindrucken.

Es ist kurz nach eins und die noble Terrasse zum Rhein hin ist bis auf einen einzigen Tisch belegt. Er scheint hier ein geschätzter Gast zu sein, dass ihm hier so kurzfristig eine Reservation gewährt wurde. Ich nehme Platz, bestelle ein Glas Weißwein und sonne mich, bis er kommt. Franco macht einen gehetzten Eindruck und ist bleich.

»Geht es dir gut?«, frage ich.
»Ging schon besser. Dieser elende Beruf bringt mich noch um.«
»Du bist auch nicht mehr der Jüngste, vielleicht solltest du etwas kürzertreten.«
»Aussteigen und Ziegen hüten?«
»Wieso nicht.«
»Du meinst, wenn es bei dir geklappt hat, wird es auch bei mir? Vergiss es. Nach zwei Tagen bräuchte ich dringend wieder die Schinderei. Ich bin süchtig danach und gleichzeitig verfluche ich das System. Es ist krank, aber so funktioniert unsere Welt.«

Er bestellt einen Gin Tonic und einen Teller Antipasti zum gemeinsam essen.

»Aber du hast mich nicht gerufen, um mit mir meine paradoxe Welt zu betrachten. Wo drückt der Schuh?«

»Ich habe vernommen, wie du dich gegenüber Alice verhalten hast, nachdem ich damals von der Bildfläche verschwunden war.«

»Na und?«

Ich stecke mir eine Zigarette an, damit ich mich an etwas festhalten kann. Seine arrogante Gegenfrage bringt meinen Puls in Schwung.

»Weil es mich enttäuscht. Und das ist sehr milde formuliert. Ich dachte immer, wir seien Freunde.«

»Eine Freundschaft, aus der du ausgetreten warst.«

»Und im Zuge dessen wurde Alice zum Freiwild.«

»Ich denke, es hat sie getröstet.«

»Da habe ich völlig andere Informationen erhalten. Ihr habt sie bedrängt und dies auf eine verflucht beschissene Weise.«

»Alice lebt nicht mehr, also sind das nur mehr Gerüchte.«

Mit viel Pomp wird der Gin Tonic aufgefahren, einstweilen mein Blick einem Frachter folgt, der sich unter dem engen Brückenbogen der Mittleren Brücke hindurchschiebt.

»Wusstest du, dass Alice in psychiatrischer Behandlung war?«

»Nein. Sie machte mir keinen verzweifelten Eindruck. Klar ging es ihr nicht so blendend, nach dem Desaster mit dir. Wir wollten ihr beistehen und sie auf andere Gedanken bringen. Was Marc und Leo mit ihr angestellt haben, entzog sich meiner Kenntnis.«

»Das glaube ich dir nicht. Irgendeiner hat mit seinem Handeln geprahlt. Ich kenne euch. Bei Leo wussten wir immer, was er soeben flachgelegt hatte. Marc war Alice seit jeher zugetan, zudem hatte er Schulden bei ihr, und du hättest kaum eine so passende Gelegenheit ausgelassen.«

Der livrierte Kellner serviert die Antipasti-Platte mit zwei Tellern und einem Körbchen voll verschiedener Brote. Franco greift sogleich zu, drapiert sich eine Scheibe Rohschinken auf eine Brotscheibe und beißt hinein.

»Zugegeben, Alice war unser aller Traum«, bemerkt er mit vollem Mund, schluckt dann hinunter. »Wir waren schon immer etwas neidisch auf dich. Sie war eine schöne Frau und die Situation schrie direkt nach unserer Anteilnahme und Betreuung. Mit dieser Reaktion hättest du rechnen müssen.«

Ich spieße mit der Gabel ein Stück Salami auf, schiebe es in meinen Mund und lasse den Geschmack auf der Zunge zergehen.

»Schau, was ich aus sicherer Quelle weiß, deutet auf eine Vergewaltigung und nicht einen freundschaftlichen Beistand hin. Ich rede hier nicht von einem Kavaliersdelikt.«

Franco stellt das Kauen ein und starrt mich an.

»Mit solchen Anschuldigungen solltest du vorsichtig sein.«

»Wieso? Sie war deswegen in Behandlung. Und es muss einer oder mehrere von euch gewesen sein.«

Er schüttelt irritiert den Kopf, sein Blick wird nachdenklich, seine Selbstsicherheit scheint zu verfliegen. Ich koste den reifen Taleggio, knabbere an den Oliven und gebe ihm Zeit.

Nach einer Weile beginnt er zu sprechen: »Nachdem du weg warst, war nichts mehr so wie vorher. Mit unseren Bemühungen um Alice wurde aus Freundschaft Konkurrenz. Zu Beginn luden wir sie ein, gingen mit ihr Essen, veranstalteten Feste und unternahmen sogar gemeinsame Wanderungen. Aber es herrschte eine seltsame Stimmung. Jeder beäugte den anderen misstrauisch, jeder versuchte, sich im besten Lichte zu zeigen, auch wenn unsere Frauen dabei waren. Manchmal war es beinahe peinlich.«

Er stürzt den Gin Tonic in einem Zuge hinunter und bestellt sich einen weiteren.

»Dann, im folgenden Sommer, wurden wir alle an die Vernissage der Art Basel eingeladen. Ein verrücktes Fest der Sinne. Alice erschien an diesem Abend in einem gewagten Kleid und geizte nicht mit Reizen. Es war offensichtlich, sie wollte sich wieder einmal amüsieren. Eigentlich waren alle Frauen zum Anbeißen, sogar unsere eigenen. Wo man hinschaute, quellten die Brüste aus den Dekolletés, zeigten sich nackte Beine in ihrer ganzen Länge und Stoff spannte sich straff über die Ärsche. Aber uns interessierte nur Alice, wir waren völlig fasziniert von ihr. Im Taumel der Party heizten wir uns auf, tranken zu viel und in den Morgenstunden landeten wir bei ihr zu Hause. Sie machte uns noch was zu essen, Spaghetti mit Sugo und gegrillten Auberginen, danach wurde es immer ruhiger, einige schliefen im Wohnzimmer ein, auch ich. Als ich aufwachte, fehlten Alice, Leo und Marc.«

Mein Herz schlägt heftig und ich möchte gar nicht mehr wissen, was sich damals ereignet hat.

»Von da an herrschte nur noch Misstrauen, Neid und Zwietracht«, fährt er fort und nickt dankend für den Gin Tonic, der hingestellt wird.

Wir schweigen und essen. Ich hatte die Wahrheit erhofft, nun gefällt sie mir überhaupt nicht. Vielleicht ist sie es gar nicht. Lügt Franco, um seine eigene Schuld zu kaschieren? Wird mir Marc eine andere Geschichte erzählen? Mit großer Wahrscheinlichkeit.

Ich ordere ein weiteres Glas Sancerre, schaue mich in den Reihen der Reichen und Schönen um und frage mich, ob es in diesen Kreisen gängig ist, Frauen ohne Konsequenzen zu vergewaltigen. Frauen als verfügbare Lustobjekte. War ich früher nicht auch ein Sauhund, der es vermeiden sollte, sich moralisch über diese Gesellschaft zu stellen? Wie weit ich es getrieben hätte, wäre ich nicht gestrauchelt und für fünfzehn Jahre in der Versenkung verschwunden, bleibt eine offene Frage. Jetzt den Richter zu spielen, wäre bequem.

»Geh hin und sprich mit Marc.«

»Was macht das für einen Sinn. Er wird es abstreiten und Leo in die Schuhe schieben. Sein Hass auf mich ist immens. Mag sein, dass ich ein Arschloch bin, aber wieso er mir derart feindselig gesinnt ist, kann ich nicht verstehen.«

»Marc ist erfolglos, verschuldet, desillusioniert und wütend auf alles und jeden. Er hasst auch mich, aber du bist für ihn ein rotes Tuch, weil du dich erdreistet hast, zurückzukommen. Eine arrogante Provokation sei es gewesen, fluchte er. Es ginge dir nur um die Demonstration von Erfolg.«

Was soll ich dazu sagen? Ich habe keine Lust, mich für meine Rückkehr zu rechtfertigen, zudem hat das nichts mit der Vergewaltigung von Alice zu tun. Egal, will ich die Wahrheit kennenlernen, dann bin ich gezwungen, mit Marc zu reden.

»Ich komme nicht um eine Auseinandersetzung mit Marc herum, ungeachtet seiner Abneigung gegen mich.«

»Aber nimm dich in Acht, ihm traue ich eine Dummheit zu. Er wirkt in letzter Zeit äußerst verzweifelt und aggressiv.«

»Unter Umständen ein Vorteil für mich. Zorn ist kein guter Ratgeber.«

»Na, dann viel Vergnügen.«

*

Das verwitterte Gebäude liegt wie ein alter Felsblock im Hafenareal. Es hatte die beste Zeit hinter sich, die Fassade rissig, die Jalousien schief in den Fenstern, die Werbetafeln verblasst, einzig die trendigen Jungunternehmen signalisieren einen frischen Auftritt mit ihren Leuchtreklamen. Es hätte mir bereits beim letzten Mal auffallen sollen, was für einen heruntergekommenen Eindruck dieser Firmensitz hinterlässt. Bei dem Anblick beschleicht mich ein schlechtes Gewissen, habe ich doch gar keine Ahnung von seinen Nöten, die ihn zwingen, hier auszuharren. Die Wirtschaft ist gnadenlos und bestraft jeden, der beim globalen Spiel nicht mithalten kann. Falsche Kunden, säumige Zahler, eine naive Strategie oder eine hasenfüßige Hausbank reichen aus, um von heute auf morgen in Schwierigkeiten zu geraten. Aber das ist nicht das heutige Thema.

Der Eingang wird zum Hindernis. Das Gebäude zu betreten, benötigt mit einem Mal Überwindung, als gäbe es da einen tiefen Graben. Francos Warnung verhallte vorübergehend, jetzt sind seine Worte plötzlich wieder da und lassen mich zögern. Hatte ich doch ein erstaunlich entspanntes Telefonat mit Marc, er war vielleicht etwas kurz angebunden, aber von Feindseligkeiten keine Spur. Er sei den ganzen Tag im Büro, nuschelte er eigenartig verhalten, als ich fragte, ob ich ihn sprechen könne.

Was soll dieser unvermittelte Respekt vor Marc? War er mir zu freundlich? Er hätte abweisender sein sollen, denn mein Besuch dürfte doch kaum etwas Angenehmes mit sich bringen und seit unserem Streit am Tag von Alice' Beerdigung gab es keinen Versuch der Versöhnung. Ich schüttle den Kopf, denn finde ich nicht zu meinem gesunden Menschenverstand zurück, versteige ich mich noch in hysterische Fantasien. Wir werden uns anschreien, aber nicht die Schädel einschlagen, dafür kennen wir uns schon zu lange.

Ich steige hoch in das zweite Geschoss und klopfe an seine Tür. Stille. Da und dort im Gebäude sind leise Geräusche zu vernehmen, nur nicht hinter Marcs Türe. Ich poche heftiger gegen die Tür, dass die Glasfüllung scheppert. Weiterhin Stille. Vielleicht ist er kurz weg, spekuliere ich, zögere einen Moment, blicke mich um, niemand zu sehen, dann drücke ich die Klinke nieder. Was ich sehe, lässt mich erstarren.

Wo man hinsieht – Papier und Chaos. Als hätte ein Sturm seine Wut an den Unterlagen und Dokumenten des Büros ausgelassen. Ausgeweidete Aktenordner liegen herum, die Inhalte verstreut, zerrissen, offene Schranktüren präsentieren pure Anarchie, ein zerstörter Flachbildschirm steckt im Papierkorb, ein Bürosessel mit aufgerissener Polsterung thront auf dem Schreibtisch und zwei beschuhte Füße lugen unter dem Tisch hervor.

Mit wenigen Sätzen umrunde ich den Tisch und knie neben Marc nieder. Er liegt auf dem Bauch, das Gesicht zur Seite, die Augen geschlossen. Mit den Fingern an seinem Hals wird mir schnell klar, dass er lebt. Er scheint bewusstlos zu sein, also bringe ich ihn in die Seitenlage, dann rufe ich die Ambulanz.

Er weist keine äußeren Verletzungen auf, erst als ich mich mit meiner Nase seinem Mund nähere, rieche ich den Schnaps. Nach kurzem Wühlen im Papier kommen zwei leere Flaschen Gin zum Vorschein, eine dritte ist nur zu einem Viertel voll. Mein Gott, der wollte sich zu Tode saufen. Ich schüttle ihn zuerst sanft, dann stärker, aber er gibt kein Lebenszeichen von sich. Ich beginne, nach irgendwelchen Tabletten zu suchen, im Fall er damit nachhelfen wollte, aber ich finde nichts. Endlich höre ich weit entfernt die Sirene der Ambulanz, sie wird immer lauter und verstummt vor dem Haus. Bis die Notfallsanitäter die Treppen hochgestürmt kommen, durchsuche ich weiter das Trümmerfeld.

Ich erkläre ihnen den Grund seines Zustandes, während sie ihn an Geräte anschließen und untersuchen. Sie arbeiten ohne jegliche Hektik und mit sicheren Griffen. Zwei Profis.

»Wir nehmen ihn mit, er hat mit Sicherheit eine schwere Alkoholvergiftung«, sagt der eine nach einer Weile.

Sie heben Marc auf die Bahre, schnallen ihn fest und tragen ihn runter in den Wagen. Ich bleibe oben, ziemlich ratlos, wie ich mit dieser Situation umzugehen habe. Muss ich ihn begleiten? Wäre es angebracht, die Polizei zu benachrichtigen? Wen sollte ich verständigen? Keinen blassen Schimmer. Ich blicke aus dem Fenster, sehe, wie sie ihn in den Wagen schieben, kurz darauf schließt der eine die Türen, dann rasen sie mit Sirene davon. Sie scheinen es eilig zu haben.

Stille kehrt ein, draußen läuft das Leben weiter, als wäre nichts gewesen. Ich schaue mich um, hebe da und dort mit der Fußspitze einen Papierhaufen an, blättere auf dem Tisch in einer herausgerissenen Buchhaltung und stochere mit einem Lineal in einem Wust aus zerknüllten Formularen. Es beschleicht mich der Verdacht, dass er beabsichtigte, zuerst sein Geschäft und dann sich selbst zu zerstören. Nichts mehr war zu gebrauchen und ich denke, als Treuhänder bekommt man gewaltigen Ärger, vernichtet man die Dokumente der Mandanten. Es war ihm egal, da er nicht mehr zur Rechenschaft gezogen werden kann, sollte er, wie geplant, seinen Suff nicht überleben. Wie verzweifelt muss man sein.

Aber wieso ließ er zu, dass ich ihn bei seinem Suizid stören könnte? Erhoffte er sich Rettung? Forderte er das Schicksal heraus? Wenn ich ihn rechtzeitig fände, dann wäre das höhere Gewalt, käme ich fünf Minuten zu spät, so auch. Ich traue ihm einiges zu, vor allem in seinem Zustand.

Gedankenverloren durchwühle ich die Stapel auf dem Schreibtisch, bis ein dicker, ledergebundener Terminkalender zum Vorschein kommt. Ich schlage ihn auf, überfliege die offenen Seiten, öffne Wochen weiter hinten wieder das Buch, blättere Monate nach vorne und staune. Er führte akribisch ein Geschäftsjournal, pro Tag eine ganze Seite. Bis und mit heute.

Es ist Zeit, die Lichter zu löschen.

Dieser letzte Satz spricht für sich, da bleibt nur die Frage nach dem Warum. Möglich, dass die Antwort in diesem Terminkalender zu finden ist, so detailliert, wie er die geschäftlichen Aktivitäten protokolliert und mit zahlreichen persönlichen Notizen ergänzt hat. Selbst das Wetter war ihm eine Zeile wert.

Ich drehe das Buch in meinen Händen und frage mich, was ich jetzt damit soll. Wieder hinlegen und verschwinden?

Mitnehmen und lesen? Letzteres wäre Diebstahl und könnte mich in Schwierigkeiten bringen. Meine heutige Anwesenheit ist kein Geheimnis und suchte jemand den Terminkalender, dann fiele der Verdacht sofort auf meine Person. Ich setze mich auf den Fenstersims und durchforste das Buch, da nehme ich wahr, wie ein Polizeifahrzeug vor dem Haus hält. Zwei Beamte steigen aus und steuern Richtung Eingang. Somit haben sich meine Überlegungen erledigt. Drei Minuten später wird die Tür geöffnet.

»Guten Tag. Ich bin Wachtmeister Forster, das ist Korporal Dreher. Dürfen wir fragen, wer Sie sind?«, erkundigt sich der eine Polizist.

»Guten Tag. Mein Name ist Vincent Roth, ich bin ein Freund von Marc Brecht, wollte ihn besuchen und habe ihn gefunden.«

»Und ich nehme an, es sah hier drinnen so aus, als Sie kamen?«

»Ja. Er lag da unter dem Schreibtisch und diese drei leeren Flaschen daneben. Ich fühlte seinen Puls, stellte fest, dass er lebt, und habe die Ambulanz gerufen.«

»Sie kennen ihn gut?«

»Wie es so ist, wenn man meint, jemanden gut zu kennen. Ich habe vorhin diesen Terminkalender aufgehoben, da stach mir die letzte Eintragung ins Auge. Das hätte ich ihm nie zugetraut.«

Ich zeige ihnen die Seite mit dem heutigen Tag. Beide lesen, dann schauen sie mich an.

»Suizid?«

»Ich will keine voreiligen Schlussfolgerungen ziehen, aber so könnte man diese Worte durchaus interpretieren. Es sieht aus, als wollte er sich zu Tode saufen. Ich wusste, dass er in finanziellen und privaten Schwierigkeiten steckt. Dass es derart hoffnungslos um ihn steht, ahnte ich allerdings nicht.«

»Okay, dann sehen wir uns gezwungen, die Ursache näher zu betrachten. Herr Brecht befindet sich in einer kritischen Verfassung und es ist möglich, dass er diese

Alkoholvergiftung nicht überlebt. Wir werden dieses Büro versiegeln, damit bei Bedarf eine Untersuchung eingeleitet werden kann. Unter Umständen benötigen wir eine Aussage von Ihnen. Darf ich Sie bitten, mit uns den Raum zu verlassen und uns Ihre Daten zu geben.«

Ich nicke und warte im Korridor, bis sie die Türe schließen. Beim Streifenwagen diktiere ich ihm meine Personalien, während sein Kollege das Büro versiegeln geht. Wir verabschieden uns und ich schaue ihnen hinterher.

Kapitel 29

»Was ist denn los mit meiner Welt, verflucht nochmal!«

»Beruhige dich, Vincent. Es gibt Hoffnung, er ist ja noch am Leben«, versucht Lucie mich zu besänftigen.

Selbstverständlich hat sie recht, nur denke ich, man darf fassungslos sein, wenn man zusehen muss, wie nahezu die ganze Vergangenheit vor die Hunde geht.

»Mir wurde heute klar, wie eng unsere Schicksale miteinander verwoben waren und wie schnell aus Freundschaft Feindschaft werden kann.«

»Was willst du damit sagen?«, fragt mich Betty.

Ich krame mein Ding aus der Hosentasche und öffne die Fotos.

»Ein erstaunliches Ding. Achtundzwanzig Bilder in kürzester Zeit, während die Polizisten in den zweiten Stock stiegen. Gestochen scharf. Hier die Eintragungen des letzten Monats in Marcs Terminkalender.«

»Du bist vielleicht ein durchtriebener Fuchs!«, lästert Betty und vergrößert ein Foto, damit sie den Text lesen kann. »Ich sende sie weiter, dann sehen wir sie am Laptop in Großformat.«

Ich nicke und lasse sie wirken, unterdessen rauche ich eine Zigarette auf dem Balkon. Auf dem Nachhauseweg las ich einige Passagen und erschrak über die Vehemenz seiner Formulierungen. In den Worten kommt sein ganzer Zorn zum Tragen und ich befürchte, dass die Mädchen bestürzt sein werden. Ich frage mich, wie nüchtern er war, als er gewisse Zeilen geschrieben hat. In erster Linie zielte er gegen Alice, selbst nach ihrem Tod fand er keine versöhnlichen Worte über sie. Ich brauchte einen Anlauf, bis ich herausfand, dass sie gemeint war, wenn er von der Hure schrieb. Dann war ich es, dem er seine Verabscheuung entgegenbrachte, aber genau genommen hasst er alle und jeden. Seine Eintragungen triefen von Verbitterung. Betty ruft, ich gehe hinein und beuge mich mit den beiden über den Laptop. Das erste Foto zeigt den heutigen Tag mit der abschließenden Bemerkung.

»Geh doch mal zu dem Tag nach Alice' Beerdigung«, bitte ich sie.

Mit dem zweiten Anlauf findet sie das Bild. Wir lesen gemeinsam, was ich schon kenne. Die Reaktionen lassen nicht lange auf sich warten.

»Er hält nicht viel von Frauen«, meint Lucie trocken.

»Armer Wicht«, ergänzt Betty.

Ich staune über ihre besonnene Haltung, gäben doch die Bezeichnungen, die Marc für sie ausgesucht hatte, Anlass zu Entsetzen. Hurenfotzen, Fickschlampen und Schwanzlutscherinnen waren die gängigen Beleidigungen, die er mit abartigen Fantasien in Verbindung brachte, welche mich beschämen. War er besoffen, als er dies schrieb? Und dann der Satz über Alice.

Endlich ist die Hure unter dem Boden.

Das ist keine Entgleisung, das ist der pure Hass.

Mit Abscheu, aber auch mit einer zwanghaften Neugier lesen wir uns schweigend und mit angehaltenem Atem durch die anderen Tage des Terminkalenders. Zum Schluss schauen wir uns verstört an.

Betty bringt es auf den Punkt: »Was für eine abgedrehte Rache. Alice leiht Marc Geld für sein Geschäft, obschon sie weiß, dass er es niemals zurückzahlen kann, und lässt ihn dann ausbluten. Jeden Monat hat er siebentausend Franken abzustottern. Gnadenlos treibt sie ihn in die Insolvenz.«

»Ich gebe zu, ihr grausames Spiel fasziniert mich. Aber es stellt sich auch die Frage, wie weit man gehen darf. Ist das nicht eine Form von Selbstjustiz? Was bedeutet es, wenn Marc seinen Suff nicht überlebt? Wäre das Mord?«, fragt sich Lucie.

Ich muss mich setzen.

»Nicht zu fassen. Über Jahre hinweg zerfleischen sich zwei Menschen«, murmle ich.

»Das verstehe ich nicht. Alice' Tod bedeutet doch seine Erlösung, und trotzdem sauft er sich die Birne weg.«

Wir denken über Bettys Einwand nach, denn er ist nicht von der Hand zu weisen.

»Womöglich kam ihr Tod zu spät. Die Ironie des Schicksals«, meint Lucie.

Ich habe das Gefühl, in eine griechische Tragödie geraten zu sein und die Akteure nicht zu kennen. Weder Alice noch Marc hätte ich Niedertracht und Grausamkeit zugetraut. Ich seufze und stehe auf, um mir ein Glas Whisky einzuschenken, aber mir fällt die vergangene Nacht ein, also fülle ich es mit Wasser.

Wir sind ratlos und überfordert.

»Wisst ihr was? Ich bereite uns ein Abendessen zu«, werfe ich ein. »Habt ihr Lust auf Spaghetti Arrabiata mit einem Eisbergsalat?«

Ihren Gesichtern ist die Erleichterung anzusehen, droht doch der Abend in eine tiefe Depression zu stürzen. Mit Eifer mache ich mich ans Werk, während Lucie auf dem Balkon den Tisch deckt und Betty weiterhin in den Seiten des Terminkalenders liest. Das Essen ist schnell zubereitet, denn Bettys Vorratskammer verfügt über selbst eingekochte Sugo. Ich scheuche die beiden zu Tisch, öffne eine Flasche Rotwein und serviere das Abendessen.

Betty bricht das Schweigen: »Sollten wir uns morgen nicht nach Marc erkundigen?«

»Ich werde Franco anrufen. Er wird einfacher an Informationen kommen«, antworte ich. »Und ich werde mit Verena sprechen.«

»Du meinst, sie wusste Bescheid?«

»Das ist die Frage.«

»Wenn sie tatsächlich die Freundin war, wie sie behauptet, dann kann ich mir nicht vorstellen, dass sie davon keine Ahnung hatte.«

»Ja, das scheint mir auch unwahrscheinlich und zudem nähme es mich wunder, wie weit Boris informiert war. Wiederum fürchte ich, in eine Eiterbeule zu stechen und Dinge zu erfahren, die ich gar nicht wissen möchte. Geht es uns überhaupt etwas an?«

Wir kauen einträchtig wie Kühe.

»Grundsätzlich hat uns diese ganze Geschichte am Arsch vorbeizugehen. Verdammt, wir sind nicht gefragt worden, wir haben nichts dazu beigetragen und es betrifft uns nur am äußersten Rand«, wettert Betty.

»Ja, sicher, aber betrachten wir das Elend in seiner gesamten Ausdehnung, dann kann ich mich nicht vollkommen aus der Schuld nehmen. Hätte ich nicht Mist gebaut und wäre ich nicht in die Abgeschiedenheit verschwunden, so gäbe es dieses Drama nicht. Kausalhaftung nennt man das.«

»So ein Schwachsinn! Du kannst doch nicht für alles verantwortlich gemacht werden. Das sind oder waren erwachsene Menschen. Ist der Architekt schuld, wenn jemand von seinem Gebäude in den Tod springt? Abgesehen davon hat es in deinem Eingeständnis zu viele Konjunktive.«

»Ich rede von einer moralischen Schuld.«

»Ja, das mag gelten, wenn sie nicht bei Sinnen gewesen wären. Und bleiben wir doch gleich beim Konjunktiv, denn ich behaupte, du wärst damals nicht davongelaufen, hättest du gewusst, wie sich das Verhältnis zwischen den Zurückgebliebenen verändern wird.«

Bettys Standpauke bringt mich zum Schweigen. Mir fehlen die Argumente und ich sehe ein, dass meine Selbstanklage nur zum Selbstzweck dient. Ich ergebe mich und hebe beide Hände.

»Erbarmen, sei gnädig mit meiner verunglückten Vergangenheitsbewältigung. Ich gebe zu, ich habe offensichtlich Probleme, den ganzen Mist zu akzeptieren. Jetzt, wo ich weiß, was geschah, verliere ich die Freude an den Erinnerungen.«

»Mach einen Strich unter die Vergangenheit und schreite mit uns in die Zukunft«, sagt Lucie mit pathetischer Betonung.

Wir schauen uns an und langsam beginnen wir zu grinsen. Die Stimmung entspannt sich, mir wird warm ums Herz und ich bin dankbar, mit den Mädchen zusammen zu sein. Nicht auszudenken, was es bedeuten würde, diesen Mist alleine erleiden zu müssen.

»Apropos Zukunft. Lass uns doch morgen in den Laden gehen. Es hat sich schon einiges verändert.«

»Grandiose Idee. Das machen wir.«

So werde ich wieder in die Gegenwart befördert.

»Wenn die Delikatessen morgen kämen, wären wir bereit. Viel früher, als du dir gedacht hast«, erklärt Betty mit einem unübersehbaren Stolz.

Ich bin beeindruckt, habe ich doch während der letzten Tage die Übersicht ein wenig verloren. Ich war zu sehr mit eigenen Problemen beschäftigt.

»Du bist eine Perle. Ohne dich befände sich meine Idee noch in der Findungsphase. Es ist Zeit, das nächste Kapitel aufzuschlagen.«

Meine Worte lösen gegenseitige Blicke aus, die nicht klar zu deuten sind.

»Was meinst du damit?«

»Am Montag haben wir einen gemeinsamen Termin beim Notar. Unsere Geschäftspartnerschaft bekommt mit einigen Unterschriften den offiziellen Status. Wir gehen so etwas wie eine Ehe ein.«

»Und ich bin die Trauzeugin?«, fragt Lucie erfreut mit vollem Mund.

»Dann putzen wir uns feierlich heraus, wir Mädels im kleinen Schwarzen, du im Smoking und am Abend gibt es ein opulentes Dinner bei Kerzenlicht.«

»Wenn wir derart aufgedonnert beim Anwalt erscheinen, wird er sich bezüglich unserer Zurechnungsfähigkeit Sorgen machen. Aber an mir soll es nicht scheitern. Habt ihr denn ein kleines Schwarzes und passende High Heels?«

»Du hast ja gar keinen Smoking.«

»Zuletzt hing mein Smoking im Kleiderschrank und mit etwas Glück hat Alice ihn nicht entsorgt. Ein Anruf bei Boris gäbe Gewissheit, sonst kaufe ich mir einen.«

»Machst du jetzt Witze?«

»Nein, keineswegs. Ich denke, diesem Tag gebührt durchaus eine angemessene Feierlichkeit.«

Die beiden schauen sich erfreut an, dann meint Lucie: »Darling, in dem Fall ist klar, was wir am Montag zu erledigen haben.«

»Ich freue mich jetzt schon auf euren Anblick.«

»Übrigens habe ich auch etwas zu feiern«, bemerkt Lucie und putzt mit einem Stück Brot ihren Teller leer.

Unsere Neugier ist geweckt.

»Dein Geburtstag?«, frage ich.

»Nein, ich habe dem Verlag eine Auswahl deiner Fotos und die ersten zwei Kapitel geliefert. Das Echo war sehr erfreulich. Sie wünschen sich die Negative, damit sie am Layout arbeiten können. Das ist Grund genug zu feiern.«

Betty küsst Lucie liebevoll auf den Mund.

»Ich freue mich so für dich«, haucht sie.

»Was für ein grandioser Erfolg. Ich bin überwältigt«, verkünde ich.

Ich stehe Betty in nichts nach und küsse Lucies Mund. Sie ist sichtlich gerührt und umarmt uns beide voller Inbrunst. Zum Glück ist der Tisch standfest und das Geschirr leer.

Wir beruhigen uns und Betty meint: »Was für eine seltsame Zeit. Tragödien wechseln nahtlos mit Glückseligkeit.«

»Das eine können wir beeinflussen, das andere nicht, habt ihr mir zu verstehen gegeben.«

*

Ein Sonntagmorgen wie aus dem Bilderbuch. Das liebliche Morgenlicht, das sich durch den nachlässig geschlossenen Vorhang zwängt, schenkt dem Schlafzimmer eine pastellfarbene Note. Faul liegen wir im Bett und dösen vor uns hin. Mein Schlaf glich jenem eines Toten, weshalb ich keine Ahnung habe, was die beiden neben mir getrieben haben. Je später der gestrige Abend, desto erotischer das Knistern in der Luft, aber die Müdigkeit nahm mich aus dem Spiel.

Beim Erwachen brauchte ich einen Moment, um den warmen und weichen Leib an meiner Seite einzuordnen. Ein wohliges Gefühl überkam mich und ich kuschelte den Kopf an Lucies Brüste. Dann dämmerte ich nochmals weg und später fragte ich mich, ob das nur ein Traum gewesen war. Es war und ist Realität, denn mein Körper schmiegt sich weiterhin an ihre Kurven. Sie dreht mir den Rücken zu, ihre Haare kitzeln in der Nase. Ich atme ihren Duft tief ein und es überkommt mich, ihren Nacken zu küssen und die Hand auf ihre Hüfte zu legen. Sie schnurrt wie eine zufriedene Katze.

Wieder so eine aufgeladene Stimmung, die mir alle Chancen, aber auch sämtliche Risiken offenlässt. Beginge ich jetzt den Kardinalfehler, Lucie von hinten mit meinem steifen Schwanz zu bedrängen, oder zeigte sie sich enttäuscht, wenn ich es nicht täte? Wo beginnt und wo hört unsere Dreierbeziehung auf? Trotz den prickelnden Signalen befürchtet meine Vernunft, etwas Einmaliges aufs Spiel zu setzen, was experimenteller Sex nicht wert wäre.

Mich verlässt die treibende Kraft der Lust und ich vertage die Entscheidung, ob ich den Versuch riskiere, unsere Beziehung zu versauen. Ich werde vorerst den beiden die Initiative überlassen, nicht wirklich mutig, aber weniger gefährlich.

In diesem Moment räkelt sich Betty, gähnt und nuschelt: »Ich muss dringend pinkeln, sonst mach ich ins Bett.«

Ich höre, wie sie sich vom Laken befreit und aus dem Schlafzimmer trippelt. Lucie dreht sich mir zu und lächelt mich verschlafen an.

»Bonjour, mein Liebster. Ich genieße es, von dir am Morgen im Nacken geküsst zu werden. Ein wohliges

Kribbeln lief mir den Rücken hinunter bis tief in die Muschi.«

»Das war nicht mein Plan, mehr ein Reflex. Dein Duft und dein Körper haben mich betört.«

»Wieso hast du dich nicht bedient?«

»An der Lust auf dich lag es auf gar keinen Fall.«

»Ich verstehe«, sagt sie leise.

Im Bad rauscht die Spülung, kurz darauf lehnt Betty splitternackt am Türrahmen und fragt mit einem lasziven Unterton: »Habt ihr Lust auf Frühstück oder wollen wir noch ein wenig rummachen?«

»Wir haben Hunger«, beantwortet Lucie die Frage.

Betty nickt und meint: »Na, wenn das mal keine klare Ansage ist.«

Wir ziehen uns nachlässig an, nur mit Unterhosen und T-Shirts, dann teilen wir uns die Arbeit in der Küche. Das Birchermüsli ist meine Aufgabe, Betty deckt den Tisch und kocht Kaffee, während Lucie Speck und Eier in die Pfanne haut. Eine locker-lässige Koproduktion, in erster Linie dem Umstand geschuldet, dass keiner von uns ein Morgenmuffel ist. Unsere Gespräche drehen sich um Banalitäten, was der Tiefgründigkeit der letzten Tage das nötige Gegengewicht verleiht. Wir reden von einem neuen und umfassenderen Geschirrservice, über das Abo einer Sonntagszeitung, Nagellack, Zigaretten vor dem Frühstück, Rülpsen und unsere Geräuschkulisse in der Nacht. Die Mädchen kennen selbst bei heiklen Themen keine Scheu.

»Wisst ihr, das Schwierigste bei einer neuen Liebe ist nicht der erste Kuss, sondern der erste Furz«, albert Betty lacht und haut mir mit der flachen Hand auf den Rücken.

Ich verschlucke mich beinahe am Ei und huste und lache gleichzeitig. Offenbar haben wir die Schwelle der Peinlichkeiten endgültig überwunden und wie es aussieht, stehen diesbezüglich die Frauen den Männern in nichts nach. Eine wohltuende Beziehung, der einzig der Sex zum Verhängnis werden könnte, aber das sei im Moment ausgeklammert.

Nach dem Frühstück und der Küchenarbeit ziehe ich mich zurück, um in Ruhe Franco anzurufen.

Es dauert eine Ewigkeit, bis er den Anruf entgegennimmt.

»Du störst mich beim Tennis. Ich hoffe, es ist wichtig.«

»Seit wann spielst du Tennis?«

»Schon etliche Jahre. Irgendein Idiot hat mir erzählt, dass hier die schärfsten Bräute in den kürzesten Röckchen anzutreffen sind. Es war selbstverständlich gelogen, aber da hatte ich schon den Beitrag gezahlt. Aber deswegen hast du nicht angerufen. Was gibt's denn?«

»Hast du eine Ahnung, wie es um Marc steht?«

Einen Augenblick herrscht Stille.

»Warum? Sollte es ihm denn unter Umständen schlecht gehen?«

»Ich habe ihn gestern in seinem verwüsteten Büro gefunden. Er lag unter dem Tisch, stockbesoffen und nicht mehr ansprechbar. Ich rief die Ambulanz. Sie lieferten ihn mit einer schweren Alkoholvergiftung ein. Das ist mein Kenntnisstand.«

Wieder Stille.

»Verdammte Scheiße, das darf aber nicht wahr sein«, platzt es dann aus ihm heraus.

»Kannst du herausfinden, wie es um ihn steht?«

»Ich melde mich wieder.«

Und weg ist er.

Kapitel 30

Mit staunenden Augen folgen wir Bettys Erklärungen. Wie eine Architektin führt sie uns durch den Laden und zeigt uns sämtliche Arbeiten, die ausgeführt wurden. Neue Beleuchtung, WLAN-Erschließung, im Büro ein Computer mit Drucker, eine Kasse, sanierte Kühlanlage, eingebaute Regale, Malerarbeiten und zur Krönung der optische Feinschliff mit geschmackvoll ausgesuchten Möbeln aus dem Trödlerladen. Letzteres wäre mir nie in den Sinn gekommen, dafür braucht es die kreative Vision, wie sich der mit Waren gefüllte Laden darstellen wird. Zudem ist sie eine grandiose Verkäuferin. Unsere Blicke hängen an ihren Lippen, als sie erzählt, welche Produkte wo platziert werden und wie die Schaufensterauslage auszusehen hat. Sie ist offensichtlich im Element. Da meldet sich mein Ding. Es ist Franco.

Ohne Begrüßung legt er los: »Er lebt, aber ist nicht über den Berg. Er befand sich in einem Schockzustand und eine Dialyse war nötig. Sein Kreislauf spielt noch verrückt, was Sorge bereitet. Erschwerend kommt sein Diabetes hinzu. Es sieht schwer nach Todessehnsucht aus. Dieser Idiot, dieser verfluchte.«

Irgendwie habe ich mit solch einer Nachricht gerechnet, sie überrascht mich nicht, legt sich trotzdem schwer auf den Magen.

»Verdammt nochmal! Warum? Ich verstehe das nicht.«

»Lass die Fragerei und wühl nicht zu tief im Dreck. Es kommen Geschichten zum Vorschein, die du nicht hören möchtest.«

»Na toll, jetzt bin ich aber beruhigt und kann wieder tief und fest schlafen.«

»Hör doch auf. Du hast dich fünfzehn Jahre nicht um deine alten Freunde gekümmert, also kannst du es auch jetzt lassen.«

Ich will antworten, aber er hat die Verbindung bereits unterbrochen. Verdutzt schaue ich auf das Display, dann zu den Mädchen, denen die Fragen ins Gesicht geschrieben stehen. Ich erzähle, was er mir berichtet hat.

»Vielleicht sind unsere Spekulationen doch nicht so falsch. Alice und Marc bekriegten sich und Franco hing auf die eine oder andere Weise mit drin. Eine Schlangengrube, die wir tunlichst nicht betreten sollten«, sagt Lucie mit einem besorgten Unterton.

Ich nicke und erwidere: »Ja, es scheint so. Lassen wir uns die Laune nicht verderben. Das Geschehene können wir nicht mehr beeinflussen, darum widmen wir uns jetzt der Zukunft und überlegen, wann die Eröffnung stattfinden wird.«

Bettys Augen glitzern wieder, nachdem ihr Blick getrübt war.

»Bis der Laden und das Büro betriebsbereit sind, benötige ich noch etwa zwei Wochen, was aber mehr Vorlauf braucht, sind die Werbung und die Einladungen für die Eröffnung. In einem Monat könnte es losgehen.«

»Ich schlage Ende September vor, also in etwa sechs Wochen. Früher würde ich nicht starten, sonst dauert es zu lange, bis wir unseren schwarzen Trüffel im Sortiment haben. Ich rufe morgen Claude an, damit er disponieren kann, wenn du einverstanden bist.«

»Aber sicher. Das gibt uns mehr Zeit, eine Werbekampagne zu initiieren. Ich habe da eine Idee.«

»Oh, wie schön. Wirst du uns damit überraschen oder dürfen wir erfahren, was du vorhast?«

»Lasst mir etwas Zeit, noch ist nicht alles ausgegoren«, murmelt sie abwesend, während sie ihr Ding konsultiert. »Wie wäre es mit dem achtundzwanzigsten September für die Eröffnung?«

»Ist gebucht.«

*

Am Nachmittag sitzen Lucie und ich vor meinen Kartons mit den Fotos und suchen die Negative heraus. Betty hackt hochkonzentriert auf dem Laptop herum.

Ich schweife immer wieder ab, wenn Aufnahmen auftauchen, die ich mir schon ewig nicht mehr angeschaut habe. Sentimentale Erinnerungen werden geweckt und ein dumpfes Gefühl von Heimweh beschleicht mich. Bilder von betörender Schönheit, mächtiger Kraft und verführerischer Reinheit. Das Wetter und die Jahreszeiten waren starke Motive und setzten die Naturgewalten beeindruckend in Szene. Wolkenbrüche, Stürme, Schneetreiben, Cumulusberge, Nebelschwaden, Reif, Gewitter und die Sonne in allen Variationen. Bei diesen Spektakeln sass ich immer ehrfürchtig in der ersten Reihe. So ist es eine Schwarzweißaufnahme, die mich in ihren Bann zieht.

»Woran denkst du?«, fragt Lucie.

Ich komme zurück aus meinen Erinnerungen.

»Mit diesem Foto ist eine Geschichte verbunden, die mich heute noch schaudern lässt. Diese Wolkenwand brachte wohl das schlimmste Unwetter über die Cevennen. Das Bild zeigt die Ruhe vor dem Sturm, wenig später brach er los. Wie ein Wahnsinniger tobte er sich aus und ließ kaum etwas unbeschadet zurück. Dächer wurden abgedeckt, Bäume umgerissen, Gerüste umgeworfen, Straßen überflutet, Hänge ins Rutschen gebracht, Menschen verletzt und Tiere getötet.

Mein Hof kam mit dem Schrecken davon, du hast ja gesehen, er steht derart exponiert, dass die Erbauer auf eine solide Bauweise geachtet hatten. Louis und ich harrten drinnen aus, während draußen der Weltuntergang stattfand. Die Tiere hatten wir rechtzeitig in Sicherheit gebracht, alle Fensterläden auf der Westseite waren geschlossen, also konnten wir beruhigt dem Toben der Elemente lauschen. Es war ein später Nachmittag, aber es herrschte beinahe Dunkelheit. Blitze durchbrachen die tief hängenden Wolken, Donner zerrissen das Heulen des Windes. Nach einer Stunde beruhigte sich der Sturm langsam und ich entschloss mich zu einem kurzen Kontrollgang. Louis und ich gingen um den Hof, aber fanden keine Schäden. Es regnete in Strömen, weshalb ich möglichst schnell wieder ins Haus wollte, um das Abendessen vorzubereiten, da blieb Louis plötzlich stehen und begann zu knurren. Ein Wolf? Es war nichts zu erkennen, zu düster das Licht, zu dicht der Regen. Ich rief ihn, aber er machte keinen Wank. Ich stellte mich neben ihn und schaut in die Richtung, in die er starrte.

Da, nach einer Weile, schälte sich aus dem trüben Grau eine torkelnde Gestalt. Sie bewegte sich mühselig auf uns zu. Wir rannten entgegen und als wir ihn erreichten, sahen wir, dass es ein Wanderer war. Ein Mann mit einem Rucksack. Er sprach Deutsch und bat um Hilfe. Ich nahm ihm das Gepäck ab, fasste um seine Taille und half ihm bis zum Haus.

Er war völlig erschöpft und durchnässt. Er nahm das Angebot einer heißen Dusche dankend an, währenddessen ich seine Kleider auswrang und aufhängte und Wasser für einen Tee aufsetzte. Ich gab ihm eine Hose und einen Pullover, denn der moderne Rucksack hatte dem Sturm nicht standgehalten, der ganze Inhalt war triefend nass. So saßen wir später am Tisch, tranken Tee und er erzählte eine seltsame Geschichte.

Sie hätten etwa eine halbe Stunde von hier in einem Zelt gecampt, berichtete er.

Sie? Mehrzahl?

Er und seine Frau, antwortete er auf die Frage, ohne mich anzuschauen.

»Und wo ist jetzt Ihre Frau?«, wollte ich wissen.

Keine Ahnung, meinte er knapp. Sie hätten sich im Sturm aus den Augen verloren, nachdem ihnen das Zelt weggerissen worden war, erzählte er. Dann entschloss er sich, hierherzulaufen, sein Navigationsgerät habe den Hof angezeigt.

»Dann müssen wir dringend nach Ihrer Frau suchen«, drängte ich.

Ich solle ihm ein wenig Erholung gönnen und warten, bis der Regen aufhört, danach könnten wir aufbrechen, sagte er.

Ich war fassungslos. Befände sich meine Frau da draußen in dem Unwetter, ich käme nie auf die Idee, heiß zu duschen und in aller Ruhe Tee zu trinken, ich müsste sofort los, um sie zu finden.

Ach, der werde schon nichts passiert sein, sie sei hart im Nehmen, bemerkte er trocken.

Das war mir egal, ich lief mit Louis los. Es goss aus Kübeln und Louis hatte Mühe, der Fährte zu folgen. Oft blieb er unschlüssig stehen, schnupperte nach der Spur, aber fand immer wieder ein Geruchsfragment, welches ihn weiterführte. Die Fährte führte durch den Wald, zuerst den Hang hinunter, dann hoch auf die gegenüberliegende Anhöhe. Langsam hörte der Regen auf und die Wolken lichteten sich. In etwa zwei Stunden würde die Dämmerung einsetzen, was uns nicht mehr viel Zeit ließ.

Endlich erreichten wir einen Platz mit einer Feuerstelle, der flach genug war, um ein Zelt aufzustellen. Louis quittierte mit einem kurzen Bellen. Ich schaute mich um, aber nichts war zu entdecken. Ich rief und begann systematisch die Umgebung zu erkunden. Nichts, keine Spuren, kein Zelt oder Teile davon. Nirgends hing ein Fetzen in den Ästen, kein Ausrüstungsgegenstand lag herum. Ich fragte mich, ob wir an der richtigen Stelle waren. Sinnlos, weiter zu suchen, bald würde es dunkel sein. Niedergeschlagen gingen wir zurück.

Als wir beim Hof eintrafen, stand die Türe offen und der Wanderer war verschwunden. Seine Kleider, seinen Rucksack hatte er mitgenommen und später stellte ich fest, dass auch Lebensmittel, die geliehenen Klamotten sowie mein kleines bisschen Bargeld aus der Schublade des Schreibtischs fehlten. Das Geld unter dem Fußboden hat er zum Glück nicht gefunden.

Was für ein mieser Drecksack, dachte ich, und gleichzeitig musste ich über meine Naivität schmunzeln. Am liebsten wäre ich ihm gefolgt, aber ich hatte keine Lust, in der Dunkelheit herumzustolpern, zudem war es ein kleiner Geldbetrag, den er entwendet hatte. Ich nahm mir vor, am nächsten Tag bei der Gendarmerie vorbeizuschauen. Erschöpft gingen wir schlafen.

Am folgenden Tag ging ich hinunter ins Tal und gab eine Anzeige auf. Wie ich dem Gendarmen meine Geschichte erzählte, wurden seine Augen immer größer und ich musste Fragen beantworten, bis ich genug davon hatte und nach dem Grund seines Interesses fragte. Er gab mir zur Antwort, dass seit fünf Tagen ein deutsches Ehepaar vermisst werde. Sie waren in der Gegend auf einer Tour und sollten schon lange in einem Hotel angekommen sein.

Ich ging wieder auf den Hof zurück und erst Wochen später vernahm ich, dass eine weibliche, bis zur Unkenntlichkeit verstümmelte Leiche im Fluss gefunden wurde. Untersuchungen ergaben, dass es die Frau des Wanderers war. Von dem Wanderer fehlt heute noch jede Spur. Vielleicht lebt er auch nicht mehr.«

Lucie starrt mich an, Betty hat längst mit Tippen aufgehört.

»Verrückt. Sag mal, erfindest du diese Geschichten?«, fragt Lucie entgeistert.

»Wieso?«

»Weil sie sich alle so fantastisch anhören. Erzählungen aus verrückten Abenteuern, die uns Stadtbewohnern völlig fremd sind.«

»Na ja, die Cevennen produzieren nicht dieselben Geschichten wie eine Stadt. Da oben gibt es in erster Linie Natur und der Mensch wird davon geprägt. Es ist eine vollkommen andere Welt. Und wenn du bedenkst, dass ich fünfzehn Jahre da oben war, ereignete sich gar nicht so viel. Was geschah, barg allerdings immer eine Dramatik in sich.«

»Gibt es noch mehr Geschichten, die ich hören sollte?«

»Möglich, dass mir die eine oder andere in den Sinn kommt. In den Tagebüchern gäbe es sicherlich weiteren Stoff, aber jeder Mist ist auch nicht interessant.«

»Ja, deine Tagebücher«, seufzt Lucie.

Mir ist klar, dass meine Aufzeichnungen für sie eine sprudelnde und unfiltrierte Quelle von Eindrücken bedeuten. Gleichzeitig steht da Persönliches drin. Andererseits habe ich ihnen schon mancherlei Intimes von mir erzählt, dass es kaum mehr eine Rolle spielt, zudem sind die beiden zu offen in ihren Wesen, um sich an vertraulichen und erotischen Notizen zu empören. Ich stehe auf und hole im Zimmer die Tagebücher.

»Ich hoffe, du kannst meine Schrift entziffern.«

Sie lächelt mich an und fragt: »Bist du dir wirklich sicher?«

»Natürlich nicht. Zwei Bedingungen sind damit verbunden. Erstens, nichts dringt davon nach außen, und zweitens, nichts davon verwendet ihr gegen mich.«

Jetzt mischt sich Betty ein: »Ja, hat es denn so viele Sauereien da drin?«

»Sagen wir es so: Wenn ich gewusst hätte, dass die Tagebücher von jemand anderem als nur von mir gelesen würden, hätte ich einige Eintragungen weggelassen oder weniger direkt formuliert.«

Lucie blättert bereits eifrig in den Büchern.

»Ich kann es lesen.«

Sogleich versinkt sie in der Lektüre und es dauert nicht lange, bis Betty auch einen Band zur Hand nimmt und zu schmökern beginnt. Ich überlasse sie ihrer Neugier und verschwinde im Zimmer, um zu lesen, bis die Augen zufallen.

Kapitel 31

Montag. Weiterhin zeigt sich das Wetter von einer beunruhigend sonnigen Seite. Zu trocken, zu heiß, selbst für sommerliche Verhältnisse. Wir sind schon früh auf den Beinen, trieb uns doch die nervöse Vorfreude auf einen besonderen Tag aus dem Bett. Die beiden schnattern aufgekratzt während des Frühstücks, gilt es für sie, herauszufinden, was und wo eingekauft werden soll.

Ich wähle Boris' Nummer.

»Salut Vincent.«

»Salut Boris, störe ich dich?«

»Nein, ich habe erst am Nachmittag einen Termin, bis dahin arbeite ich zu Hause. Was liegt an?«

»Ich benötige für heute Abend einen Smoking. Meiner hing vor fünfzehn Jahren im Kasten im Ankleideraum. Weißt du, existiert er noch?«

Eine kurze Pause.

»Du wirst erstaunt sein, aber den gibt es tatsächlich. Vor Monaten wollte ich ihn wegwerfen, da hat Alice ihr Veto eingelegt. Kommst du ihn holen?«

»Gerne. In einer Stunde werde ich bei dir sein.«

Wir verabschieden uns.

Der Tag hat mehr Zeit erhalten, bleibt mir doch der mühselige Einkauf eines Smokings erspart, was aber das Risiko erhöht, die beiden begleiten zu müssen.

»Und du passt da noch rein?«, fragt Lucie skeptisch.

»Das wird sich herausstellen, aber mein Körper hat sich in all den Jahren kaum verändert.«

Ich war kräftiger geworden, ansonsten war mir immer eine schlanke Figur gegönnt. Früher achtete ich auf eine ausgewogene Ernährung und trieb Sport, denn ein erfolgreicher Mann sollte leistungsfähig aussehen. Dicke Menschen seien schwach im Willen und nicht belastbar. Ja, das war meine Meinung.

*

»Komm rein.«

Er lässt mich eintreten, geht voraus ins Wohnzimmer. Über der Rückenlehne des Sofas liegt der Smoking, fein säuberlich in einem durchsichtigen Plastiküberzug, am Boden stehen die schwarzen Lackschuhe.

»Darf ich dir etwas zu trinken anbieten? Ein Bier oder ein Glas Weißwein?«

»Ein Wasser reicht vollkommen. Ich denke, heute wird es noch genügend Alkohol geben.«

»Hast du was zu feiern?«

»Ja, heute wird Betty offiziell meine Geschäftspartnerin. Wir haben den Termin beim Notar, anschließend werden wir feiern gehen. Die Mädchen wünschten sich unbedingt ein feierliches Abendessen mit allem Brimborium.«

»Glückspilz«, meint er und reicht mir ein Glas Wasser.

»Ja, dessen bin ich mir bewusst. Das Schicksal wählt manchmal seltsame Pfade, was beweist, dass längst nicht alles planbar ist.«

»Wem sagst du das.«

Ich höre einen bitteren Unterton heraus.

»Hast du übrigens von Marcs Schicksal gehört?«

»Wie sollte ich? Die reden kaum mit mir. Wieso, was ist passiert?«

Ich erzähle ihm die Geschichte, ohne jegliche Emotionen, nur die Tatsachen, spreche aber sein finanzielles Desaster und die Verpflichtung gegenüber Alice nicht an.

»Hat er seine Drohung endlich in die Tat umgesetzt. Er sprach schon lange davon«, bemerkt Boris kalt. »Selbst das hat er vergeigt.«

»Du urteilst gnadenlos hart.«

»Ja, das hat seinen Grund. Er ist ein Schwein, der es versäumt hat, sein Verbrechen einzugestehen und um Verzeihung zu bitten. Ein blinder Egoist, der seine Seele für den Erfolg verkaufte und dumm genug war, dies nicht zu bemerken. Eine tragische Geschichte.«

Ich nicke und warte auf die Fortsetzung, aber Boris versinkt in Gedanken.

»Ich weiß Bescheid. Franco hat es mir erzählt und ich habe mit Verena gesprochen«, sage ich nach einer Weile.

»Dann weißt du, was er ihr angetan hat und wie sie darunter gelitten hat.«

»Ja, und trotzdem ist dieser jahrelange Psychokrieg schwer nachvollziehbar.«

»Rache. Eine verletzte Seele nahm Vergeltung.«

»Und du musstest zusehen.«

»Alice war eine starke Frau, sie ließ sich nicht beeinflussen. Ehrlich gesagt war ich lange der Meinung, dass Marc es verdient hat. Erst gegen Schluss, als sie ihn endgültig zerstörte, da versuchte ich, sie zur Vernunft zu bringen, aber da war es zu spät. Sie wurde beherrscht von purem Hass.«

Das zu hören, schmerzt. Gerne hätte ich etwas Tröstliches erfahren, das diese griechische Tragödie in einem erfreulicheren Licht erscheinen liesse, leider bestätigt er Francos Erzählung.

»Ich danke dir für deine Offenheit und für den Smoking. Das Rad lässt sich leider nicht mehr zurückdrehen. Ah, eine letzte Frage hätte ich. Gab es keine polizeiliche Untersuchung wegen Alice' Sturz?«

»Bis jetzt nicht, möglich, dass da noch was kommt. Ich hoffe, wir können bald einen Strich darunter ziehen.«

»Mal sehen, wie einfach das sein wird.«

Ich ergreife den Smoking und die Schuhe, drücke ihm die Hand und verabschiede mich. Außer Sichtweite des Hauses rufe ich ein Taxi.

*

Die Mädchen sind nicht zu Hause, was mir Gelegenheit gibt, den Smoking anzuprobieren. Er passt, spannt nur leicht um die Schultern, was nicht auffällt. Anschließend widme ich mich mit großer Sorgfalt der Körperhygiene, rasiere mich penibel, schneide die Zehennägel und überlege mir sogar, zum Friseur zu gehen, aber sehe davon ab, es wäre völlig übertrieben und die Zeit dazu fehlt. Ich stehe in den Unterhosen im Badezimmer, als sie vom Einkauf zurückkommen.

In die Stille der Wohnung platzen sie wie ein Orkan. Ich stelle mich in den Türrahmen und verfolge, wie sie beladen mit Tüten ihre Sandaletten von den Füssen kicken, mich beim Vorbeilaufen küssen, um im Wohnzimmer ihre Beute auszubreiten.

»Meine Liebsten, in gut einer Stunde müssen wir los, also haben wir nur wenig Zeit für eine Modeschau. Husch unter die Dusche mit euch.«

Sie verdrehen theatralisch die Augen und verschwinden kichernd im Badezimmer. Sechs luftige Kleidchen liegen da, vier Paar Pumps und reizvolle Unterwäsche. Das könnte dauern, denke ich mir, werde aber eines Besseren belehrt. Nach zwanzig Minuten beginnt die Vorstellung. Ich lümmle mich tief im Sofa und bekomme eine Darbietung der Sonderklasse geboten.

Ohne jegliche Scham wird zuerst die Unterwäsche vorgeführt, dann folgen die Kleidchen, eines gewagter als das andere, zum Schluss die Schuhe. In meinen Lenden zieht es gewaltig, das Badetuch liegt über einer ausgewachsenen Erektion und der Puls ist deutlich erhöht, während sie Kombinationsmöglichkeiten vorführen. Mir gefällt ausnahmslos alles, was nicht so wichtig ist, denn sie haben bereits ein klares Bild unseres gemeinsamen Auftretens.

»Wir haben uns gedacht«, erklärt Betty, »ich komme in Weiß, wie eine Braut, schließlich feiern wir heute so etwas wie eine Vermählung, und Lucie als Brautjungfer kommt in Rosa.«

»Verrückte Weiber«, entfährt es mir, aber gleichzeitig muss ich mir eingestehen, dass mir diese Vorstellung gefällt. »Ihr seid entzückend, überaus attraktiv, verboten sexy und ihr macht mich glücklich, diesen Tag an eurer Seite feiern zu dürfen.«

Während sie sich fertigmachen, stürze ich mich in den Smoking. Mein Auftritt lässt sie begeistert in die Hände klatschen.

»Du bist der bestaussehende Schafhirte der Welt«, jubiliert Betty.

In dem Moment klingelt der Fahrer des Taxis, welches Lucie bestellt hat.

*

Philipp Amegg, dem Anwalt und Notar meines Vertrauens, fielen schier die Augen aus dem Kopf, hatte ich doch vergessen, ihn vorzuwarnen. Aber er fing sich schnell und fand Freude an diesem ungewöhnlichen Spektakel. Er bedankte sich sogar für die Farbe, die wir in sein trockenes Juristenleben gebracht haben. Es war nicht nur unsere respektive die Aufmachung der Mädchen, die ihn begeisterten, es herrschte auch eine unbeschwerte und humorvolle Stimmung, die der Unterzeichnung eines Gesellschaftsvertrags einen kuriosen Anstrich verlieh. Als Mitunterzeichner erhielt er zum Schluss von den Mädchen einige feuchte Küsse, was ihn aus der Fassung brachte.

Wir verabschieden uns, dann spaziere ich mit den beiden zum Hotel Krafft, wo auf der Terrasse ein Tisch für uns bereitsteht.

»Sechs Gedecke?«, fragt Lucie erstaunt.

»Ja, meine Liebsten, es kommen Gäste.«

»Oh, eine Überraschung!«

»Nicht unbedingt. Philipp kommt mit seiner entzückenden Gattin Rebecca, das gehört sich so, und ihr werdet von ihnen begeistert sein. Zwei schräge Vögel, was man vor allem ihm nicht so gibt. Und die sechste Person ist mein persönlicher Gast.«

Die beiden wechseln ihre vielsagenden Blicke, aber ich lasse sie im Ungewissen. Ich führe sie an zwei Stehtische unter einem Sonnenschirm, wo der Champagner in Kübeln voll Eis bereitsteht. Wir werden bedient und stoßen auf die gemeinsame Zukunft an. Fragende Blick der Gäste rundum verfolgen unseren feierlichen Auftritt.

Dann kommt Verena. Schon von Weitem sehe ich sie auf uns zusteuern. Sie sieht umwerfend aus in ihrem knielangen Wickelkleid und ich kann den Blick nicht von ihrer Weiblichkeit lassen, dass selbst die Mädchen sich verwundert fragen, was meine Aufmerksamkeit derart in Beschlag nimmt. Sie folgen meinem verklärten Blick und bekunden ihre Freude über den sechsten Gast. Allgemeine Umarmung, Küsschen und herzliche Worte. Eine berauschende Harmonie, die mich beinahe erdrückt. Zu viel des Guten.

Insgeheim habe ich mir genau diese Verbundenheit gewünscht, nun erscheint sie mir fast zu überschwänglich und unpassend. Leo, Alice, Marc. Sie werfen ihren düsteren Schatten, das ausgerechnet im falschen Moment. Ein unnötiger Tritt in die Weichteile, ein kurzes Tief. Zum Glück treffen die Ameggs ein, was meine mentale Düsterheit verblassen lässt.

Philipp trägt einen weißen Leinenanzug mit einem Panamahut und Rebecca ziert sich mit einem kleinen Schwarzen. Eine illustre Gesellschaft, die sich ohne jegliche Zurückhaltung findet und ohne Umschweife in ein angeregtes Geplauder verfällt. Bettys perlendes Lachen sticht immer wieder heraus. Ihr ist das Glück anzusehen, ihre Augen glänzen und das Strahlen will ihr nicht aus dem Gesicht weichen. Sie und Lucie unterhalten sich prächtig mit Philipp, der offensichtlich seine Freude an den beiden gefunden hat. Ich kenne ihn als humorvollen, schlagfertigen, kultivierten Kerl, der ganze Gesellschaften amüsieren kann, also befinden sich die Mädchen in besten Händen. Ich sonne mich in der Gegenwart von Verena und Rebecca.

»Vincent, eine Frage«, raunt Rebecca mir zu. »Kannst du mir bitte euer Ménage-à-trois erklären? Philipp kam völlig irritiert nach Hause.«

Wir stecken verschwörerisch unsere Köpfe zusammen, dann flüstere ich: »Ich bin im Fall nur das fünfte Rad am Wagen.«

»Du meinst, die beiden sind ein Paar? Und ihr lebt in einer WG?«, fragt sie übertrieben entrüstet.

Ihre großen Augen bringen mich zum Schmunzeln.

»Liebe Rebecca, du bist erheblich jünger als ich und trotzdem scheinst du den modernen Lebensformen mit konservativer Skepsis gegenüberzustehen.«

»Quatsch. Ich bin sehr aufgeschlossen, nur kam mir bis zum heutigen Tag diese Konstellation noch nie zu Ohren. Aber sag mal«, dabei rückt sie näher, »gibt es da nicht manchmal auch intime Entdeckungsreisen, äh, du verstehst, was ich meine?«

»Aber sicher. Man soll ja offen für alles sein.«

Ihr Blick verengt sich, während Verena in sich hineinschmunzelt.

»Du verarschst mich. Und wenn nicht, dann muss ich Philipp sofort aus den Klauen dieser Bestien befreien. Er hat einen ausgesprochen schwachen Willen.«

Unser Gelächter wirkt befreiend.

»Ich werde ihm vor dem Essen die Situation von Mann zu Mann erklären, damit er sich heute Abend nicht zum Affen macht.«

»Da bin ich dir dankbar.«

In diesem Moment grölen die Mädchen mit Philipp, der sofort zu mir tritt und erklärt: »Diese wunderbaren Frauen sind ja ein Paar. Armer Vincent, du verhungerst am vollen Teller. Wie kann man sich als Mann das antun. Und dann so viel Schönheit und Charme.«

»Philipp, sei beruhigt, unser Arrangement lässt niemanden in unserer Wohngemeinschaft verkümmern. Wir arbeiten in allen Belangen eng zusammen.«

»Wie muss ich das verstehen?«

»Überhaupt nicht. Lass deiner Fantasie freien Lauf, das kann doch nicht so schwer sein.«

Kopfschüttelnd wendet er sich wieder den Mädchen zu, Rebecca schließt sich ihm an und so steht Verena mit mir alleine da, worauf ich gewartet habe. Wir mustern uns mit einer Andeutung eines Schmunzelns auf den Lippen.

»Du siehst umwerfend aus«, lasse ich meinen Charme spielen, wobei ich den Blick nur mit großem Willen nicht in ihr Dekolleté versenke.

»Dasselbe behaupte ich von dir. Dein Wandlungsvermögen ist berauschend.«

»Du meinst vom Schafhirten zum Geschäftsmann.«

»So könnte man es ausdrücken, obwohl es sich etwas despektierlich anhört, was es aber nicht sein sollte.«

Kapitel 32

Dienstag in der Früh. Ich starre an die reichverzierte Stuckdecke, lasse den vergangenen Tag und die Nacht Revue passieren. Verena schläft noch, ihr Haar hat sie über das Kissen ausgebreitet, das Laken deckt knapp ihre Brüste.

Es waren wohl die besten vierundzwanzig Stunden in meinem Leben. Selbst der zwischenzeitliche Schattenwurf der Vergangenheit konnte dem kein Abbruch tun. Wie ein Gesamtkunstwerk passte alles zusammen. Der Anlass, die Stimmung, die Menschen, die Feier, die Gefühle, der Sex. Erst kurz vor Mitternacht löste sich unsere Runde auf. Beim Abschied küssten mich meine Mädchen, warfen mir konspirative Blicke zu, nachdem sie mir »Viel Genuss und mach uns keine Schande« zugeraunt haben. Die Ameggs umarmten uns herzlich, beide hatten einen leichten Schwips, weshalb das Gutenachtsagen nicht enden wollte. Dann standen wir mit einem Mal zu zweit da.

Ein Moment, der mir die Knie weich werden ließ. Wann erlebte ich zum letzten Mal solch einen mit Sinnlichkeit geladenen Augenblick! Die Beziehung zu Chantal war ein fleischliches Arrangement mit Gefühlen, aber ohne Aussicht auf Liebe und Happyend. Nicht so gestern Nacht. Arm in Arm liefen wir zu ihr nach Hause, unterwegs, irgendwo in einem dunklen Winkel, küssten wir uns das erste Mal. Meine Beine drohten zu versagen.

Was später folgte, war nicht von dieser Welt. Die Fülle der Wahrnehmungen überstieg das Fassungsvermögen der Sinne, wieso sonst erinnere ich mich nicht mehr an alles. Wie in einem Rausch liebten wir uns, versanken in uns, trieben uns bis zur völligen Ekstase und Ermattung.

Ich drehe mich ihr zu, fahre mit der Hand unter das Laken, wo meine Finger ihre Brustwarze suchen, die ich sanft zu massieren beginne. Sie räkelt sich, gibt wohlige Geräusche von sich und schiebt mir das Hinterteil entgegen. Mein Schwanz wächst förmlich in ihre warme Arschspalte, ich drücke das Becken nach vorne, sie biegt den Rücken durch, dann gleite ich langsam in ihre feuchte Tiefe. Mit aufreizender Gemächlichkeit ficken wir uns in den Tag, wie zwei Feinschmecker, die jede Reibung, jeden Stoß auskosten. Die Vehemenz der hemmungslosen Leidenschaft, der wir uns vor wenigen Stunden noch ergaben, wandelte sich in die zärtliche Rhythmik eines schlaftrunkenen Morgens. So kommen wir voller Sanftheit und verharren in erfülltem Wohlgefühl, ineinander verkeilt, liebevoll streichelnd, an die Decke starrend.

»Bleibst du zum Frühstück?«

»Sehr gerne.«

»Dann ist dies kein One-Night-Stand?«

Ich küsse ihren Nacken und flüstere: »Ich habe Lust auf mehr von dir. Das Menü sollte nicht nach der Vorspeise zu Ende sein.«

*

Am Nachmittag gehe ich nach Hause, wo die beiden sich noch im Bett wälzen.

»Wenn ich euch ein Frühstück zubereite, kommt ihr dann aus den Federn?«

»Nur, wenn du uns von der vergangenen Nacht erzählst«, meint Betty.

»Ich könnte euch alle Details schildern, aber mache es nicht. Ein Gentleman schweigt und brüstet sich nicht mit Intimitäten. Aber einige dezente Anspielungen wären durchaus möglich.«

Ich bereite kleine, süße Omeletts mit Fruchtsalat zu, bis sie frisch geduscht am Tisch sitzen, trotzdem machen sie einen zerknautschten Eindruck, als hätten sie zu wenig geschlafen.

»Na, wie fandet ihr den gestrigen Tag?«, frage ich, während ich die Omeletts serviere.

»Phä – no – me – nal!«, findet Betty und verdreht dabei träumerisch die Augen.

»Ich widme dem Tag eine Seite im meinem Lebensbuch«, ergänzt Lucie.

»Ja, er war grandios und ihr seid faszinierende Freundinnen, nicht nur äußerlich. Ich danke euch, ihr habt entscheidend dazu beigetragen.«

»Das war auch nicht so schwierig. Selten haben wir so eine entspannte Haltung gegenüber uns Lesben erleben dürfen. Nicht mal eine unterschwellige Zurückhaltung, im Gegenteil, Ameggs waren so unglaublich offen und neugierig«, schwärmt Betty.

In diesem Moment dudelt mein Ding. Ich schiele auf das Display, es ist Franco.

»Hei Franco, alles in Ordnung?«

»Sieht so aus. Marc geht es erheblich besser. Er wird dieses idiotische Intermezzo schadlos überstehen und voraussichtlich übermorgen nach Hause gehen dürfen. Das wollte ich nur mitteilen. Schönen Tag.«

Die Leitung ist tot, er gab mir nicht mal die Gelegenheit, mich zu bedanken und zu verabschieden. Er steht wohl wieder unter Belastung. Ich gebe die Information lückenlos weiter, dann lasse ich mir das Ganze nochmals durch den Kopf gehen.

»Ich werde ihn abholen und nach Hause bringen«, teile ich ihnen mit.

»Und zur Rede stellen?«

»Das wird sich zeigen. Es macht kaum Sinn, mit einem Wrack die Vergangenheit aufzuarbeiten. Ich will ja nicht, dass er sich gleich vor den nächsten Zug wirft.«

»Vielleicht solltest du diese Angelegenheit ganz ruhen lassen.«

»Darüber habe ich lange nachgedacht. Es wäre tatsächlich eine Option, die aber einen entscheidenden Nachteil hat. Es ließe mich nie in Ruhe, wie ein Steinchen im Schuh auf einer Wanderung. Die Wahrheit ist vermutlich nicht angenehm, aber besser als die Ungewissheit.«

»Überleg es dir gut, ich befürchte, da öffnest du die Büchse der Pandora«, meint Lucie mit besorgtem Blick.

»Macht euch keine Sorgen, ich habe nicht vor, mich ins Unglück zu stürzen. Ich möchte nur den berühmten Strich darunter ziehen.«

Sie scheinen beruhigt zu sein, lächeln sie doch wieder.

»Wie war denn deine Nacht so?«, will Betty wissen und bläst in ihren heißen Kaffee.

»Phä – no – me – nal! Reicht das als Beschreibung?«

»Sicher nicht. Ihr könntet genauso gut Schach gespielt oder ihre Briefmarkensammlung begutachtet haben. Habt ihr wenigstens gevögelt?«

Lucie räumt die Teller ab, bringt die Schalen mit dem Fruchtsalat. Ich nutze den Augenblick, zögere mit der Antwort, damit sich die Spannung erhöht. Bettys Augen nageln mich an die Wand.

»Mehrmals.«

»Was ist denn das für eine Antwort! Komm, erzähl von den romantischen Momenten. Wann habt ihr euch zum ersten Mal geküsst? Habt ihr euch im Bett geliebt? War es so, wie du es dir erträumt hast? Wie ist sie als Frau?«

Ich stöhne innerlich, fehlt mir doch der unverkrampfte Charakter, ohne Scham über dieses Thema zu plaudern, so, wie Betty es kann. Im Laufe der letzten Wochen war ich allerdings gezwungen, mich zu öffnen, und bin schon einiges gewohnt, aber sämtliche Intimitäten der vergangenen Nacht hier auszubreiten, fällt mir trotzdem schwer. Jedoch ist mir bewusst, dass ich nicht ganz darum herumkomme. Was soll's.

»Wir waren beide äußerst spitz und schafften es knapp hundert Meter, dann küssten wir uns im Nachtschatten eines Baumes. Wie Teenager fummelten wir aneinander rum. Leider waren da noch andere Liebespaare, weshalb wir schleunigst zu ihr liefen. Kaum war die Wohnungstür ins Schloss gefallen, fielen wir atemlos übereinander her. Wir vögelten in der ganzen Wohnung, trieben es wie die Verrückten und bekamen nicht genug. Sie ist eine veritable

Göttin der Liebe, eine erotische Offenbarung, eine hemmungslose Gespielin. Heute Morgen liebten wir uns nochmals, sehr sanft und zärtlich, aber nicht minder schön. Dann frühstückten wir.«

Ihre Augen, die mich anstarren, sind deutlich größer geworden, ihre Schälchen mit dem Fruchtsalat stehen unberührt da. Ich nutze den Moment der Sprachlosigkeit und nippe affektiert an meinem Kaffee.

Betty fasst sich als Erste: »Du verscheißerst uns.«

»Wieso?«, frage ich übertrieben unschuldig.

»Du hast uns nur das erzählt, was wir hören wollten. Typisch männliches Imponiergehabe. Davon hast du wohl geträumt.«

Ich grinse sie breit an.

»Hört mal, meine Liebsten. Nur weil Verena und ich ein reifes Alter erreicht haben, will das nicht heißen, dass wir nicht fähig sind, uns aus Leidenschaft den Verstand aus der Birne zu ficken, bis die Genitalien glühen. Ich nahm sie auf dem Boden im Korridor, unter der Dusche und dann im Bett. Aber jetzt schmerzt mein Schwanz.«

Ich schiebe mir genüsslich einen Löffel Fruchtsalat in den Mund und harre der Dinge. Lucie will etwas sagen, da erhebe ich die Hand.

»Stopp! Mehr werdet ihr nicht erfahren, auch nicht unter Folter.«

»Wollte doch nur meine Freude zum Ausdruck bringen. So schön. Werdet ihr euch wiedersehen?«

»Ja, morgen. Heute hat sie einen späten Termin und dann braucht sie ihren Schönheitsschlaf.«

Betty schüttelt den Kopf und meint: »Wahnsinn!«

Kapitel 33

Ich warte vor dem Haupteingang, rauche eine Zigarette und beobachte dabei das Krankenhauspersonal, das leicht abseits gleich gruppenweise demselben Laster frönt. Zuerst weigerte sich Marc, von mir abgeholt zu werden, erst nach langem Disput willigte er ein, und nur, wenn ich draußen warte. Mein Blick schweift in den Himmel, der, behangen mit düsteren Wolken, den ersten Regen seit Wochen ankündigt.

Ich habe mir Verenas Wagen ausgeliehen. Ein simpler, anthrazitfarbener Golf. Die Fahrt durch die Stadt war eine Herausforderung, waren mittlerweile die Straßen derart neu organisiert worden, dass ich mich im Einbahnverkehr und in Fahrverboten hoffnungslos verlor. Fluchend und entnervt fand ich doch noch das unterirdische Parkhaus des Krankenhauses. Das Warten holt meinen Adrenalinspiegel herunter.

Trotzdem ist da eine Anspannung, denn ich bin mir nicht sicher, was mich erwartet. Er wirkte so distanziert am Telefon, als wäre ich ein notwendiges Übel, aber kein Freund, dessen Hilfe willkommen ist.

Es fallen die ersten Tropfen, schwer klatschen sie auf den warmen Asphalt, schenken ein erfrischendes Gefühl, wenn sie auf der Haut zerplatzen. Ich schmeiße die Zigarette in den Gully und verziehe mich in den gedeckten Bereich, denn gleich wird es aus Kübeln gießen. An eine Stütze gelehnt tagträume ich vor mich hin, wie lang weiß ich nicht, plötzlich steht er vor mir.

Ich habe nicht erwartet, einen gut erholten und frisch aussehenden Marc abzuholen, aber dass er so miserabel aussieht, lässt mich erschrecken. Bleich, dunkle Ringe unter den entzündeten Augen, unrasiert, ungekämmte Haare, Furchen im Gesicht, die ich zum ersten Mal sehe. Er scheint gealtert zu sein.

»Salut Marc.«
»Vincent«, knurrt er. »Danke, dass du gekommen bist.«
Ich denke, es hat ihn Überwindung gekostet, diesen Satz auszusprechen.
»Das Mindeste, das ich für dich tun kann. Hast du kein Gepäck?«
»Nein.«
Jetzt erst fällt mir auf, dass er dieselben Kleider am Leib trägt, wie ich ihn gefunden habe.
»Lass uns gehen. Der Wagen steht in der Tiefgarage.«
Der Lift bringt uns nach unten, dort folgen wir einem langen Gang, bis wir das Parking betreten. Auf dem Weg haben wir kein Wort gesprochen. Der Golf steht gleich am Eingang. Wir fahren ans düstere Tageslicht und in eine Sintflut hinein, dass der Scheibenwischer selbst im schnellsten Gang die Wassermassen kaum wegschieben kann.
»Wohnst du immer noch am gleichen Ort?«, frage ich.
»Schon lange nicht mehr. Da vorne rechts. Ich führe dich.«
Er weist mir den Weg in das St. Johann-Quartier, wo er in der Lothringerstraße auf ein älteres Mehrfamilienhaus zeigt.
»Da kannst du mich rauslassen.«
Ich halte an und während dem Einparken murmle ich: »Ich hätte gerne mit dir gesprochen.«
»Was gibt es da schon zu besprechen?«
»Einiges. Mir sind völlig kranke Geschichten zu Ohren gekommen, die mir keine Ruhe lassen.«
Ich stelle den Motor ab.
»Hat Franco sein Maul nicht halten können.«
»Nicht nur.«
Wir starren geradeaus in das verschwommene Bild der Windschutzscheibe.
Ich fahre fort: »Ich habe eingesehen, damals in verschiedenen Belangen falsch und eigensinnig gehandelt zu haben. Leider ist es zu spät, diese Fehler zu korrigieren, ich

kann mich dafür nur entschuldigen. Und es tut mir wirklich unendlich leid.«

Marc schweigt, der Regen trommelt seinen Rhythmus aufs Dach.

»Wie sich nach meinem Verschwinden ein derartiges Desaster entwickeln konnte, möchte ich gerne verstehen.«

Er seufzt leise und meint: »Komm hoch, ich brauch ein Bier.«

Wir sprinten durch den Wolkenbruch, steigen hinauf in den zweiten Stock, wo er seine Wohnungstür aufschließt.

»Nimmst du auch ein Bier?«

»Ja, gerne.«

Ich folge ihm in die Küche, blicke beim Vorbeigehen in die Zimmer und bin erleichtert, keine Verwahrlosung zu entdecken. Eine bescheidene Wohnung.

»Du lebst alleine?«

»Ja.«

Er nimmt zwei Flaschen aus dem Kühlschrank, öffnet sie, reicht mir eine. Er setzt an und kippt den halben Inhalt in sich hinein. Ich nippe nur.

»Als es bergab ging, hat mich Wanda verlassen. Ich kann es ihr nicht verdenken. Ich hatte zu viel Scheiße gebaut. Was sie nicht wusste, das ahnte sie.«

»Dann bist du hierher gezogen.«

»Hatte keine andere Wahl. Die Scheidung kostete mich ein Vermögen.«

»Und das Geschäft lief schlecht.«

»Das kam später dazu.«

»Dann lieh dir Alice Geld.«

Er nickt und stürzt den Rest hinunter.

»Aber da war noch eine andere Geschichte. Was war mit Alice?«

Er setzt sich an den Küchentisch, stiert auf die Tischplatte. Ich lehne mich an die Wand und warte.

»Ich gehe davon aus, dass du ungefähr die halbe Wahrheit kennst. Francos Sicht. Wäre er damals nicht so besoffen gewesen, hätte er sich genauso versündigt wie Leo und ich. Es war ein Abend, der völlig aus dem Ruder lief. Wenn ich zurückdenke, dann war uns allen bewusst, dass es schiefgehen konnte, aber wir lehnten uns nicht dagegen auf. Die Stimmung aufgeladen, voller Erotik und Alice war der Mittelpunkt. Sie genoss es, der Alkohol enthemmte uns vollends. Leo und ich verschwanden mir ihr im Schlafzimmer. Sie ließ es zu, bis wir die rote Linie überschritten und sie vergewaltigten. Der Fehler meines Lebens.«

»Sie verführte euch?«

»Sie spielte mit uns und wir waren blind vor lauter Verlangen. Wir besuchten die Vernissage der Art Basel, wo mit Reizen nicht gegeizt wurde. Sie war ungeheuer sexy angezogen. Verdammt, jeder Mann konnte sich an ihr nicht sattsehen. Ich weiß, das gilt nicht als Rechtfertigung.«

Er holt sich eine weitere Flasche Bier aus dem Kühlschrank, öffnet sie mit einer wütenden Bewegung und trinkt gierig.

»Und dann?«

»Die Gesellschaft löste sich auf, als wäre nichts geschehen. Ich sah sie zwei Wochen nicht, dann begegneten wir uns wieder bei Francos Geburtstag. Sie benahm sich völlig normal, kein Zeichen eines Zorns oder einer Verachtung gegen uns. Ich dachte, sie hat uns verziehen. Ein fataler Irrtum, eine verhängnisvolle Naivität.«

Er nimmt einen großen Schluck aus der Flasche.

»Wenig später verlor ich wichtige Kunden, mein Geschäft kam ins Trudeln und ich konnte mir nicht erklären, wo die Gründe dafür lagen. Sie erfuhr davon und bot mir an, mich mit einem zinslosen Darlehen zu unterstützen. Dankbar nahm ich ihre Hilfe an. Meine Angestellten behielten ihre Arbeit und mit Dumpingpreisen schaffte ich es, wieder an Mandate heranzukommen. Ich begann mich zu diversifizieren, steckte Geld in neue Dienstleistungsangebote, rackerte wie ein Verrückter, aber irgendwie klebte mir das Pech an den Händen. Ich geriet in eine Abwärtsspirale. Mit Alice versuchte ich, eine Einigung über die Rückzahlung des Kredits zu finden, damit ich wenigstens etwas

Luft zum Atmen hatte. Sie sagte nein und bestand auf pünktliche Tilgung. Ich fragte warum. Sie lächelte nur und meinte, dass auch ich leiden soll. Da wurde mir klar, dass alles arrangiert war. Sie wollte ihre Rache.«

Er spricht aus, was ich befürchtet habe.

»Du meinst, selbst die Kunden, die von dir absprangen, taten dies auf Alice' Geheiß?«

Er trinkt in großen Zügen, rülpst, dann antwortet er: »So ist es. Dank der Stiftungsarbeit hatte sie ein starkes Beziehungsnetz. Die Verbindungen konnte ich eindeutig nachvollziehen.«

»Wie rächte sie sich an Leo?«

»Vorerst gar nicht. Das war auch nicht so einfach. Sie wartete jahrelang ab, bis sich eine Gelegenheit ergab. Er wurde wegen Pädophilie angeschwärzt. Er hätte sich an Schülern vergangen. Wer diese Anschuldigungen vorbrachte, hat man offiziell nie erfahren, aber auch hier gab es eine Verbindung zwischen den Eltern eines Kindes und Alice.«

»Sie hat ihn in den Tod getrieben.«

»Zumindest hat sie dazu beigetragen. Leo war kein Lamm, er war ein Wolf, auf jeden Fall in seiner Sexualität, aber er war niemals ein Pädophiler. Er hatte einige Baustellen in seinem Privatleben. Wir werden die Wahrheit nie erfahren.«

Ich trinke das Bier, welches langsam lau wird. Beide versinken wir in unseren Welten. Meine hat die Orientierung verloren, obwohl immer mehr Klarheit in die Tragödie kommt, und ein beschissener Schmerz drückt auf die Brust, da alte Gefühle plötzlich ihren Wert verlieren. Ich will nicht wahrhaben, dass Alice derart niederträchtig und berechnend gehandelt haben soll. So habe ich sie nicht gekannt. Unvorstellbar, dass sie sich auf solch eine perfide Art und Weise rächen würde. War es wirklich sie, die diese Inszenierung geplant hatte?

»Du zweifelst?«

»Ich bin irritiert. Da meinte ich, diese Frau zu kennen, lebten wir doch so viele Jahre zusammen. Alles Lug und

Trug. Kann man sich derart in einem Menschen täuschen? Das frage ich mich.«

»Diese Frage habe ich mir auch gestellt.«

»Da wären noch weitere Umstände, die nach Erklärungen schreien. Wieso verlor man den Respekt voreinander? Warum galt unsere Freundschaft mit einem Mal nichts mehr?«

»Stell nicht Fragen, deren Antworten du kennst. Mit deinen Verfehlungen hast du es uns vorgemacht und mit deinem Verschwinden hast du unseren Bund gesprengt. Ganz einfach.«

Ich merke, wie mir vor Zorn das Blut in den Ohren zu rauschen beginnt.

»So eine gequirlte Scheiße!«, entfährt es mir. »Wenn ich von der Brücke springe, dann hüpft ihr hintendrein? Zudem habe ich keine Frau vergewaltigt.«

Er schaut mich wütend an.

»Schweig! Du erhebst dich moralisch über die Sünder, obwohl dein Vergehen unter sexuelle Gewalt ging. Du bist keinen Deut besser.«

»Zugegeben, ich war kein Heiliger. Aber du kennst nur das Geschmiere aus der Presse. Ich hatte nie eine Chance, mich zu rechtfertigen, ihr ließet mich fallen wie eine heiße Kartoffel. Totenstille. Kein Schwein rief an, niemand fragte nach. Was blieb mir anderes übrig, als zu verschwinden.«

Ich war laut geworden. Er blickt erschrocken zu mir hoch. Das war nicht beabsichtigt, weshalb ich zur Beruhigung die Flasche austrinke. Wir schweigen uns an.

Nach einer Weile fragt er: »Noch ein Bier?«

»Gerne.«

Er holt zwei Flaschen aus dem Kühlschrank, öffnet sie und reicht mir eine. Wir stoßen mit einem stummen Nicken an, dann trinken wir.

»Ich habe viel darüber nachgedacht«, beginnt er leise. »Vielleicht waren wir damals alle von Erfolgshunger, Ehrgeiz und Dekadenz zerfressen. Der Erfolg, der Konsum und der Wohlstand hatten uns korrumpiert. Mit deiner

Entscheidung, uns den Rücken zuzudrehen, hattest du allen den Spiegel vorgehalten. Du hattest dich zum Übermenschen erhoben, es uns gezeigt, wie man als Mann solche Probleme löst. Wir empfanden es schlichtweg anmaßend. Wir waren gekränkt.«

Ich bin perplex. Meine Sicht auf die Vergangenheit wird zerlegt. Ich war auf dem Holzweg und muss eingestehen, dass mein damaliges Handeln nicht über alle Zweifel erhaben war. Ich ergab mich als Märtyrer in der Opferrolle, ohne zu überlegen, was ich damit auslöse.

»So habe ich das noch nie betrachtet.«

»Schwamm drüber. Wir waren zu schwach, zu egoistisch, uns blieb nichts anderes übrig, als beleidigt zu trotzen.«

»Was wäre gewesen, wenn wir das alte Leben weitergeführt hätten?«

»Vermutlich wäre uns die ganze verfluchte Scheinheiligkeit irgendwann einmal um die Ohren geflogen.«

Ich leere die Flasche, stelle sie auf den Küchentisch.

»Vielen Dank für Bier und Gespräch. Ich versuche zuerst einmal, die ganze Geschichte zu verdauen. Ich melde mich.«

Ich trete aus dem Haus und schaue in den grau verhangenen Himmel. Der Wolkenbruch ist in einen monotonen Landregen übergegangen. Die Straßen präsentieren sich wie frisch gewaschen, selbst das Leben wurde fortgespült, nirgends ist ein Mensch zu sehen. Ich steige in den Golf und fahre zu Verena. Sie hat ihre Praxis im gleichen Haus, in dem sie wohnt, so setze ich mich in den Warteraum, bis sie Zeit hat. Energisch öffnet sie die Tür und schenkt mir ein warmes Lächeln.

»Hallo mein Süßer«, säuselt sie, setzt sich mir auf den Schoss und küsst mich innig, während sie ihre Finger in meinen Haaren verkrallt. »Hast du es überstanden?«

»Ja, es war gar nicht so schlimm wie befürchtet. Ich denke, wir fanden ein wenig zueinander. Jeder hatte dem anderen etwas zu sagen. Es war eine Annäherung an die Wahrheit, die komplex ist.«

»Die Wahrheit in dieser Geschichte besteht aus vielen Wahrheiten, jeder hat seine eigene. Und wenn es keine ist, dann macht man eine daraus.«

»Das unterschreibe ich in diesen Fall. Abgesehen davon ist die Wahrheit mit der Schuldfrage verbunden, was es nicht leichter macht.«

»Oh ja. Das Eingestehen der eigenen Schuld ist eine gewaltige Herausforderung. Komm, wir gehen nach oben, ich habe die nächsten zwei Stunden keinen Termin.«

Wir setzen uns in das Wohnzimmer und trinken selbst gemachten Eistee. Nicht lange, denn ihre riesige Polsterlandschaft lädt uns schnell zum Liegen ein. Noch schneller versinken wir in einem zärtlichen Streicheln und bedecken uns mit weichen Küssen. Alles andere hätte mich befremdet, so sehr knistert die Luft. Unsere Finger verirren sich unter die Stoffe, suchen die empfindlichen Stellen, wissen zu verwöhnen, bis wir uns in fiebriger Atemlosigkeit die Kleider vom Leib ziehen.

Kapitel 34

Niemand ist zu Hause. Gelegenheit, in Ruhe eine Zigarette zu rauchen, um den Tag nochmals zu betrachten. Der Regen hat längst aufgehört, blaue Himmelsfetzen zeigen sich zwischen Wolken, da und dort zwängt sich ein Sonnenstrahl durch die Lücken. Ich wische die Möbel auf dem Balkon trocken, dann setze ich mich mit einem Glas Weißwein hin.

Marc und Verena, zwei Begegnungen, die nicht unterschiedlicher hätten sein können. Da die schmerzvolle Aufarbeitung der Vergangenheit, dort das lustvolle Spiel der Liebe. Dass sie am Rande zur Geschichte gehört, ist ein Schönheitsfehler, der sich wie eine Warze anfühlt. Nicht gefährlich, aber unschön. Sie war Alice' Vertraute und Alice war eine Brandstifterin.

Ich schiebe diese Gedanken zur Seite, vergiften sie doch meine Gefühle zu Verena, die mir im Moment viel bedeuten. Wie eine Göttin steht sie auf dem Sockel der Bewunderung. Eine selbstbewusste, starke und attraktive Frau. Was kann sich ein Mann in dieser Situation denn mehr wünschen?

Ich stecke mir eine weitere Zigarette an und fluche innerlich über die Komplexität des Lebens unter Menschen. Und ich ärgere mich, dass ich mich ärgere. Ist es denn nötig, mein Dasein zu vermiesen, indem ich alles hunderttausend Mal hinterfrage? Lass doch die Vergangenheit in Ruhe, du wirst nichts ungeschehen machen können.

Ich sehne mich nach der Zeit in den Bergen, wo alles so einfach war. Reduziert auf die Essenz des Lebens, kein Hokuspokus rundum, nur das Existenzielle. Da passte sogar die Liebelei mit Chantal ins Konzept, keine komplizierte Beziehung, nur Sex und Zuneigung. Einverstanden, man darf das Leben fernab der Zivilisation nicht idealisieren, oft brauchte es auch eine Flasche Wein dazu. Abgesehen davon, ist längst nicht jeder für die Abgeschiedenheit geschaffen und gibt sich zufrieden mit einem Hund als Partner.

In meine Grübelei platzen die beiden Mädchen. Betty hatte heute ihren letzten Arbeitstag an der Schule. Dank ihrem Urlaubsguthaben musste sie nicht drei Monate ausharren und ist ab jetzt eine freie Unternehmerin. Die Geschenke, Blumen und persönlichen Gegenstände stapeln sich in Schachteln auf dem Küchentisch. Sie kommen nach draußen, um mich zu küssen, dann erzählt Betty von ihrem letzten Tag an der Schule, der kleinen Party und dem tränenreichen Lebewohl. Zur Feier des Tages gönnen sie sich auch ein Glas Weißwein.

»Abschied ist doof. Ich habe sogar Leute umarmt, die ich gar nicht mochte. Aber wenn es stimmt, was mir versprochen wurde, haben wir bereits etliche Kunden.«

»Das wird sich zeigen«, mault Lucie skeptisch. »Erzähl du, was du mit Marc erlebt hast.«

»Nicht viel und doch eine ganze Menge. Ich habe ihn nach Hause gebracht und mit ihm Bier getrunken. Wir schlugen uns die Vergangenheit um die Ohren, jeder erzählte seine Wahrheit, zum Schluss waren wir beide um einiges schlauer als vorher.«

»Ein oberflächliches Fazit.«

»Na ja, vermutlich werden wir nie alles erfahren, aber gesagt sei, dass alle ihre Schuld daran mittragen. Selbst Alice kommt schlecht weg. Wir waren eine verwöhnte, ehrgeizige und dekadente Gemeinschaft, die auf einen Eklat hinsteuerte. Mein Verschwinden beschleunigte nur diesen Prozess.«

»Du glaubst ihm?«

»Es war ein sehr aufwühlendes Gespräch und ich kenne ihn seit meiner Kindheit. Klar blickt er aus seiner Sicht auf die Geschichte, aber macht das nicht jeder? Die Wahrheit liegt irgendwo dazwischen.«

»Er hat garantiert Alice die Schuld zugeschoben«, bemerkt Betty zornig.

»Nicht direkt. Er gab zu, sie mit Leo zusammen vergewaltigt zu haben. Es war erheblich Alkohol und Partystimmung im Spiel. Er nannte es den größten Fehler seines Lebens. Sie blieb erst freundlich zu den beiden, griff dann subtil zu Selbstjustiz und trieb Marc in den Ruin und Leo indirekt in den Selbstmord. Rache mit den Waffen einer Frau.«

Ich fürchte, ihre fröhliche Stimmung soeben verdorben zu haben.

»Was für eine beschissene Geschichte«, Bettys Zorn ist unüberhörbar.

»Beruhige dich. Denk daran, in dieser Sache ist niemand ohne Schuld.«

»Sonst werfe er den ersten Stein. Du hörst dich an wie Jesus«, knurrt sie, während Lucie besorgt zwischen uns hin und her blickt.

»Das hört sich tatsächlich sehr evangelisierend an. War keine Absicht. Hat trotzdem einen wahren Kern.«

*

Wir sitzen an einem Tisch auf dem breiten Bürgersteig vor der Restauration zur Harmonie und warten auf unser Essen. Ich habe mir einen Salade niçoise, Marc das Roastbeef mit Bratkartoffeln bestellt.

»Wollten deine Amazonen nicht mitkommen?«

Ich stecke mir eine Zigarette an und bemerke: »Weibliche Solidarität. Sie verübeln dir die Gewalt, die du Alice angetan hast. Nehme es ihnen nicht übel. Zudem ist es besser, wir führen unser Gespräch von vorgestern zu zweit zu Ende.«

»Vergessen wir's. Es spielt keine Rolle. Mich beschäftigen andere Probleme.«

»Geld?«

»Was sonst.«

»Viel?«

»Zu viel.«

»Das heißt, es läuft auf eine Insolvenz hinaus.«
»Falsch. Vergangenheitsform, Präteritum. Es *lief* auf eine Insolvenz hinaus. Ich bin offiziell pleite. Schlimmer noch, ich habe Spielschulden. In meiner Dummheit versuchte ich, Geld auf diesem Weg zu beschaffen.«
»Wie viel?«
»Dreißigtausend.«
Da beginnt eine spontane Idee zu gären, die ich auf der Stelle wieder verwerfe. Nur kein übereilter Aktionismus.
»Eventuell rückzahlbar in Raten?«
»Ja, aber mit einem Wucherzins.«
»Hätte ich mir denken können. Was hast du jetzt vor?«
»Ich suche Arbeit, was schwierig bis unmöglich ist. Wer will schon so einen alten Knacker einstellen.«
Da ist sie wieder, diese schräge Idee, und sie beginnt mir zu gefallen. Sie ist längst nicht überzeugend, aber ausbaubar.
»Hör mal, da flattert mir eine verrückte Idee durch den Kopf. Ich übernehme deine Spielschulden, du räumst hier auf und verschwindest für einige Monate in die Cevennen. Du lebst da auf meinem bescheidenen Hof und hilfst meinem Lieferanten, der mit seinen achtzig Jahren dringend jemanden an seiner Seite braucht. Du arbeitest deine Schulden quasi ab. Wie ist dein Französisch?«
Das Essen wird aufgetragen. Ich habe Hunger und lege los, während er auf seinen Teller starrt und vermutlich über die unangenehmen Seiten meines Vorschlags brütet.
»Deine Kartoffeln werden kalt.«
Er gibt sich einen Ruck und beginnt zu essen, aber weilt mit seinen Gedanken weiterhin in den Cevennen.
»Du brauchst keine Schafe zu hüten. Du kümmerst dich um den Einkauf der Produkte für den Export.«
»Mein Französisch ist ausbaufähig. Aber was wird Betty dazu sagen? Sie ist ja deine Geschäftspartnerin.«
»Es wäre ein privates Arrangement. Ich habe noch etwas Geld unter der Matratze und der Hof gehört schließlich mir.«

*

Bettys Begeisterung hielt sich in Grenzen, sie akzeptierte aber meine Idee und betrachtete das Arrangement als Therapie für einen kranken Kerl. Zumindest sei er dann weit weg, meinte sie. Lucie und Verena zeigten Zurückhaltung im Gegensatz zu Claude, der trotz seinem selbstlosen Engagement für die Delikatessen des Südens erfreut war, mit einer Unterstützung rechnen zu dürfen.

So mobilisiere ich meine finanziellen Reserven, da neben der Begleichung von Marcs Spielschulden ein Geländewagen beschafft werden muss. Eine unabhängige Mobilität ist in den Cevennen vonnöten, gedenkt man, Geschäfte zu machen. Bei einem Händler in der Region finde ich dasselbe Modell, den Chantal fährt, ein Land Rover Defender, gebraucht, mit wenigen Kilometern auf dem Tacho, in Schwarz. Keine Vernunftentscheidung, aber ich war immer fasziniert von dem robusten Arbeitstier, für das Hindernisse kaum zu existieren schienen. Ich fand es sexy, wenn Chantal dieses Biest den Berg hochtrieb, mit der Schaltung und der Steuerung kämpfte, dabei der Schweiß auf ihrer Haut perlte. Meine drei Frauen applaudieren begeistert, als ich den Wagen vorführe, sind jedoch sofort enttäuscht, als ich eröffne, dass er die nächsten Monate mit Marc in den Cevennen unterwegs sein wird. Ich tröste sie mit einer abenteuerlichen Rundfahrt durch die Vogesen und einem verführerischen Abendessen in Bergheim, einem reizenden Winzerdorf nördlich von Colmar.

Es bleibt nur die Sache mit den Spielschulden zu regeln, aber solange ich von Marc keine Bankverbindung erhalte, habe ich zu warten. Seit zwei Tagen herrscht Funkstille zwischen ihm und mir. Ich weiß, er ist mit der Auflösung seines Haushalts beschäftigt, findet vermutlich kaum Zeit für diese unangenehme Sache oder versucht, mit dem dubiosen Wettbüro einen Rabatt auszuhandeln. Ich gebe ihm eine Frist bis morgen, dann rufe ich an.

*

Die Übernachtung im Romantikhotel war mehr eine fröhliche denn eine sinnliche Angelegenheit. Wir hatten eine gemeinsame Suite, was uns wie Jugendliche im Skilager nicht zur Ruhe kommen ließ. Wir waren aufgekratzt, beschwipst und die Erotik lag knisternd in der Luft, aber niemand fand den Mut, die restlichen Textilien auszuziehen. So blieb es bei schmutzigen Witzen und einer Müdigkeit, die uns letztendlich in die Knie zwang.

Vor dem Frühstück trafen wir uns in der Wellnessoase, schwammen den Kater aus dem Kopf und ließen uns massieren.

Erst um zehn sitzen wir am Frühstückstisch.

»Ich wäre jetzt in Urlaubsstimmung«, meint Verena und streicht Butter auf das Bauernbrot.

»Komm mit, wenn ich mit Marc in die Cevennen fahre, dann hängen wir einige Tage dran.«

Verenas Augen blitzen freudig überrascht auf.

»Oh, ja. Das ist eine grandiose Idee.«

Sie beugt sich zu mir und küsst meine Wange.

»Solche Eskapaden könnt ihr euch noch bis zur Eröffnung des Ladens erlauben, dann ist Schluss damit«, doziert Betty, fuchtelt dabei mit dem Messer. »Lucie und ich werden für eine Woche nach Paris verschwinden. Letzte Gelegenheit für lange Zeit.«

»Das harte Los der Selbstständigerwerbenden«, nuschelt Lucie mit vollem Mund.

In diesem Moment dudelt mein Ding. Der ganze Raum blickt genervt zu mir. Ich entschuldige mich und verschwinde nach draußen.

Auf dem Display leuchtet der Name Marc.

»Salut, Marc. Alles okay?«, frage ich.

Zuerst Stille. Ich schaue nochmals auf das Ding, ob die Verbindung abgebrochen ist, aber sie steht noch, dann Geräusche, die an einen Flugzeugabsturz erinnern.

»Hei Marc, bist du am Apparat?«

Es kracht, knirscht und plötzlich ist ein unverständliches Gebrabbel zu vernehmen.

»Äh ... äh, hör mal, ich wollte dir nur sagen ...«, faselt er kaum verständlich mit schwerer Zunge, »... ich wollte dir nur sagen, ... dass du mich am Arsch lecken kannst. Ich hasse dich.«

»Marc, verdammt noch mal, du hast wieder getrunken. Leg dich ins Bett und schlaf dir deinen Rausch ...«

»Halt deine dämliche Fresse, du gönnerhaftes Arschloch. Du bist nicht besser als deine Alte. Ihr wollt mich nur kaputt machen, zerstören. Leckt mich am Arsch. Nicht mit mir. Lieber verrecke ich, als dein verfluchtes Geschenk anzunehmen.«

Ein Krachen, dann ist die Leitung tot. Ich versuche, zurückzurufen, aber er meldet sich nicht. Was war denn das? Ich stehe im Hof des Hotels und mich beschleicht ein furchtbar mieses Gefühl. Da hat sich was ereignet, das ihn die Meinung ändern ließ. Plötzlich eine Ablehnung, schlimmer, eine Feindschaft. Ich sammle mich und kehre zurück an den Frühstückstisch.

»Bist du einem Geist begegnet oder ist dir schlecht?«, fragt Verena bei meinem Anblick.

»Ein Anruf von Marc.«

»Und?«

»Er ist völlig besoffen und hat mich als gönnerhaftes Arschloch bezeichnet. Er ist überzeugt, ich wolle ihn zerstören, wie es Alice wollte. Er verrecke lieber, als mein Geschenk anzunehmen.«

Die Gesichter werden schlagartig ernst und bleich, die Frühstückstafel scheint eingefroren.

»Ich mache mir Sorgen«, fahre ich fort. »Ich denke, er hat die Kontrolle verloren. Etwas hat sich ereignet.«

»Du meinst, er könnte sich von Neuem was antun?«, fragt Verena.

»Möglich. Er schrie seine Worte so voller Hass ins Telefon, dass zu befürchten war, er explodiere jeden Moment. Alkohol ist kein guter Ratgeber.«

»Willst du nicht Franco anrufen, dass er bei ihm vorbeischaut?«, wirft Lucie ein.

Ich nicke und verschwinde wieder nach draußen.

Beim dritten Rufton nimmt er ab. Ohne große Begrüßung erläutere ich ihm die Situation.

»Dieses Arschloch!«, brüllt Franco ins Telefon. »Soll er sich doch endlich aufhängen und nicht dauernd mit seinem Selbstmord kokettieren. Ich habe jetzt keine Zeit, dem Idioten hinterherzurennen.«

Die Verbindung ist unterbrochen. Auch gut, ich wüsste nicht, was weitere Worte genützt hätten, zudem reicht es mir mit Francos Wutausbrüchen. Ich tippe auf Boris' Nummer, er nimmt den Anruf entgegen, nochmals erkläre ich die Lage. Er zeigt sich bereit, bei Marc vorbeizuschauen. Ich gebe ihm dessen Adresse und bedanke mich.

»Franco hat voller Wut eingehängt, meinte aber vorher, dass dieses Arschloch sich endlich mal ernsthaft aufhängen und nicht nur mit dem Suizid liebäugeln soll. Boris geht jetzt nachschauen.«

Drei ungläubige Augenpaare. Die Teller sind immer noch voll, der Appetit scheint ihnen vergangen zu sein.

»Welch liebreizende Gesellschaft«, murmelt Lucie.

»Wie ein kranker Baum, den die Fäulnis befällt. Langsam und unaufhörlich zersetzt der Pilz das Holz, bis er beim nächsten Sturm auseinanderbricht und stirbt. Eine Metapher für eine kranke Gemeinschaft.«

Niemand widerspricht Bettys Sinnbild. Nur zögerlich fahren wir mit dem Frühstück fort, kauen gelangweilt auf den Brötchen herum, jeder macht sich seine Gedanken.

»Was meint ihr mit einem Zwischenhalt in Eguisheim für eine Stadtbesichtigung und einen Apéro?«

Sie schauen mich an, als wäre meine Frage ein fürchterlicher Fehltritt.

»Wir sollten uns diesen Tag nicht verderben lassen. Die direkte Rückfahrt nach Basel dauert eineinhalb Stunden und hätte er sich was angetan, dann wären wir so oder so zu spät, zudem kümmert sich Boris um Marc.«

Betty bricht als Erste das Zögern: »Ich kenne Eguisheim nicht und habe keine Lust auf schlechte Laune.«

»Dem schließe ich mich an«, meint Lucie.

»Ich bin dabei«, sagt Verena. »Wir können nichts ausrichten, kein Leben retten, das Problem nicht lösen und abgesehen davon ist ihm von deiner Seite nicht zu helfen. Für ihn ist deine Hilfe eine Erniedrigung, so gut sie gemeint ist. Im ersten Moment sah er darin die Lösung seiner existenziellen Schwierigkeiten, aber je konkreter die Auflösung seiner alten Existenz und der Übergang in eine neue Abhängigkeit wurden, desto mehr sah er hinter deinem Vorschlag eine Falle.«

»So sieht es aus.«

Kapitel 35

Während wir durch das pittoreske Eguisheim schlendern, meldet sich mein Ding. Es ist Boris.
»Neuigkeiten?«
»Nein. Zu Hause ist er nicht. Nachdem er nicht öffnete, informierte ich die Polizei, die sich Zugang verschaffte. Wie gesagt – nichts. Auch kein Marc in seinem Büro. Ich gehe jetzt nach Hause.«
»Okay. Dann harren wir auf das Geschehen, das da kommt. Ich danke dir.«
Wir verabschieden uns und versprechen einander, uns gegenseitig auf dem Laufenden zu halten. Mit wenigen Worten gebe ich die Information weiter, was die Frauen mit einem kurzen Nicken quittieren. Sie staunen lieber über das mittelalterliche Städtchen mit seinen windschiefen Riegelbauten. Wir kaufen in kleinen Läden Würste, Münsterkäse und Pâté mit Wildschwein, dann führe ich sie zum Winzer Freudenreich, wo uns eine Degustation der Weine geboten wird, dass ich nicht darum herumkomme, gleich zwei Kartons Pinot gris und Riesling zu kaufen. Betty und ich sammeln viele Eindrücke, die für unser Geschäft dienlich sind. Langsam heitern wir auf, weniger wegen dem Alkohol, mehr durch die sommerlich lockere Stimmung, die herrscht. Am späten Nachmittag, nachdem der Wein verladen ist, brechen wir auf Richtung Basel.

Eine Stunde später fahren wir über den Zoll bei St. Louis und nach zehn Minuten halte ich vor unserer Wohnung. Es ist genau achtzehn Uhr.

»Wie wäre es mit einer Elsässer Spezialitätenplatte als Abendessen bei uns?«, fragt Betty Verena.

»Das würde diesen Ausflug gebührend abrunden. Sehr gerne.«

Ich schleppe die Weinkisten hoch, unterdessen geht Lucie Brot kaufen und Betty bereitet mit Verena zusammen die Tafel vor. Leider ist der Balkon für vier Personen zu klein, weshalb wir in der Küche essen, da der Tisch im Esszimmer mit den Fotos belegt ist. Es spielt keine Rolle, die Küche ist groß und behaglich. Als mein Ding sich meldet, wissen wir alle, dass der Abend in höchster Gefahr ist.

»Boris?«

»Salut Vincent. Keine guten Nachrichten. Sie haben Marc gefunden. Sie haben seinen Körper aus dem Rhein gefischt.«

»Scheiße«, flüstere ich und muss mich setzen.

»Er sprang von der Dreirosenbrücke. Ein Zeuge hat sofort die Polizei informiert, aber jegliche Hilfe kam zu spät. Es tut mir leid.«

»Ich danke dir von Herzen. Ich melde mich. Salut.«

»Salut Vincent.«

Somit ist dieser Tag endgültig im Eimer. Sie schauen mich betrübt an. Ohne den exakten Inhalt des Gesprächs zu kennen, haben sie die Quintessenz dessen bestens verstanden.

»Er ist von der Dreirosenbrücke gesprungen.«

Betty entfährt ein leises Nein, Lucie wirkt wie versteinert, nur Verena scheint gefasst und eine professionelle Distanz zu dem Drama zu wahren. Wir sitzen am gedeckten Tisch und starren auf das Mahl, das niemand mehr essen mag. Ich schnappe mir mein Glas und verziehe mich auf den Balkon, eine Zigarette rauchen. Nach einer Weile gesellt sich Verena zu mir.

»Wir mussten damit rechnen«, meint sie.

»Eine Einschätzung aus deiner fachlichen Sicht?«

»Lassen wir mal meinen Beruf beiseite. Er war hoffnungslos in seiner Abwärtsspirale gefangen, dies in zweifacher Hinsicht. Existenziell und emotional. Ich brauche dir nicht zu erklären, was damit gemeint ist. Der Alkohol kam dazu, der wirkte wie ein Katalysator.«

»Wir haben es nicht geschafft, ihn vor sich selbst zu schützen.«

»Das ist eine äußerst schwierige Aufgabe, beinahe unmöglich, außer er befände sich unter ständiger Kontrolle.«
»Bitter. Einzig Alice könnte zufrieden sein, ihre Rache ist vollendet.«
Ich leere das Glas in einem Zug und hole Nachschub. Die Mädchen haben sich in ihr Zimmer verzogen.
»Betrachte es positiv. So findet dieser Mist ein Ende.«
Verenas Bemerkung verstört mich.
»Aber zu welchem Preis.«
»Das ist Ansichtssache. Aus der Warte des Opfers kann der Tod des Täters als Strafe durchaus angemessen sein.«
Ihre Worte erschrecken mich.
»Das hört sich aber äußerst selbstgerecht an.«
»Möglich. Aus männlicher Sicht ist die Grenze zwischen einem einvernehmlichen und einem erzwungenen Geschlechtsverkehr eine verdammt undeutliche Linie. Sie soll sich gefälligst nicht so anstellen, das macht doch Spaß. Für eine Frau ist es die Trennlinie zwischen Liebe und Schändung.«
Sie hat sich in Rage geredet, ihre Wangen sind rosig.
»Ist das nicht eine bequeme Zuweisung der Schuld? Der Mann unter Generalverdacht. Mann bös, Frau lieb.«
»Ja, in einem gewissen Sinne gibt es diese toxische Männlichkeit. Die meisten Patientinnen, die ich behandle, sind Opfer von häuslicher Gewalt und Vergewaltigungen. Ich weiß, wovon ich rede.«
»Aber das Recht in eigene Hände zu nehmen, ist trotz allem eine fragwürdige Reaktion.«
»Ach, komm mir nicht mit der Rechtsprechung. Beweise einen sexuellen Missbrauch. Das ist enorm schwierig. Sie hat es ja provoziert, heißt es, wenn der Rock zu kurz und die Stimmung zu ausgelassen war.«
Erstmals sehe ich Verena in diesem Zustand der Erregung. Sie war laut und ihre Augen waren groß geworden.
»Bitte verstehe mich nicht falsch«, entgegne ich. »Mir liegt enorm viel an Alice, aber ihre Rachsucht hat mich erschreckt. Ich hätte es ihr nicht zugetraut.«

»Dann siehst du mal, wie schwer sie verletzt wurde.«

»Ja, aber sie hat zwei Männer in den Tod getrieben. Das scheint mir doch ein wenig überzogen.«

»Stopp mein Lieber, das lasse ich so nicht gelten. Diese Schweinehunde hatten die Chance gehabt, Reue zu zeigen und sich zu entschuldigen. Feige und dumm waren sie.«

Ich zünde mir eine Zigarette an und fülle wieder mein Glas, damit ich mich etwas beruhigen kann. Verena kommt mir plötzlich so fremd vor. Sie strahlt eine Aggression aus, die sie hart und unerbittlich erscheinen lässt.

»Du redest, als hättest du sie bei ihrem Vorhaben unterstützt.«

»Ich habe sie nicht zurückgehalten.«

Allmählich stört mich ihre etwas selbstherrliche Sicht auf den Tod meiner beiden Freunde, und wenn ich zwischen den Zeilen richtig lese, dann hat sie Alice angestachelt.

»Leo und Marc waren triebgesteuerte Idioten, das seit der Pubertät, sie waren voller Fehler und brachten mich oft zur Weißglut, aber sie waren meine Freunde. Kannst du dir nicht vorstellen, dass ich da Mühe mit deiner gnadenlosen Haltung habe?«

Während ich sprach, blickte sie in die Ferne, jetzt wendet sie sich mir zu und hält den Zeigefinger in die Höhe.

»Das ist dein Problem, wenn du Vergewaltiger zu Freunden hast. Ginge es nach mir, dann hätten die schon lange keine Eier mehr. Dass sie sich umgebracht haben, war doch ein klares Schuldeingeständnis. Jeder Unschuldige würde sich mit allen Mitteln dem Untergang entgegenstemmen.«

Die letzten Worte presst sie zwischen den Zähnen hervor und hackt dabei mit dem Zeigefinger auf mein Brustbein ein. Ihr Blick ist kalt geworden.

Ich ergreife ihren gestreckten Zeigefinger und sage besänftigend: »Verena, beruhige dich. Wir sollten uns nicht wegen dieser Geschichte zerstreiten. Das gefällt mir überhaupt nicht.«

Sie blinzelt mit ihren großen Augen und scheint nach Worten zu suchen.

»Komm, lass uns ein Glas zusammen trinken«, fahre ich fort.

Aber ihr Blick will nicht warm werden.

»Ich denke, es ist besser, ich gehe jetzt nach Hause.«

Sie dreht sich um und läuft davon. Ich bleibe verdutzt stehen, nach einer Weile setze ich mich. Dann höre ich die Wohnungstür ins Schloss fallen.

Was für ein beschissener Tag.

*

Es dauert keine Minute, dann kommen die Mädchen auf den Balkon geschlichen. Wir schauen uns mit betretenen Mienen an.

»Was war denn das?«, fragt Betty entgeistert.

»Wenn ich dir das nur sagen könnte.«

Sie setzen sich zu mir an den Tisch.

»Ihr hattet euren ersten Streit«, meint Lucie.

Ich schüttle den Kopf und entgegne: »Nein, das war entscheidend mehr. Ich fürchte, sie ist nicht ganz unschuldig an Marcs und Leos Tod.«

»Mensch, Vincent, was sagst du da?«, ruft Betty mit einem verzweifelten Unterton.

»Entschuldigt, das hört sich drastisch an, aber sie hat zugegeben, Alice bei ihrem Rachefeldzug unterstützt zu haben. Für sie waren die Suizide nichts anderes als Schuldeingeständnisse. Ich teilte ihre Sichtweise nicht.«

»Hoppla, da bin ich aber schon ein wenig überrascht«, bemerkt Lucie. »Solch eine militante Haltung hätte ich ihr nicht zugetraut.«

Die Mädchen sind sichtlich aufgewühlt.

»Wir wissen ja nicht, was zu ihrem Standpunkt geführt hat. Allerdings hat sie erwähnt, dass sie als Psychiaterin viele solcher Opfer zu therapieren hat, vielleicht führte das zu Hass und Härte«, versuche ich zu relativieren.

»Trotzdem darf das nicht als Begründung für die Anstiftung zu einer Hetzjagd dienen. Keine Ahnung, ob es strafbar ist, jemanden derart zu quälen, dass er keine andere Lösung sieht, als sich umzubringen. Moralisch gesehen empfinde ich dieses Verhalten als höchst verwerflich«, entgegnet Lucie erhitzt.

»Ist das nicht eine Form von Selbstjustiz?«, fragt Betty mit gerunzelter Stirn.

»Das habe ich ihr vorgeworfen, aber das ließ sie kalt. Sie sieht bei Gewalttaten gegen Frauen die Probleme der Erbringung von Beweisen, die Stigmatisierung, die Selbstvorwürfe und die Scham. Ein Nachteil, der mit mehr Härte gegen fehlbare Männer ausgeglichen werden muss. So etwa habe ich sie verstanden.«

»Und dann ist sie einfach gegangen.«

»Ich wollte, dass wir uns beruhigen und ein Glas zusammen trinken. Sie hat nur gesagt, es sei besser, sie gehe jetzt. Ohne sich zu verabschieden, verschwand sie einfach.«

Ich hole ihre Gläser und fülle sie, indessen die beiden Löcher in die Luft starren.

»Und jetzt? Wie verhalte ich mich jetzt? Könnt ihr mich beraten?«

Sie verdrehen die Augen, Betty bläst die Backen auf und lässt die Luft langsam entweichen. Sie scheinen es so wenig zu wissen wie ich.

»Vielleicht mal gar nicht reagieren«, meint Betty. »Abwarten, ob sie zu Kreuze kriecht oder den Kontakt abreißen lässt. Schließlich ist sie davongelaufen.«

Ich bin dankbar, dass sie meiner Meinung ist, obwohl mir das Ganze schier das Herz abschnürt. Kaum treffe ich die Frau meiner Träume, schon ist sie wieder weg. Es wäre sicher falsch, von der großen Liebe zu sprechen, in dem Alter lodert das Feuer der Gefühle nicht mehr so hoch, aber sie bescherte mir starke Emotionen und himmlischen Sex. Eigentlich passen wir perfekt zusammen, gäbe es da nicht diese verfluchte Differenz. Kann ich einfach darüber hinwegsehen?

»Ja, vermutlich ist es das Beste, vorerst toter Mann zu spielen und abzuwarten.«

»Begleite uns nach Paris. Kopf lüften und auf andere Gedanken kommen, zudem gibt es jetzt keinen triftigen Grund mehr für die Reise in die Cevennen.«

Bettys Idee gefällt mir, jedoch stellt sich die Frage, wann Marcs Beerdigung stattfinden wird. Scheiße, der ist ja heute gestorben. Verena hat ihn kurz aus meinem Bewusstsein verdrängt.

»Habt ihr schon gebucht?«

»Nein, noch nicht.«

»Ich bin dabei. Sollte Marcs Beerdigung in diese Zeit fallen, dann erweise ich ihm die Ehre, wenn wir zurück sind. Ein wenig Abstand kann nicht schaden. Danke.«

»Ein Dreierzimmer?«, will Lucie wissen.

»Na hört mal. Paris, Stadt der Liebe. Da wollt ihr mich doch nicht im Zimmer haben.«

»Mal schauen, was verfügbar ist.«

Kapitel 36

Fünf Tage sind seit diesen einschneidenden Ereignissen vergangen. Von Verena habe ich nichts gehört, was mich erstaunlich kalt lässt. Auch bei Franco herrscht Funkstille, obwohl ich ihm eine Nachricht zu Marcs Selbstmord zusandte. Claude habe ich informiert, dass er mit keiner Hilfe rechnen kann, und wann die Beerdigung stattfinden wird, habe ich noch nicht herausgefunden. Die letzten Vorbereitungen für die Eröffnung sind am Laufen, alles im grünen Bereich, keine Komplikationen. Viel Ruhe in der Wohnung, da Lucie für drei Tage nach Frankfurt fuhr. Ein Überfluss an Zeit, die ich mit dumpfem Grübeln füllte.

Meine Stirn lehnt an der Scheibe, ich stiere hinaus in das Gewusel des Bahnhofs. Dabei fällt mir auf, wie gegensätzlich sich Vergangenheit und Zukunft anfühlen. Das Gestern liegt in Trümmern, das Morgen sprießt mit Freude. Und wenn ich mir die Gründe dafür vor Augen führe, dann sind es meine geliebten Mädchen, die mich glücklich machen. Sie sind ein Geschenk. Was täte ich ohne sie?

Noch wenige Minuten bis zur Abfahrt. Lucie macht es sich bequem, Betty schreibt eine Nachricht an ihre Mutter. Ich liebe diese Momente voller Hektik, Aufbruch, Abschied und Erwartung. Irgendwie passend zu dem Jetzt. Ein feiner Ruck geht durch den Zug, dann setzt sich der TGV sanft in Bewegung. Langsam schleicht er aus dem Bahnhof, durchquert in einer langgezogenen Kurve den Zoo und die Quartiere bis zur Grenze, dann beschleunigt er. Ich nehme ein Buch hervor und lese bis Belfort. Dort beginnt die Hochgeschwindigkeitsstrecke. Fasziniert lasse ich das Tempo auf mich wirken. Die Landschaft fliegt vorbei, der Zug vibriert ganz leicht, nur ein Surren ist zu hören, man fühlt sich wie in einem Flugzeug.

Nach drei Stunden Fahrt gleitet der Zug in den *Gare de Lyon* und hält so sanft, wie er losgefahren ist. Wir schlendern mit unserem leichten Gepäck durch den Bahnhof, steigen hinunter, lösen am Automaten Tickets für die Metro und nehmen die Eins bis *Châtelet*, wechseln in die Vier und rumpeln mit der alten, gummibereiften Kiste bis *Saint-Germain-des-Prés*. Beim Verlassen des Untergrunds müssen wir die Augen zusammenkneifen, die Sonne blendet uns.

Ich liebe Paris, seit ich während meiner Studienzeit in dieser Stadt einen Französischkurs belegt hatte. Vier Monate wildes Leben. Ich kenne hier jede Straße, jedes Bistro, jede Bar. Es ist schwer zu erklären, was den Flair dieser Metropole ausmacht. Vermutlich ist es eine Mischung aus Kultur, Lebensstil und Genuss, beheimatet in städtebaulicher Eleganz und majestätischer Opulenz. Eine kosmopolitische Stadt, deren Glanz selbst die eigenen Schattenseiten erhellt.

Wir flanieren zum *Hotel d'Angleterre* in der *Rue Jacob*, wo für uns die Junior Suite gebucht ist. Ein pompöses Appartement, ganz im Sinne der französischen Herrlichkeit, nicht schön, aber völlig kitschig. Der innige Wunsch der Mädchen. Wir melden uns bei der Rezeption an und beziehen unsere Suite.

Die Stimmung, die sich während der Fahrt langsam verbesserte, bewegt sich seit der Ankunft auf einem unbeschwerten Niveau. Paris übertüncht die betrüblichen Vorkommnisse der letzten Tage, was ich mir auch erhofft hatte. Für die beiden ist die Stadt nicht völliges Neuland, aber seit ihrer Jugend waren sie nie mehr hier, weshalb sie aufgeregt sind wie beim ersten Mal. Nachdem wir den Inhalt unseres Gepäcks in die Schränke verstaut haben, brechen wir auf, denn wir sind kurz vor dem Verdursten und am späten Nachmittag ist es sowieso höchste Zeit für einen erfrischenden Apéro. Im nächstbesten Straßenbistro genehmigen wir uns ein kühles Bier und beobachten das Treiben.

»Ich war übrigens so frei und habe einen Tisch für heute Abend reserviert.«

»Worauf dürfen wir uns freuen?«, fragt Lucie.

»Wir essen in der *Brasserie Bofinger* bei der Bastille. Das wird euch gefallen.«

»Oh, das hört sich gut an.«

Danach spazieren wir durch das Quartier *Latin*, drücken uns an den Schaufenstern der Galerien die Nasen platt, bis wir die *Pont Neuf* erreichen, über die wir auf die *Île de la Cité* gelangen. Wir folgen der Seine flussaufwärts entlang der Conciergerie bis zur *Île Saint-Louis*, ergötzen uns an den vielen Delikatessläden, sammeln Ideen und Eindrücke. Über die *Pont Marie* geht es auf die rechte Seite der Seine, die *Rive Droite*, zweigen in die *Rue Saint-Paul* ab und tauchen ins *Le Marais* ein. Das Quartier der kleinen Läden, der jungen Mode und der Kunst. Ein Paradies für die beiden.

Erst die Ladenschlusszeit beendet unser Herumstreunen und erschöpft gönnen wir uns eine Erfrischung in einer Saftbar.

»Es macht keinen Sinn mehr, vor dem Essen ins Hotel zurückzukehren, in einer Stunde sollten wir beim Bofinger sein. Von hier aus sind es noch zehn Minuten zu Fuß.«

»Mir schmerzen die Füße, aber das ist mir scheißegal«, meint Betty und riecht unter ihren Armen. »Und stinken tue ich nicht, also spricht nichts gegen deinen Vorschlag.«

Lucie nickt mit einem müden Lächeln.

*

Wenn man die Brasserie Bofinger betritt, hat man das Gefühl, in einem anderen Jahrhundert angekommen zu sein. Es ist die älteste Brasserie in Paris, mit dem Interieur aus der Belle Époque und bekannt für ihre elsässische Küche und für Meeresfrüchte. Wer allerdings erwartet, ein Museum zu betreten, der täuscht sich, es herrscht eine lebendige Stimmung und kein Dresscode.

Wir werden an einen weiß gedeckten Tisch unter der Glaskuppel im großen Saal im Parterre gesetzt. Staunende Augen versuchen die Eindrücke aufzunehmen.

»Das ist ja total abgefahren«, ergötzt sich Betty. »Schaut euch das an.«

Beide staunen, während ich beim Kellner eine Flasche Champagner bestelle.

»Mensch Vincent, wenn ich das gewusst hätte, dann wäre ich ins Hotel zurück, um mich aufzudonnern, dass kein Schwanz in Ruhestellung geblieben wäre.«

Lucie und ich kichern los und hoffen, dass niemand im nahen Umkreis Deutsch versteht.

»Meine Liebsten, ihr trägt einen äußerst dekorativen Hauch aus Stoff, seht umwerfend aus, also sah ich keine Notwendigkeit für einen Schönheitshalt im Hotel. Schaut euch um, ihr seid hier die wahren Perlen.«

Der Kellner kommt mit dem Kühler, den Gläsern und dem Champagner. Elegant zeigt er uns das Etikett, entkorkt die Flasche und schenkt ein.

»Hoppla, Dom Pérignon! Sag mal, hast du im Lotto gewonnen?«, raunt mir Lucie zu.

»Wieso?«, fragt Betty.

»Der kostet ein Vermögen.«

»Ach, entspannt euch, Mädels. Es ist ein ganz spezieller Abend, den sollten wir feiern.«

Sie wechseln ihre vielsagenden Blicke, was mich innerlich schmunzeln lässt.

»Was feiern wir denn heute?«, wundert sich Betty mit großen Augen.

»Das werde ich euch später erklären. Zuerst lassen wir es krachen. Einverstanden?«

Das überzeugt sie, auf jeden Fall leeren sie ihre Gläser in einem Zug. Der Kellner staunt nicht schlecht und schenkt nach. Danach versenken wir uns in der Speisekarte. Die Wahl erstaunt selbst mich. Zur Vorspeise Austern, dann verzetteln wir uns in gegrilltem Fisch und Fleisch sowie elsässischer Schlachtplatte, beim Dessert finden wir uns wieder bei den Profiteroles. Keine Bedenken bezüglich Kalorien.

»Was meint ihr, bleiben wir beim Champagner?«

Ihre Blicke sprechen Bände, weshalb ich gleich eine zweite Flasche bestelle. Der Kellner hat Freude an uns.

Das Essen, ja der ganze Abend, ist eine einzige Inszenierung. Zeitweise bedienen uns gleich zwei Kellnerinnen und ein Kellner, dies in einer virtuosen Noblesse, dass nur stille Bewunderung übrig bleibt. Und das Essen ist himmlisch.

Nachdem das Dessertgeschirr abgeräumt und der Kaffee mit der Etagere voller Gebäck serviert sind, lehnen wir uns zufrieden zurück.

»Ah, ich bin einfach nur glücklich«, meint Lucie und streichelt ihren imaginären Bauch.

»Ja, gutes Essen ist ein Glücksfaktor«, bestätige ich.

»Wolltest du uns nicht verraten, was wir zu feiern haben?«

Ich schaue Betty an und antworte: »Später.«

*

Kurz nach zehn verlassen wir die Brasserie. Die Nacht ist lauwarm.

»Hier lang, meine wunderbaren Mädchen.«

Betty grinst schief und meint: »Du willst mit uns in eine dunkle Gasse? Bist du sicher?«

»Ich zeige euch einen bezaubernden Platz. Da nehmen wir noch ein Gläschen, dann geht es ab ins Bettchen. Einverstanden?«

Ich dränge mich zwischen die beiden, fasse ihnen um die Taillen und führe sie durch die leeren Straßen bis zum *Place des Vosges*. Für mich der schönste Platz in Paris. Ein quadratischer Park, eingefasst mit einer schmalen Straße und einer Häuserzeile mit Arkaden. Bistros und Kunstgalerien beleben dieses Universum, um diese Zeit ist allerdings schon Ruhe eingekehrt. Wir schlendern durch den Wandelgang, bewundern die Kunst hinter den hellerleuchteten Scheiben und setzen uns zum Schluss an einen Tisch vor einer Weinstube. Ich bestelle drei Glas Champagner.

Ich räuspere mich, nachdem die zierlichen Flûtes vor uns hingestellt wurden, blicke in erwartungsvolle Augen und beginne zu sprechen: »Meine Liebsten, es gibt zwei Anlässe, die würdig sind, gefeiert zu werden. Da wäre der endgültige Strich unter meine vermurkste Vergangenheit.«

Wir lassen die Gläser klingen.

»Ich bin so froh. Das ist eine weise Entscheidung und wird uns alle glücklich machen. Aber was ist der zweite Grund?«, wundert sich Betty.

»Ich liebe euch!«

ENDE

Kurz gesagt, ich wurde 1959 in Basel geboren, ich bin Ehemann, Vater, Großvater, Leser, Schreiber und mein berufliches Leben wurde in erster Linie vom Holz geprägt. Seit frühester Jugend lese ich mit Freude, wurde später immer mehr zum Literaturliebhaber und begann erst in der Reife des Lebens, vor etwa zwölf Jahren, mit dem Schreiben. Zu Beginn zaghaft und als Ausgleich zu meinem technokratischen Beruf gedacht, entwickelte sich das Schreiben über die Jahre hinweg zu einer Passion. Ich veröffentlichte bereits drei Romane als Selfpublisher. Mich faszinieren die Randzonen der Gesellschaft mit ihren schrägen Schicksalen. Mich reizen keine Helden, viel faszinierender sind Verlierer, Versager, Blender, Gestrauchelte, Ganoven, Exzentriker, vor allem, wenn sie ihr Schicksal in die Hände nehmen. Wo Grenzen verwischen, Schwarz und Weiss zu Grau werden, Gut und Böse nicht mehr klar zu unterscheiden sind, entstehen die besten Geschichten.

www.danielkrumm.ch